新 潮 文 庫

花 と 火 の 帝

上　　　巻

隆　慶一郎 著

新 潮 社 版

11981

目次

花と火の帝

上巻

騒乱

岩兵衛は当年五十一歳になる。

身の丈六尺（一メートル八十余）、全身鉄片を叩《たた》きこんだような筋肉質の頑丈さで、首など並の男の腿《もも》ほどもある。容貌魁偉《ようぼうかいい》。世にいう鬼の顔だった。

この身体《からだ》とこの顔で、時に御所の御門の警備になど当っていると、通りすがりの子供たちは一瞬はっと息をつめ、次いでわっと泣き出す始末である。泣きながら、それこそ必死で逃げてゆく。

〈つかまったらおしまいや〉

そう思いつめていることが、ありありと分る逃げ足である。

〈とって喰うわけがないやろ〉

岩兵衛は極めて不満だが、その思いが益々恐ろしい表情を彼の顔に与えることになる。いわば悪循環だった。

膂力《りょりょく》もずばぬけている。一度たわむれに御所の裏庭で、地面に立てた杖《つえ》を左手で押しこんだことがあるが、さして力を入れたとも見えないのに、杖はずぶずぶと沈んでゆき、瞬《またた》く間に土中に姿を消してしまった。それをまた三本の指でつまんで無造作に引き抜いたというのだから凄《すさ》まじい。岩兵衛の仲間は揃《そろ》って六尺級の大男であり、いずれ劣らぬ頑強な肉体の持主だったが、この膂力には顔色を失ったという。

岩兵衛とその仲間たち、或いは一族たちは八瀬《やせ》童子《どうじ》と呼ばれる。

洛北《らくほく》、高野川上流に沿った山間《やまあい》にある八瀬村の住人たちである。八瀬村の東は比叡《ひえい》山《ざん》の西麓《せいろく》がさえぎり、北は大原の里と接している。高野川沿いに若狭街道が走っているが、この道を行く人々が目もくれないような渺《びょう》たる村落だった。

八瀬という名前は本来は矢背で、壬申《じんしん》の乱の時、この附近の戦いで背中に矢を受けられた大海人皇子《おおあまのみこ》が、古来からこの村に伝わる竈《かま》風呂に入って傷を癒やされたことからつけられたという。

村人たちは元々比叡山の堂衆に従属していたらしい。大童子、中童子という名が寺内にある。八瀬童子と呼ばれたのも同じいい方であろう。この村は京から叡山に登る近道だったため、専《もっぱ》ら青蓮院《しょうれんいん》から延暦寺に向う一行の供をしていたようだ。

それが今のような禁裏づとめに変ったのは、建武の頃ではないか。足利尊氏に追われた後醍醐《ごだいご》天皇の輿《こし》を担《かつ》ぎ、叡山を越えて坂本まで駆けに駆けたのが八瀬童子だったのである。一切の年貢《ねんぐ》・課役を免除する旨《むね》の後醍醐天皇の綸旨《りんじ》が下されたのは、建武三年（一三三六）のことだった。

以後、八瀬童子は駕輿丁《かよちょう》として禁裏に勤めることになったようだ。勿論《もちろん》、村人全員ではない。御所に詰めるのは、撰《え》りすぐった十二人の壮丁だけだったという。交替要員をいれると、総員五十名を超えたという故老《ころう》もいるが、それは後代も明治時代のことだ。だから当初の実数は不明である。

駕輿丁とは文字通り天皇の輿をかつぐ者を指す職名だった。輿をかつぐとなれば、当り前のことだが、何よりも肉体的な条件が先行する。

まず頑強でなければならない。必要があれば何里でもかつぎ通さねばならず、時には後醍醐天皇の比叡越えのように、嶮《けわ》しい山道をつっ走らねばならないのだから、これは必然であろう。

次に背の高さが揃っていなければならない。これが不揃いでは乗っていられる天皇がたまったものではない。五尺七寸（約一メートル七十）から六尺がその基準身長だったようだ。どんなに頑健でも、背が低くては駕輿丁にはなれない。

作者は八瀬村で、明治期の駕輿丁が実際に輿をかついでいる写真を見たが、その威容に瞠目《どうもく》した。揃って六尺に近い八瀬童子が輿をかついでいる様は、まことに堂々として、威風あたりを払うばかりである。不思議なことにこの童子たちは顔が小さく、いわゆる八頭身に近い。しかもいずれも厳しくけわしいといっていいほどの形相《ぎょうそう》だった。柳田国男氏は嘗《かつ》てこの八瀬童子を称して、

『鬼の子孫』

といったが、確かにそれは鬼の顔を彷彿《ほうふつ》とさせるものだった。

駕輿丁の役目は輿をかつぐことばかりではない。天皇の入られる風呂場の支度から厠《かわや》の後始末まで、細々とした雑事のほとんどすべてが彼等に委《まか》されていた。当然、頻繁に天皇の御身辺をうろつくことになる。だが彼等は下人である。公家《くげ》や女御《にょうご》たちは気にもとめなかった。この人々にとって彼等はいないのである。いてもいないのだ。無視するというのではなく、慣れっこになって眼に入らなくなっている。いないのだから、彼等の前で平然と何でもしたし、何でも話した。極秘の話でさえ、声もひそめずに喋《しゃべ》った。このことがやがて八瀬童子に新しい職能を与えることになる。『天皇の隠密《おんみつ》』役がそれだった。

『天皇の隠密』。

それは幻の役職名である。

誰もが長い間、必ずそういうものがあった筈《はず》だといたずらに探し回り、想像を逞《たくま》しくして来た役職だった。現実に何らかの形で諜報《ちょうほう》機関を持たない政府があるわけがない。どんな政府にも表には出しにくい、裏の汚い仕事がある。人々の私の生活を覗《のぞ》き見し、交友関係を調べ、或《あ》るいは故意にこわし、常民を監視し、或いは煽動《せんどう》し、時に特定の人物を抹殺《まっさつ》する仕事。

長い間、朝廷は日本政府だった。だから必ずやこうした機関があったと思う。天皇親政の失われた武士の時代になっても、それは尚《なお》存続した筈である。いや、むしろその必要は倍加したに違いない。

だがないのである。あれほど様々の職能を持った公家の中にも見当らない。役人の下部組織にもない。勿論そんな機関の記録が残っているわけもないのだから、つまりは一切が五里霧中ということになる。

それがこの駕輿丁だった。

そしてこの時期の駕輿丁の棟梁《とうりょう》格が岩兵衛だった。

慶長三年（一五九八）八月十八日早朝。

岩兵衛は機嫌が悪かった。ほとんど一睡もしていないのだから、当然といえば当然である。

岩兵衛を寝かさない理由は公私双方にあった。公の方は太閤《たいこう》秀吉の病気だった。秀吉はこの五月から伏見城で病いの床についた。岩兵衛には病名など知る由《よし》もなかったが、とにかく食うものも食えず、骨と皮になるほどの異常な瘦《や》せ方だという。誰の眼にも永いことはないと見えたが、これが仲々死なない。今度こそといわれながらもう三月になる。といって多少でも快方に向ったというしるしも見られないとのことだ。

岩兵衛にとってはどうでもいいことである。早く死にゃあいいのに、罰当りめ、と腹の中では毒づいている。とにかく帝《みかど》から日々病状をさぐってしらせるように御命令を受けている。だから八瀬村から四人、足の早いのを撰《えら》んで伏見につめさせた。朝・昼・夕・夜半と、日に四回、交替で報告に来る手筈にしておいたのだが、その夜半の分が来ていなかったのだ。それが寅《とら》の刻（午前四時）になってやっと現れ、秀吉の死を伝えたのである。丑《うし》の刻（午前二時）に文字通り狂い死んだという。岩兵衛はすぐさま帝の御寝所に走り、女御を通じて奏上した。御言葉はなかったらしい。少くとも女御はそう云われた。それでも岩兵衛はすぐさま輿の支度にかかった。いつでもお出かけになれる用意だった。

太閤秀吉の死の刻を、すみやかに且《か》つ確実にしらせよ、という天皇の御命令が、如《い》何《か》なる理由によるものか、岩兵衛は知らない。天皇のお気持を忖度《そんたく》するなどという不敬なことを、仮りにも禁裏御用の岩兵衛がする筈もない。

だが岩兵衛は人並はずれて鼻が利《き》く。これは予知能力があるということだ。これといった理由もないのに、きなくさい臭《にお》いを大方の人々より早く嗅《か》ぎつける。だからこそ隠密の棟梁を勤めていられるのだが、その岩兵衛の鼻が、この天皇の御命令になんとない異常を嗅いでいた。

〈何事かなさるおつもりではないか〉

それも非常のことを、である。

岩兵衛は天皇が秀吉を嫌悪《けんお》していられることを知っている。秀吉は朝廷を敬い、事実さまざまの方法で朝廷の権威の復活に尽くしているが、実のところそれは、己れの権力のために利用していたにすぎない。朝廷の権威を高めることによって、己れの権威を更に一層高めようという狙《ねら》いだった。若く潔癖な後陽成《ごようぜい》天皇が敏感にその意図を見抜き、その狡猾《こうかつ》さを憎まれたのは当然といえよう。

天皇、この年二十八歳。まだ若く、覇気に満ちていられる。

そして秀吉が死ねば天下は騒乱の巷《ちまた》と化すことは、あまりにも明白だった。遺児秀頼は僅《わず》かに六歳。秀吉は七月に入って五大老・五奉行の制度を定め、その各々《おのおの》から誓紙をとり、秀頼を守り育てるよう万全ともいうべき処置をとってはいたが、自分が死ねばそんなものは空文と化することぐらい知らなかった筈がない。何よりも無理押しの朝鮮出兵がこたえた。国中を疲弊のどん底につき落し、参戦した武将の力をそぎ、文官ばかりを潤《うるお》わせた。現在依然として前通りの武力を蓄えているのは、遂《つい》に朝鮮に一兵も送ることをしなかった徳川家康だけである。僅かに前田利家がこれに拮抗《きっこう》する力を持つが、既に老い、病いを得ていた。満目の見るところ、次の天下人が家康であることは確実である。だが豊臣恩顧の大名たちが、そんな事実をすんなり承知するわけがない。葛藤《かっとう》があり、合戦が起るだろうことは、火を見るより明かである。下手をすると応仁の乱の二の舞である。京は焼かれ、無辜《むこ》の人々が多く死ぬことになる。

だが今度ばかりは岩兵衛の鼻も利かなかったようだ。朝になっても輿の御用はなかった。それでもまだ岩兵衛は、何かある、何か非常のことが、と腹の底で繰り返していた。

岩兵衛を眠らさなかった、私の方の理由は、今年五歳になった長男岩介《いわすけ》の失踪《しっそう》である。昨日の夜、わざわざ禁裏まで来て、そのしらせを伝えてくれたのは村長《むらおさ》の六郎左衛門だった。一昨日の早朝か夜半に消えたらしく、朝になって家人があたりを探してみたが見つからない、隣近所の人々が一緒になって、比叡の森の中まで探し回ったが、矢張りいない。家人が思い余って六郎左衛門に相談に来たのは昼すぎだった。六郎左衛門は集められる限りの人手をかき集めて捜索に当ったが、何の足しにもならなかった。岩介の行方は杳《よう》として知れない。

「こら、天狗《てんぐ》隠しやな。諦《あきら》めるしかないのと違うか」

六郎左衛門が声をひそめてそういう。

岩兵衛は返事をしなかった。顔色も変えないように努めた。六郎左衛門の親切めかした言葉の底に、

「ええ気味や」

その思いが露骨に見え隠れしている。

岩兵衛と六郎左衛門は、村人の誰一人として知らぬ者のない、宿敵同士である。

本来駕輿丁の棟梁というだけで岩兵衛は八瀬村の村長になっていい男だった。村にとっては名誉の職であり、禁裏のお手当も悪くない上に、帝お手ずからの御下賜金《かし》や御下賜品もある。当然内所は裕福だった。人柄も、得体の知れないところはあるが、決して悪くはない。

一方、六郎左衛門の方は背が低すぎて駕輿丁になれなかった男である。その分だけ口が達者で、しかもしつこく同じことばかり繰り返しいい立てるので、大方の者はうんざりして負けてしまう。六郎左衛門はその伝で、駕輿丁のかしらは村長になれない、常時御所につめていて村の仕事が出来るかと、会う人ごとに繰り返し、遂に自分を村長に撰ばせてしまった。岩兵衛は実のところ隠密役で大忙しなのだから、むしろこの結果を喜んでいたのだが、六郎左衛門の方はひっかけたというひけ目がある。岩兵衛の報復が恐ろしくもあった。そのため岩兵衛家に、何やかやと仇《あだ》をする。結局、喧嘩《けんか》を売っているのは六郎左衛門だったわけだ。

もともと八瀬村は戸数十いくつかの小村だった。嫁を絶対に他村からとらず、女の子は絶対に他村に嫁がず、男たちも離村することは許されない。異常なまでに閉鎖的な暮しを送って来て、この当時で百三十戸ほどになっている。本家に当る家を八瀬では大家《だいけ》というが、これが三十戸。残りは分家でぼてという。どんな漢字をあてるのか判《わか》らない。大家はぼてを保護するから『母手』ではないかという説もあるが、少々無理な感じがする。

岩兵衛の家も六郎左衛門の家も、この大家に属する。だから双方とも村長になる資格はあったわけだ。

ちなみに八瀬の言葉は独得で、同じ洛北でも隣りの大原や高野とは全く違う。他村の者が聞いていても何をいっているのか判らない。例えば自分のことを『げら』といい、相手のことを『おれ』という。主客が転倒しているから、聞いてる方は混乱してわけが判らなくなる。ここにもこの村の異常な閉鎖性がよく現れている。八瀬童子は鬼の子孫であるとか、冥界《めいかい》からこの世に戻る時の駕籠《かご》かきであったとか、或いは現在の八瀬の故老がいわれるように瀬戸内の海賊の裔《すえ》であるとか称されるのは、すべてこの閉鎖性に理由があると思う。

岩介は岩兵衛のたった一人の男の子である。岩兵衛の妻はなはどういうわけか女の子しか産まなかった。二十四歳のうめを頭に五人もの女の子がいる。うち三人はもう嫁にいっていた。そのはなが四十にもなって初めて産んだ男の子である。駕輿丁の棟梁の役も他に譲るしかないかと諦めかけていた岩兵衛が、狂喜したのは当然だった。その岩介がこともあろうに『天狗隠し』に会うとは。岩兵衛の腹の中は煮えくり返る思いだった。

これが並の時なら、岩兵衛は飛んで行って岩介を探した筈である。『天皇の隠密』として秘《ひそ》かに鍛え上げた忍びの術と、天性の鋭い勘を十全に働かせれば、自分一人でも必ず見つけ出すことが出来る。その自信があった。

だが何といっても時節が悪い。この非常の時に、岩兵衛が半刻でも御所を離れるなど、とんでもないことである。岩兵衛は断腸の思いで岩介を諦めるしかなかった。それにしても岩介はどこに消えたのか。

　太閤秀吉の死の翌日、いちはやく、石田三成が徳川家康の暗殺をはかり、家康は奇《き》蹟《せき》的にこれをのがれたという噂《うわさ》が、京都じゅうに拡《ひろ》がった。いかにも策士石田三成のやりそうな、機敏な先制攻撃である。だが同時に浅墓《あさはか》な攻撃ともいえた。

　三成はこの暗殺行為によって、家康を武断派の頭目の地位にはっきり押しやってしまったからだ。武断派とは加藤清正、福島正則をはじめとして、朝鮮の戦闘に参加した大方の武将をさす。

　これに対する文治派、或いは文官派とは、石田三成を筆頭とする秀吉直属の奉行たちをいう。

　武断派の文治派に対する怒りは激烈そのものだった。史上その原因を、たとえば三成は軍監の役にあり、戦闘の現地に赴いて、どの将がどれだけの手柄を立てたか裁定する役だったにも拘《かかわ》らず、その裁定に非常な依怙《えこ》の沙汰《さた》があったためだ、というようにいわれている。確かに小西行長と親しかった三成の依怙の沙汰は著しいものがあったのは事実だが、ことはそれほど単純ではない。単に折角手柄を立てたのに認めてくれない、或いは逆に悪く報告された恨みつらみといったものではなく、もっと現実的な問題が絡《から》んでいた。

朝鮮に渡った武将たちは、それぞれの軍役に従って規定の人数の兵卒をつれて行かねばならない。この兵卒というのは、大方が自分の領国内の百姓である。それも体力のある、働き盛りの百姓だ。そうした百姓がいなくなった領国内では、やむをえず老人、女、子供が耕作に当ることになる。当然米・麦の収穫量は大幅に落ちる。

ところが、莫大《ばくだい》な戦費を必要とする太閤秀吉は、これらの国々から仮借なく糧米をとり上げ、名護屋の地に集めた。この米は朝鮮で戦闘に従事している諸部隊への補給のため、つまり自分たちの主君、自分たちの亭主や親や子のためである。留守家族たちは必死に供出したが、それにも限度がある。労働力が落ちている分、無理が大きい。命じられた通りの供出が出来ないのはやむをえない事態だった。三成たち奉行はこれを監察督励する役目だ。取立てが厳しいだけならまだ許せただろう。どうしても規程通り納入出来ない場合、奉行たちは不足分を立替え、その分について利子をとった。彼等にすればこの立替分は自分の米ではない。商人から戦費で買うのである。利子がついて当然だったが、このお蔭《かげ》で彼等が戦時中に莫大な利益を上げたのも事実である。戦っている武将こそいい面《つら》の皮だった。他国で生命《いのち》かけて戦っている間に、本国では着々と借銀が増えていったのだ。

もっともこれには異説がある。

関ヶ原合戦以後のことになるが、石田三成の居城佐和山城は徳川方によって占領された後、徹底的に家捜しをされている。右の方法で三成がかき集めた莫大な金銀を没収するのが、その目的だった。金銀はあるにはあったが、いうに足りぬ額だった。このため徳川方の諸将は改めて三成の清廉《せいれん》潔白を認めた、というのである。

実際に金銀の蓄えがなかった記録がある以上、この説を疑うことは出来ない。埋蔵金として隠されたなどと考えることは不可能だ。三成は関ヶ原の勝利を信じていたし、兵力の上では明かに徳川方を上回っていた。勝利を確信している者がなんのために金銀を隠すだろうか。

従ってこの説の信憑性《しんぴょうせい》は高いことになる。一方、大名に糧米を貸し、莫大な利をとったことも確かである。そうなると結論は一つしかない。三成はその莫大な利を私することなく、すべて主家と朝鮮の戦《いく》さのために使ったということだ。恐らくは一種の機密費にしたのではないか。この解釈によって、個人的には清廉潔白の『義の人』であり、公人としては狡猾そのものの策士だったといわれる三成の一見矛盾した人間像が、初めて鮮明に浮び上ってくるように思われる。

秀吉の定めた五大老・三中老・五奉行といわれる為政者たちにとって、最高の急務が朝鮮撤兵だったことは明かである。この時期、彼《か》の地では夥《おびただ》しい日本の軍勢が、今や勢いを盛り返した明《みん》国の大軍と、何の目的もない合戦を今尚繰り拡げていたのである。彼等に早急に和議を媾《こう》じさせ、祖国へ帰還させなければならない。どんな形の和議でもいいという指令が素早く発せられたが、もとより降服は論外だ。明人に降服すれば恐らく二度と祖国の土は踏めまい。その危険を避けるためには、戦意なお旺盛《おうせい》ではあるが、国元の指令により、やむなく和するという形をとるしかない。それには先《ま》ず当の武将たちにそう信じさせねばならない。

だから秀吉の死は秘密にされた。徳川家康を筆頭とする五大老は、秀吉の名で諸将に和議を命ずる手紙を書きまくった。そして和議の整った地点から、順次軍を撤退させ、祖国に運んだ。彼等を運ぶ夥しい軍船の手配は、五奉行の役目である。容易に和議に応じない明将がいると、その交渉にも五奉行が知恵を貸した。必要なら自分たちが現地に行ってもいい、と書き送った。この時期の五奉行に狡猾さなど微塵《みじん》もない。異国にいる同朋《どうぼう》を一刻も早く祖国へ連れ戻りたいという思いだけがあった。そして皮肉なことに、こうした努力の末に帰国させた武将たちは、こぞって三成たち奉行衆の敵となった。

岩兵衛以下、十二人の八瀬童子駕輿丁たちの神経は、これまでにないほどぴんと張りつめていた。

何事か非常の事が起る、という感覚は、今や岩兵衛だけでなく駕輿丁全員のものと化していた。

秀吉の死以来、彼等の仕事は倍増している。

駕輿丁としての仕事ではない。隠密としての探索の仕事である。ほとんどが伏見在住の諸武将の動向の探索であり、時に大坂城にいる秀吉の正妻北政所《きたのまんどころ》の動き、伏見城の淀殿《よどどの》の動きだった。北政所は大方の武断派諸侯が母と慕う存在であり、淀殿は石田三成以下文治派の奉行たちの保護者だった。武断派と文治派の争いは、同時に閨閥《けいばつ》の争いでもあったことになる。武士たちはさすがに口が堅いが、この二人の女性を取り巻く女中衆は、口から先に生れて来たような者が多い。利発な女ほど、もちかけようによっては、秘密でも何でもぺらぺらと喋ってしまう。自分がそれほどの大事を知らされている存在だと誇示したいためだ。隠密にとっては実に重宝な生き物だった。

もとより十二人の駕輿丁だけで隠密御用は勤めきれるものではない。撰び抜かれた八瀬童子たち四十八人が、彼等の手足となって働いている。どの童子たちの報告も、天下を揺るがす騒乱が間近かに迫っていることを告げていた。それらの報告をとりまとめて、岩兵衛が夜毎《よごと》帝の御寝所の床下に忍び、直接（といっても床板ごしだが）帝のお耳にいれるのである。通常の場合は女御を通じるのだが、隠密御用に限り、こういう形式がとられる。女御を信用していられれぬ証拠だった。

岩兵衛たちにも、帝の御関心が、騒乱のもとになりうる武将たちの動きと考えに集中していることが判る。

〈帝はこの騒乱を利用して、何事かなさろうとしていられる〉

目的が何であるかは、岩兵衛たちには明かだった。

『天皇御親政』

これである。又これ以外にはなかった。

後陽成天皇はご自分の書物にいちいち、

『神武天皇より百余代の末孫周仁《かたひと》（初めは和仁）』

と署名なさるような帝である。数々の古い儀礼を復活し、朝儀を整えることにも御熱心であらせられた。窮極のお望みが天皇親政の古《いにし》えに還《かえ》ることだったのは当然である。

だがうち続く武家政治の中で、どうすればそんなことが実現出来るか。帝にはどのようなご成算がおありになるのか。それが岩兵衛たちの心配の的だった。

鎌倉幕府にはじまる武家政治の中で、天皇親政を企て、たとえ短期間とはいえ天皇政権の樹立に成功したのは後醍醐天皇である。

中宮禧子《きし》の御懐妊を理由に、安産の修法《しゅほう》を行うと称して、実は幕府調伏《ちょうぶく》の祈禱《きとう》が行われたことは余りにも有名だが、最近の研究では、その期間がなんと四年間にわたることが明かになった。これは中宮が四年間御懐妊を演じ続けなければならなかったことを意味する。異常というのも愚かであり、中宮のやりきれぬお気持は充分理解出来るが、それ以上に後醍醐天皇の幕府打倒に対する御執念の激しさ、異様さが、一種の鬼気をもって迫って来る思いがする。そして正にそこにこそ、帝が鎌倉幕府を倒すことの出来た理由がある。

後醍醐天皇に対する評価は、史家によってまちまちであるが、この異常とさえ思える活力の強さを否定する者は一人もいない。

その最も肝心な活力が後陽成天皇には欠けていた。お身体も決してご丈夫ではない。今日でいう神経症の気味がおありになったらしく、急に目まいがする、胸が苦しくなる、しばしば食事を吐く、室内に一人でいると急に神経が昂《たか》ぶる、など様々なご症状のあったことが伝えられている。

そのことを誰よりも知悉《ちしつ》しているのが岩兵衛たちだった。天皇御親政を熱望なさるお気持は、判りすぎるほどよく判る。御所に仕える身として、武士の横暴は目に余るものがあった。最も腹立たしいのは、当の武士たちに横暴だという自覚が全くないことだ。彼等はそれが当り前だと思いこんでいる。岩兵衛たちのような下人でさえ、時にはらわたの煮えくり返る思いをすることがある。まして主上にとっては耐えがたいことばかりだろう。

だが現実に、武士の政権を倒すということになれば、話は別である。朝廷には『いくさ人』がいない。武力が皆無なのだ。後醍醐天皇の場合は、叡山や粉河寺《こかわでら》などの大寺院の僧兵がお味方したが、この時代には最早それもない。叡山は織田信長に焼かれ、粉河寺は秀吉によって粉砕されている。また当時は『悪党』と呼ばれた地方に在地する小勢力を結集してお味方としたが、この種の勢力は信長・秀吉二代にわたる中央集権化の前に、悉《ことごと》く崩潰《ほうかい》している。

何よりも戦闘というものが一変していた。織田・豊臣軍団が天下を制したのは、その兵たちがプロだったからだ。従来のように平時には農業に従事し、合戦になれば槍《やり》をひっ下げて参加するという形ではない。平時から戦闘訓練に明け暮れ、純粋に戦闘しか頭にないプロの『いくさ人』だった。

こんな『いくさ人』たちに支えられた武士政権に、中途半端な武力で立ち向える筈がない。それこそ子供と大人の闘いであろう。

そうなると結局、武士の勢力に頼るほかはない。具体的には現在の豊臣政権に替りたい有力な武将に宣旨を下し、これを味方につけることだが、岩兵衛たちの見るところこれもそう簡単ではない。衆目の見るところ、次の『天下さま』は徳川家康である。だが家康は天下を取るために天皇を必要としない。全国最強といわれる三河軍団は、一度も朝鮮に渡ることなく、そっくりそのまま温存されている。その上、信長の死と同時に素早く甲斐《かい》・信濃をとりこみ、武田軍団の大半を掌中に収めていた。しかも豊臣配下の武断派の武将はほとんどが家康の味方である。つまり『いくさ人』の大半は家康に握られていることになる。今更天皇という錦《にしき》の御旗を掲げなくても、自力で充分天下が取れる。まして『天皇御親政』などという厄介な拘束をうけるいわれがない。

現在僅かに家康に対抗しうる勢力といえば、加賀の前田利家と安芸《あき》の毛利輝元である。後陽成天皇が宣旨を下すとなればこの両人しかいない。だが利家は老齢で病気がちであり、毛利の国は京に遠い。しかもこの両者の軍勢が徳川とその連合軍に対して必ず勝つとはいいがたい。天皇の宣旨をさずけて、万一敗れれば、朝廷はどうなるか。

天皇はどうなるか。それが重大問題だった。

近い例として室町将軍足利義昭がいる。この男は織田信長の力を借りて将軍に復帰しながら、武田信玄、上杉謙信など各地の武将に信長打倒の檄《げき》を送り続け、それによって将軍の権威の伸張を計ったが、結局信長に追放され、足利幕府はここに滅んでいる。自己の兵力を持たぬ、つまりは形だけの権力者の悲劇がそこにはあった。

天皇としては間違ってもこんな轍《てつ》を踏むことは出来ない。天皇家は何がどうあっても存続を果さねばならない。それでも『天皇親政』の軍を起したいというなら、とるべき手は一つだけである。それは『御譲位』だった。後陽成天皇は譲位なさり、上皇になられる。その上で軍を起す。この場合は、万々一いくさに破れても、責任は天皇には及ばない。上皇おひとりが責めを負うことになる。勿論、上皇お一人の御意志でこのいくさは始められまい。朝廷と緊密な連絡をとり、朝廷の力を借りなければ、ことは成就《じょうじゅ》しがたい。だが事破れればそんなことは不問に附せられる。上皇おひとりが罪を受け、隠岐《おき》の島にでも流されれば、事はすむ。古来そうした例は枚挙にいとまなくあった。

太閤秀吉亡《な》きあとの武将たちによる騒乱こそ、『天皇親政』をうちたてる好機であると感じられた後陽成天皇の洞察は正しかった。その第一段階としての『御譲位』を、帝はそれこそ虎視《こし》眈々《たんたん》として狙っていられた。これが秀吉の死直後の状況だった。だからこそ帝は御所にお籠《こも》りになったまま、岩兵衛たちが意外に思うほど、外にお出かけにならなかったのである。

八月二十八日。秀吉の死後十日目のこの日は終日雨だった。その雨をついて、意外な訪問者が岩兵衛のもとに現れた。村長六郎左衛門の一人娘とらである。とらは岩介と同じ五歳だった。正確には四十日ほど早い。

六郎左衛門の女房は産まず女だと長いこと云われて来た。その長い不妊の果てに四十になってやっと産んだのがとらだった。皮肉なことに、父親同士は犬猿の仲なのにも拘らず、この同い齢《どし》の子供同士はひどく仲が良かった。とにかくいつ見ても二人一緒なのである。これればかりは六郎左衛門がどんなに怒ろうと、どう仕様もなかった。母親が叱《しか》っても、とらは一向にこたえない。平然としている。六郎左衛門は産れたのが男の子でなかった腹いせに、とらなどという強い名をつけたのだが、そのためかどうか、この色白の、見た目にはいかにもおとなしげな美貌の娘は、ひどく気が強かった。父親に殴られても、涙を一杯にたたえた眼で睨《にら》み返すだけで、絶対に声はあげない。六郎左衛門ほどのしたたかな男が、一瞬報復の予感に恐怖に襲われたほどだった。

結局は、餓鬼のことだから仕様がないということで放置されることになった。

はなの報告によれば、あの気の強い娘が岩介にだけはひどく従順だという。岩介が大きな顔をしてあれこれ勝手な命令を下し、とらは鞠躬如《きっきゅうじょ》としてその命令を実行する。はたで見ていて侍女か女房のようだと、はなは溜息《ためいき》と共に云った。さきざきこの子が女房になるなどということになったら、どんなに厄介な事態に巻きこまれることか、はなは今から気が重い。それが溜息の理由だった。

それほどの仲なのだから、岩介の失踪についてとらが何も知らないわけがない。当然六郎左衛門は問い訊《ただ》したが、とらは首を横にふるばかりで一言も発しない。その一文字に引き結ばれた口もとを見ると、

「こら、あかん」

六郎左衛門はあっさり諦めてしまった。こんな顔になったら最後、いかに折檻《せっかん》したところで一言半句も吐かないことを、過去の経験で知っていたからだ。

そのとらが御所まで来た。尋常でないことは明かだった。

岩兵衛がとらを迎えて、柄になく緊張したのは、そうしたいきさつがあったからだ。それでなくても、この雨の中を、五歳の女の子がたった一人で、八瀬から御所まで歩いて来たとは並大抵のことではない。とらは一度も京の町に来たことがないのであ

る。

「誰につれて来て貰《もろ》うたんや」

と訊《き》くと、黙って指を一本あげてみせた。一人という意味だ。

「よう道が分ったなぁ」

と云うと、

「聞いたわ」

無造作にそう云う。危いことをするものである。相手が悪ければ忽《たちま》ち拐《かど》わかされて、悪所に叩き売られてしまう。それほど美しい子なのだ。岩兵衛がその事を警告すると、なんとこの五歳の子は、鼻で笑った。

「そない阿呆《あほ》とちゃうわ」

ちゃんと訊く相手を撰んだと云うのだ。さすがはとらだ、と岩兵衛は内心感じ入ったが、とにかく帰りは隠密係りの一人を同行させるよう、すぐに手配した。これでとらの身に何かあったりしたら、六郎左衛門はいくさでも起しかねない。

濡《ぬ》れそぼった身体を拭《ふ》いてやり、ありあわせの小袖《こそで》でぐるぐる巻きにくるみ、熱い湯を飲ませて落着かせると、とらは初めてここまでやって来た、或いはやって来ざるをえなかったわけを話しはじめた。それが岩兵衛を驚倒させるような話だったのである。

岩介は『天狗隠し』にあったわけではない。勿論、人拐わかしの手にかかったわけでもない。自分から望んで行ったのだ、と云うのだ。

「行ったって、どこへや」

岩兵衛が訊くと、とらの異様な返事が戻って来た。

「冥府《めいふ》」

冥府とは冥途・冥界と同義語で、あの世、つまり死者の魂のゆくところを指す。本来仏教用語で、とても五歳の女の子の使う言葉ではない。最初は聞き違いかと思って、しつこく何度も尋ねたが、

「冥府」

断乎《だんこ》として云い張るのである。

〈縁起でもない〉

岩兵衛は少々腹が立って来た。自ら望んで冥府へ行ったとは、文字通り解釈すれば、自殺したということではないか。五歳の子に自殺するような、どんなわけがあるというのか。

だがこれは岩兵衛の考え過ぎだったようだ。

とらは冥府を死の世界だなどと、夢にも思っていない。

岩兵衛が、怒りのあまり我を忘れて、

「冥府とはなんや」

そう喚《わめ》いた時、とらは涼しい顔で答えたものである。

「八瀬の童子の故里《ふるさと》やないか。おっちゃん、知らへんかった？」

岩兵衛はほとんど度胆《どぎも》を抜かれて、とらの顔をつくづくと眺めた。

〈どえらいことを知っとる〉

そう思ったからだ。

岩兵衛も、八瀬童子が冥府からこの世に戻る際の駕輿丁だった、という云い伝えは耳にしている。その話をまっすぐにとれば、確かに八瀬童子の故里は冥府ということになる。だが云い伝えはあくまでも云い伝えであり、八瀬の村人の誰一人として、これを現実のことと考えている人間はいない。

「その故里はどこにあるんや」

暫《しばら》く考えた後で岩兵衛が尋ねた。とらの口ぶりからようやく、冥府という言葉を極めて具体的な、実在する土地として捉《とら》えているらしいと悟ったのである。

「知らん」

とらの返事はあっけらかんとしていた。

「なんや、お山の向うの遠いとこやそうな。ちゃうの？」

「いや、違うてへん」

岩兵衛は重々しく云った。仮りにも冥府のことをいい加減に云うことは出来ない。だが、次のとらの一言を聞いた途端に、岩兵衛は緊張した。とらはなにげなく云ったのである。

「そやろな。ははの国とも云うんやて、そない云うてはったわ」

そない云うてはった、という言葉が重大だった。とらは岩介の言葉を、云うてはった、とは云わない。これはとらと岩介以外の第三者の介在を意味した。

「誰が云うてはったんや」

岩兵衛は懸命にさりげなさを装《よそお》って訊いた。

「きまっとるやないか。天狗さまやがな」

とらは岩兵衛の無智に呆《あき》れたような顔で答えた。明かにこの子は現実に天狗と会っているのだということが、岩兵衛にも判った。

「その天狗さまは、絵にあるように鼻が高かったか」

「ううん。そうでもない。背は高かったけどなぁ」

とらは思い出すような眼で云った。

「それやったら只《ただ》の人やないか。天狗と違う」

岩兵衛が云うと、とらはむきになって反駁《はんばく》した。

「ううん。天狗さんや。そやかて千年杉のてっぺんから飛ばはったんやで。羽根がはえとるみたいに、ふんわり地べたに着かはって、どこもなんともないんや。おっちゃん、あないなことでけるか」

「そらでけんなぁ」

千年杉のてっぺんからとは恐れ入った腕だが、人間は修練さえ積めば、奇蹟としか思われぬことでもやってのけられることを、忍者としての岩兵衛は知っている。とらが見た天狗は恐るべき術者に違いなかった。術者は別段忍者とは限らない。兵法者もいれば修験者《しゅげんじゃ》もいる。信長の焼打ちで一旦《いったん》は絶えた叡山の千日回峰行《かいほうぎょう》も復活し、既に行を終えて覚者となった阿闍梨《アジャリ》一人を出している。場所柄から考えて、天狗さまとはその阿闍梨ではないかと岩兵衛は想像した。

岩介ととらが、この天狗さまに初めて出逢《であ》ったのは、

「まだお山に雪のあった頃や」

と云うから、半歳前の二月初旬のことらしい。

その日、二人は藁沓《わらぐつ》をはき、それぞれ幅広の板を頭に乗せて、叡山に登っていった。かなりの積雪で、二人のしようとしている遊びには最適の日だった。雪の斜面をこの板に乗って滑り降りるのである。

両足を一枚の板の上に乗せて滑るのだから、方向転換も急停止も腰のひねり一つでしなければならない。結構むずかしく、とらは方向を変えられなくて木にぶつかったり、停まれずに低い崖《がけ》から落ちたりした。それでもたいした怪我《けが》もせずにすんだのは、天性の躰《からだ》の柔かさと、深い積雪のおかげだ。

出かけた時は青空さえのぞいていたのに、夢中になって遊んでいるうちに、いつか荒寥《こうりょう》たる空模様になった。日暮のように暗くなり、風が出たな、と思ったら、次の瞬間にはまわりじゅうに雪片だけが舞い散る猛然たる吹雪になっていた。

こんな吹雪の中を滑降するのは土台無茶である。だが恐怖に駆られた二人の子供には、一刻も早く安全な里に辿《たど》り着きたいという思いしかなかった。岩介は手拭《てぬぐ》いを裂いて縄をつくり、それでとらの腰紐《こしひも》と自分のを結んだ。アンザイレンのつもりである。その上、とらを自分の腰に抱きつかせ、一枚の板に二人乗りで滑降をはじめた。

出だしは巧《うま》くいった。とらは必死に岩介の動きに従って自分も腰を振った。だが加速がついて来るにつれて困難さが増した。遂に足の先に崖がぽっかり口を開けているのが見えた瞬間、動きがばらばらになった。二人は落ちた。

気がつくと赤々と燃えている薪火《たきび》のそばで寝ていた。

岩介も火の近くに横たえられ、こちらはまだ失神から醒《さ》めていない。

向い側に、髪も髯《ひげ》も真白な老人が一人坐《すわ》っていた。穏やかに声をかけてきた。

「湯を飲むか」

とらはうんと頷《うなず》いてから、先ず岩介を調べた。火のおかげで躰は温かくなっている。どこにも傷は見当らなかった。

「下が吹き溜《だま》りだから助かったのだ。お前たちは運がいい」

老人は木の椀《わん》に鉄瓶から湯を注いで、とらに渡しながらそう云った。

「大丈夫。その子もすぐ目を醒ますよ」

とらは躰のすみずみにまで沁《し》み渡るような熱い湯をすすりながら、この奇妙な老人を仔細《しさい》に見た。

瘦せていた。背こそ高かったが、鶴のように細い。とらが見慣れている頑丈そのものの八瀬の老人に較《くら》べれば、それこそ吹けば飛ぶような体軀《たいく》である。そのくせひよわいという感じはしない。鍛え上げた鋼《はがね》のように、強靱《きょうじん》で弾力性があるのが一目で分った。手が異常なほど大きい。だが八瀬の人々に較べてあっけないほど柔和な顔だった。お坊さまではない。その証拠に銀髪を長く伸ばして、自然にうしろに垂らしている。髯も眉毛《まゆげ》も白く長かった。

「おっちゃん、誰やねん」

自然な問いである。だがつい今しがた死にかけた女の子にしては胆の坐った問いだった。とらの気の強さを示すものだった。

老人もそれを感じたのか、ほお、ほお、と声をあげて笑った。

「わしは天狗だ」

とらは少しの疑いもなく、その言葉を信じた。とらにとってこの老人はまぎれもなく異形の者だったからだ。

身につけているのは、この寒いのに行者の着る白い麻で、それが古びて黄色になっている。はき物のないところを見ると、雪の上でも素足で歩くのだろうか。この住いからして変っていた。最初は小屋かと思ったが、床ばかりか壁も天井も土なのだ。つまりこれは地中に掘った穴だったのである。換気のための小孔《こあな》が天井のあちこちに開けられていて、薪火の煙はその孔に吸いよせられていっていた。

天狗はとらの視線を辿って思考を読んだらしい。こくりと頷いて云った。

「そうだ。これは自然の岩穴をわしが掘り拡げたものだ」

その時、岩介が目を覚ました。

岩介の目覚めは、いかにも八瀬童子らしい俊敏で豪気なものだった。

ぱちりと目を明いて、一瞬まわりを見回すと、次の瞬間、天狗さまにとびかかったのである。後で訊くと、咄嗟《とっさ》に鬼の栖《すみか》に取り籠《こ》められたと思ったのだと云う。

天狗は笑いながら、岩介を摑《つか》んで投げた。岩介は土の壁にいやと云うほど叩きつけられたが、一向にひるまない。起き上ると見るまに、又とびかかった。今度は天狗の膝《ひざ》の下に引き据えられた。どこをどう抑えられたのか、暴れようにも身動きひとつ出来ない。

とらが火を跳び越して天狗の顔をかきむしりにいった。これもあっという間に、天狗の膝の下に抑えこまれてしまった。

「なんと荒っぽい餓鬼どもだな。それが生命の恩人にする所業か」

声に咎《とが》める調子がない。むしろ楽しんでいるような響きがあった。

「そやったら、放したらどやねん」

これは誠に手前勝手な岩介の抗議だった。

天狗は呆れたように岩介の顔を見て、二人を放してくれた。

「八瀬の者は礼儀を知らぬと見える」

呟《つぶや》くようなその言葉が、岩介を慌《あわ》てさせた。日頃、母親からうるさく注意されていたことだからだ。きちんと坐り直して土の床に手をつき、頭を下げた。

「えらいすまんことしました。勘忍や」

そこで先に述べた、攻撃の理由を告げたのである。

天狗は大笑いに笑ったが、どうやら岩介が気に入ったらしい。嘆くように云った。

「いい根性だ。今の八瀬には惜しいな」

子供心にも、村がけなされたようで、岩介もとらも面白くなかった。嶮しい顔になった。

「八瀬のどこがあかんのや」

岩介が嚙《か》みつくように云う。

「八瀬の童子は本来鬼の子孫だ。今の八瀬はそれを忘れている」

「禁裏さまの駕輿丁は立派な仕事やないか」

「そんなことを云ってるんじゃない」

云い終った瞬間、天狗の姿が消えた。仰天して立とうとした二人は、背後から頭を抑えられて坐らされた。天狗は坐ったままの姿勢から目にもとまらぬ跳躍で、二人の背後に立っていたのである。

「今の八瀬にこんなことの出来る者がいるか。これは鬼の術だぞ。それもほんの序の口だ」

頭に置かれた手がはずれるとすぐに、岩介もとらも背後を見た。あれっ、となった。天狗がいなかったからだ。

「こっちだよ」

いつの間にか元の場所に坐って笑っていた。

岩介ととらは完全に参った。正真正銘の天狗さまだった。

「それ、なんちゅう術や」

「術というほどのものじゃない。こんなことは、その気になればすぐ出来る」

「教えてんか。お願いや。この通りや」

岩介は額を土にすりつけて見せた。とらもそれに倣《なら》う。

「女子《おなご》もか」

天狗が呆れたように云った。

「岩介のすることは、うちもする。そないきまりやねん」

当然のことのように、とらが主張した。

夕暮になって吹雪がやんだ。

天狗は岩介を背負い、とらを抱いて、岩介の使った板に乗り、見事な滑降を見せて里の近くまでつれ戻してくれた。途中わざと何度も道を曲げたらしく、後日、岩介ととらがいくら天狗の洞穴を捜してみても見つけることが出来なかった。

「毎朝千年杉の下で待て」

天狗さまの云った通りにするしかなかった。

それから半年、二人は倦《あ》きもせず、千年杉の下に通った。

天狗はいつも先に来て待っていた。

天狗の教え方は厳しく容赦なかったが、すべて体術の基礎だったようだ。躰の重心の移動の仕方、必要な時に必要な筋肉だけを使い、他の筋肉は休ませておくやり方、瞬発的な筋肉の弾性の発揮法その他である。すべて或る意味では合理的な肉体訓練法だった。

訓練の成果は二人の躰に顕著に現れた。別段、筋肉が隆々として来たわけではない。天狗の肉体訓練は今日のボディビルの逆だった。二人の躰は前にも増して柔軟になり、常時平衡のとれたものになって来た。そのくせ、例えば右腕の前膊《ぜんはく》部分に力を入れようとすると、そこだけ鋼鉄の硬さに変る。全身に力を籠めると、柔かい躰が一変して、細い筋肉が浮き上って来る。あらゆる体技に理想的な躰になったのである。

この八月初めのことだった。いつもの通りの訓練を終えると、天狗が云った。

「これまでだ。ここから先は、人を殺す鬼道になる。その覚悟なくしては勉《まな》ぶことは出来ん」

別して女に教えることは出来ない、と云う。

これは天狗さまの訣別《けつべつ》宣言である。

「いやや」

岩介は絶叫するなり声をあげて泣いた。柄は大きいが五歳の童子だった。泣きながら『鬼道』とは何かと尋ねた。

「鬼道とは人が人でなくなることだ。人の世を棄《す》てて冥府にゆくことだ」

冥府とはあの世である。死者の棲《す》む国である。即《すなわ》ち八瀬の童子発祥の地だ。いくつもの山を越え、海を越えて、ようやく達することの出来る土地である……。

「うみとは琵琶《びわ》のうみか」

岩介もとらも海などという言葉を知らない。

「違う。竜神の支配する大海原のことだ」

天狗が云っているのは日本海のことだが、岩介たちに分る筈がない。

「冥府へいんだら、二度と八瀬へ帰れへんのか」

「まず十年は帰れまい」

「十年?」

とらにとっては気の遠くなるような年月である。だが岩介にとっては違った。ほとんど歓喜の表情になった。

「十年たったら帰って来れるんか」

「或いはな。ひょっとすると未来永劫《えいごう》帰れぬかもしれぬ」

「かめへん。げらゆくで」

げらとは俺の意である。岩介は次いでとらの肩に手を置いて云った。

「とら。十年げらを待て。十年たったら帰って来てげらの嫁にしたるわ」

なんとも勝手な言い草だが、とらは岩介の我がままには慣れている。それにしても十年とは。胸の塞《ふさ》がる思いで、呼吸することが困難になった。倒れかかったとらを、岩介がしっかり支え、口から息をつぎこんだ。それでどうにか口が利けるようになった。

「とらの口は甘うて、うまい」

岩介がまた勝手なことを云う。とらは天狗に訊いた。

「なんとしても女子はいかれへんのんか」

「行ってはいけないのだ。考えてごらん。人が人でなくなる国なんだよ。女子も女子でなくなる。それでもいいのか」

とらは一瞬に理解した。女子が女子でなくなるとは、岩介を喪《うしな》うことなのだった。

「いやや」

どっと涙が溢《あふ》れて来た。叫ぶように云った。

「うち、待っとる」


とらは岩兵衛にその話をしながら、もう一度泣いた。

これから先十年の間、思い出すたびに自分が同じように泣くであろうことを、とらは確かな予感をもって知っていた。岩介はそれほどかけがえのない男だった。

岩兵衛はそのとらを慰める余裕さえなかった。それほど自分の思いの中に沈みこんでいたのである。

とらの告げた天狗の言葉は、恐ろしく多様な暗示に満ち満ちていたからだった。

たとえば『冥府』の在所についてだ。幾つもの山を越え、竜神の棲む大海原を渡った土地にあるという。岩兵衛の智識によれば、これは紛うことなく朝鮮である。たった今、十四万を越える日本軍の将兵が、明の大軍と激烈な戦闘を繰り拡げている土地である。

では天狗は朝鮮の人間なのか。確かに異国の者だと聞いたことはある。だが朝鮮と特定出来るだろうか。或いは明人かも知れず、更にその向うの見知らぬ国の人間かも知れないではないか。

更に天狗の教えるものは、『鬼道』だという。人間が人間でなくなる術だという。『鬼道』とは古来から我が国にある不思議の術をいう。それが本来は大陸のものだと、天狗は告げているのだろうか。

その修行には十年を必要とするというが、恐らく人を寄せつけぬ嶮しい山に籠っての十年であろう。十年という歳月は少しも驚くに足りない。仏法の修行でさえ、伝教大師最澄《さいちょう》は『籠山《ろうざん》十二年』、つまり比叡山に籠り一切俗界に出ない専念修行をその『山家学生式《さんげがくしょうしき》』の中で唱えている。

だが十年の『鬼道』の修練を経、十五歳になって八瀬に戻って来た岩介は、どんな男になっているのだろうか。人間でなくなった十五歳の少年の妖《あや》しい力を想像して、岩兵衛の胸が凍った。

〈ひょっとすると、すぐ殺さななららんかも知れん〉

八瀬村のために、京のために、その処置をとる必要が生じるかも知れないことを、岩兵衛は予感した。だが果して自分に殺せるだろうか。自分が人知れぬ修練で身につけた忍びの術という殺人の法が、果して人間でなくなった岩介に通じるだろうか。その時、自分は六十を越している。仲間すべての力を集めてでも、必要なら岩介を殺そう。そう岩兵衛が決意しおえた時に、とらが唐突に云った。

「おっちゃん、岩介を怒らんといて」

岩兵衛はぎくりとして、とらを凝視した。

岩兵衛はやはり天狗という言葉に、胸の中のどこかで怯《おび》えていたのだろう。この一瞬、己れの思いをとらに読まれたかと疑ったのが、その証拠だった。だからこそ、ぎくりとしてとらを見つめたのだ。半年に及ぶ天狗の訓練によって、とらは人の心を読む能力を持つに至ったのではないか。そう思ったのである。

だが岩兵衛は自分の間違いに気づき、併せて自分の天狗に対する恐怖感を感じとり、いまいましさに舌打ちしてしまった。

とらは当り前のことを云っただけだった。岩介はいって見れば家出をしたことになる。子の家出に対して親の抱く感情は先ず心配であり、やがてそれが亢じて怒りに変るのが普通である。だからとらは「怒らんといて」と頼んだのだ。たまたま岩兵衛が岩介を殺さねばならぬかもしれぬ、と考えていた時だけに、驚愕《きょうがく》しただけのことだった。

岩兵衛はそう信じ、自分の馬鹿さ加減を内心嗤《わら》った。

岩兵衛は間違っていた。むしろ最初の直感をこそ信ずべきだったのである。常識をもって異能者を計ることは出来ない。とらは異能者だった。物心つく頃から、何となく人の心が判った。天狗の訓練によるものではなかった。生れつきだった。だが天狗の言によれば、それは本来、八瀬の童子たちが一人残らず持っていた能力だと云う。

八瀬の童子は女子も含めて、生れつき異常な力を天から与えられた種族だった。だからこそ彼等は『鬼の子孫』と呼ばれ、我から他種族との交流を拒否し、この谷間でひっそり暮していたのだ。血の純潔を守ろうとしたのも、そのためだった。村が開け、村人が人並みに世間に出るようになると、急速にその異常な力が失われていってしまった。やがては自分たちが、そんな力を持っていたことさえ、忘れてしまった。今の八瀬の童子たちは、人並みはずれた頑健な躰と、異常な膂力と、これも異常なほどの長寿力は保持しているものの、どうしてそうなのかという源を知らない。また知ろうともしない。従って神を畏《おそ》れることを知らない。それが天狗をして、

「八瀬の童子は堕《お》ちた」

と嘆かせた所以《ゆえん》だった。

とらの異常な能力は、その古い八瀬童子たちの持っていた力の再来だった。つまりは『本卦還《ほんけ》り』である。

八瀬村の人々は誰一人として、このとらの能力について知らない。父親の六郎左衛門さえ知らないのだ。

「それでいい。決して知らせてはならぬ」

それが天狗さまの命令だった。


結局、岩兵衛は岩介のことを諦めるしかなかった。『冥府』まで追って連れ戻すことは、人間には出来ない。十年たてば帰るという以上、待つしかない。希望を持って待つしかない。とらの態度が正しいのである。何人《なんぴと》にも事実を告げることなく、沈黙のうちに待つこと。それだった。

その上、岩兵衛は急に忙しくなった。帝が不意に云い出されて、それも即刻、どちらかにお出かけになることが多くなったためだ。供回りも碌《ろく》に従えられず、所司代に届けることもなく、軽々しい行幸を繰り返される。行く先は八条河原にある八条宮家が多い。ここは天皇の実弟、八条宮智仁《としひと》親王の屋敷だった。天皇より八歳年少だが極めてお仲がよく、学問・教養の上でも同水準にいらせられたと思われる聡明《そうめい》な親王である。

〈八条の宮様と何事か画策していられるようだ〉

岩兵衛たち駕輿丁には、そのことがひしひしと判る。身震いのするような昂奮《こうふん》があった。

果して、秀吉の死後二ヵ月たった十月十八日、天皇は突然行動を起された。

勧修寺晴豊《かじゅうじはるとよ》、久我敦通《こがあつみち》、中山親綱《ちかつな》の三人の武家伝奏を召され、京都所司代前田玄以《げんい》に御譲位の御意志を伝えるよう命じられたのである。理由は病気だった。

武家伝奏とは武家に対する朝廷の窓口である。三人は当惑を押し隠して前田玄以に帝の御意志を伝え、これまた突然のことに困惑した前田玄以はとにかく、一時のがれに、

「叡慮《えいりょ》次第」

と答えて置いて、即刻宮家、摂家以下の公卿《くぎょう》を招集し、ことを諮《はか》った。宮家をはじめ公卿たちも弱り果てたようだ。何より御譲位の理由が明確でない。お躰のお弱いことは先刻承知だが、これといって挙げられるような病いもない。前関白九条兼孝《かねたか》はそ

の日記に、

『先《まず》もつて御無用』

と書いているが、これが大方の意見だったらしい。だがそれをどう奏上したらいいのか、一同が躊《ため》い迷っているうちに、天皇の第二弾が炸裂《さくれつ》した。

三日後の十月二十一日。

天皇は御位《みくらい》を八条宮智仁親王に譲りたい、と云いだされたのである。天皇には既に皇太子として認められた、御長男の一宮《いちのみや》良仁《かたひと》親王がいらせられる。その一宮をさし置いて皇弟である八条宮への御譲位は筋が通らない。叡慮のほどは計りかねるがあまりに理不尽ではないかと禁裏内部の面々さえ内心思ったほどだった。

現代の人々にとっては、八条宮智仁親王は桂離宮を造られた宮さまだと云った方が、判りは早いかもしれない。もっとも八条宮が造られたのは、桂川のほとりの小ぢんまりとした別荘であり、今日の桂離宮の形で完成されたのは、宮の嫡子《ちゃくし》智忠《としただ》親王によるものである。

智仁親王は一時乞《こ》われて豊臣秀吉の猶子《ゆうし》になっていたことがある。天正十四年から十八年にかけての五年間だ。猶子とは猶《ナオ》子ノ猶《ゴト》シという言葉から出ているもので、養子と変りはない。強いて違いを云えば、養子は養家に住み、養家の姓を名乗るが、猶子の方は必ずしもその必要がない。現に宮はその母方の勧修寺家に住み、豊臣の姓を名乗ることもなかった。

天正十八年にその関係が断たれたのは、前年に秀吉の嫡子鶴松が生まれたからである。秀吉はそのために八条宮という新しい宮家を創設し、三千石の領地と、八条河原に新しい屋敷を造って宮に贈った。

そうした関係上、宮は武将たちとのつきあいも深かった。しかも御齢《おんとし》二十歳。誰からも好意を寄せられる爽《さわ》やかなお人柄だった。これに対して皇太子である一宮良仁親王はまだ十一歳の少年である。

『天皇親政』を志された後陽成天皇が、同志としてまた後楯《うしろだて》として、智仁親王の方を撰ばれたのは当然であろう。ご自分は上皇となり、智仁親王を天皇とし、前田なり毛利なりの大型武将を抱きこみ、『天皇親政』の旗を掲げる。これが後陽成天皇の腹案だった。

だが強力な障碍《しょうがい》があった。それも天皇側にである。

実のところ、ほかならぬ智仁親王ご自身が、この案に最後まで乗ってこられなかった。

一時的にせよ秀吉の猶子となったことによって、宮は少くとも天皇よりは、武士というものの実態を御存知だった。彼等には元々禁裏に対する忠誠心などありはしない。またある筈《はず》もない。何故《なぜ》なら朝廷は所領をくれないからだ。武士の主従関係はたった一つ、この所領をくれるかくれないかという一点にかかっている。所領をくれる者が主君であり、くれない者はどれほど偉い男でも他人である。主君の命令があれば殺さねばならぬ相手なのだ。そもそも忠義という観念は江戸時代も後期の産物であり、この当時の武士は遥《はる》かに現実家だった。そんな武士たちに『天皇御親政』などという理想が理解されるわけがない。単に戦いの名目として使われるだけのことだ。朝廷に対する尊崇が厚いと云われたあの織田信長でさえ、天正九年のいわゆる『御馬揃《おうまそろえ》』の後、正親町《おおぎまち》天皇に御譲位を迫っているのだ。

智仁親王から見れば、兄君の帝の御計画は現実性があまりにも乏しい。お気持は充分判るが、無理なのだ。いわば絵に描いた餅《もち》である。もともと帝には、そういう観念的なお考えが強い。それが思索の中に留っている分にはどうということはないが、今度のように現実化を考えられるとなると、危険だった。破綻《はたん》することは目に見えている。だから何度口説かれようと、応ずるお気持はなかった。

天皇は苛立《いらだ》たれ、遂に親王の御同意を待たず、一方的に御譲位の宣言をなさってしまわれた。

成程、時機としては悪くはない。この十月という月は、武将たちの眼がほとんどすべて朝鮮に向いていた時期である。朝鮮にいる将兵をいかにして無事に本国へ引揚げさせるか。彼等の関心はひとしくその一点にしぼられていた。

天皇はその虚をつかれた。まさか見過すことはないにしても、熟考する余裕はなく、天皇の御意志のままにことは運ぶだろう。そうなる筈の時機だった。

だが現実にことはそのようには運ばなかった。天皇の前に徳川家康という男が岩のように立ちはだかった。『海道一の弓取り』と呼ばれ、合戦の実力では太閤秀吉をしのぐと噂されたこの武将は、当時五大老筆頭の地位にあり、所司代前田玄以の報告をもっとも早く受ける立場にいた。

家康の動きは疾風の迅《はや》さだった。

天皇が八条宮への御譲位を云い出されたのが十月二十一日。三日後の二十四日には、家康は山科言経《やましなときつね》に公家全般の意見を尋ねている。この前に素早く残りの四大老の意見も質《ただ》していたことは、安国寺恵瓊《えけい》あての二十六日付の手紙で明かだ。これは毛利輝元から御譲位反対の同意を得たことへの礼状だからだ。恐らく八条宮のお気持も既に知っていたのではないか。

この十月二十六日には、家康の意向は固っていたものと見ていい。あとは公家たち相手の折衝だけだった。

『お湯殿の上の日記』十一月十八日の条に次の記述がある。

『内府より御ゐんきよの事、まづ御むやう（無用）のよしいろ〳〵申さるる』

内府とは内大臣の意で、家康のことだ。この十一月十八日という日に、家康は五大老・五奉行の意見として、正式に、御譲位反対を上奏したのであろう。それは即ち豊臣家という武士政権の反対である。御譲位、それに次ぐ御即位には莫大な費用がかかる。武士政権の同意なくしては現実的に出来るものではなかった。

『御譲位』は沙汰やみとなり『天皇御親政』の企ては潰《つぶ》れた。

岩兵衛は正直のところ、この結末にほっとしていた。

この三月というもの、心の安まることがなかったのである。帝《みかど》の御命令に従い、次々に朝鮮から戻り伏見に集結して来る武将たちの調査を続けているうちに、

〈こら、あかん。到底無理や〉

岩兵衛は岩兵衛なりにそう結論を出していた。

朝鮮帰りの武将たちは、揃って気持が荒れに荒れていた。部下たちも同様だ。異国の戦場でのあまりにも苛烈《かれつ》な日々が、その原因なのは明かだった。とにかく全員殺気立っている。伏見の町はまたたく間に、戦地同然となってしまった。夥しい武士が町

を埋め、些細《ささい》な口争いがもとですぐ斬《き》り合いになった。毎日のように無益に人が死んでいった。

こんな荒廃した心の持主たちと戦ったらどうなるか、岩兵衛には手にとるように判る。

帝が戦うべき相手はとても正常の心ではない。異常に昂揚した精神状態にいる。従って戦いは絶対に帝が考えていられるような形にはなるまい。たとえば帝は、どう間違っても御所を冒す者などいるわけがないと信じていられるが、この連中相手では甘すぎるお考えと云わざるをえない。十中九まで御所は焼かれ、公家屋敷も悉く焼け落ちるだろう。その火の中で公家の、女御たちの生命がどれほど失われるか、判ったものではない。帝の御生命でさえ危いのである。帝は決してそこまでは考えていられまい。恐ろしく危険だった。

岩兵衛はじめ八瀬童子たちは、後醍醐帝のように、帝の輿《こし》をかついで叡山を越えなければならなくなるかも知れない。だがたとえ八瀬童子全員を繰り出したとしても、果して帝をお護《まも》りすることが出来るかどうか、岩兵衛には自信がなかった。それほど戦争帰りの武士たちの殺気は凄《すさ》まじいものだった。

だからこそ『御譲位』のことが壊れた時、岩兵衛は腰の抜けるような安堵感《あんどかん》にひたされたのである。

だが後陽成天皇は違った。当然のことながら激怒なされた。

〈暴発なさらねばよいが〉

岩兵衛が新たな懸念《けねん》にとらわれたほど、そのお怒りは凄まじかった。岩兵衛の云う暴発とは、『御譲位』なさることなく、天皇のまま兵をお挙げになることである。

さすがに帝もそこまではなさらなかった。そのかわりに意外な形でその鬱憤《うっぷん》をお晴しになられた。公家たちが八条宮への『御譲位』反対の論拠とした一宮良仁親王、更に御次男の二宮幸勝親王まで、門跡《もんぜき》寺院に入れてしまわれたのだ。御門跡となられた親王は天皇になることが出来ない。帝は御自身の御子お二人の皇位継承権を廃したことになる。

正確に書けば、この慶長三年もおしせまった十二月二十九日、先ず二宮幸勝親王が仁和寺《にんなじ》に入り、承快《しょうかい》法親王を名乗られることになった。次いで二年あまりたって、その二宮を梶井宮《かじいのみや》門跡に移され、その後へ一宮良仁親王を入室させていられる。仁和寺覚深法親王を名乗られた。

一宮はこの年十四歳。皇太子の位を廃されたことがよほど口惜《くや》しかったに違いない。

壬生孝亮《みぶたかすけ》はその日記に、

『親王御方、ただ御落涙あり』

と書いている。仁和寺に入られた以後は、寺の者のほか誰ともお会いにならなかったと、これも同じ日記にある。

一宮の御心中、察するに余りあるものがある。

この余りの御仕打ちに、後陽成天皇は一宮をお好きになれなかったのではないかと推量する人々もいたが、どんなものだろうか。一宮へのお憎しみよりも、むしろ徳川家康を筆頭とする武将たち、帝のお気持を理解することの出来ない公家たちへのお憎しみの激しさの現れではないかと、岩兵衛たち八瀬童子は理解していた。一宮もお可《か》哀《わい》そうだが、帝はもっとお可哀そうだ、と云うのが彼等の意見だった。

ともあれ、帝のこの御処置によって、皇太子の地位につかれたのは三宮政仁《ただひと》（後に訓を『ことひと』と改められた）親王である。慶長三年当時わずかに三歳。これが後の後《ご》水尾《みずのお》天皇だ。

余談だが、後水尾天皇の読み方には『ゴミノオ』と『ゴミズノオ』の二通りある。昔は『ゴミノオ』が正しいと云われ、筆者などもその読み方に慣れていたのだが、現在の宮内庁では『ゴミズノオ』を正式に採用している。

水戸光圀《みつくに》の随筆『西山雑録』によれば、二人の兄宮を押しのけるようにして皇位におつきになったことが、帝御自ら『後水尾』の諡号《おくりな》を撰《えら》ばれた理由だと云う。水尾天皇とは右京の水尾《みずお》村に御陵をつくって葬《ほうむ》られた清和天皇のことだ。清和天皇もまた御本意ならずも兄宮をしりぞけて皇位につかれた帝だった。そのお名前を敢《あえ》て諡号《しごう》に撰ばれたのは、二人の兄宮に対するすまなさの現れだと云うのだ。光圀自身も同じような立場で藩主になった身であることを思えば、この記述には一種断腸の思いが漂うような感があって、読む者の心に沁みるのである。

政仁親王のお生まれになったのは文禄五年（一五九六）六月四日。この年は十月二十七日に慶長の年号に改められた。従って三宮は慶長の年号と共に、お齢を重ねてゆかれることになる。母の女御は近衛前久《さきひさ》の娘で前子《さきこ》、中和門院《ちゅうかもんいん》と称されたお方である。

後陽成天皇のお志が無に帰して以来、岩兵衛は気楽に、秀吉の死がもたらした天下の騒乱を見届けることが出来るようになった。いわば対岸の火事である。

岩兵衛の見るところ、やはり最もしたたかなのは徳川家康だった。家康に較べれば石田三成以下の文治派は、くちばしの黄色い餓鬼にすぎない。

先に仕掛けたのは家康の方だった。それも目出度《めでた》い婚姻作戦である。

皮切りは自分の第六子松平忠輝と伊達政宗の長女五郎八《いろは》姫との婚約である。次いで異父弟松平康元の娘を自分の養女として、福島正則の嫡子正之と、小笠原秀政（その妻は家康の長男信康の娘だ）の娘を養女として、蜂須《はちす》賀《か》家政の嫡子豊雄、即ち後の至鎮《よししげ》と、それぞれ婚約を結ばせたのである。

目出度いことだが、これは法度《はっと》破りだった。

四年前の文禄四年八月三日、五大老連署の誓紙の冒頭に、

『諸大名縁組の儀、御意《ぎょい》を以《もっ》て相定むべき事』

とあったからだ。御意とは秀吉の許可である。家康の今度の婚約は一件といえども秀吉の許可は得ていなかった。秀吉は死んでいるのだから当然のことだが、法度はまだ生きている。だから法度破りには違いない。といって死者の許可が得られるわけもない。

家康は実にうまいところを衝《つ》いたと云うべきだろう。

仕方がないと云えば仕方がない。怪《け》しからぬと云えば怪しからぬ。そういう微妙な事態を作っておいて、

「さあ、どうするね」

とばかりに相手の出方を見たのである。

石田三成は予想通りの反応を示した。家康の行動は故意に誓紙を反古《ほご》にしたものだ

と激怒し、残りの四大老、四奉行を招集して、

「家康討つべし」

と主張した。一同、これをなだめて、使者を家康に送り詰問《きつもん》せしめた。慶長四年正月十九日のことだ。返答がいい加減な場合は、秀頼公に対して異志あるものと認め、十人衆（五大老五奉行）の加判を除く、つまり除名すると云う。

家康は婚約の件についてはすっとぼけ、反古にしても結構と答えたが、自分に秀頼公に対する異志があるとは何事か、と開き直り、口実を設け自分を加判の列より除かんとは太閤の遺言を無にするもの也《なり》、と逆襲した。一触即発伏見の町は騒然となり、加藤清正、福島正則を始めとする武断派の諸将が兵を集め、家康の屋敷を守るまでの事態になった。

この事件（伏見騒動）は、大老と奉行の間をとりなす役である三中老、即ち生駒親正《いこまちかまさ》、中村一氏、堀尾吉晴三人の必死の働きによって、どうやら事なきを得た。慶長四年二月五日、相互に新たに誓書をとりかわして、この事件による遺恨なきことを約したが、勿論《もちろん》そんなことになるわけがない。

家康に次ぐ大老中の実力者前田利家は、前年の暮から病いの床にあったが、この年の二月二十九日、伏見の家康邸を訪れ、卒直な意見の交換を行った。利家としては最

後の調停のつもりだったのだろう。彼は家康も好まなかったが、石田三成も嫌いだった。その三成がこのところ大坂の利家の屋敷に入りびたりだった。利家の徳望を利用するためであり、武断派の諸将の直接的な攻撃を避けるためでもあった。

三月十一日、家康は答礼のため利家邸に行ったが、三成はこの時も家康を襲撃しようとしている。家康は藤堂高虎の屋敷に泊る予定だったが、疾風のように伏見に帰り、三成たちに肩すかしを喰わせた。

その前田利家が閏《うるう》三月三日、六十二歳で死んだ。

時を移さず、朝鮮の戦さに直接参加して、石田三成のために財政破綻に瀕《ひん》した七将――加藤清正、福島正則、黒田長政、細川忠興、池田輝政、浅野幸長《よしなが》、加藤嘉明の七人――は三成を襲撃しようとした。三成は女乗物に乗って逃れ、敢て家康の屋敷に己が身を託した。

死中に活を求めた三成も見事な策士だが、家康も賢明だった。今ここで自ら三成を殺せば、七将は憎しみの的を失い、やがて冷静になる。冷静になった彼等が、家康の天下取りの野望に反対しないわけがない。彼等はすべて家康の敵になる筈だった。家康が最も避けたい局面である。

だからこそ家康は徹頭徹尾三成をかばった。三成の居城佐和山までの護送隊長には、次男の結城秀康をあてた。窮鳥懐《ふところ》に入れば猟師もこれを殺さず、と云うが、家康の心境はそんなものではなかった。冷厳な計算の結果である。現に、三成が奉行を辞め、佐和山に籠《こも》って大坂に出て来なくなっただけで、家康は大分困っている。挑発策をとっても怒る相手がいなくなったからだ。

家康は自分の天下取りが、合戦抜きで出来るとは思っていない。また、それでは困る。合戦によって反対派の息の根をとめ、その莫大《ばくだい》な所領を奪って自分の味方にくれてやらなければならない。その実績があって初めて、彼等は家康を主君と仰ぐことになる。その上、それを機会に全国の国替えを断行し、徳川家に都合のよい大名配置にするつもりだった。いずれも戦争抜きでは不可能なことばかりだった。

石田三成が佐和山へ引き籠った以降の家康には、多分にあせりの色が見える、とは岩兵衛の評である。

頭《かしら》を失った文治派の面々はまことにだらしがなく、家康が何と挑発しても動こうとしない。亀が首も手足もひっこめて、甲羅の中に隠れているような状態だった。

慶長四年閏三月十三日、前田利家の死後十日目に、家康は伏見城に入って政務をとることになった。勿論、大老・奉行の承認を得た上でである。これは重大な決定だった。奈良興福寺の僧多聞院《たもんいん》英俊はその日記の中で、この日をもって家康は天下殿に成られ候《そうろう》、とさえ書いている。その重大極まる決定に、文治派の五奉行は何の反対も示していない。

九月に入って、家康は遂《つい》に大坂城に入ろうとした。

これはさすが文治派たちを刺戟《しげき》したようだ。だが、その反応たるや実に姑息《こそく》なものだった。五奉行のうち増田《ました》長盛と長束《なつか》正家の二人が家康を訪れ、前田利家の子利長の陰謀を訴えたのである。利長が浅野長政、土方勘兵衛、大野治長に依嘱して、大坂城に入った家康を刺させようとしている、と云う。

根も葉もない話である。

彼等の目的も定かでない。

慎重な家康がこの言葉に危惧《きぐ》して、大坂城に入るのをとりやめることを期待したのか、更に前田と徳川を戦わせ、双方の消耗を待って家康打倒の兵を挙げ、これを背後から襲おうとしたのか、その辺が分明でない。

家康は彼等の期待に反して、十月一日、大坂城入りを強行し、以後西の丸に居坐った。翌二日、浅野、土方、大野の三人を城から追い、更に翌三日には諸将を招集し加賀征伐を声明した。わざと文治派の罠《わな》に落ちるふりをして見せたわけだ。

「人の悪いお方や、徳川殿は。あれで前田は間違うても石田派にはつかんようになってしもうたわ」

後に岩兵衛が配下の駕輿丁《かよちょう》たちに云った通り、この時の前田利長の慌てようといったらなかった。老臣横山大膳長知《だいぜんながちか》を急ぎ大坂に送り、百方陳弁につとめさせた揚句、母の芳春院を人質に差出す条件さえ呑《の》んだのである。芳春院は伏見に送られ、更に翌慶長五年江戸に赴いた。六月六日のことだ。これが徳川家に対する人質（当時は証人と云った）の第一号になった。

これが文治派の策謀なら完敗というべきである。彼等のしたことは加賀百万石を家康に臣属させただけのことだった。いや、それだけではない。前田家と姻戚《いんせき》関係にあった丹後宮津十七万石の細川忠興まで、家康に誓紙を出し、その子忠利を人質として、江戸に送ったのである。

あぶ蜂とらずと云うべきだった。


慶長四年八月から十月にかけて、家康を除く四大老は、すべて国元へ帰っていた。朝鮮帰りの諸将も同じだ。

これは家康のすすめによるものである。

「中央のことは、手前が秀頼公をお守りしてしかるべくはからい申す。貴殿たちは領国にお帰りになって、山積した仕事を片つけて来られては如何《いかが》？」

親切ごかしにそう云ったのである。

事実、四大老とも国元に問題を抱えていた。前田利長は父利家に代わって加賀藩主となってまだ一度も国入りをしていない。宇喜多秀家の家中には重臣間に対立があり、早急にその解決を計る必要があった。毛利輝元の領国でも藩士たちが経済的窮迫を訴えて来ている。上杉景勝に至っては前年慶長三年正月に父祖相伝の越後から会津百三十一万石に移されたばかりである。新しい領国というものは、庶民の今まで馴染《なじ》んで来た藩主への愛着もあり、仲々統治が難しいのが常である。その経営に苦労しているところへ秀吉の死が知らされ、九月には大坂に来ている。以後一年も大坂に居坐って五大老の役目を果して来たが、領国のことが不安で仕方がない。

そんなところへ家康のすすめがあったのだから、渡りに舟と四大老すべて帰国してしまった。大坂には大老は家康一人になったことになる。三中老、四奉行はいたが、格から云っても実力から云っても、家康を抑止する力になどなれない。加賀征伐を云い出した時も、この面々はとめようとしてとめることが出来なかった。

前田利長が機敏な動きを見せて陳謝したことで、この件はおさまったが、家康としては次の仕掛けを考え出す必要があった。それが上杉討伐である。

上杉景勝はかねてから石田三成と結び、十全の謀略を練り上げた末、先ず景勝が東の会津で兵を挙げ、家康がこれを討つために東征した隙《すき》を狙《ねら》って、三成が大坂に兵を挙げる。もって家康を東西から挟撃して滅亡させようというたくらみだった。筆者たちの世代の者は、長いことそう思わされていた。

だがこれはどうやら徳川幕府がつくり上げた伝説の如《ごと》きものだったようである。今日の史家は、ほとんどこの説を信じていない。逆に上杉景勝は家康の謀略によって、無理矢理、兵を挙げさせられたと思われる節が多いからだ。

先に述べたように、景勝を慶長四年九月に会津に帰らせたのは、家康自身である。新しい領国の経営は大変だろうから、というのがその理由だ。更に九月十四日、十月二十二日、十一月五日と、ほぼ月に一回の割合いで、家康は景勝に手紙を書き、その経営ぶりを認めている。

この家康の態度がたった一ヵ月の間に激変した。

慶長五年正月、景勝はその部将の一人藤田信吉を代理として大坂に送った。秀頼に年賀を述べるためだ。

この信吉という男がいけなかった。この男は元々扇谷《おおぎがやつ》上杉の臣だったが、上杉が北条に追われると北条に仕え、沼田城をあずかるまでになったが、一転して武田勝頼に内通している。武田家滅亡後は景勝に通じ、沼田城の奪回を計ったが果せず、遂にはその家臣になったという経歴の持主である。

家康はこの信吉を歓待した。この男の望みがひたすら沼田城をとり戻すことにあるのを見抜き、城を餌《えさ》にして信吉を手中にとりこんだのである。

帰国した信吉は、家康が即刻の上洛《じょうらく》を求めていることを告げ、家康に従う方が利口だと、口を極めて誉めたてた。景勝を怒らせることが家康の目的だった。それに会津は大坂から遠い。その遠路を九月に帰った者を正月に呼びつけるとは無茶である。無茶を承知で信吉に云わせたのだ。上洛の理由は、景勝の後を受けて越後の藩主となった堀秀治が、度々の領内一揆《いっき》に悩んでいたことである。新たに来た藩主が検地を行おうとすれば当然起る事態なのだが、堀秀治はこれを景勝の片腕直江《なおえ》兼続《かねつぐ》の策謀だと家康に訴え出ていた。その件について釈明するために大坂へ来い、と云うのだから、これは景勝ならずとも怒るのが当り前であろう。

景勝はこの伝言を無視した。更に、家康のいいなりになって、馬鹿げた伝言をおめおめと受けとって来た藤田信吉を叱《しか》った。

藤田信吉の上杉家内部での立場はひどく悪くなった。もともと上杉家は謙信以来の武門の名家だ。徳川家、何するものぞ、という気概が将兵すべての腹の底にある。立場の上から云っても、同じ五大老の一人で同格の身だ。徳川の下風に立ついわれは断じてない。それをまるで家臣のように顎《あご》で動かそうという家康も家康なら、それをひき受けて来た信吉も信吉である。それでも上杉の武士か。

信吉は自分に向けられた軽侮と殺意とを感じた。恐らく恐慌《きょうこう》にかられたのであろう。慶長五年三月十一日夜、一族郎党を引き連れて会津を脱走した。栗田刑部《ぎょうぶ》と云う部将は信吉の友だった。これも信吉と相談して会津脱出を試みたが、僅《わず》かに遅れた。このため栗田刑部とその一族郎党百二十七人、追手をかけられて一人残らず殺された。

信吉の方はまんまと成功し、先ず江戸の秀忠のもとに走り、次いで大坂へ上って家康に訴えた。

家康は快哉を叫んだ。上杉景勝は見事に罠に落ちた。

五奉行の一人増田長盛の家臣河村長門守《ながとのかみ》が、長盛と大谷刑部吉継の連署になる、上洛勧告状を持って会津を訪れたのは、三月中旬のことと思われる。

上杉景勝はこの長門守に、秋になったら上洛すると答えた。

長門守は大坂に戻ると、又もやすぐ会津に旅することになった。今度は家康の家臣伊奈昭綱と一緒だった。景勝の最後の返事を聞き出すのが目的である。四月一日のことだ。日付から見て、いかに家康の要求が一方的で短兵急なものだったか、よく判《わか》ると思う。

家康は同じ四月一日の日付で、景勝の重臣直江兼続にあてて豊光寺《ぶこうじ》の西笑承兌《さいしょうしょうたい》に手紙を書かせている。承兌は家康の云う通り、謝罪を勧告する恫喝《どうかつ》めいた手紙を書いた。これに対する四月十四日付の兼続の返事が、有名な『直江状』と呼ばれるものだ。

直江状の内容は、今読んでみると一々もっともなことばかりである。会津は雪国で十月から三月までは何も出来ないから国の仕置には時がかかるのだ、と云うことから始って、堀直政・藤田信吉を讒人《ざんじん》と呼び、そんな連中の糾明もしないで当方を逆心呼ばわりするなら『是非に及ばず候』と凄《すご》み、

『讒人引合御糾明これなくんば上洛罷成《まかりな》るまじく候』

きっぱりとそう云っている。

そのほか、武器を集めているという噂《うわさ》があるという件については、上方の武士は茶椀など人たらしの道具を集めるが、田舎武士は鉄砲・弓箭《きゅうせん》の道具を集めるのだとうそぶき、堀家攻撃のために道を整備しているという非難に対しては、道など作らなくても、

『久太郎（堀直政のこと）踏みつぶし候に何の手間入るべく候や』

と切捨て、

『千貫万句も入らず候。景勝毛頭別心これなく候』

と誓い、但《ただ》し、

『不義の御扱に於《お》いては是非に及ばず候』

仕掛けられた喧嘩《けんか》なら買おうと云うのである。

いかにも無理無体に一方的ないいがかりをつけられた藩主の家臣らしい、激越と云っていいほど調子の高い、きっぱりした文章であり、痛快な感じさえする。

近時この『直江状』を偽作とする説が出ているが、それはこの激越な調子に起因するのではないか。一陪臣が家康に読まれることを百も承知で、こんな思い切ったことを書ける筈がないと云うのなら、問題だろう。直江兼続は一陪臣と云える男でもないし、仮りに一陪臣だとしても、これくらいのことは云う。それが戦国の武士ではないか。

家康に讒者を糾《ただ》す気持などあるわけがない。

伊奈・河村二人の使者が大坂に戻って、景勝に上洛の意志なしと報告したのは五月三日だが、家康は即日、上杉と領域を接する諸大名に急使を発して、国境の警備を厳重にすることを命じ、自ら討伐に向う意志を明かにした。

五月七日。増田・長束二奉行と三中老は家康の会津討伐を引きとめようとしたが、もとより家康が承知する筈もない。

六月二日、軍令を諸将に発して討伐の準備をさせ、六月六日には軍議を開いて諸将の部署を定め、遂に六月十六日、大坂を出発した。

家康はゆるゆると東に下り、江戸城には七月二日に着いている。石田三成の挙兵を首を長くして待っている家康の姿が目に見えるようだ。

石田三成が毛利輝元を盟主と戴《いただ》いて、家康糾弾の条書と檄文《げきぶん》を発したのは七月十七日のことだ。

家康はこの待ちに待ったしらせを、七月二十日前後には受け取ったようだ。十九日には江戸城に上方異変の報が届いている。この時はもう家康は下野小山《しもつけおやま》に出発していたが、急使がすぐ後を追った筈だ。そして京都伏見城の守将鳥居元忠からの敵襲の急報は、家康が小山に着いたその日、七月二十四日にもたらされている。

ここから先の家康は少しも急がない。翌二十五日には客将を集めて三成の挙兵を告げ、どちらにつくも自由と宣して、それぞれ帰国の途につかせた。二十六日、自分も小山を引き払い、八月五日、江戸城に帰着。ここでなんと二十六日間も動かなかった。ようやく江戸を立ったのは九月一日である。今度もまたゆっくり道中して、大垣城周辺に集結していた先鋒《せんぽう》隊と合流したのはなんと関ヶ原合戦の前日、九月十四日の正午だった。

こののんびりとした家康の行動のお蔭《かげ》で、京・大坂及びこの周辺の徳川方の小城は、ほとんど落城全滅の憂《う》き目にあっている。伏見城、伊勢安濃津《あのつ》城、伊勢松坂城、大津城、丹波田辺城などがそれである。

このため、高みの見物と洒落《しゃれ》こんでいた岩兵衛たち八瀬童子は、思いもかけない使命を受けることになった。

西軍（石田三成方）の田辺城攻撃を差しとめよ、という帝の御命令を拝受したのだ。帝は八条宮智仁親王の御懇請により、この御命令を出されたのである。渺《びょう》たる小城にすぎぬ田辺城（現舞鶴城）に対して、これほどの御叡慮が払われるのはもとより異常である。その異常の原因は、五百の手勢と共にここに立て籠った守将細川幽斎にあった。

幽斎は剃髪《ていはつ》後の号で正確には幽斎玄旨。世に在る時は細川藤孝《ふじたか》と謂《い》った。天文《てんぶん》三年（一五三四）京都の東山の麓《ふもと》岡崎で生れた。三淵《みつぶち》大和守晴員《はるかず》の次男というが、実は十二代足利将軍義晴の子だったようだ。母なる人が藤孝を懐妊したまま晴員のもとに後妻として入ったと云う。

六歳の時、将軍義晴の命により名門細川元常《もとつね》の養子になった。初陣は十六歳。以後幾度となく合戦に参加し戦功をたてていることは、彼が見事な『いくさ人』だったことを証明している。

十三代将軍義輝が松永久秀に殺された後、その弟である奈良興福寺一乗院門跡覚慶を脱出させ、甲賀まで逃げのびさせたのは藤孝である。以後、義秋、次いで義昭と名を変えた覚慶を助けて、朝倉、次いで織田信長を頼り、十五代足利将軍に仕立てることに成功したが、義昭の僧侶《そうりょ》上りらしい陰謀好きに愛想をつかして致仕し、後に信長の懇望によりこれに仕えた。信長が本能寺に死ぬと剃髪して伜《せがれ》の忠興に丹後宮津十二万石を譲り、自らは田辺城に入った。忠興は太閤秀吉に仕え十七万石を領するに至った。

忠興はこの時上杉討伐軍に属し、大半の部下をつれて会津に向かっていた。幽斎は隠居の身だが、さすがに筋金入りの『いくさ人』である。石田三成の決起を聞くと、僅かな手兵を配分して丹後の各城を守らせ、自らは僅か五百の兵をもって、田辺の城に立て籠った。攻めるは小野木縫殿助公郷《ぬいのすけきみさと》、谷出羽守衛友《もりとも》など一万五千の兵である。ほぼ三十倍の兵力だから常識で考えるとひとたまりもない筈だが、これが落ちない。攻撃は七月二十日に始ったのだが、なんと延々九月までかかっている。

幽斎、この時六十七歳。

『ここをさしてうつ鉄砲の玉きはる　命にむかふ道ぞこのみち』

田辺籠城《ろうじょう》に際して詠《よ》んだ歌だと云う。老翁《ろうおう》の意気、壮とすべきであろう。

だが八条宮並びに後陽成天皇が、この事態を憂慮されたのは『いくさ人』幽斎とは関係がなかった。問題は『歌人』幽斎の方だった。細川幽斎は三条西実澄《さねずみ》から、いわゆる『古今伝授』を受けた、当代たった一人の歌人だった点にある。更に『源氏物語』に関する秘伝を唯一《ゆいいつ》伝える人物だったとも云う。

『古今伝授』は『古今集』の秘儀の伝授の意であるが、この当時の秘伝とは後に本居《もとおり》宣長《のりなが》、荷田在満《かだのありまろ》が非難攻撃した江戸期のそれとは違って、字句の解釈に関するものではなく、日本学ともいうべきものだったと、中村直勝氏の研究にある。

『古今伝授』について語る学識は筆者にはない。

故中村直勝先生は、旧制第三高等学校における筆者の恩師であり、古文書学の泰斗だった。先生は若き日、京都大学国史研究室所蔵文書中に、幽斎から中院通勝《なかのいんみちかつ》に伝授された『古今伝授』の記録を発見され、直接読むことが出来たと云う。

その中村先生が、この『古今伝授』は、『古今集』の秘伝と共に『源氏物語』の秘伝を含み、更に神道が加味されたもので、単純な和歌の研究ではなく、日本学の如きものだったと云われる以上、筆者としてはそれを信ずるしかない。

『古今伝授』について次のような伝説がある。

承久の合戦に功績のあった下総《しもうさ》の国の住人東胤行《とうたねゆき》は美濃国郡上《ぐじょう》郡山田荘に封じられたが、その妻は藤原定家の孫娘だった。このため妻の父藤原為家は父の定家から伝授された歌道の奥儀《おうぎ》を胤行に伝え、以来郡上の東家が秘伝の家元の資格を持った。

文明三年（一四七一）、紀州の連歌師種玉庵宗祇《しゅぎょくあんそうぎ》が郡上まで行き、東常縁《つねより》に懇請して、その年の一月から四月まで、六月から七月まで、との二回にわたって『古今伝授』を受けた。

宗祇はこれを逍遥院内大臣三条西実隆《さねたか》に伝え、その後、実隆―公条《きんえだ》―実澄と三条西家に相伝されたが、実澄の時、実澄が大病にかかり命旦夕《めいたんせき》に迫ったが、その子公国《きんくに》はまだ七歳の幼童だったため、やむなく、すべてを細川幽斎に伝えたと云う。

これはあくまでも伝説であり、正確な事実であるかどうかは不明であるが、この関ヶ原合戦当時、『古今伝授』を保持していたのが、細川幽斎ただ一人だったことは間違いないようだ。幽斎はこれを八条宮智仁親王に伝授することになっていたらしい。

それがこの合戦で無に帰そうとしたのである。

『天皇親政』の志を断たれた後陽成天皇にとって、これは耐えがたい事態だったに違いない。なんとしてでも幽斎を救い、『古今伝授』の絶えるのだけは避けよう。そう思われたのではないか。

岩兵衛が帝から受けた御命令は、田辺城に潜入し、戦況並びに幽斎自身の意志を確かめよ、と云うことだった。

岩兵衛は即座に単身御所を出た。十二人の駕輿丁は御所に留めた。帝の御用に支障を来《きた》すのを恐れたためだが、実はそれ以外にも理由がある。岩兵衛、というよりその一家は幽斎と特別の関係があったのである。

細川藤孝はその幼時を八瀬で過した。

『寛政重修諸家譜』の藤孝の項に、

『(天文)八年六月八瀬の里にをいて義晴(十二代足利将軍)の命により、(細川)元常が養子となる』

とはっきり書かれている。この頃は万吉と呼ばれていたようだ。三淵大和守は婚姻より前に後妻が懐妊していた事実を隠すために、八瀬で出産させ、生れて来た男の子を、そのままこの里で養育させたようだ。三淵家の先祖は足利尊氏の落胤《らくいん》だと云う。その三淵家と八瀬の里がどんな関係にあったのか、その辺が判らない。ただ単に洛北の隠れ里として、人目につかないという理由だけで撰ばれたのかもしれない。

とにかく藤孝は六歳の年まで、この里で育った。その世話をしていたのが、岩兵衛の一家だったのである。

その因縁で岩兵衛一家は細川家への出入りを許されていた。

岩兵衛と藤孝の年齢の差は十四。青年の藤孝は、家に出入りする鬼のような容貌《ようぼう》の少年を不愍《ふびん》に思ったのか、よく目をかけてくれた。岩兵衛の剛直一筋の気質が気に入ったのかもしれない。岩兵衛に剣や忍びの師を世話してくれたのも藤孝だった。当然、岩兵衛は藤孝を兄のように慕った。その思いは数十年を経た今でも、少しも変ってはいない。だからこそ、帝の御命令を受けた時、岩兵衛は心ひそかにふるい立ったのである。

〈死なせたりせえへん。なんとしてでも助けたるで〉

そう決心した。少年の日の借りが、初めて返せるのである。岩兵衛は必死だった。

寄せ手の包囲陣をかいくぐって、田辺城に近づくのは、岩兵衛ほどの忍びにとっては、たやすいことだった。

むしろ城兵の目を逃れて城に潜入する方が難しかった。

五百の城兵はことごとく死兵だった。死ぬ覚悟だと云うのではない。既に死んだも同然なのだ。一万五千の兵に囲まれて、生きて城を出られるわけがなかった。

既に死んでいる兵ほど始末に悪いものはない。寄せ手の方は生きて帰りたいのである。恩賞も名誉も生きていればこそである。死んではなんの得にもならない。これが小野木公郷ほかの軍勢が、この渺《びょう》たる小城を攻めあぐんでいる理由だったが、ことは岩兵衛にとっても同じだった。

とにかく城兵はひどく敏感なのだ。おかしいと思うと、即座に鉄砲をぶっ放して来る。味方への警告のためだ。岩兵衛は二度、危く射殺されるところだった。

〈味方に殺されたら、どもならんわな〉

腹の中でぼやいたが、味方だと証明する方法がない。

岩兵衛がようやく幽斎の寝所に忍びこんだ時は、三更（零時）を過ぎていた。

「誰だ」

さすがに幽斎である。低く咎《とが》めるや否《いな》や、枕《まくら》もとの刀をとっていた。

岩兵衛は答えるかわりに梟《ふくろう》の啼《な》き声をしてみせた。少年の頃、緊急の用件の場合にのみ、屋敷の外から伝える二人だけの合図だった。

「岩兵衛か。久しいな」

幽斎はちゃんと覚えていてくれた。

「灯をつけてくれ」

岩兵衛は忍び道具の懐中火縄を使って、灯心に火を点じた。

幽斎は目を細めて、懐《なつか》しそうに岩兵衛を見た。

「鬼の顔もよいものだな。老いが読めぬわ」

「ひどいこと云やはる」

幽斎はくっくっと笑った。

〈昔とちいとも変らへん〉

若い藤孝も岩兵衛に会うとまず顔のことで意地悪を云い、笑ったものだ。それが挨《あい》拶《さつ》のようなものだった。それは男は容貌など気にするなという優しさの裏返しの表現だった。だから岩兵衛も一度も腹を立てたことはない。

「今生の別れに来たか」

幽斎がさらりと云った。

〈やっぱり死ぬ気でいやはる〉

不覚にも岩兵衛は涙ぐみそうになった。

「違いますがな。帝のお云いつけで来ましてん」

「帝の……？」

幽斎が坐《すわ》り直した。岩兵衛は帝のお言葉を伝え、開城をすすめた。帝のお言葉があれば、間違っても降将として斬られることはない。徳川方としても咎めだては出来まい。

幽斎は暫《しばら》く黙っていたが、やがて声をあげて笑った。岩兵衛が口を開きかけると、手を上げてとめた。

「お主、欺《だま》されているぞ、岩兵衛」

思いもかけぬ返事に、岩兵衛はとまどった。

「欺されとるって、どなたにでっか?」

「帝にさ。それとも八条宮さまかね」

「そんな阿呆《あほ》な」

さすがの岩兵衛が、この途轍《とてつ》もない言葉に仰天した。

「ようまあ、そないな罰当りなこと、いやはりまんなあ」

「八条宮さまへの古今伝授は、とうの昔に終っているんだよ」

その言葉は雷鳴のように岩兵衛の耳を打った。

岩兵衛を驚愕させた幽斎の言葉は、事実だった。

八条宮はこの慶長五年三月十九日に幽斎に対して『誓約状』をお出しになり、以後二十九回にわたる伝授を受けられ、四月末日に終了している。証明状や古今抄物などの授与はまだだったが、実質的な伝授はすんでいたのだ。

「だから……」

幽斎は岩兵衛を慰めるように云った。

「お主に証明状と古今相伝の箱を今渡そう。それを宮さまにお届けしてくれれば、事は終る」

「あきまへん」

岩兵衛はとび下るようにして、大きく手を振った。

「そない大層なものあずかれまへん」

冗談じゃない、と云いたかった。そんな物を受けとって来いという御命令ではなかったし、またそんなことをしたら幽斎は安心して死ぬだろう。八条宮も帝も、そして何よりも岩兵衛自身が、幽斎を殺したくないのである。それだからこその密使ではないか。

「わしにでけることは、そのまま帝にお伝えすることだけや」

幽斎がまたふっと笑った。

「伝授はすんでるなんて云ったら、お主、間違いなく駕輿丁からはずされるぞ」

岩兵衛は心底当惑した。思わず言葉になった。

「ややこしなぁ。何がどうなっとるんか判らへん」

「岩兵衛」

幽斎の声が厳しくなった。

「帝は上皇になられた上で、天皇御親政の兵をお挙げになるおつもりだった。そうだろう?」

岩兵衛はぎょっとなった。さすがに幽斎は鋭いと思った。

「知りまへんなぁ」

「わしも同じ返事をしたよ、内府殿に訊《き》かれてな」

内府とは徳川家康のことだ。

「内府殿はふふんと鼻で笑われたよ。何も彼《か》も見抜いていたのだ、あのお方は」

岩兵衛はぞっとした。危いところだった。沁々《しみじみ》そう思った。

「だから御譲位は潰された。帝は当然ご不満だったろう。それが今出たのさ。意地でもこのいくさぐらいはとめてみせたい。そう思われたのだよ。古今伝授は口実にすぎぬ」

岩兵衛にも今度ははっきりと呑み込めた。

「だがな、わしにはわしの都合がある。御言葉に従って開城すれば、内府殿はわしが帝のお先棒をかついだと思うだろう。わしはいいが、それでは伜が困る。判るだろう、岩兵衛」

幽斎の苦衷は岩兵衛にもよく判った。

徳川家康が後陽成天皇の隠された御意向を見抜いていたとすれば、天皇の息のかかった大名は当然危険人物ということになる。簡単に云って、細川家は睨《にら》まれることになる。世が徳川の天下になることは既に確実だった。その天下さまに睨まれて、細川家が立ちゆくわけがない。しかも家康の執拗《しつよう》さは有名である。十年前の恨みでも決して忘れることがない。何時《いつ》か何処《どこ》かで、必ずお返しはきちんとする。或る意味で律儀この上ない人物だったが、この律儀には甘さがない。そこが恐ろしい。

幽斎にしてみれば、老い先短い生命と引換えに、細川家に朝廷のお味方という烙印《らくいん》を押されるのは真平御免だったわけだ。自分が死ねば、伜の立場がぐんとよくなるのもよく承知している。

「それになぁ、岩兵衛」

幽斎が沁々とした口調で続けた。

「わしは同じ死ぬのなら、いくさの中で死にたいのだよ。病いなどで死にたくない」

岩兵衛は思わずうなずいていた。その思いは岩兵衛とて同じである。いや、この時代のすべての『いくさ人』に共通した思いではなかろうか。怒濤《どとう》のような敵兵の進入に抗して、夢中で槍《やり》を振っているうちにぷつんと意識が切れる。戦い果てた後、累々《るいるい》たる仲間の屍《しかばね》と共に自分の躰《からだ》もうち伏している。そんな素晴しい死に様がまたとあろうか。

「まだまだいくさはありますやろ」

岩兵衛に云えるのは精々それくらいである。

「それはどうかな」

幽斎が皮肉な眼になった。

「内府がこれ以上のいくさを許すかな。いくさなど起したくとも起せぬように、たがを締めて来るのではないかな。武士に生れて来たことが、いやになるような時代が来る。内府ならきっとそうする。つまらない世の中になるぞ」

幽斎は庶人の平和への渇望を知っている。思えばあんまりいくさが続きすぎた。合戦のたびに百姓は兵卒にとられ、田畑は荒らされ、喰うや喰わずの目にあうのである。町者は町者で、そのたんびに家財道具を持ち、家族を引きつれて、いくさの来ない山中に逃げなければならない。家は情け容赦なく焼かれ、結局は流浪《るろう》の身となるしかない。もううんざりだった。身勝手ないくさは願い下げである。誰もがそう思っていた。徳川家康はその庶民感情に巧みに乗り、己れの覇権を確実なものにしようとしていた。

「穏やかな世の中が来るのは、結構なこってすがな」

岩兵衛が逆うように云った。

京の人間ほどいくさに敏感な人種はいない。どんないくさの場合も争奪の的になるのは常に都なのだから、これは当然と云える。その都に生れ育つとは、果てしなく家を焼かれ、財を奪われ、身内を殺されることだ。京の人間が他人を容《い》れず、極端なまでに利己的であるのも故《ゆえ》なしとしない。他人はいつ盗人に、或いは人殺しに変るか判らず、最後に頼みになるのは自分一人しかいないことを、長い戦乱を通じて肝に銘じて知っているからだ。その智恵があればこそ、彼等はどんないくさにも耐え、不死鳥のように甦《よみがえ》って来たのである。

「そらそうや。確かに結構なこっちゃ」

幽斎が岩兵衛の京言葉を真似《まね》て云った。

「だがな、岩兵衛。見かけに欺されてはいかんぞ。平和な世の中ほど、裏では激しいいくさが戦われるものだ。例えばの話、内府が天下をとれば、禁裏とのいくさは今より遥《はる》かに激しくなる筈だ。内府は禁裏を抑えつけにかかるにきまっているからな。禁裏こそ戦乱の源だ」

「そんな阿呆な。帝にそんなお力はありまへん」

岩兵衛は憤然と抗議した。

「それがそうでない。確かに武力はない。武力はないが不思議な力がある。庶人の胸の底に眠っている帝への畏《おそ》れがある。呪力《じゅりょく》と云ってもいい。この国のすべて、大海原から渺々の奥山に至るまで、山川草木ことごとく、おおもとは帝のものだと云う気持が厳としてある。天下人が等しく恐れるのは人々の胸の底に眠っているその思いだ。だからこそ天下を狙う者はすべて禁裏を、帝を気にかけ、なんらかの形で一種の取引をしようとして来たのだよ」

幽斎は嘗《かつ》ての天下人足利将軍の血をひいている。更に当代きっての学識の持主だった。それだけに世の中を見る眼が正確で厳しい。移ろうものと移ろわざるものとを、明確に見定める。

「内府は一介の武辺ではない。人こそ知らね、端倪《たんげい》すべからざる学識の持主でもある。その内府が千年の平和を築き上げようと決意した時、最も障碍になるのは禁裏だろう。当然、総力をあげて禁裏を抑えにかかるにきまっている。帝の不思議のお力を喪《うしな》わせ奉《たてまつ》るのが内府の窮極の望みだ。熾烈《しれつ》ないくさになろう」

幽斎はそのいくさを脳裏に思い描くように、目を閉じた。

「禁裏をお守りしなければならぬ。帝の不思議のお力を守り伝え参らせねばならぬ。岩兵衛、それがお主の仕事だ」

岩兵衛は思わず慄《ふる》えた。これは幽斎の遺言だった。

結局、岩兵衛はなすすべもなく田辺城を脱出し、ことの次第を後陽成天皇に復命した。

だがこのことに関する限り、天皇の御執心は凄まじいほどだった。

小野木縫殿助公郷たちの軍勢が田辺城の包囲を完成したのは七月二十日。

七月二十七日には、八条宮の家老（細川家記の記述による）大石甚助（大西ともいう）が宮の御書状をもって、田辺城に入り幽斎に会っている。正式の和睦《わぼく》のすすめである。

幽斎は和睦のことは断り、『古今伝授』の証明状、古今相伝の箱に歌一首を添えて八条宮に贈り、源氏抄箱、廿一代集などを禁裏に贈る仲介を大石に依頼した。岩兵衛の報告による処置であることは明かであろう。

とりあえず、これで『古今伝授』は八条宮に譲られたことになる。『古今伝授』の断絶は避けられたわけだ。

だが天皇はあくまで幽斎の生命に固執なされた。

先ず三淵家の三男で、幽斎の同母弟である大徳寺の住職玉甫和尚《ぎょくほおしょう》に、兄を説いて開城させるようにとの内命を下した。

玉甫和尚はこれを拒否している。実弟だけにさすがに兄の覚悟を見抜いていたのである。

帝は遂に大坂へ勅使を下された。前田徳善院玄以に、急ぎ田辺城の囲みを解き、幽斎を城から出すようにとの詔《みことのり》を下されたのだ。大坂方もこれには困惑したに相違ない。だが豊臣家は徳川家と違って、少くとも表向きは朝廷への尊崇の厚い家柄である。勅命とあっては無視することは出来ない。石田三成以下、やむなくこのことを承知し、前田玄以の猶子《ゆうし》前田主膳正《しゅぜんのかみ》茂勝を田辺に派遣して、和議を申し込ませた。

だがそれでも幽斎は承知しない。なんとしてでも士卒と共に討死する覚悟なのだ。

遂に帝は、幽斎自身に勅使を出す決意をなされた。

九月十二日、三条西大納言《だいなごん》実条《さねえだ》、中院中納言通勝（幽斎の女婿《じょせい》である）、烏丸《からすま》中将光広の三人（別史料によれば三条西実条の代わりに富小路秀直《とみのこうじひでなお》が入っている）は勅使として、前田主膳正の案内により田辺城に至った。

正に前代未聞の出来事である。

小野木公郷はじめ寄せ手の諸将は驚愕《きょうがく》し、俄《にわ》かに道筋を清め、槍を伏せ、かしこんで勅使を迎えたと云う。

こうまでされては幽斎もかなわない。正式の勅使が相手では拒否しては勅命に反することになる。それにここまで頑張れば、徳川家康も納得する筈だった。

幽斎は城を敵にではなく前田主膳正に渡し、部下の将兵と共に主膳正の居城亀岡城に入った。

「八瀬童子とはなんとひちこいものだな」

勅使の下人を装《よそお》って田辺城に現れた岩兵衛に、幽斎はぼやいている。

「とうとう死花を咲かせてくれなかった」

岩兵衛はにたりと笑った。鬼の笑い顔は不気味である。

「当り前どすがな。わしにでけるのは、これくらいのもんや」

禁裏に出来るのは、とは云わなかったが、言外にその自嘲《じちょう》が匂《にお》う。語尾に無力の寂しさが漂った。幽斎も苦笑した。

「名をあげたのは古今伝授だけか」

確かにこの時以降、『古今伝授』の名は急激に高くなる。それほどこの田辺城開城事件は異常であり、衝撃的だった。およそ戦国に生きた人々の常識をくつがえす事件だった。ただの『みやび』にすぎなかった『歌』というものが、現実に五百の死兵を救った。『歌』がそれほどの力を持っていた。武人にとっても庶民にとっても、これは価値観の転換を迫られるに似た新しい認識だったのである。

『当代記』によれば、この慶長五年十二月の京都では、九日、二十六日、二十九日の三日間、大雪が降ったと云う。

その二十九日の雪を、岩兵衛は八瀬の自宅で眺めていた。珍しく風邪をひいたのである。

洛北の八瀬の里は、京の市中よりかなり冷い。雪は氷片となって、果てしなく舞い続けていた。

関ヶ原合戦から三月が過ぎている。

ひとつの時代が終り、まったく新しく異る時代が始ろうとしていることを、岩兵衛は実感として捉《とら》えていた。

これから先、禁裏がどうなってゆくのか、岩兵衛にも全く判らない、だが今まで以上に厳しい冬の時代に入るだろうという、確かな予感があった。

「おっちゃん」

縁先で声がした。とらが全身雪まみれになって立っている。

「どないしたんや、その格好」

「登ってみたけど、行き着けんかった」

どこへ、とは岩兵衛は訊かない。千年杉にきまっていた。岩兵衛もさっきから岩介のことを思い出していたのである。

「火のそばへ寄らんかい」

急いで囲炉裏《いろり》の火をかき立てて、叱るように云った。

「もう、うちのことなんか、忘れてしもうたのと違うやろか」

とらが蠟《ろう》のように白くなった手を火にかざしながら呟《つぶや》いた。

「忘れてへん。あれはそんな子と違う」

一匹の鬼と童女はそれから一刻の余も黙りこんで雪を見つめていた。

官女密通

九年たった。

慶長十四年六月。

この年は例のない長雨で、前月五月二十二日から降り出した雨が一日もやむことなく、遂《つい》に土用に入っても尚《なお》降り続け、二日後の六月二十二日に至ってようやく上がった。

西風が落ち、久しぶりの蒼空《あおぞら》がひろがったのは、午《ひる》すぎのことだ。同時に急激に暑さが増して来た。

とらは家の者には柴《しば》を伐《き》って来ると云い残して、頭に輪《わ》を乗せ、のこぎり鎌《がま》を持って山へ登っていった。輪は藁《わら》を編んだ頑丈なもので、頭にものを乗せる時の台にする。町へ黒木（生木を黒くいぶした薪）や柴を売りに出る時も、必ずこの輪を使う。

とらは十六歳になっている。

ふっくらとして、そのくせどこか一抹《いちまつ》の淋しさをたたえた美少女である。羚羊《かもしか》のようなしなやかな躰《からだ》に、無類の弾力が秘められているのが感じられた。

あまりの美しさに無作法な手を伸ばす男もいないではないが、例外なく手痛い目にあって思い知ることになる。

とらは五歳の歳《とし》に天狗《てんぐ》から習得した術を、その後も倦《う》むことなく錬磨し、独自の恐るべき体術の達者になっていた。とらにすれば、その体術の錬磨だけが、今尚自分と岩介を結んでいてくれる、たった一つの絆《きずな》だったのである。

無作法な男の手は決してとらに触れることがない。寸前に無造作に関節をはずされてしまうからだ。優しいとさえいえそうな軽い手つきで、とらの指がちらりと触れると、がくんと関節がはずれる。罵声《ばせい》を発するとまた一触して顎《あご》がはずされる。大方はそれで逃げ出すが、まだ諦《あきら》めずにかかって来る者には、腰の関節をはずしてしまう。とらには少女特有の潔癖さと無慈悲さがある。だから関節をはずしっ放しで振返りもせずに立去ってしまう。右手と顎と腰骨をはずされて路上に放置された男のみじめさは、容易に想像出来るだろう。人通りのない山道で襲った男たちの中には、二日もそのままでいた者もいるのである。

八瀬の鬼娘の噂《うわさ》は、京洛《けいらく》のかぶき者たちの間でようやく高まった。八瀬のいわゆる大原女《め》たちは、随分この噂で守られていたと云える。

だからとらにとって山歩きなどこわくも何ともない。汗ひとつかかず楽々と登り、忽《たちま》ち千年杉の下についた。

輪とのこぎり鎌を放り出すと、杉の根本に坐《すわ》り、次いで大胆にも躰を伸ばして仰向けに寝ころんだ。この場所は冷んやりして、いい風が吹く。なんとも暢《の》びやかで、いい気分だった。

〈もう一年すぎてもうた〉

岩介が冥府《めいふ》に消えてからもう十一年たっている。

とらはそっと乳房に手をやった。抱くように蔽《おお》ってみる。胸が切なくなって来たのである。思いなしか、乳房が去年から急に大きくなったような気がする。

〈お乳かて知ってるんやわ〉

十年たったら必ず帰って来て、げら（自分）の嫁にしたる。岩介は確かにそう云ったのである。去年はその十年目だった。お乳だってそれに備えて大きくなったとしても、少しの不思議もない。

〈もう帰って来んのとちゃうか〉

また胸が切なくなった。自分でも鼓動が早くなったのが判《わか》る。この一年、何度も同じ問いが浮んで来ては、その度に無理矢理うち消して来た。

〈このまま帰って来なんだら、どないしよ〉

岩兵衛は今もって岩介の葬《とむら》いをしようとしない。妙伝寺の和尚《おしょう》さんがどれほどかき口説いても、

「十年、待ちまんね」

頑としてそう云い張って来たのは、とらから天狗の言葉を聞いていたためだ。だから本来なら去年は、葬いを出さざるをえなかったのだが、岩兵衛は、あと三年、と云いたててまだ頑張っている。一度葬いを出せば、岩介は死人の中に数えられてしまうのである。

〈そんなん、いやや〉

頬が濡《ぬ》れて来た。いつの間にか泣いている。村の者が見たら仰天するだろう。父親の六郎左衛門さえ、

「情のこわい子や。ほんまにうちの子かいな」

蔭《かげ》ではそう云っている。

〈岩介は死なへん。死なへんけど……〉

そのかわり、とらのことも八瀬の里のことも、忘れ果ててしまったのかもしれない。こんなに永いこと冥府にいたら、娑婆《しゃば》のことなど覚えていなくても当り前だと思う。

〈忘れててもええんや。きっと帰って来て〉

帰って来てさえくれたら、必ず思い出させて見せる。別段なんの自信があるわけではなかったが、そう思う。たとえ人間でなくなっていてもいい。この世の者ならぬ鬼になった岩介でもいい。なんとしても一眼逢《あ》いたかった。

〈鬼ってどんなやろ〉

戦慄《せんりつ》と共にそう思った。その時である。遠い声が聞こえた。

「とら」

その声は、確かにそう云った。

とらは空耳だと思った。里の者はこんな日にこんな場所まで登って来たりはしない。

「とら」

声はもう一度、はっきりと聞こえた。

それも頭上から降って来る。

とらは跳ね起きて、二、三歩あとへ退ると、千年杉を見上げた。

いた。

十一年の昔、よく天狗が立っていた枝に、白衣をまとった男の姿が見えた。

〈天狗さまとちゃう〉

それだけははっきりしていた。天狗は背だけは高かったが、あんなに横幅も厚みもなかった。鶴のように痩《や》せていた。

不意に胸がざわざわと騒ぎだした。

〈ひょっとして、あれは……〉

だがそんな筈《はず》はなかった。あれが岩介なら、里へも寄らずに、あんなとこにいるわけがない。

〈けど、あの呼び方……〉

岩介以外の誰一人、あんなに横柄《おうへい》にとらを呼ぶ者はいなかった。父の六郎左衛門でさえ、もっと遠慮したような声で、優しく呼ぶ。

とらが目のくらむような思いで声をかけようとした瞬間、その男は飛んだ。両腕を翼のように左右に拡《ひろ》げ、背筋をのばした見事な飛び方だった。天狗と同じ飛翔《ひしょう》である。さすがに滑空はせず、地面にまっすぐに落ちて来た。着地の寸前にくるりとひっくり返ると軽く立った。

偉丈夫と云っていい。身丈六尺を越え、どこもかしこも部厚い筋肉である。体重は二十五、六貫（百キロ前後）もあろうか。そのくせ今見せたように軽々とした身ごなしだった。

顔の方はおよそこの躰と不釣合だった。ひどく稚《いとけな》いのだ。少年と云ってもおくての感じだった。

「岩介！」

とらは悲鳴のように絶叫した。

同時にその巨大な躰にしがみついた。

少年の稚な顔は、正しく岩介以外の何者でもなかった。

岩介はいきなりとらを抱き上げて口を吸った。幼い日と同じような、嘗《な》めるような、だが淡白な吸い方である。

「やっぱり、とらの口は甘い」

十一年前と同じ口調で岩介は云った。

「遅いやないか。一年すぎたやんか」

とらは岩介の胸を叩《たた》いて叫んだ。

岩介の恐ろしく厚い胸には、とらの打撃など蚊の刺すほどにもこたえなかったようだ。

「天狗が病いやったんやから、しょうない」

岩介はとらを抱いたまま、千年杉の根本に腰をおろした。

「天狗さんでも病気しやはるの」

「そうらしなぁ」

「もうようなったん？」

「死んだわ」

あっけらかんと云った。悲しみの翳《かげ》さえなかった。それがなんとなしにとらを戦慄させた。

〈昔の岩介とちゃう〉

はっきり感じた。

「家へ顔出したんやろな」

それにしても、よく自分がここにいるのが判ったものだと不思議だった。

「まだや。まっすぐここへ来た」

「なんで？」

「とらがおるからにきまっとるやないか」

当り前のことのように云うが、それが実は極めて異常な勘働きであることを、とらは知っている。ここへ来る途中でさえ、誰にも逢ってはいないのである。

突然、とらが小さな悲鳴をあげた。

岩介の手がいつの間にか裾《すそ》を割って、とらの秘所を撫《な》で上げたのである。

「何するねん」

云った時はもうとらの手は反射的に岩介の手首の関節を脱《はず》そうとしていた。

ぎょっとなった。

岩介の手首は脱れないのである。

「無茶すなよ」

のんびり笑っている。

「やっぱり毛が生えとんなあ。わしも生えたさかい、そうやろと思うとったけどなあ」

岩介の手は毛を撫でおろし、更に侵入して来ようとする。

「あかん」

夢中で抑えた。奇妙に力が入らない。

「なんでや。昔はようしたやないか」

「昔とちゃうわ。今は祝言《しゅうげん》せな、いろうたらあかんのや」

「ふーん。祝言か」

やっと手を抜いた。

「ややこしいことになっとんなぁ、この世は」

この世はややこしい、と云う言葉には、どきっとするような不気味な感触があった。岩介が冥府にいたことを、とらはほとんど忘れていたのである。

「冥府ってどないなとこや」

恐る恐る尋ねてみた。

岩介が鼻で笑った。

「この世と変りないわ。人がおらんだけや」

「女子もいいへんの」

「女子も男もいいへん。いるのは獣だけや」

矢張り山の中なのだ、ととらは思った。よほどの深山に岩介と天狗だけで籠《こも》っていたに違いない。

だがこの点では、岩介は半ば嘘《うそ》をついていた。

岩介が連れてゆかれたのは、朝鮮の山奥には違いなかったが、一箇の村だった。勿《もち》論《ろん》、男もいれば女もいる。一見したところではごく普通の村だったが、暫《しば》くいるとその異様さが判って来る。ここには老婆と壮年の男子と若い娘がいない。子供の姿も全く見えなかった。住民の主体は十二、三の少年から二十一、二の青年が大半であり、あとは五十以上の老翁《ろうおう》と三十代、四十代の年増女《としま》ばかりだ。お蔭で五歳の岩介は珍しがられ、どこへ行っても大事にされたものだ。

ここは朝鮮に伝わる古武道の道場だったのである。村のどこを探してもいわゆる道場はなかったが、村全体が一箇の道場だった。少年と青年はその素質を見込まれて、アジアの各地から送りこまれて来た修行者であり、老翁と年増女はその師範である。女たちは併せて修行者たちの食事も作る。

老翁たちは朝鮮の古武道と共に、中国、日本、暹羅（シャム）、天竺《てんじく》など各国の様々な武道も教える。女たちはいわゆる房中術、つまりは色の道を教える。

岩介はこの村で五年の歳月を、天狗と共に過した。六年目に入ると天狗に連れられて、この村から更に高い、荒れて嶮《けわ》しい峰に入り、洞窟《どうくつ》を棲家《すみか》にして、心術と鬼道の修行に入った。それが終ると同時に天狗は倒れ、半年後に死んだ。この死は天狗も岩介もつとに予見していたものだった。だから今更の悲しみも苦しみもなかった。天狗を葬《ほうむ》ると即日岩介は八瀬に向った。冥府に何の未練もない。ただ共に学んだ仲間たちとの、心のつながりだけが残っていた。

「早いこと祝言あげないかんなぁ。げらはとらを抱くことだけ考えて生きとったんや」

「岩介の阿呆《あほ》」

とらは本気で呆《あき》れていた。天狗について十年の修行をして来たと云うのに、岩介は十一年前と何の変りもなかった。

とらは二刻《ふたとき》（四時間）近くを、岩介と共に過した。

幸福の時の筈だった。事実、倖《しあわ》せだった。だが、とらの繊細すぎる心は、かすかに奇妙な違和感を嗅《か》ぎとっていた。

どこが、と訊《き》かれても、答えることは出来なかっただろう。それほど微妙な感触だった。

それでも確かにそれはあった。

躰こそ八瀬童子らしい、いや、現在の八瀬童子を遥《はる》かに上回る、それこそ『鬼の子孫』らしい巨体になっているものの、顔は五歳の稚な顔をそのまま残し、云うこともすることも、あの頃と少しも変りがない。それが、あんまり変らなさすぎる。正しくその点に違和感があった。

とらは次第に不安になって来た。

天狗の言葉が甦《よみがえ》って来た。

〈鬼道とは人が人でなくなることだ。人の世を棄《す》てて冥府にゆくことだ〉

今、岩介はその冥府から戻って来たところだ。十年の間、鬼道を学び、人でなくなっている筈だった。それが昔のままだということは、どういうことであるか。〈ひょっとして岩介と違うのやないか。よう似とるけど全然別な人とちゃうか〉そんな気までして来る。一種『岩介もどき』のような生き物なのではないか。不気味だった。もう耐えられなかった。

とらは思い切って、近頃では極力使わないようにしている、あの力を使った。岩介の心を読もうとしたのである。

〈あっ！〉

とらは心の中で悲鳴をあげた。

岩介の心の中は空っぽだった。いや、空っぽと云っては正確ではない。なんの思念もない。或《ある》いは感じられないと云った方がいい。そこにあるのは、澄明《ちょうめい》な蒼空と白皚々《はくがいがい》たる嶮しい山々だけだった。

しかも岩介はにこっと笑って云ったのである。

「それが冥府や」

岩介はとらが心を読んだ瞬間を知ってその風景を見せたのだ。

とらは戦慄した。

「心配すな。げらは確かにげらや。そら、昔とはちゃうで。けど、とらにとっては昔のままの岩介や。誓うてもええ」

今までとは打って変った厳粛さでそう云い、もう一度柔かくとらを抱き、口を吸った。さっきとは全く違う作法だった。とらの口を割り、舌を絡《から》めて強く吸った。とらの胸の中で何かがはじけたようだった。とらは女になった。

はなは高野川のはたで米を磨《と》いでいた。

ここのところ、岩兵衛は御所に泊りきりで、戻って来る様子もない。娘たちは五人ともとっくに嫁にいってしまって、夕暮は忙しいさかりである。

はなは一人きりで晩めしを食うのが嫌いだった。自分のためにだけ米を磨ぐなんて、馬鹿々々しくて仕方がない。いっそ何も食べないで寝てしまいたいのだが、それをすると岩兵衛が帰って来た時に怒る。このうるさい亭主は米の減り具合を一目見ただけで、はなが何食抜いたかすぐ読んでしまう。仕方がないから、晩に一日分の飯を炊《た》いておく。その方が朝ゆっくりと野良仕事に出かけてゆけるからだ。山麓《さんろく》の八瀬の田畑は狭く、米も野菜も到底売るほどは出来ない。家で使う分だけ作ればいいのだから、のんびりとしたものだった。

不意に声が降って来た。

「それっぱかりで足りるかいな。もっと仰山炊いてや」

ちらりと眼をやると大きな躰がとらと並んでいる。

どこの誰か知らんが、勝手なこと云うとる。相手にせずに磨ぎ続けようとして、その手がふっととまった。

もう一度、見上げた。

「岩！」

へなっと坐りこんだ。腰が抜けたのである。

岩介が笑った。昔通りの小生意気な笑いだった。

「腰抜かすことないやんか。けったいな、うまやな」

『うま』とは八瀬の言葉で『母』の意だ。父親は『のの』と云う。

「岩！　岩よ」

はなが泣き出した。いざるようにして手を差しのべた。

「世話の焼けるこっちゃ」

岩介はその手を摑《つか》むと、ひょいと抱き上げた。

「とら。あと頼むで」

「はい」

とらがひどくしおらしく応《こた》えて、はなを仰天させた。

「岩。よその娘はんを勝手に使うたらいかん」

「よその娘はんと違うで。げらの嫁はんや」

「阿呆なこと云いよって……」

「本気やがな。早いとこ祝言させてんか」

「なに勝手なこと云うとるんや。そない簡単なもんやないぞ、嫁とり云うたら」

喚《わめ》きながらもはなは、これが十一年ぶりに帰って来た子との対話かと呆れていた。まるで二、三日御所に泊って来たぐらいの気安さではないか。阿呆なことを云い合いながら、眼からは果てしなく涙が流れた。

「ののは帰って来よらんらしな」

はながたまげるほどの大量の飯をぺろりと平げると、岩介が云った。ののとは岩兵衛のことだ。

「御所でなんぞあったんと違うか。もう半月も帰らへん」

岩兵衛は本来なら十日目ごとに帰って来る筈だった。

もっとも家で寝る時も、枕元《まくらもと》に草鞋《わらじ》と蠟燭《ろうそく》を立てた提灯《ちょうちん》を必ず置いた。いつでも御所に駆けつけられる用意だった。そのせいか閨《ねや》のことも妙に気ぜわしく、はなは一度といえども満足したことがない。

〈そやから女ばかり産れたんや〉

はなはそう信じている。

「ほな、ちょっと顔見せにいんでくるわ」

云うなり立った。これも気ぜわしい男である。

〈とらも女しか産んのと違うか〉

一瞬そう思いながら、はなは云った。

「夜やないの、御所へ入れるかいな」

「へっちゃら」

云った時はもう岩介は消えていた。

〈気味の悪い子や〉

だが満足だった。なんとなく頼り甲斐《がい》がありそうな気がする。御所の塀ぐらい一跳びに越えそうな安心感があった。

何よりこれで、ひとり寂しく晩めしを食うことがなくなった。とらが来てくれたら、どれだけ賑《にぎ》やかになることか。

〈ぶくぶく肥えたらかなわんなぁ〉

今度はそれが心配になって来た。

はなはどこまでも気楽な女だった。


漆黒の闇《やみ》の中を岩介が走っていた。

疾《はや》い。疾風《はやて》に似ていた。

そのくせ表情はのんびりとしたものだ。この疾さが習慣になっている証拠である。

灯も持っていない。こんな闇ぐらい白昼同然だった。

京の町に入った。

さすがにまだ人の往来がある。

だが一人の通行人も、岩介とすれ違ったことに気付かなかった。それほど疾かったし、完全に気配を断っていた。話し合っている二人の人間の中をつっ切っても、気付かれない自信が岩介にはある。人でなくなるとは、そういうことでもあった。

御所に着いた。岩介は塀を乗り越えたりしない。堂々とくぐり戸を開けて滑りこんだ。それで誰にも気付かれていない。

岩兵衛は御所内の宿舎でひとり酒を飲んでいた。

ひどく気難しい顔をしている。それでなくても愛想のない鬼の顔である。それこそ子供が見たらひきつけを起しそうな凄《すさ》まじい形相だった。

岩兵衛には屈託がある。難儀とも云えた。

馬鹿々々しいと云えば実に馬鹿々々しい事件なのだ。

某日、今評判の出雲の阿国《おくに》のかぶき踊りが宮中に招かれた。かぶき踊りといえばかなり猥褻《わいせつ》かつ滑稽《こっけい》な踊りで、お蔭で宮中は笑いの渦となり、みだりがましい大騒ぎとなった。

その騒ぎに乗じて、四人の官女が踊り子に変装して御所を脱け出し、奥へも出入りの許されていた『牙医』、つまり現代の歯科医である兼安《かねやす》備後の宿所に至り、そこで八人の公家《くげ》たちと逢瀬《おうせ》を楽しんだと云うのである。今で云う乱交パーティのようなものだ。

男たちは三十代が四人と二十代が四人。女の方は二十を頭に十八歳が二人、十六歳が一人。見下げはてた男女の、くだらない遊びに過ぎないのだが、それですまなかったのは、官女の中に後陽成天皇の寵愛《ちょうあい》ことにこまやかだった菅内侍《かんのないし》十八歳が含まれていたからだ。

更に男の方の主謀者が悪い。猪熊教利《いのくまのりとし》という若公家で、かぶき者の名をほしいままにしていた男である。在原業平《ありわらのなりひら》にたとえられるほどの美男で『うつし絵』にまでされたと云う。今で云うブロマイドだ。髪型や帯の結び方まで『猪熊様《よう》』として都でもてはやされたと云うからその人気のほどが知れよう。二年前の慶長十二年にも禁裏の女性とごたごたを起し、勅勘をこうむって京都追放に処せられたのだが、いつの間にか舞い戻って、この正月にも女出入りを起している。お蔭で長橋局《ながはしのつぼね》が禁裏から追放された。

〈まったくあのお方は……〉

大きく溜息《ためいき》をついた瞬間、声が聞えた。

「ののよ」

天井の方向からだ。見上げた岩兵衛があっとなった。

天井から男が逆さにぶらさがっている。両足首を天井板をめくった穴の縁にひっかけ、腕は胸の前で組んでいる。恐ろしい巨漢だが、顔はまごうことなき岩介だった。とびおりる気配も見せず、そのままのんびり話しかけて来た。

「何をきなきな考えこんどるんや」

「お前、岩介か」

「さっき帰ったわ、八瀬はちいとも変らんなあ」

岩兵衛とは対照的とも云える屈託のなさだった。

岩兵衛は全身を硬くして、岩介を凝視した。

十一年前とらから聞いた天狗の言葉を岩兵衛は忘れてはいない。岩介は『人が人でなくなる』と云う鬼道を、十年の間究めて来た男の筈だった。『人でなく』なった岩介を果して生かして置いていいのか。八瀬のためとは云わない。京のため、或いは更に広く日本国のために、生かしておくことの許される男なのか。生かすべからざる怪物と化しているのなら、なんとしてでも殺さねばならぬ。その思いが父親の情より先に岩兵衛の胸にあった。懐《なつか》しいなどと云う感情は、二の次、三の次である。天皇の隠《おん》密頭《みつがしら》としての非情な任務が、親子の情を圧倒していた。

岩介がくすりと笑った。逆さにぶらさがったままだ。

「こわい顔しとるなぁ」

岩兵衛の胸の内をとうに見抜いている。

「げらもいつかは、そないな顔になるんかいな。えらい不倖せや。のの、女子にもてたことなぞ、一度もないやろ」

奇妙なことに岩兵衛はこの言葉で気持をほだされてしまった。不意に父子の絆というものが、沁々《しみじみ》胸に来たのである。岩介の巧妙さと云っていい。

「阿呆ぬかせ」

喚いた時は、嘘のように緊張が消えていた。

「いつまで蝙蝠《こうもり》しとんのや」

岩介が足首を縁から放した。頭からまっすぐ落下してくる。だが寸前で躰をひねり、両足で着地した。

音ひとつ立てない。

「まるで猫やな」

岩兵衛はちょっと感心した。忍びの術を究めた隠密でも、この真似《まね》は難しい。岩介が恐るべき体術の達者になっていることを、岩兵衛は直観した。

〈なにせ天狗の弟子や〉

天狗は忍びの術を教えただろうか、と岩兵衛は思った。まだなら岩兵衛が教えねばならない。これだけ柔かな躰なら、比較的短期間で教えこむことが出来る。どれほどの忍びの達者になるかと思うと、不覚にも岩兵衛の胸が躍った。

「おれ（お前）、天狗に何習うた？」

ぐびりと酒を咽喉《のど》に流しこんでから訊いた。

「げらにもくれたらどうや」

岩介が手をさし出した。茶椀《ちゃわん》をよこせと云うのだ。

「おれ、酒飲むんか」

「天狗になろた」

なみなみと注ぐと、一気にあおった。

「つまらんことばかり教えくさって」

岩兵衛が舌打ちした。

「しょむない天狗や」

云い終った瞬間に、岩兵衛は一間《いっけん》のうしろに跳んだ。突然思いもかけぬ凄まじさで、殺気の放射を受けたのである。

岩介がその岩兵衛を見据えている。

顔が変化していた。あらゆる表情が消え、のっぺりした能面のように見える。血のかよった人間の顔ではなかった。

岩兵衛は凍ったように動かない。

〈動けば死ぬ〉

永年の隠密稼業《かぎょう》で鍛えた本能がそう告げていた。

灯芯《とうしん》がじじっと音をたてた。それが異様に大きく響くように聞こえたほど、不気味な静寂が部屋じゅうに漲《みなぎ》っていた。

「ののよ」

岩介が無機質な声で云った。

「な、なんや」

情けないことに、岩兵衛の声は震えた。

「天狗の悪態ついてはいかん」

「そ、そうか」

「悪態つけば、ののでも殺す」

さらりと云った。気負いも何もない。当り前のことを云うような無造作な云い方だった。

〈こいつは、殺す時も今と同じように、無造作に殺すだろう〉

岩兵衛はそう確信した。

「わ、わかった」

「判ったらそれでええ」

もう元の顔に戻っていた。

岩兵衛の戦慄は去っていない。

〈やっぱりこいつは鬼や。鬼になりよったんや〉

だがとても自分に殺せる鬼ではない。八瀬童子のすべてを狩り出しても不可能ではないか。そう思わざるをえないほど、今の岩介の殺気は凄まじかった。常人なら『気』だけで死んだかもしれぬ。少くとも失神しただろう。

「さすがは隠密頭やな。齢にしては素早いわ」

にこにこ笑っている。声も明るいものだ。その変り身の早さに、岩兵衛はもう一度戦慄した。

「親を舐《な》めたらあかん」

出来るだけ平気そうに云ったが、岩兵衛の心は混乱している。岩介はどうして自分が隠密であることを知っているのか。八瀬の者は勿論のこと、禁裏の中にさえ、その事実を知る者は誰一人いない筈だった。

〈かまをかけただけかも知れぬ〉

それならこちらの反応を窺《うかが》っている筈だが、別段そんな様子も見えない。なんとも小癪《こしゃく》にさわる餓鬼だった。考えて見れば、岩介はたかが十六歳の少年に過ぎない。天皇隠密の棟梁《とうりょう》ともあろう者が、何をびくびくしなければならないか。

岩兵衛は向っ腹が立って来た。

「岩よ」

出来るだけさりげなく、だが威厳を籠《こ》めて、云った。

「禁裏には隠密などというもんはおらんのや。妙なこと口走ったらあかんぞ」

返答の仕様によっては、ぶん殴ってやるつもりだった。

岩介は鼻で笑った。

「ほうかい、ほうかい」

まるでおひゃらかしているような口調だ。気に入らなかったが、さりとて殴るほどでもない。

「ええか。わしら駕輿丁《かよちょう》と云うものはやな……」

この機会に厳重に釘《くぎ》をさしておこうと口を切ったが、忽ち遮られた。

「のの。菅内侍たらいう女子は、そない別嬪《べっぴん》なんか」

今度こそ、心の底から愕然《がくぜん》となった。菅内侍の密通事件は、禁裏内でさえ一握りの人間しか知らぬ秘事である。

「岩。お前どこから帰って来た」

思わず大声になりかけるのを、辛うじて抑えた。

「冥府やがな」

「阿呆ぬかせ。ほんまのとこ、どこや。朝鮮か」

「判っとるやないか」

けろりんかんとしたものだった。

「何時《いつ》や、帰って来たんは」

「そやから今日やがな」

「嘘や。十年も朝鮮に行っていたもんが、菅内侍のお名を知っとるわけがないわ」

事実、内侍が帝の御寵愛を受けたのは、ごく近年のことだ。そんなことが朝鮮まで知れるわけがない。

この餓鬼はかなり前に朝鮮から戻り、秘《ひそ》かに禁裏内の模様を探っていたに違いない。

それが岩兵衛の確信だった。

「おれ、御所を探ったんやろ。どや」

『おれ』とは八瀬では『お前』の意であることは、既に書いた。

「そない厄介なことするかいな」

岩介はにたりと笑った。

「みんな、ののの顔に書いたるやないか」

岩兵衛は沈黙し、厳しい眼で岩介を見つめた。

「おれ、人の心を読みよるんか」

「読むいうほどのことやない。ただな、ののの顔を見とると、不思議と幾つかの言葉がげらの胸に浮んで来る。ののの一番気になっとる言葉がな。それくらいのことはでけるらしな」

岩兵衛は声もない。

「ののかて、何やこうさきゆきのことが自然と判るやろ。それと同じや。昔の八瀬の童子は、一人残らず、そないな力を持っとったそうや。そやから鬼の一族やねん。天狗がそない云うとったわ」

云われて見れば思い当る節があった。予感という形で岩兵衛自身、近い未来を読み、その予感に従って行動して、ほとんど誤ったことがない。ただそれを鬼の特種能力とは考えたことがなかっただけだ。

「げらには岩の思いなど、からっきし読めへんぞ」

まるで抗議するように岩兵衛が云った。

「鬼の力は色々やそうな。人の心の判るもん。先のことの判るもん。思うだけで物を動かせるもん。ごくまれには、思うただけでその場所へ行けるもんもおるそうや」

これらはいずれも今日では超能力と呼ばれ、アメリカやソビエトで研究開発されている力である。恐らくは原始の人間が持ち、文明の発達と共に消え去っていった力ではないかと云われる。鬼とはその力を比較的遅くまで保持し続けていた種族のことなのではないか。そして鬼道とは、その力を十全に発揮出来るように再訓練する方法だったのではないか。岩介の言葉を聞く限り、そのように思えるのである。

「おれ、その力をすべて学んで来たんか」

岩兵衛の声には明かな畏怖《いふ》がある。えらいことになった、と本気で思っていた。そんな怪物じみた力を持った男にそばにいられてはたまったものではない。

岩介が弾《はじ》けるように笑った。

「ののよ。人はもともと持っとらんものを学ぶことは出来へんのや。そやないか」

「持っとらんさかい学ぶのやないか」

「そら違うで。生れつき持ってへん力は、なんぼ学んでも手に入らへん。知ることしか出来へん。そういうもんや。げらも知っとるだけや。心配すな」

岩介がまたしても自分の心を読んだことを、岩兵衛は知った。心配すな、の一言がそれを明かしている。

「それよりな、ののの」

岩介は岩兵衛の手から茶椀を奪い、勝手に酒を注いだ。

「この菅内侍のことは根が深そうや。どえらいことになるのとちゃうか」

岩兵衛は胸を衝《つ》かれる思いだった。実のところ彼自身もそんな気がしてならないのである。たかが無軌道な若い男女の戯《たわむ》れではすみそうもない予感がしきりにしていた。

この事件が発覚したのは、一つの偶然と一人の女の怨《うら》みのためだった。

偶然とは、さきに梶井宮門跡となられた二宮承快《しょうかい》法親王が、禁中で一通の手紙を拾ったことだ。それは双方の名前こそ書かれていなかったが、明かに公家から官女にあてた密会の日時をしらせる文だった。二宮は考えた末、これを後陽成天皇に直接お渡しになった。噂として拡まることを恐れられたための御処置だった。

天皇は官女を一人ずつお呼び出しになり、御自ら糾明なされた。

ここで女の怨みが登場することになる。

この『かぶき者』の公家八人の中に飛鳥井《あすかい》雅賢《まさかた》と云う二十六歳の男がいた。飛鳥井家は代々蹴鞠《けまり》の家として続いていた。だがこの頃では賀茂の松下家の方が実力の上で飛鳥井家よりすぐれ、蹴鞠の許状などを自家でも発行するようになっていた。公家の家業は有力な収入源である。飛鳥井家としては放置することが出来ず、公儀に訴えて松下家の権利を奪いにかかった。

幕府の裁決がおりたのは慶長十三年、つまりこの事件の前年の七月だった。飛鳥井家は全面的勝利をおさめ、松下家はすべての権利を失った。

その松下家の娘が宮中に出仕していた。たまたま官女たちの密談を立聞きして、このいきさつを知ってしまった。怨み重なる飛鳥井家の当主雅賢が、この件に関与していることを知って、彼女は狂喜した。復讐《ふくしゅう》の機会が到来したのである。天皇の糾問の番が回って来ると、知っていること、臆測《おくそく》したことすべてを喋《しゃべ》った。彼女の話を土台にして、更に尋問を重ねた結果、事件の全貌《ぜんぼう》がほぼ明かになったのである。

ことの起りは、これも天皇の御寵愛の深かった広橋大納言《だいなごん》の娘新大佐《しんおおすけ》が、宿下りの途中、一陣の風が輿《こし》の簾《すだれ》を吹きはらい、あたかも通りかかった花山院忠長の目にとまったことだった。二十二歳の忠長は新大佐の美貌に逆上し、奥出入りの牙医兼安備後にとりもちを頼んだ。兼安の妹讃岐が文をとりつぎ、やがて忠長は兼安の宿所で新大佐を手に入れることができた。

この話を聞いて地団駄ふんだのが猪熊教利だった。

天下一の美男という誇りから云っても、公家『かぶき者』の棟梁という立場から云っても、仲間に出し抜かれて放って置くわけにはゆかない。新大佐は帝《みかど》の御寵愛を受けた女性だが、御寵愛の度は菅内侍の方が強いと聞く。その菅内侍とついでに同じく帝の寵をえた女性三人も呼び出して、一夜の歓を尽くそうではないか。

途方もない話だし、不敬の極みとも云えたが、そこを敢《あえ》て強行するところが『かぶき者』の『かぶき者』たる所以《ゆえん》であろう。この度もまた兼安備後とその妹讃岐が手引きをすることになった。花山院忠長と新大佐の間を取りもったことを知られた以上、どんな無理もきかざるを得ない。文のやりとりがあった揚句、全員がいわば呼出しに応ずることになった。

女性たちの気持がよく判らない。天下一の美男の名に弱かったのか、それとも退屈し切っていたのか、はたまた王朝以来の色好みの血が濃かったためだろうか。踊り子に扮して禁裏を脱け出した時は、全員が、

『たけの御ぐし（髪）を、中ほどよりをしきり（押し切り）、ふきかへしといふ物に、ゆひ給ふ』

という『かぶきの出《い》でたち』だったと『花山物語』は伝えている。『花山物語』は作者不詳の仮名草子で、物語の時代も一つずらせて正親町天皇の御代としているが、明かに禁裏の事情にかなり詳しい者の手で、しかも事件後まもなく書かれているという点で、おおよそことの真相を伝えていると思われる資料である。

猪熊教利はまた一つ、『かぶき者』の勲章を手に入れたことになる。だがこの勲章

は高くつくことになった……。

岩介は呆れるほど酒が強かった。岩兵衛の話を聞きながら大徳利を一本あらかた明けてしまった。おまけに、

「もうないんか、のの」

催促する始末である。仕方なくもう一本、岩兵衛がどこからか運んで来てやった。それをまたぐいぐいやる。

「水飲むように飲んだらあかん。酒やで、これは。もちっとちびりちびりやらんかい」

心配になって岩兵衛が不粋な注意をしたほどである。

岩介は天狗の里で、酒の修行もさせられている。酒を飲んで不覚をとるとは武道を志すほどの者にとっては許すべからざる未熟さだった。岩介は三升までは平気である。反射神経にも異常がなく、常と変らず動くことが出来る。

だから涼しい顔で微笑《わら》っていた。

岩介の帰還は、眠ったような八瀬の里をひっくり返す如《ごと》き大事件だった。

何しろ十一年も昔に死んだ筈の男が、ぴんぴんして帰って来たのである。普通なら

こんな珍しい話は、何ヵ月にもわたって各家の話題に上って当然だった。それが奇妙なことに、五日もしない内に鎮静化してしまった。誰にとっても左程珍しい事件ではなくなってしまったのである。

奇怪だった。考えられぬ不可思議の現象と云っていい。

それに最初に気付いたのは六郎左衛門だった。さすがと云える。六郎左衛門は何故《なぜ》こんなことになったのか自ら調べはじめた。

すべて岩介の巧妙きわまる振舞いのためだ、ということが判るのに手間はかからなかった。

帰って来た翌日と翌々日の二日をかけて、岩介は精力的に歩き回って、八瀬の家という家に刻明に顔を見せて歩いた。

それも「只今」でも「昨日帰りました」でもない。

「婆《ばあ》ちゃん、背筋が伸びたやんか」

とか、

「おれ、まだ蛇苺《へびいちご》喰っとるな」

とか、そんななにげない切り出し方で相手を巻きこみ、別れる時は相手につい昨日も逢ったっけ、と思い込ませてしまうのである。後になって、

「なんと十一年振りやないか」

と思い当っても、最早さしたる違和感がなくなっている。

「岩は相変らず優しいわ。少々変っとるけどな」

誰もがその一言で岩介の存在をいわば許してしまったのだ。

十一年の失踪《しっそう》が、少々変っとる、になってしまうのだから、岩介の手際《てぎわ》たるや尋常のものではない。

「あいつは人たらしの名人と違うか」

六郎左衛門はとらに向ってそう罵《ののし》ったが、とらはくすりと笑っただけで相手にしない。

とらは倖せの極致にいた。毎朝早くから岩介と共に柴集めに行く。岩介の方は薪を切るのである。次いで、とらの方は柴を頭上にのせ、岩介の方は牛の背に黒木を積んで、揃《そろ》って京の町に売りに出かけてゆく。

二人の仲があんまり睦《むつ》まじげなので、八瀬の村人さえ、もう一緒になったかと錯覚を起すほどだった。

〈冗談やないわ〉

六郎左衛門は断乎《だんこ》として、この縁談に反対しているのだ。はながしかるべき人をた

てて、祝言話を持ち込んでいたが、岩兵衛
〈わしの目の黒いうちは、とらはやらん〉

六郎左衛門がこの縁組にこれほど強硬に拒否の姿勢をとり続けているのは、岩兵衛が憎いからばかりではない。

本音を吐けば岩介が恐ろしいのである。理由は明確とは云えないが、只《ただ》なんとなくこわい。物の怪《け》を見るようにこわい。六尺豊かの大男のくせに、餓鬼の顔そのものなのがこわい。そんな筈がない、という気がしつこくする。この顔は人をたぶらかすための顔で、本当の顔は皮一枚下にあるのではないか。見たら気死してしまうような、物凄まじい鬼の顔がその下にある。どうもそんな気がしてならない。

「云うとくけど、うちは岩介以外の男はんのとこへはゆかへんよ」

とらはそう云って脅すが、たとえとらがゆかず後家になったところで、化け物と親《しん》戚《せき》づきあいするより増しである。

「どないしても祝言させへんなら、うち、黙って岩介の子を産むで」

これにはさすがにどきっとしたが、そうなればなった時のことだと思い返した。やや こには可哀《かわい》そうだが間引けばいいのである。当時の百姓にはよくあることだった。それ専門の婆っちゃまもいる。それに頼めばいい。

この返答にはとらもかなりの衝撃を受けたらしい。しばし息を飲むようにしてまじまじと六郎左衛門の顔を見つめていたが、ぷいと立つと出ていってしまった。

〈勝手に岩介の家に入りこんだりしたら只はおかん〉

六郎左衛門はいつか鬼の顔になっていた。もっとも自分では気がつかない。こういう時の六郎左衛門の顔は、岩兵衛よりも更に鬼らしい。

暫くすると、とらが岩介と共に戻って来た。

「おっちゃん」

岩介は手に藁《わら》をもって、器用に人型を作りながら、人なつこく話しかけた。

「嘘やろ。な。嘘やなぁ」

「何がじゃ」

とらが岩介に訴えたことは判っていたが空とぼけて訊いた。

「とらにややがでけたら、縊《くび》り殺す云うたそうやけど……」

「嘘やない。殺したるわ」

「ややこを殺すのは罪や。決して許されへん罪やど」

「何ぬかしてけつかる」

岩介が出来上った藁人形の頭を、軽く指で弾いた。

「ぎゃあああ」

六郎左衛門は我と我が頭を抱えて転がり回った。耐え難い激痛が頭を襲ったのである。それも全く突然にだ。

「嘘や云え。云わんと、おっちゃん、頭痛で死ぬで」

岩介が珍しく生真面目《きまじめ》な顔で云う。

「ややこを殺す罪は七生かかっても消えへんのや。七度生れ変ってもその頭痛はとれん。それでええんか、おっちゃん」

岩介の声が一種悽愴《せいそう》の気を孕《はら》んだ。

六郎左衛門は激痛に脂汗《あぶらあせ》まで流して、座敷じゅう転げ回っている。意地も張りもあったものではなかった。

「嘘や。嘘やがな。殺さへん。決して……殺さへん」

呻《うめ》きながら、やっと云った。

岩介が藁人形の頭を優しく撫でた。

同時に頭痛がぴたりと止った。一瞬前の痛みが嘘のようだった。六郎左衛門は俯《うつむ》けに倒れたまま動けなかった。

〈化け物や。やっぱ化け物やった〉

その思いが繰り返し訪れて来る。だが化け物だからどうすると云うのか。化け物を退治する力など、六郎左衛門にあるわけがなかった。

「わしらの祝言はいつがええ」

岩介が何事もなかったように訊く。

絶望が六郎左衛門を襲った。どうにでもなりくされ、と思った。

「好、好きなようにきめい」

「ほな、そないさせて貰《もら》いま。どっちみち、ののが帰らんことには、話にならへんけどなぁ」

あっけらかんと岩介が云った。

藁人形は岩介の手の中で、いつの間にかばらばらに壊されている。六郎左衛門は戦慄しながらその藁屑《わらくず》を見ていた。己れの姿を見ているようだった。

肝心の岩兵衛の方は、そう簡単には八瀬に帰れなかった。

四人の官女と八人の公家の取調べは終り、七月四日、新大佐を加えた官女五人は禁裏から追放され、とりあえず親元あずけの身になった。八人の公家の中猪熊教利を除く七人は官位を解かれた。この中に猪熊がいないのは、いち早く身の危険を察知して、兼安備後と共に逃亡してしまったからだ。織田有楽の倅《せがれ》織田左衛門佐《さえもんのすけ》長政がその逃亡に手を貸したという専《もっぱ》らの噂だった。

後陽成天皇の御怒りは凄まじかった。関係者全員を死罪にしたいとまで云われたらしい。だがこの当時、朝廷には検断権がない。検断権を持つのは徳川幕府である。京都所司代板倉伊賀守《いがのかみ》勝重が、天皇の御意向をうけて駿府の大御所家康のもとへ下ったのは七月十四日のことだ。

板倉勝重から詳細にわたる報告を受けた家康は、ひどく苦々しげな顔をしたと云う。それみたことか、と云いたかったに違いない。

禁裏内における公家たちの乱行は、今に始ったことではなかった。

家康の脳裏には、前後二度にわたる禁中法度が浮んで来た。

一回目は慶長四年八月のことだ。関ヶ原合戦の前年である。この時は輪番で禁裏内に詰める公家、いわゆる『小番衆』に対して法度が出された。特別の理由なき限り奥向き（後宮）に入ることを禁じたものだ。理由はこの六月に久我大納言敦通と勾当内侍《こうとうのないし》との密通事件が明るみに出たためだ。この時、勾当内侍は出奔し、久我敦通は出仕をとめられている。

二回目は慶長八年九月。この年の二月、家康は征夷《せいい》大将軍に任ぜられ、江戸に幕府を開いている。

この時の法度は、明かに公家の無軌道な行動に規制を加えるためのものだった。それも公家の一人々々がこの法度に請書《うけしょ》を呈出するといった厳しいものだった。

内容は『かぶき者』の抑制が狙《ねら》いだったらしい。それに関する条項が多いのである。公家に『大なるわきざし停止』を命じ、『異類異形の出たち』を禁じ、そんな格好で『夜に入り、町あり（歩）き』してはならぬと云う。更に公家の供侍である青侍についても、皮の着物、袴《はかま》を着ることを禁じているのが面白い。

当時京都には荊《いばら》組と名乗る『かぶき者』の集団がいた。人を傷つけること荊の如し、というのがこの名前の由来である。それに対して皮袴組という同じ『かぶき者』の集団が出来ている。荊に刺されても痛くない、の意だ。事実、皮の着物、袴という異風で都大路を闊歩《かっぽ》したらしい。

『当代記』によれば、この慶長十四年五月、これら京都『かぶき者』の一斉取締りが行われ、七十人余りが捕われて牢《ろう》に入れられ、組頭の左門という男以下四、五名が首を斬《き》られたと云う。いかに『かぶき者』が猖獗《しょうけつ》を極めたかの証左である。

その取締りから一月もしないうちに、この事件が起ったわけだ。家康が苦り切ったのは当然であろう。

家康はすぐ板倉重昌を京都に派遣して真相を調査させる一方、板倉勝重と審議を重ねた。天皇は全員の死罪を望んでいられると云う。逆鱗《げきりん》のほどはよく判るが、家康にすれば少々馬鹿々々しい。首を斬るほどのことかね、と腹の中では思っている。五人の官女と八人の公家、それに禁裏出入りの牙医、しめて十四人の死刑となると、これは尋常ではない。

十四人もの、それも禁中の官女、公家の死刑ともなれば、事はいやでも公《おおや》けになる。そしてこの事件は、公けにするには少々みっともない、という感覚が家康にはある。官女たちは当然正室、禁裏で云う女院ではない。武家社会における側室である。側室が他の男と浮気をしたからといって死罪に処すると云うのは、なんとなく男が下るという気がするのだ。間男《まおとこ》討ちは武家社会にもあるが、めったに実行されないのは、このためである。黙って女を離別するというのが、最も無難なやり口だった。

恐らく同じ理由からだろうか、天皇の母君でいらせられる新上東門院からも、板倉勝重あてに、寛大な処置を望むというお言葉が寄せられた。

天皇は御不満だったらしい。あくまで極刑を望まれたようだ。事は些事《さじ》とは云え、天皇の権威と誇りを傷つけたものである。その罪、万死に値する。それが天皇のお考えだった。

家康はあくまで寛大な御処分を望んで一歩も引かない。元々こんな事件を誘発する乱れた下地が禁中にある。それを抑え切れなかった責任はどなたにあるのか。家康はそう云いたいのである。それが天皇にはひしひしとお感じになられる。だから余計極刑をと主張なさるのだった。

家康の強硬さは意外な結果を招いた。禁裏に仕える者の大方が、家康側についたのである。尤《もっと》も考えて見れば当然のことかも知れぬ。罰せられる公家は彼等の親戚であり仲間なのだから。どうやら女院までも、家康の意見をよしとなされたらしい。天皇は全く孤立なされてしまった。孤立なされればなされるほど、御主張が強さを増すのはことの勢いと云うものだ。一種の悪循環である。

問題の結着が永びいた理由の一つに、逐電した猪熊教利と兼安備後の行方が、杳《よう》として知れないという事実があった。西国に落ちたことは確かのようだったが、公儀の探索にもかかわらずその所在を摑むことが出来ない。

天皇は秘かにこの探索を岩兵衛に御命じになった。猪熊憎しの御一念は別としても、公儀の鼻を明かしてやりたいという思いもおありになったのではないか。

だが命じられた岩兵衛の方は大変である。公儀の探索機関の手でさえみつからぬものが、人数も限られた八瀬童子の手で見つけられるとは、到底思えない。それに天皇の隠密の仕事の大半は、京、伏見、奈良、大坂に限られていた。精々が堺までで、それ以上遠国に行ったことがない。単に西国と云うだけでは、雲を摑むようなものだった。つまりは土地勘が皆無なのだ。

岩兵衛は御命令を受けると、一晩熟考した揚句、早朝に八瀬に帰った。

旧暦九月初旬は既に秋である。

洛北の八瀬の空気は冷たく、高野川の水は手も切れんばかりだった。

その水の中に、褌《ふんどし》一本の素裸で坐りこんでいる男がいるのを岩兵衛は見た。

〈ひょっとすると……〉

予感は当っていた。近づいて見ると岩介だ。水中で結跏趺坐《けっかふざ》を組み、双眼を閉じて真言を唱えている。どれほどの時を水中で過しているのかは知らないが、肌の色に変化もなく赤銅色《しゃくどういろ》ながらも艶々《つやつや》と輝いていた。よくよく見ると湯気さえ立っているようだ。

こんな馬鹿なことがあっていいものではない。八瀬は竈《かまど》風呂の名所だが、温泉が湧《わ》いたことなど一度もない。

不意に岩介が真言をやめ、声をかけて来た。眼は閉じたままだ。

「ののか。遅いやないか」

「何しとるんじゃ、川の中で？」

「みそぎにきまっとるわ。帝の御言葉を伺うのやから当り前のことやろ」

岩兵衛は又しても自分の心が読まれたことを知った。それだけではない。岩介は前もって岩兵衛が帝の御命令を話しに来ることを予知して、みそぎをとっていた。つまりは岩兵衛得意の予知能力まで備えていることになる。岩兵衛はこの八瀬童子の手に余る事件を、岩介に委《まか》せるつもりで帰って来たのだった。

「ええよ」

岩兵衛が事件の成ゆきを語ると、岩介は至極あっさりとそう云った。

「猪熊はんの行方を、多少とも知っとる者はおるんか」

岩兵衛は織田左衛門佐長政の名を挙げた。逃亡を助けたのだから、或いは行先を承知しているかもしれない。あと知っているとすれば猪熊の正室ぐらいだった。猪熊の正室は加賀百万石前田利家の嫡子《ちゃくし》利長の娘である。この当時利長は既に隠居して十九万石の隠居料を貰い、富山に引っこんでいたが、いまだに隠然たる勢力の持主だった。この父を通して大御所家康に頼みこみ、罪を軽くして貰うことを、猪熊は期待しているかもしれない。

「よしや。その二人に逢《お》うて見るわ」

岩介は相変らず無造作に云うと、川から上った。素裸のまま、冷たそうな様子も見せず家に向った。

岩介の姿が忽然《こつぜん》と八瀬から消えた。

はなはまた神隠しかと胆《きも》をつぶして、とらのもとへ飛んでいった。岩兵衛は泊りもしないで御所に帰ってしまったし、相談する相手がいなかった。嫁に行った娘たちは揃って阿呆で話にならない。とらだけが頼りだった。

「すぐ戻って来ますやろ」

とらは泰然たるものだった。とらにだけは行先を云い置いていったのかと悋気《りんき》が焼けたが、

「何も聞いてまへん」

嘘でもなさそうな、あっけらかんとした態度だった。

「禁裏の御用でっしゃろ」

とらもそのくらいの勘は働く。

はなは何となく気落ちしてしまった。遂に息子の行方をよその娘に訊くようになった。それが情けないのである。いずれは嫁に来る娘だが、それにしてもと思う。何や

ら大事な男に捨てられたような気分だった。

間もなく岩兵衛は、猪熊・兼安両名が九州で捕えられたと云うしらせを受けた。九月十六日のことだと云う。

〈岩の奴、何してけっかる〉

かっとなって八瀬へとんで帰った。

岩介は何事もなかったような顔で、とらと共に牛の背に黒木を積んでいた。二日前に帰って来たらしい。

「おれ、仕損じたな」

岩兵衛が責めると、岩介はけろりとして答えた。

「ちゃんとつかまえたやないか」

「阿呆。あれは公儀の手で……」

「わしが役人に渡したんや。嘘やと思うたら本人に訊いてみ」

岩兵衛は呆れ返って岩介を見た。

「何でそないな真似をするんや。帝は公儀の鼻明かしたれと思うてはったんやで」

「そら悪い了簡や」

岩介は無造作に云ってのけた。

「天皇隠密の正体が天下に知られてもええんか」

岩兵衛はどきりとなった。云われてみればその通りである。九州から京まで天下の美男を運んで来たりしたら、只者でないことは誰が見ても判る。どんなに誤魔化したところで猜疑心《さいぎしん》の強い家康の眼は欺《だま》せまい。天皇の隠密の存在は否応《いやおう》なくあばかれ、幕閣の厳重な監視の下に置かれるだろう。

岩介は九州で二人を見つけると、街頭で喧嘩《けんか》を売ってその脚を折り、三人揃って代官所に捕えられたのである。

猪熊・兼安の両人は、脚を折られた激痛で気絶していた。その間に、京で『かぶき者』に手ひどい目に会ったと自称した岩介が、猪熊の名を役人に告げた。絵姿になっているほどの男だから、岩介が京へ行ったと云う以上顔を知っていて少しもおかしくはない。

二人の名は九州まで通達が回っている。役人は欣喜雀躍《きんきじゃくやく》して、直ちに岩介を釈放した。二人の逮捕を自分たちだけの手柄にするために、邪魔者を追い払ったわけだ。

岩兵衛は感嘆した。

正に完璧《かんぺき》な作戦である。岩介は露ほどの疑惑も抱かれぬままに、見事にこの二人を捕えた。更に脚まで折っている。これでは間違っても脱走は出来ない。帝の幕閣に対する意趣返しこそ出来なかったが、そのかわり天皇の隠密の存在は秘匿《ひとく》されたままである。役人の報告する逮捕のいきさつの中には、岩介の影もない筈だった。

猪熊たちが駕輿《がよ》に乗せられたまま船に積まれ、大坂を経て京へ送られて来たのは九月十八日のことだと『慶長年録』にある。少々早すぎる気もするが、他の記録が見当らないのでそのまま書いておく。

京都所司代板倉勝重が駿府から帰り、最終的に家康の意見を天皇にお伝え、或いは強制したのが九月二十三日。そして十月二日にようやく関係者の罪が確定し、一件は落着となった。事件発覚以来、実に三ヵ月である。

『徳川実紀』によれば、確定した刑は次の通りだ。

官女五人は伊豆の新島、後に御蔵《みくら》島に遠流《おんる》。

猪熊教利及び兼安備後は死罪。

大炊御門《おおいみかど》頼国と中御門宗信は硫黄島に遠流。

花山院忠長は松前へ遠流。

飛鳥井雅賢は隠岐へ遠流。

難波宗勝は伊豆へ遠流。

烏丸光広と徳大寺実久はその罪軽しと見て恩免。

遠流の刑は十月十日に執行され、猪熊・兼安両人は十月十七日に斬首《ざんしゅ》となった。

だが岩介も岩兵衛も予感した通り、事件はこれで終ったわけではなかった。天皇はあくまでもこの刑を軽すぎるとお感じになり御不満だった。特に母君と女院・公家衆の大半が家康の意見に与《くみ》したことがお気に召さない。遂には誰にもお会いにならず、孤独の殻に閉じ籠ってしまわれた。

天皇が又しても御譲位の儀を云い出されたのはこの年の暮のことだ。

御譲位

八瀬の里の婚礼について書かねばならない。

岩介ととらが、ようやく祝言《しゅうげん》を挙げることになったからである。

岩兵衛家と六郎左衛門家はともに八瀬の草分けであり、古く禁裏から『家号』を頂《ちょう》戴《だい》した家柄だった。

『家号』とは八瀬のいわゆる『大家《だいけ》』の中でも特に十三戸とその分家だけに許された

もので、奇妙なことに国名である。丹後・若狭・越前・河内・和泉・播磨・備前・出雲・伊予・讃岐・近江・武蔵。あとの一つが判《わか》らない。この国名を呼び名として使い、初期にはこの十三家だけが駕輿丁《かよちょう》になれた。

この十三戸とは、恐らく後醍醐天皇の輿《こし》を担《かつ》いで比叡山を走破し、坂本に逃げのびた時の駕輿丁だったのではないか。輿の担ぎ手は十二人であり、先導の一人を入れると丁度十三人である。

岩兵衛家の『家号』は『越前』、六郎左衛門家のは『和泉』だった。

そんな名誉の家同士の婚礼なのだから、さぞかし華々しいものだと考えられそうだが、それがそうでないところが八瀬の面白さだ。

先《ま》ず嫁入り道具だが、祝言の当夜、又は前日に婿《むこ》の家に運ばれるのが普通なのに、八瀬ではそれがない。大体、嫁入り道具として簞笥《たんす》・長持などを作るという習慣がない。嫁は普段着の着替を入れた半櫃《はんびつ》と櫛箱《くしばこ》を持ってゆくだけなのだ。女だから晴着はあることはあるが、それは里方の母親が保管することになっている。だから嫁入後に晴着の必要が起ると、里へ行って着替えて出かけてゆく。

花嫁衣裳は紺の縦縞《たてじま》の木綿の着物に御所染の帯、友仙の細帯。そこへ木綿紺絣《こんがすり》の二幅半の前垂れをかけ、木綿の白足袋をはく。頭には角かくしのかわりに紺の手縫いの手拭《てぬぐ》いをかぶった。この手拭いが唯一《ゆいいつ》花嫁らしい華やかさを示すもので、寂光院の汀《みぎわ》の桜と蔦《つた》かずらなどを金糸や絹糸で刺繍《ししゅう》し、四すみに総《ふさ》をつけたりしたと云う。

祝言の当夜になると、嫁方、婿方、それぞれ親類縁者を招き、先ずもってふるまいになる。嫁方は惜別の宴であり、婿方は嫁待ちの宴だ。当の婿はこの宴に加わらず他家に身を潜めて待つとも云う。

やがて婿方の親戚《しんせき》の女、或《あ》るいは媒酌人の妻二人（八瀬の媒酌人は常に二組必要である）が、丸提灯を下げて、嫁を迎えに行く。この迎えの女人の服装は、胴は十字絣、袖《そで》と衽《おくみ》は小紋切崩しという変った晴着に、必ず赤い前垂れをかけたと云う。

嫁が婿家に到着すると、婿と嫁と仲人《なこうど》の三人だけが屏風《びょうぶ》で囲われ、その中で三々九度の盃《さかずき》をしたとも云い、盃ごとなどなしで嫁は婿方の親類縁者の宴に出席し、饗応《きょうおう》につとめ、宴果てて彼等が帰宅してしまうと、新夫婦の部屋に床をとって婿が帰るのを待ったとも云う。若夫婦の部屋は通常土間にある。二畳ほどの『下《しも》の部屋』だったようだ。その方が働きやすいからだと云うが、どんなものだろうか。嫁の羞恥心《しゅうちしん》への思いやりだったのかもしれない。とにかくこの部屋で待つうちに、家人の寝しずまる頃、婿が帰って来て、ようやく結ばれる段取りになる。式の次第は時代によって多少異ったのではないか。

尚《なお》、祝言の当夜には、八瀬で『タルマクリ』と称する作法があった。婿の友人である若者たちは、祝言の席に列《つらな》ることはない。彼等は空の角樽《つのだる》の上に仲間が集めた祝儀の金を乗せ、これを婿家に届けた。婚家ではその角樽に酒を満して戻す。友人たちは別の家に集り、その酒を飲んで仲間のために宴を張った。これが『タルマクリ』である。

呆《あき》れ返ったことに、岩介はこの『タルマクリ』の宴に自ら列席していた。嬉《うれ》しがった若者たちが差す盃を片っぱしから受け、仲間の一人々々に酌をして回る。大声で笑い、果ては剽《ひょう》げた踊りまで踊ってみせた。なんとも陽気で闊達《かったつ》な酒だ。結果的にいえば、岩介はこの『タルマクリ』で完全に八瀬の若者たちの心を摑《つか》んでしまったことになる。

列席した若者たちの大半が潰《つぶ》れてしまった頃、岩介はそっと座を立って消えた。

とらは下の部屋の寝床の脇《わき》にきちんと坐《すわ》って待っていた。さすがに心細げだった。燭台《しょくだい》の灯が一瞬揺らいだ、と見る間に、岩介が膝《ひざ》をつき合わせるように坐っていた。

「岩介は風やな」

とらが思ったままに云った。実のところ、こんな時に何を云えばいいのか見当もつかなかったのだ。

「風のように去《い》んだら、いや」

不意に涙が溢《あふ》れ、流れた。

〈なんで婚礼の晩に泣かなならんのや〉

そう思っても涙がとまらない。岩介がその涙をそっと吸った。

「去んだりせえへん。時におらんようになっても、必ずとらのとこへ戻って来る」

それが岩介の誓約だった。


都大路を一頭の馬が疾駆していた。

明かに暴走だった。狂奔と云ってもいい。

乗り手の意志とかかわりなく、馬だけが全力疾走している。

乗り手は十三、四歳ぐらいの少年だった。身分ありげな装《よそお》いで、右手に鞭《むち》を握っている。だが少年は一度たりといえどもその鞭を当てた覚えがない。蜂《はち》が一匹、馬の耳にとびこんで暴れまわったのが、この狂奔の原因だった。

馬術の心得のあることは、無闇《むやみ》に手綱を引きしぼらないところに現れている。そんなことをすれば馬は竿立《さおだ》ちになり、少年の軽い躰《からだ》をあっさり放り出してしまうことは眼に見えていた。

少年の表情が奇妙だった。それはおびえのためではなく、激怒のためだった。怒りに表情が歪《ゆが》んでいる。蒼白《そうはく》だが、口をついて吐き出される言葉も、罵声《ばせい》だった。

「とまれ！　とまらぬか！　この愚か者め！　この素ッ首、斬《き》り落してくれるぞ！」

片手だけでも自由になれば、本当に抜刀して馬の首を叩《たた》っ斬りかねない激しさだった。だが今のところ、両手は手綱をぎゅっと握りしめて動かせない。片方でも放したりしたら、忽《たちま》ち転げ落ちそうなほど、馬の上下動が大きいのだ。

少年の馬を、四頭の騎馬の公家《くげ》と一人の徒歩の男が必死に追っていた。徒士《かち》は岩兵衛だった。驚くべきことに、この六十を越した男の足は、四頭の馬より速かった。八瀬の童子自慢の駿足《しゅんそく》である。だが狂奔する少年の馬には、いま一歩及ばない。どうしても追いつくことが出来なかった。息も上りかけている。

〈あかん。追いつけへん〉

わしも齢《とし》や、とつくづく情けなかった。

少年は三宮政仁《さんのみやただひと》親王だった。兄上に当る一宮良仁《かたひと》親王、二宮幸勝親王が引続いて門跡にならたため、ただお一人、皇位継承者たる儲君《ちょくん》の位にあらせられた。後の後水尾天皇である。

徳川期を通じて、最も御気性の激しかった天皇と後世謂《い》われることになったこの三宮は、この年十四歳でいらせられた。激しい御気性は既にこの頃から顕著で、別して親王にあるまじきことに武技を好まれた。馬術は勿論《もちろん》のこと刀法まで勉《まな》ばれたと云われる。

この日も嵯峨《さが》野《の》まで遠乗りを試みられた途上、この奇禍に遇《あ》われたのである。四人の若公家の御供では心もとないと、自ら徒歩の供を買って出たのは、例によって岩兵衛の予知能力のなせる業だった。だがそれもこの災難には及ばなかった。

三宮が馬上から振り落されるのは、時間の問題だった。既に岩兵衛の足は萎《な》えはじめ、三宮の馬との距離はひらくばかりになっている。

不意に、何かが天から降って来た。

少くとも四人の公家にはそうとしか見えなかった。六十二歳の岩兵衛だけが、それが路傍の亭々たる楠《くすのき》の枝から跳び移った男であることを、はっきりと認めた。

その男は荒れ狂う馬の背、丁度三宮のまうしろに、ふわりと着地した。即座に左手で三宮を抱き、右手を伸ばして馬の耳から蜂をとり出して捨てた。そのまま耳を揉《も》むようにしながら云った。

「可哀《かわい》そうに。痛かったやろ。もうなんもないで。ちちんぷいぷい、ちちんぷいぷい。ほーれ、痛うのうなったやろ」

女か子供に話しかけるような、優しい声だった。

三宮は瞠目《どうもく》したと云っていい。

今の今まで悪鬼のように荒れ狂っていた馬が、ぴたりとおとなしくなったのである。歩き方も自然に並足に変っている。嘘《うそ》のような変化だった。

三宮が手綱を引くと、馬はゆっくりと止まった。

岩兵衛が息を切らしながら追いついた。

「お、お、おれ（お前）……そ、そのお方は……」

男は岩介だった。にたっと笑うと、素早く鞍《くら》からすべり降りた。

「齢やなあ、のの。膝が笑うとるで」

「おけ、阿呆《あほ》。土下座せんか」

小さく云うと自分から土下座して見せ、額を地べたに擦りつけた。

「申しわけなきことで……手前がお供致しながら、こないなことに……」

「この者は岩兵衛の身内か」

三宮が岩兵衛の隣りを面白そうに見ながら云われた。

岩兵衛は横に眼をやって仰天した。岩介は地べたに坐ることは坐っていたが、なんとあぐらをかいて、傲然《ごうぜん》と顔を上げたまま、射るように三宮を見ていたのである。

「岩！」

喚《わめ》くなり頭を抑えつけようとしたが、岩兵衛の力では岩介は動かなかった。そのままの姿勢で呻《うめ》くように云った。

「おもろい」

「な、なんやと⁉」

「おもろいわ、このお方。途轍《とてつ》もない一生を送らはるわ」

この一声で岩介の生涯はきまったと云っていい。

後になって、岩兵衛はこの事故を初手から岩介の企《たくら》んだものではなかったかと疑ったものだが、これは邪推である。

岩介はいつもと変りなく牛の背に薪を乗せ、とらと連れ立って都に売りに出ていた。不意に何かが岩介の脳裏で警告のように鳴った。同時に狂奔する馬と必死に追う父の姿が見えた。現実に肉眼で見たわけではない。だが現実と寸分違わずに観《み》たと云っていい。

岩介は無意識に走り出していた。とらが驚いて声をかけたが、

「ゆっくり来いや」

云い捨てるようにして、忽ち姿を消した。例の目にもとまらぬ駿足である。忽ち現

場に達した。一息で民家の屋根に跳び上り、次いで楠の枝に跳んだ。

一日、馬を見ただけで、狂奔の理由を知った。後は少くとも岩介にとっては簡単な仕事だった。そんなことよりも、岩介はこの少年の心に驚嘆していた。なんと恐怖心がただのひとかけらもないのである。その代りに燃え上るような怒りだけがあった。しかもその怒りは決して馬にだけ向けられたものではなかった。周囲にあるありとあらゆるものに闇雲に向けられた怒りだった。さすがの岩介も咄嗟《とっさ》にその仔細《しさい》までは読み切れなかったが、永い年月に蓄積された根深い怒りの層があるようだった。その怒りが恐怖心にさえ優先していた。

今、無事に馬を降り立った少年の前に坐って凝視を続けるうちに、その怒りの種々相が漸《ようや》く見えて来た。そしてどの怒りも、その背後に深い悲しみを隠していることを知った。悲しみと怒りは裏表のように密着している。あまりの悲しさとあまりの怒りのために、この少年はいつも平静でいることが出来ない。表に現れる形を見れば、例えばじっと坐っていることが出来ない。絶えず激烈な、それだけに危険な動きに身を委《ゆだ》ねていなければ、悲しさが心を破ってしまいそうになる。それほど少年は不倖《ふしあわ》せだった。

〈まだ十四やないか〉

岩介は正確に少年の齢を読んだ。

〈たった十四でそないに不倖せなんか〉

どんなに貧しい家の子でも、或いは肉親を持たぬ浮浪児でも、これほどの不倖せの中にはいまい。岩介はそう感じた。天皇の御子《みこ》として生れて来なければ、遥《はる》かに安楽で自由な青春がこの少年を待っていた筈《はず》である。

〈素晴しい〉

気の毒に、などと岩介は思わない。大いなる不幸は屢々《しばしば》大いなる栄光を呼ぶことを、岩介は知っていた。

だが同時に、大いなる不幸はまた大いなる破滅をも呼ぶ。

大いなる栄光を呼ぶか、大いなる破滅を呼ぶか、それは全く本人の志の高さと、時の運による。

どちらも岩介の思い通りになることではなかった。岩介に云わせれば、だからこそ面白い。意のままになることにしか関ずらわない人生など、何が面白かろう。力の限りを尽して、尚且《か》つ成り行きの不明なことにこそ、生涯を賭《か》けて悔いない悦《よろこ》びがあるのではないか。

〈このお方に賭けた〉

ほとんど一瞬のうちに、岩介はそう決意していた。

もっともそんなことは口には出さない。代りに傍若無人にもじかに三宮に意見をしてのけた。

「もちっと鍛えなあきまへんな」

岩兵衛は慌《あわ》てふためいて言葉も出ない。三宮の方が素直に聞いた。

「馬術不鍛錬と云うか」

「お躰を鍛えなあかん云うたんですわ。馬術など要りまへん。馬は乗るもんやない。乗せて貰《もら》うもんや。馬に委《まか》せといたら、あんじょうしてくれますがな。な、そやろ」

最後の問い掛けは、三宮を乗せた馬に向けたものだ。驚いたことに、馬がいななきをもってこれに答えた。

「馬にはその方の言葉が判るのか」

三宮が目を丸くして訊《き》いた。

「誰の言葉かて判りまんがな。人間の方が馬を判ろうとせんだけですわ」

三宮がちょっと顔を赧《あか》くなされた。繊細な心の持主である証拠だった。

「岩兵衛。この者、その方の何に当る？」

「せ、伜《せがれ》にございまする。ま、誠にはや、れ、礼儀作法の心得もなき田舎者にて……」

「貰った」

「は？」

「躬《み》が貰った。只今より躬の近くにおれ。信尚《のぶひさ》」

供をして来た公家の一人、鷹司《たかつかさ》信尚を呼ばれた。後に三宮御即位と共に関白に任ぜられた信尚はこの年二十歳。正三位、左大将で、三宮が最も信頼された廷臣だった。

「そのようにはからってたもれ」

「心得ました」

信尚が頼もしく承知すると、三宮は馬腹を蹴《け》られた。

「休んどれ、ののの」

岩介は軽々と云う。岩兵衛は茫々然《ぼうぼうぜん》として声もなかった。

岩介はとりあえず春宮坊《とうぐうぼう》内の主馬署《うまのつかさ》に入れられた。シュメとも云う。

春宮坊は皇太子宮の内政を執り行う役所だ。主馬署は『乗馬鞍具の属を供進することを掌《つかさど》る』役職であり、首《かみ》、令史《さかん》各一人の下に馬部《めぶ》が十人いる。岩介はその馬部の下人にされた。

御所の馬寮《まりょう》に馬部が居り、大方はその子弟が春宮坊の馬部になっているのだが、本来馬部は馬を取り扱うばかりではなく、常に禁中に詰めていて、非違をただすことを裏の役目としていた。つまりは禁裏内の横目《よこめ》である。春宮坊の馬部にも当然その裏の役は受け継がれていた。

鷹司信尚はそれを百も承知の上で、岩介をその下人にしたのである。馬部はその役目柄、己れの下に来た者の身元を徹底的に洗う。八瀬童子というだけで、一応は身元の確実さを保障されてはいたが、岩介の三宮への近づき方はあまりにも突拍子が無さすぎた。信尚はその点に一抹《いちまつ》の不安を感じたのである。それがこの処置になって現れたのだ。さすがに若くして関白になるだけの慎重さと洞察の深さを示すものだった。

もっとも馬部の調査は何の実効もあげることは出来なかった。八瀬の里人は、内部でいがみ合うことはあっても、八瀬以外の者に対しては結束して立ち向う習癖を持つ。八瀬の秘密が外に洩《も》れることは絶対になかった。だから岩介の神隠しについても全く知られることなく終った。

岩介は御所に住むことは許されない。通いである。常人には毎日八瀬と禁裏を往復することはかなりの苦痛だったろうが、岩介にとっては何程のことでもない。とらと睦《むつ》み合う時の持てる分、この方が有難かった。

この頃、とらとの閨《ねや》のことは益々濃密さを増し、時には母屋《おもや》のはなをさえ悩ますほどになっていた。とらの歓《よろこ》びの声はそれほど高かった。

初めはとらも懸命に声を忍ばせていたのだが、

「阿呆なことすな。自然に出る声は出した方がええんや」

岩介がその度毎《たびごと》に繰り返すので、遂《つい》につつしみを忘れる破目になったのである。

春宮坊では岩介のいる部屋はない。馬房の中に馬と共にいるか、外で破目板に凭《もた》れて坐っているか、どちらかだった。

もっとも岩介は大方三宮のそばにいた。馬部たちはこの異例の扱いに嫉妬《しっと》し、主馬署の首に苦情を申し立てたが、三宮御自身のお望みによると云われれば引下るしかなかった。

それに馬房の仕事が手抜きされているわけでもない。岩介が来てから馬が活気を増したことは、誰もが認めるところだった。

岩介は初対面の際の言葉通り、先ず三宮の躰づくりから始めた。これは彼が五歳の時、天狗《てんぐ》から受けた鍛錬である。三宮にとってはかなり退屈な基本動作の反復だった。当然なまけたくなるし、やり方もいい加減になる。岩介は厳しかった。

「躰づくりは兵法の基本でっせ。これが出来んことには、どないな兵法もものにはなりまへん」

三宮は別して馬と刀術がお好きだった。岩介は馬については文句を云わなかったが、刀術については反対だった。

「帝《みかど》が御自ら刀をとって闘わななならんようになったら、世も末どすわ。それに実際の闘いで、刀術はあまり役には立ちまへん」

「では何がいい？」

「人には手足いうもんがありますやろ」

素手がいいと云う。三宮はお信じになれなかった。刀術の達者と素手で闘って勝てる道理がない。どうしても勝てると云い張るなら、実際にやって見せよ。

春宮坊には帯刀舎人という者がいる。タチハキトネリと読み、略してタチハキとも云う。舎人監《とねりのつかさ》に属する舎人の中から、特に武芸に長じた者を帯刀試《タチハキノココロミ》という試験によって選抜し、東宮の警固に当てた。その数三十と云う。

三宮はその帯刀舎人の中でも最も刀術達者の者を撰び出し、岩介との立合いを命じた。武器は刀、それも真剣だった。これは岩介の注文だった。斬殺《ざんさつ》しても可という御命令である。それでなくてもこの舎人は怒っていた。いかに三宮の御命令とは云いながら、こんな下人と立合うこと自体が、栄誉あるタチハキに対する侮辱だった。

「下人斬るべし」

これが帯刀舎人の決意だった。

立合いは馬房の裏の空地で、秘《ひそ》かに行われた。

見る者は三宮と鷹司信尚、ただ二人である。

舎人のむきだしの殺意に対して、岩介は春風駘蕩《たいとう》の長閑《のどか》さだった。にこにこ微笑《わら》いながら、無造作に立っているだけだ。

立合いが始った。

それは三宮も、信尚も、当の舎人さえ初めて味う異様な試合だった。

とにかく舎人の剣が岩介に届かないのである。すれすれまで迫るが、もう一歩足りない。いわゆる間の見切りによるものであることは確かだが、舎人はどうしてもこの一歩を縮めることが出来ない。どんなに素早い斬撃を浴せかけても無駄だった。揚句の果てにあっさり剣を奪われてしまった。

「い、いま一度！」

舎人は熱くなって喚いたが、岩介は笑って断った。

「無理に仕掛けたらどうする」

「逃げますがな」

舎人はいきなり抜討ちを掛けた。必殺の居合だった。

瞬間、岩介の姿が消え、刀は空を斬った。

見回すと馬房の屋根の上に立っている。

「下りて来い！」

「上って来なはれ」

舎人は本気で身構えたが、とても跳び上れる高さではない。それに迂闊《うかつ》に跳べば岩介の蹴りを喰うのは必定だった。

「お主、忍びか」

岩介はひらひらと手を振って否定した。

「身が軽いだけですがな。足も速いわ。逃げるに事欠きまへん」

舎人は歯がみしたが、どうなるものでもなかった。この舎人は素直に三宮と鷹司信尚に頭を下げる潔《いさぎよ》さを持っていた。

「負け申した。下人ながら恐るべき手練《てだ》れ。帯刀舎人の中であの者を討てる者はおりません」

三宮は茫然自失し、信尚は警戒の度を強めた。

「その方、どこでそのような術を習うた」

声に鋭さがある。

「八瀬童子は鬼の一族でっせ。誰でもこれくらいの事は自然に出来ますわ。そやから駕輿丁として、帝をお護《まも》り申し上げとるんやおまへんか」

岩介はさらりとはずした。

「成程。正しく鬼だ」

これは舎人の呟《つぶや》きだった。それがこの場の唯一の結論のように響いた。

三宮は御躰の退屈な鍛錬に急に熱心にお成りになった。

それほど岩介の術は強烈な印象を与えたことになる。岩介の作戦は功を奏したわけだ。信尚は敏感にそのことを悟り、問い訊《ただ》した。

「何のためにそれほど三宮をお鍛えするのだ。やがては天子にお成りになる御身だぞ。兵法者にお成りになるわけではないのだ」

「御自分に自信がのうては、天子はやってゆけまへん。それもここ一年の間にせな間に合いまへん」

岩介の答えは信尚をぎょっとさせるに足りた。それは一年後には三宮が天皇の位にお就きになることを意味していたからだ。或る意味では不敬とも思える言葉だった。

不敬とは、後陽成天皇に対するものなのは勿論である。

岩介の言葉は、来年中に天皇が御譲位になられることを予告したことになる。

「岩介！」

信尚は声を落して、だが、厳しく云った。

岩介が何かを止めるように手を上げた。

「判ってま。ここだけの話や。けど、ほんまのことでっせ」

不敵にもにたりと笑って見せた。

岩兵衛は岩介のしでかしていることを全く知らない。だから、鷹司信尚に呼び出された時は、ひどく慌てた。

信尚は呼び出したくせに、暫《しばら》くは何も云わない。何かを計るかのように、じろじろ岩兵衛の躰を見回しているだけだった。岩兵衛は薄気味が悪くなって、駕輿丁のご法《はっ》度《と》を破った。即《すなわ》ち自分の方から口を利《き》いてしまったのである。

本来駕輿丁は、尊きお方の中では一言ものを云ってはならぬことになっている。駕輿丁の勤めの中には、禁裏内の雑用も入っている。帝の厠《かわや》の清掃、帝が入浴なさる際の湯の用意、そして公家方の集っていられる部屋での雑用。特にこの最後の勤めの場合、完全に沈黙を守ることによって、影になる。つまり部屋にはいない存在になる。

或いは部屋の調度品と同然になる、と云ってもいい。断じて人であってはならない。だからこそ公家方は駕輿丁を見ない。いない人間を見るわけがない。いないのだから、彼等の前で何事も平気で話す。極秘の情報だろうが、洩れては不都合な公家同士の噂《うわさ》だろうが、一切気にせずに話す。それは天皇の隠密《おんみつ》としての貴重な情報源なのだ。人間ではない『影の者』になり切ることによって、彼等はその真の勤めを果しているのだった。

それを岩兵衛は破ったのである。

「何事でござりましょう?」

そう云ってしまった。

それでも信尚は暫くものを云わなかった。やっと云ったと思ったら、何とも意味不明の言葉だった。

「そうか。鬼の裔《すえ》とは、そういうものか」

岩兵衛に判るわけがない。またご法度を破った。

「どないなことでしょう?」

「いや、知らなかった。それほどの者とはな。まこと恐るべきものや。岩介が化け物なのも当り前やな」

これでも判ったわけではないが、岩介が原因なのだけは察しがついた。

「大分昔のことやが、八瀬の童子が弓矢を許されたと聞いたことがある。けど現実に駕輿丁が弓矢を持っているところなど見たこともない。なんでやろ思うとったが、岩介のお蔭《かげ》でようやっと呑《の》みこめたわ。何とも恐ろしい術やな、あれは」

信尚は独りで感心している。岩兵衛はまさか知らないとは云えない。判ったふりで頷《うなず》きながら、さりげない話はこびで岩介の所業を聞き出した。それは信尚ならずとも驚倒するような振舞いだった。

一日、岩介は三宮が弓を引かれるのを見ていた。三宮は仲々弓の上手で、近仕の公家たちは一矢ごとに讃嘆の言葉を発する。だが岩介は終始無言で、仏頂面《ぶっちょうづら》をしていた。

「何か云いたいことがあるのんか」

三宮がたまりかねてお聞きになられた。三宮は岩介を武芸の隠れた達人だと信じている。公家たちの百の讃辞も、岩介の仏頂面の前には色褪《いろあ》せて見えるのだった。

「別に」

相変らずの仏頂面で応《こた》えた。

「的を射るのはお見事や思います。けど……」

矢張り『けど』だ、と三宮は緊張なされた。

「もう少し早よう射られた方が宜《よろ》し。実戦では相手はじっと止まっとってはくれまへん」

「やって見せい」

三宮はご自分の弓を渡された。

岩介は受けとって立上るなり忽ち三本の矢を射た。三宮が一本の矢を放つより速い。まるで当てずっぽうに射たように見えたが、矢は見事に的の中心を貫いていた。最後の矢など、前の矢を縦に割って的に喰い込んでいる。一同、声を失った。

「駕輿丁が弓矢を持っているのを見たことがないな」

三宮が云われた。

「家に置いてあるのんか」

「ありまへん。必要ないんどすわ」

「なんでや」

岩介は答えのかわりにいきなり矢を摑んだ。弓を使うことなく、握った矢を投げた。これを手矢と云う。今度も三本の矢が瞬《また》く間に飛び、三本とも次の的の中心を見事に射抜いた。手矢が弓の飛距離を飛んだのである。仰天するに足りた。

「帝をお護りするには、これで充分や。それに輿を担ぎながら弓は射れまへん」

理屈だった。確かに手矢なら片手で投げられる。駕輿丁が輿を担ぐのは常に左肩ときめられている。右手は空いていた。

岩兵衛は駕輿丁として戦闘に参加したことがない。

つまり輿を担いで闘ったことはない。

彼の闘いはすべて天皇隠密としての孤独な戦闘だった。

だが輿を担いで戦わねばならなくなったらどうすべきかという命題は、常に脳裏にあった。

長巻しかない。岩兵衛はそう考えていた。長巻は刀に長い柄をつけたような兵器である。槍《やり》が現れるまでは最も普及した、それだけに使い易《やす》い得物だった。突く、薙《な》ぐ、斬る、三つの機能を持ち、比較的軽い。膂力《りょりょく》のある者なら、片手で振り回すことも出来る。八瀬童子、特に駕輿丁に選ばれた者は、揃《そろ》って長身であり、腕の長さも長い。その腕が長巻を車輪のように振り回せば、大方の敵は接近することも出来まい。

だがこの兵器は飛道具に弱い。弓・鉄砲にかかってはひとたまりもない。手裏剣を考えて見たが、凡そ飛距離が違う。手矢は手裏剣より遠くまで飛ぶ。別して岩介のように、弓の飛距離を飛ばせるなら、こんな強力な武器はまたとあるまい。

その日、岩兵衛は夕刻前に八瀬に帰った。帰るなり岩介を呼んで、天満宮の境内に連れて行った。八瀬天満宮を村人は最も古い天満宮と信じている。菅原道真公が学業のために比叡山に通った道筋がここだと云うのだ。その天満宮に弓矢と的が置いてあった。岩兵衛は弓の稽古《けいこ》に使われる距離に的を掛け、矢筒を岩介に渡した。

「やってみ」

「なんの真似《まね》やねん、のの」

「三宮さんの前でやったようにやらんかい」

岩介が渋い顔になった。

「囀《さえず》り烏《からす》が鳴いとるようやな」

云うなり矢筒から矢を抜き無造作に投げた。勿論、点の中心に、それも矢羽のところまで深々と刺さった。

「のの。阿呆なこと考えなよ」

それ一本で終りにする気らしく、的へ行って矢を引っこ抜きながら、そう云った。

「阿呆なことやと⁉」

岩兵衛が目を剥《む》いたが、岩介には通じない。

「げらはしやぁない。三宮のお気を引くためや。けど駕輿丁に手矢の稽古なぞさせな」

岩兵衛は見抜かれてかっとなった。

「なんでや」

「目立ったらいかんのや、八瀬童子は。げらは鬼の中の鬼子や云うとけ。天狗に攫《さら》われたと云うてもええ」

岩介をあくまでも異能人にしろと云うのだ。

「考え違いしとるんはおれ（お前）や」

岩兵衛が断乎《だんこ》として云った。眼が爛々《らんらん》と輝いている。

「おれはどこまでも八瀬童子の一人でのうてはいかんのや。八瀬童子、別して駕輿丁は、人にこわがられる生きものやないとあかん。人がわしらを恐れて、ねきにも寄れんことで、初めて天子をお護りすることが出来るんや。それに武力にすぐれとるいうことは、むしろ本業を隠す役に立つ」

本業とは隠密のことだ。岩兵衛の云うことには一理あった。隠密は何よりも目立つことを嫌う。それに武力に頼る部分が少い。隠密に剣の達人などいたためしがないのは、この為である。だからこそ、兵法にすぐれているという評判は、逆に八瀬童子を隠密の疑いから遠ざけることになる。

岩介は珍しいことに暫く沈黙し、やがてにたりと笑った。

「伊達《だて》に齢はとっとらんようやな、のの」

「あったり前や、阿呆」

岩兵衛は岩介の肩を突いた。岩介はわざとらしく、よろめいて見せた。

「力も仲々のもんやな」

事実、岩兵衛の膂力は少しも衰えていない。

「ぬかせ。それよりさっさと手矢を教えんか」

「教えることなんかあらへん。当ると思えば当る。届くと思えば届くんや」

「そんな阿呆な……」

「阿呆やない。それが基本や。あとは稽古。印地打ちのつもりで放ったらええんや」

印地打ちは礫《つぶて》とも云う。要するに石投げである。石は中世期を通じて、武器を持たぬ庶民の唯一の飛道具だった。八丁礫の嘉平次のような源為朝の部下もいれば、楠木正成の部隊の中にも石投げ隊があったとも云う。それが子供の遊びと化したのは近世のことである。八瀬童子は揃ってこの印地打ちの達者だった。幼時からこの術を習い、鳥は疎《おろ》か魚までもこの術で獲《と》ると云われた。

この日を境に駕輿丁と、隠密にたずさわる八瀬童子たちの手矢の訓練が開始された。礫打ちが巧みなだけに上達も早い。

だが岩介は一切この訓練に関わらなかった。この男の頭には三宮のことしかない。

慶長十四年も師走《しわす》に入って、後陽成天皇の御譲位の御意志が正式に駿府の大御所家康に伝えられた。家康は二代将軍秀忠に伝えるようにと告げた。態《てい》よく身を躱《かわ》したのである。

この御意志が改めて京都所司代板倉伊賀守勝重を通じて幕閣に伝えられたのは、十二月十七日のことだ。

この時、後陽成天皇は、家康に敢《あえ》て注文をおつけになっている。

『譲位の儀は相延べざるように御馳走《ちそう》申さるべし』

いわば念をお押しになったのである。更に、

『政仁親王の即位については、徳川家康・秀忠両人の上洛《じょうらく》を得たい』

とお申し込みになったと『勧修寺《かじゅうじ》光豊公文案』にある。勧修寺光豊は広橋兼勝と共に、当時武家伝奏を勤めていた。この時、三十五歳。武家伝奏は禁裏と幕閣との橋渡しをする連絡係である。

天皇の御譲位の御意志に、朝廷は騒然となった。誰もが兼ねて薄々とはこの事あるを感じてはいたのだが、いざ現実になってみると衝撃が大きい。官女密通事件で、天皇をいびるような立場をとった公家たちに非難が集中したのは無理からぬことだった

が、実のところ公家衆の誰もが、どこかうしろめたい感じを抱いていた。鷹司信尚もその一人だ。

「おそれ多いことだ」

天皇を孤立させ、そこまで追い込んだ事態に、自分も含めて公家たちの責任を痛感し、同時にあてどのない怒りに捉《とら》えられた。怒りのとばっちりを受けたのは岩介だ。

「おのれ、一年も先やなど云いおって……。半年も経《た》ってはおらぬぞ」

岩介は一向にこたえない。相変らずへらへら笑っていた。

「まだまだ。きまるのが来年。儀式はさ来年ですわ」

抜け抜けとそう云う。

信尚は余計腹を立てたが、こんな下人の予言を心のどこかで信じた自分が悪い、と反省するだけの余裕はあった。

『譲位の事、叡慮《えいりょ》次第』

と云う幕府の返事が来たのは、年も明けて二ヵ月も経った慶長十五年二月十二日のことだ。今度ばかりは御譲位に反対する理由も都合もなかったからである。

禁裏ではただちに博士家の萩原秀賢に命じて、譲位の先例を調べ、譲位記録を提出させるなど、様々な準備がはじめられた。

だが、この準備は、思いもかけぬ事件で中断されることになる。

閏《うるう》二月十二日。徳川家康の第五女市姫が、たった四歳で急死したのである。市姫は家康六十六歳の時の子であり、母は家康が側妾の中で最も愛したと云われるお梶《かじ》の方である。本来、家康は我が子に冷い父親だったが、関ヶ原以降に生れた子は溺愛《できあい》している。この時の悲しみ方も尋常でなく、五日後の十七日、御譲位の延期を京都所司代に通達した。

将軍職を息子に譲り、いわば隠居した形の家康の娘が死んだからと云って、天皇の御譲位を延期するいわれはない。

さすがの名所司代板倉勝重も、この家康の要請をそのまま禁裏にお伝えするのを躊《ため》ったらしい。その証拠に、閏二月二十一日付の天皇の御書状によれば、天皇は持病再発を楯《たて》に、ことの進行を武家伝奏に督促なされていられる。家康の通達を御存知なかったからとしか思われない。

後陽成天皇のご持病は癰《よう》という腫《は》れ物だったらしい。この療治には灸《きゅう》が効くというのだが、当時の天皇は灸を据えることがお出来にならない。玉体を傷つけることは許されないという理由に拠《よ》る。灸をなさるには、天皇の御位をすべることが必要だった。そして御譲位の理由の一つは、正しくそこにあったのである。

天皇のお気持では、三月十八日か二十一日に御譲位の御予定だった。そこまで固っているところへ、家康の要望が伝えられ、何も彼《か》も振り出しに戻った。天皇が納得されるわけがなかった。

『逆鱗《げきりん》有り』

とある公家が日記に書いているが、当然であろう。

だが天皇には如何《いかん》ともしがたい。御譲位とそれに続く新帝の御即位には巨額の費用がかかるし、御譲位の後に上皇がお住いになる仙洞《せんとう》御所が先ず建設されねばならない。幕府の援助なしに出来ることではなかった。

駿府の家康のもとに改めて勅使がたてられたのは、三月十一日のことだ。武家伝奏の広橋兼勝と勧修寺光豊がその役にあたった。御譲位の御予定を伝えるためだ。

一ヵ月半後、四月二十八日に京都に帰ったこの勅使たちは、思いもよらぬ家康の返事を持ち帰った。

返事は七ヵ条にわたり、それ以外に口頭の伝言もあったと云う。その第一条に曰《いわ》く。

『御譲位の義仰出《おほせいだ》され候《さうらふ》。父子（家康と秀忠）の内、一人は上洛致し、何様にも御馳走申候はで叶《かな》はざる義に候。さりながら、御譲位諸事、御構ひなく、是非当年成さるべくと思召《おぼしめ》され候はば、その通りに申付くべく候』

御譲位とあれば、家康か秀忠か、いずれか一人は上洛して諸々《もろもろ》の準備に采配《さいはい》を振うところだが、というのが前文の意味だが、これは二人とも今年は上洛出来ないということを暗に示したものだ。次いで後段の意味が凄《すさ》まじい。だが諸事について幕府の手助けが必要でなく、是非今年中にやりたいとお思いなら、その通りにおやりなさい、と云うのだ。まるで、やれるものならやって見ろ、と云わんばかりである。

更に天皇のお気持を逆なでしたのは第二条だった。

そこには、御譲位をなさるなら、先ずもって三宮政仁親王の元服の儀を行うべきではないか、という意見が述べられていた。元服の儀を今年中にすませ、御譲位は来年という家康の意志がはっきりと録《しる》されている。

これがどうして御意にかなわなかったかというと、天皇はこの御譲位を延喜の例に倣《なら》いたいと望まれたからだ。延喜の例とは醍醐天皇の例という意味である。

醍醐天皇は寛平《かんぴょう》九年（八九七）七月三日、元服と同時に宇多天皇から御位を譲られた。つまり元服と御譲位が同時だったわけだ。それを家康は、元服の後に御譲位という順にしろと云う。

醍醐天皇の御代は『延喜の治』と云われ、天皇親政の手本とされる時期である。後陽成天皇のお心の中には、天皇の権威の再興という悲願がおありになった。延喜の例に倣うという事実にはその悲願が籠《こ》められていた。

将軍と大御所が共に上洛し、天皇の御代替りを承認し、改めて『臣下』として新帝に拝礼する。それによって天皇の権威は誇示されることになる。それが天皇の御意志であり、御譲位の最大の理由だった。だから天皇が三宮の元服の時期にこだわるのは当然だった。

天皇はよほど御立腹になったのであろう。家康の返事をなんと四ヵ月余りもお手もとで抑えられ、摂関家にもその内容をお知らせにならなかった。

摂家の一人、前関白近衛信尹《のぶただ》が初めてこの七ヵ条の内容を知ったのは九月二日のことだ。

京都所司代板倉勝重は、家康の返事に一向に対応しない禁裏に業をにやし、六月に駿府に下向して家康と相談した。家康は十月になって、改めて自分の返答に対応する処置をとるように、五摂家を督促するに至った。

四月に渡した七ヵ条の返答について五摂家から何の意見具申もないとは、どういうことか。そちらがそういう態度なら、今後は自分の方からも意見を申し述べることはないだろう、と云うのだ。

「わしはもう知らぬ」

そう云っているようなものだ。この文案は有名な黒衣の宰相金地《こんち》院崇伝《いんすうでん》の書いたものだが、この男らしい意地の悪い文章だった。

この手紙には三ヵ条の新たな要求がつけ加えられていた。その第一条がまたしても、政仁親王の元服を急ぐこと、というものだった。

十月二十五日、天皇は摂家衆に明確に御意向をお示しになった。延喜の例に倣うということが、はじめてはっきりと示されたのである。

摂家衆は困惑した。この元服と御譲位の順がきまらぬ以上、家康の返書にある七ヵ条は、ただの一条も実現出来ないことになる。これでは家康、ひいては幕府と全面対決になるしかない。

窮した摂家衆は、弟宮でいらせられる八条宮智仁親王に諫言《かんげん》をお願いした。八条宮は昔から天皇とお仲の良い御兄弟だったからだ。

八条宮は十一月二十二日付で諫言状とも云うべき書状を天皇に奉《たてまつ》っている。この書状は現存しているが、要旨だけ意訳しておく。

『駿河から注文してきた七ヵ条について、天皇はいったん御承知になりながら、半歳後の摂家衆への御意向では反対されていられる。これでは京都所司代板倉伊賀守も大御所に対して取りつぎようがない。せめて今年中に是非々々三宮様の元服を実現して戴《いただ》きたい。さもないと、禁裏と幕府の関係が悪化するに違いない。云々《うんぬん》』

繰り返すがこの諫言状が献じられたのは十一月二十二日付である。今年中と云っても一月と少々しかない。正に切羽つまった事態だった。

後陽成天皇の御返事はただ一言だった。

『なに事もあしく候間、不苦候《くるしからず》』

何も彼も悪い、つまりは八方ふさがりだから、関係悪化もやむを得ない。そう云われたのである。

八条宮はじめ、母君の新上東門院も摂家衆も、愕然《がくぜん》色を失ったと云う。天皇は明かに破れかぶれになっていられる。関係悪化もやむを得ない、とはどういうことであるか。また臣下としてどうしたらいいのか。

前関白近衛信尹はここまで天皇のお気持を追いこんでしまった責任を痛感した。

「こうなったら、どんなお考えでもいい、何でも仰せつけ戴いて、それを板倉殿に駿府へ持っていって貰い、少くとも実現の努力はしようではないか」

朝幕関係にどうせ破綻《はたん》が来るのなら、我々は天皇の仰せの通りにしよう、と云うのだ。一同も悲愴《ひそう》な覚悟で賛成し、その旨《むね》を書面にして天皇に奉った。筆者は八条宮である。

破綻がどんな形で来るか、誰にも判らない。まさかとは思うが、禁裏が廃される可能性さえある。公家全員はそれを覚悟の上で、天皇にお好きなようになさいませ、とすすめたのだ。今度は天皇がお悩みになる番だった。

『やぶれ申し候うへ（上）にては、何事も残らず仰せ出され……』

と云う一文がこの奏上された書面にはある。どうせ決裂するのなら、何でも好きなことを云われたらよろしい、と云う意味だ。

この文章が、ずしりと後陽成天皇のお肩にかかって来た。

『やぶれ申し候うへにては……』

だが破れたらどうなるのか。朝廷もなくなり、天皇も公家も無いことになるかもしれぬ。それがすべて天皇の御意向のためである。延喜の例に倣いたいとあくまで主張される天皇の御意志のためだ。摂家衆も八条宮も、そこまで決意したのだ。すべてを天皇の御意向一つに委せたのである。

後陽成天皇はこんな重荷に耐えられるほどお強くはなかった。

ついに折れた。

『ただなきになき候。なにとなりとも、にて候』

これが天皇の御返事だった。どうにでもせよ、と云われたのである。

摂家衆一同、息を呑んだ。球は再びこちらに投げ返されて来たのである。

『ただなきになき候』

この御言葉が磐石《ばんじゃく》の重みとなって彼等を圧しつぶした。

帝が泣きに泣くような事態を、臣下がどうしたらよいのか、彼等には考えることも出来なかった。

最初に立直られたのは、母君新上東門院である。『なにとなりとも』とは家康の要求を承諾されたと云う意味である、そう断を下されたのだ。

摂家衆は機械のように女院の御意のままに動いた。

ただちに三宮元服の日程が調べられ、十二月二十三日ときまった。家康の云う『当年中』のぎりぎりだった。余すところ僅《わず》かに七日。それが後陽成天皇の御抵抗の極限だったとも云える。

十二月二十三日。三宮政仁親王の元服の儀は、無事行われた。加冠の役は関白九条忠栄《ただひで》が勤めた。

摂家衆はじめ公家たちは、ほっと安堵《あんど》の胸をなでおろしたが、これで何も彼も終ったとは誰一人思ってはいない。むしろ、ことは始ったばかりなのである。

『ただなきになき候』

後陽成天皇の御無念と絶望と、そして深い怨念《おんねん》が残っている。それが今後どんな形をとって現れることになるか。誰一人予測することは出来なかった。

政仁親王はまっ先にこの怨念にぶつかることになる。


慶長十五年十二月二十四日、三宮元服の儀の翌日は、大雨だったと『当代記』にある。

その豪雨をついて、二頭の馬が禁裏から出て北に向った。一頭に三宮が、もう一頭には鷹司信尚が乗っていた。

二人とも笠《かさ》をかぶり、部厚い羅紗《ラシャ》で出来た南蛮のマントに身をくるんでいる。家康によって禁裏に献上されたものだった。

岩介だけが蓑笠《みのかさ》姿で、徒歩で三宮の馬と並んで走っている。岩介の駿足は馬と同じ速度で悠々と伴走することが出来た。

一行は八瀬に向っていた。岩介が今朝三宮に薦めた結果である。

三宮はすっかり参っていられた。昨日の元服の儀が、それほどこたえたのである。男の子にとって記念すべき時として生涯忘れられぬ筈の元服の日が、逆に三宮の御心をひどく落ち込ませたのである。

　立ち合われた後陽成天皇の御姿が、その原因だった。天皇は正しく憎悪《ぞうお》と怨念の塊りだった。蒼白な顔の中で眼だけが憎しみに燃え上っているかのように、烈々と輝いていた。その眼がひたと三宮にそそがれ、一瞬の間も離れようとしないのである。天皇はまばたきもなされなかった。生涯の敵を睨《にら》み据えるように三宮を、三宮だけを見つめていられた。

〈どうしてだ⁉　私がどんな悪事を働いたと云うのだ！〉

　三宮はそう喚きたかった。天皇が憎んでいられるのは三宮であるわけがない。三宮の元服の儀である。大御所家康によって押しつけられ、口惜しくも屈従せざるをえなかった、この元服の儀自体である。そして怨《うら》んでいられるのは徳川幕府である。

　だが人間は形のないものを憎むことも怨むことも出来ない。なんらかの意味でその形のないものを象徴する人物が憎悪と怨恨《えんこん》の対象にならざるを得ない。徳川幕府の象徴が家康であることは当然だが、元服の儀の象徴が三宮だったことは、およそ理屈に合わない不条理極まる成行だった。明かに一種の八つ当りである。だが天皇はどう仕様もなく三宮と家康の像が重なるのを感じていられた。三宮が憎かった。三宮が怨めしかった。そしてありとある呪詛《じゅそ》を三宮に向けて放っていられた。

岩介はもとよりこんな儀式を伺える身分ではない。だから馬小屋の裏に正座して、懸命の祓《はら》いを試みていた。この国に帰って来て以来初めての呪法だった。彼は天皇の黒い呪詛が三宮に蔽《おお》いかぶさるのを、己れの呪法で防いでいたのだ。

三宮はその夜の間じゅう御不快だった。まさか天皇の呪詛のなせるわざとはお気づきになっていない。まして、岩介の呪法のお蔭で、そんな程度ですんでいることなどお知りになる由《よし》もない。

とにかく気が滅入り、じっとしていられない。まんじりともなされず、御寝所の中をうろうろ歩き回っていられた。

岩介はこの日は八瀬に帰らず、厩《うまや》で泊った。一晩中起きていた。馬房の中に結跏趺《けっかふ》坐《ざ》を組み、印を切り、呪文を唱えづめに唱えていた。深更を過ぎてはじめて三宮にまとわりつく黒い気が衰えた。天皇がおやすみになったのである。それでも岩介は気を抜かず祈り続けた。

夜明けと共に豪雨が襲った。まるで天皇の呪詛が天の底を抜いたような凄まじい雨だった。

岩介は三宮がいつもの躰ならしの運動に縁に出られたところをつかまえて、八瀬ゆきをお薦めした。大海人皇子も入られたと云う竈《かまど》風呂で汗を流されれば、少しはお気も晴れましょう、と申し上げたのだ。実は天皇がお目覚めになる前に、三宮を表に出したかった。天皇の呪詛の及ばぬ安全な土地にお連れしたかった。それほど昨日の天皇の気は凄まじかったのだ。そして八瀬ほどこの種の呪詛に対して安全な土地はなかった。叡山と八瀬童子のいわば二重の結界が、この里を強固に守ってくれている。もっとも今の八瀬童子たちは、そんなことは何一つ知らない。

三宮は好奇心が極めてお強い。竈風呂という言葉に忽《たちま》ち惹《ひ》かれておしまいになり、このお忍びの遠乗りになったのである。

八瀬の竈風呂は現在もある。フィンランドのサウナと同じ蒸し風呂だが、入口の小さい土むろを造り、その床の上で杉などの香りのいい枝と葉を焼くことによって土むろ全体を熱する。それから灰を搔《か》き出してむしろを敷き、海水と同じ濃度の塩水を撒《ま》く。そこへ人が入って入口の戸を閉める。忽ち汗が流れ出てくると、備えつけの水がめにつけた榊《さかき》の小枝で躰を打ち、汚《けが》れを汗と共に流すのである。

小さな燭籤《しょくせん》だけが唯一の明りである。

浴衣《ゆかた》姿で汗みどろになられた三宮のお躰を、褌《ふんどし》一本の岩介は榊の小枝で何度も叩いた。三宮が受禅（御位を譲られて即位なさること）なされたら、二度とこんなことは出来ないな、と心の中で思っていた。

信尚も汗みずくで、これは自分で自分の躰を榊で叩いている。土むろの中にはいい香りが立ちこめている。三宮はどうやら昨日の憂《う》さを忘れ去られたようだ。

「父上は……」

三宮は流れる汗を掌で拭いながら、呟くように云われた。

「どうして私をあんなに憎まれるのだろう」

それは昨夜一晩、御自らに向って問い続けていた疑問だった。そして遂に解答をお見つけになれなかった疑問でもある。

側近きっての切れ者の信尚にも、これは難問だった。彼もまた天皇の三宮に対するあまりにも露骨な憎悪の御発露に戸まどった一人だった。そして矢張り答を見つけ出すことが出来なかったのだ。

「宮へのお憎しみではないのではありませんか」

精々それくらいしか答えられなかった。

「幕府、と申すより大御所家康公へのお憎しみ、お怨みが凝り固まって、常時お躰から発散されているのでは……」

あまり説得力のある言葉でないことは、云った信尚自身が感じていた。果して三宮は焦《じ》れたように首をお振りになった。

「岩。どうや」

「判りまへん」

岩介はまた三宮を榊の枝で打った。

「けど凄まじい怨念どしたなあ。危く宮さんのお躰を包みこんでしまいそうな恐ろしい怨念どした」

三宮も信尚も驚愕して岩介を見た。

「岩介には怨念が見えるのか」

三宮が眼を輝かして訊いた。岩介は手を振った。

「見えますかいな、そないなもん。わし、陰陽師《おんみょうじ》と違いまっせ。けど、躰で感じますわ。なんや胸がつぶれそうな思いがしまんね。頭もしめつけられるようやし……」

三宮が大きく頷かれた。

「そうや。私もそれを感じた」

「けど宮さんの気は、これまたえらい強さや。立派に帝の怨念と闘うて勝たはった。わしにはそうとしか思えまへん」

岩介は自分が知る限りの調伏《ちょうぶく》の法を使って、天皇の気を喰いとめたことを云わない。すべて三宮御自身の運気のお強さのせいにしている。それも満更嘘ではなかった。運気がお弱ければ、三宮は昨日のうちに倒れていられる筈である。また岩介のような男をおそばに置くようにもならなかった筈だ。

「そうかな。私は何もしていないが……」

三宮が疑わしげに云われる。

「しよう思うて出けるもんと違いま。気イつかんうちに、自然に発せられるのが運気どすわ。そこが素晴しいいんと違いますか」

人間には強運の者と悲運の者がいるのは、厳たる事実である。しかもこれは生れついてのものだ。

『強運も力のうち』

戦国期の『いくさ人』たちは、己れの主君を撰《えら》ぶ際に、強運も充分に計算に入れたと云う。

岩介の見るところ、三宮の御運は強大だった。だからこそ彼は、我から望んで下人になったのである。

そして強運の者は、己れの強運を自覚することで尚更運に恵まれると云うのも、また事実だった。だから岩介は今、懸命に三宮にご自分の運の強さを自覚なさるようにしむけているのだ。

「父上は病んでいられる」

三宮が淋しげに、そう云われた。これはお躰の意味ではない。お心の意味だった。そうとでも思わなければ、理由もなく天皇から憎まれるという不条理を納得出来なかったのであろう。そしてどれほど納得がいったところで、心の奥底の淋しさは消しようがなかった。

「天子になどなりとうない。死ぬまで気ままにしていたい」

それは呻き声に似ていた。

「一生気ままに、好きなことをして暮せたら、どんなにいいだろうな。父上も母上もいらぬ。天涯の孤児がいい。誰一人世話を焼く者もなく、誰一人、世話を焼かなくてはならぬ者もいない。生きるも死ぬも己れ次第……」

啜《すす》り泣くかのように嫋々《じょうじょう》と声は続き、土むろの中に微《かす》かな反響を呼んだ。

鷹司信尚は首を垂れ、懸命に涙をこらえていた。

三宮のお気持は痛いほどよく判った。仰せの通りにして差上げることが出来たら。

心の底からそう思った。

「この三人の中で……」

三宮は続けられた。

「それが出来そうなのは、岩介ただ一人だな。お前が羨《うらやま》しいよ、岩介」

岩介はぎょろりと眼を動かして三宮を見た。

「なんで宮さんにはお出来になりまへんね」

鋭い声だった。一瞬、白刃をつきつけられたような戦慄《せんりつ》が三宮の全身を走った。辛うじて答えた。

「そんなこと決まってるやないか」

「なんも決まってへん。やられたら宜し。天皇にならはっても、天涯の孤児や思われたらええんどす。気ままにしなはれ。好きなことをされたらええ」

岩介の声は土むろを崩さんばかりにがんがんと響いた。

「岩介。言葉が過ぎる」

信尚がぴしりと云った。

いつもならこれで岩介は黙る筈だった。精々剽《ひょう》げた顔を作るか、皮肉な捨台詞《すてぜりふ》の一つも吐くくらいの所である。

だが今日は違った。信尚の声など聞えなかったかのように、熱っぽく話し続けた。

「はっきり云わして貰いま。わしら八瀬の童子たちは、嘗《かつ》てないことに揃って宮に肩入れしとりますねん。それが何のためか、判らはりますか」

三宮は首を横に振られた。

「それは宮の星の強さをわしらが知っとるからや。百年に一度の強い星の下にお生れになっとるからや」

きっぱり云い切った。

「なにをなさろうが、この星の下にある限り心配おへん。好きなことをなすったら宜し。幕府なんぞたかの知れたもんや。あんなもん気にして天皇が張ってゆけますかいな。掌の上でぽんぽーんと踊らせといたら宜し」

岩介は掌の上で榊の枝を踊らせてみせた。

「ええ加減にせんか」

信尚が顔を真赧《まっか》にして喚《わめ》いた。

「そんな危険なことを宮に吹き込む奴があるか。それこそ宮のお生命が幾つあっても足らんようになる。幕府にはそれだけの力があるぞ」

「馬鹿力だけや。武力だけですがな。そんなもん、ほんまもんの力とは違いまっせ」

「それでも宮のお生命を断つことは出来る」

「でけまへん。帝のお生命を断つ度胸が、幕府にありますかいな」

憎々しげにせせら笑った。

「それに何のためにわしら八瀬童子がおると思うてはりまんね。そないなことを防ぐためやおへんか。八瀬の童子は鬼の面目にかけても、一族悉《ことごと》く死に絶えても、宮をお守りしますがな」

凄まじいまでの気迫だった。その気迫が動物的な力となって信尚を圧倒した。

「せやから、お好きなようにしなはれ云うてますねん。ご自分の強運の星と八瀬の鬼どもを、もっともっと信用して欲しいと思いますわ」

三宮は沈黙を守った。岩介も言葉をやめた。信尚は顔じゅうの汗を拭《ふ》く気力も失っている。

燭籠の灯が微かに揺れた。

「好きにせよ。気儘《きまま》にせよ……」

不意に三宮が唄《うた》うように云われた。

「随分楽なことのようだが……」

じろりと岩介を御覧になった。鋭い眼だった。

「果してそうかな」

岩介がにたっと笑った。奇態にもひどく嬉しそうだった。岩介を責めるような三宮の御指摘の鋭さが、この男には逆に嬉しくてたまらないのである。弟自慢の兄のような気持が岩介にはある。

「鋭うまんな」

拍手でもするように、ばしりと手を打ち合せた。

「云われる通りどす。決して楽やおへん」

信尚が怪訝《けげん》な顔になった。三宮と岩介の会話について行けないのだ。表情に焦《あせ》りが出た。

「どういうことや」

「云うた通りのことどすがな」

岩介の声はいかにも愉しげだった。

「皇子《みこ》で気儘なんは楽なもんや。けど天皇にならはって気儘でいやはることは容易なことやない」

「だから何故《なぜ》だ」

信尚の焦りが増している。

「そらそうやおへんか。天皇が好きなことしやはる云うことは、いつ幕府と事を構えてもええという御覚悟がある云うことでっせ」

「あっ」

信尚が思わず叫んだ。確かに今の幕府のあり方を見る限り、岩介の云う通りだった。禁裏の持つ無形の力を極力衰弱させ、やがて無にしてしまうことが幕府の方針であることは明かだったからだ。天皇がその中で気儘に振舞うには、常に一種の緊張を必要とする。自由気儘とは、幕府に対する果てしなき抵抗と同義語である。この抵抗が楽な筈は絶対になかった。

「お前はそんな辛《つら》いことを宮に……」

云いつのろうとする信尚を、三宮が手を上げてとめた。

「辛いか愉しいかは人によるだろう」

「そんな……」

「愉しいかどうかは別として、少くとも気は晴れるな」

武力と金力を笠に着て強圧をかけて来る徳川幕府を、思いのままに翻弄《ほんろう》してやることが出来れば、確かにこれほど痛快なことはあるまい。三宮は莞爾《かんじ》と笑われた。

「やって見ようやないか」

鷹司信尚の躰を戦慄が走り抜けた。

三宮の宣言は重大だった。

強大な徳川幕府に対して、抵抗の限りをつくしてやる。そう云われたに等しいからである。

このお気持はもともと後陽成天皇のお心の中に深く根ざしたものだ。天皇は何度もそれを試みようとなされたが、その度に家康の狡猾《こうかつ》さと強圧の前に、無残に潰されて来られた。

三宮はその父君のお志を継がれることになる。

奇妙なお立場と云えた。

父君から憎まれ恨まれながら、尚その父君のお志を継ごうと云われるのだから。だが、宮にすれば、それが父君の御意志だから継ぐわけではない。天子として、また一個の人としての、幕府に対する深い憤《いきどお》りから、敢て抵抗の道を撰ばれたのだ。父君に対する孝道のためではなく、禁裏というものの有り様として、更には自由な人間の条件として、幕府との戦いを決意されたのである。

もとより合戦は論外であろう。武を司《つかさ》どるのが征夷《せいい》大将軍の職責である以上、兵は幕府にあって朝廷にはない。後陽成天皇は反徳川の武士を募って幕府と戦わせようというお考えをお持ちになられたようだが、所詮《しょせん》は絵に描いた餅《もち》にすぎなかった。それに禁裏の本来の力は武力にはない。それは呪力とも云うべき人間の心の力であり、学芸、つまりは文化の力である。

「父上の轍《てつ》は踏むまい」

三宮がそう云われたのは、その意味だった。

「女々しい抵抗は一切せぬ」

また云われた。これは父君への批判であろう。嘗ては一宮に、今また三宮に八つ当りされたような筋違いの抵抗を、女々しいの一言で切って捨てたのである。

爽《さわ》やかであり、若さと力に溢れていた。

「信尚。助けてくれるか」

三宮のお言葉は直截《ちょくせつ》だった。

「手前の生命、差し上げ申す」

信尚は心の底からそう云った。一片の躊《ため》いも悔いもなかった。

「八瀬の鬼をあてにしているぞ」

これは岩介へのお言葉だった。岩介は微笑っただけだ。

三宮は父君の呪縛から見事に脱れられた。もうどんな意地悪も、憎しみも平気だった。だから翌慶長十六年二月十一日、宮の立太子の御式が行われる筈だったのに、後陽成天皇の御意向で急にとりやめになっても、苦笑されただけだった。

強烈な自信が、三宮のお躰を内面から輝かせているように見えた。

岩介のお薦めした鍛錬もそれなりの効果をあげたらしく、お躰自身も見違えるほど逞《たくま》しくなられた。それも決して筋肉隆々という感じではなく、柔かくしなやかで、弾性に富む、鋼《はがね》のような強靱《きょうじん》さである。いくらでも曲がるが決して折れることはなく、手を放せば忽ちぴーんと元の姿に戻る、そういう感じの強さである。一見しただけで、どこか手強《てごわ》さを感じさせるお姿だった。

後陽成天皇はこの三宮の変貌《へんぼう》をほとんど恐怖をもって御覧になっている。御自身の八つ当りは充分承知していられるだけに、なんとなく引け目がある。それだけに余計、目を合わすのも憚《はばか》られる思いだった。そしてそのことがより一層、故《ゆえ》のない憎しみを掻き立てる結果になった。

慶長十六年三月二十七日、後陽成天皇の御譲位の儀は、大御所家康の立ち会いの上で、無事とり行われた。御譲位のことを云い出されてからほぼ一年四ヵ月、三宮の元服から三ヵ月の後である。

三宮政仁親王は土御門の里内裏で受禅された。里内裏とは内裏の外に臨時に設けた御所の謂《いい》である。

二日後の三月二十九日には、後陽成上皇に、院の維持費とも云うべき仙洞料二千石が幕府から寄進され、更に四月七日には天皇から太上天皇《だいじょう》の尊号が贈られた。

四月十二日、御即位の儀がとり行われ、ここに後水尾天皇が誕生された。天皇十六歳、後陽成上皇四十一歳。尚、この時、政仁《ただひと》の訓を『ことひと』とお改めになられた。

後陽成上皇の新帝に対するお憎しみは、この段階になってもお解けにならなかったらしい。そのお気持は具体的には本来天皇の御物であるべき宝物及びその他の調度品を、なんと催促されてもお引渡しにならないという点に現れたのである。一説には三種の神器をお譲りにならなかったという風聞さえある。まさかとは思われるが、そんな風聞がたつほど上皇のお振舞いは異常だったと云うことになる。

『当代記』によれば、この事態に当惑された上皇の母君新上東門院はやむなく家康に訴えられたようだ。まるで駄々っ子のようなお振舞いだが、ことはその年の内に表面化し、結局は慶長十七年七月八日になって、やっと品物が新帝のお手に渡った。しかもそれがすべてではなく、最終的な引き渡しは翌慶長十八年に及んでいる。

和子入内

藤堂高虎という奇妙な人物について語らなければならない。

奇妙な、と敢て云ったのは、この当時の人物でこれくらい後世の史家の評価が分れる人も少いからだ。

ある史家は稀代《きたい》のおべっか侍として軽蔑《けいべつ》し、ある史家は稀代の近代的武将として高く評価している。

浅井長政の部下、阿閉《あつじ》政家、磯野秀昌を皮切りとして、織田信澄、羽柴秀長、その子秀俊、太閤秀吉、徳川家康と、判《わか》っているだけでも七人の主君の間を転々とし、主君を変える度に知行をふくらませ、この当時は伊勢・伊賀の地で二十二万九百石余を領する大大名に成り上っている。その変り身の早さが悪評の理由かも知れない。徳川家に仕えても、実に小まめに家康と秀忠の間を動き回り、徳富蘇峰《そほう》氏をして、

『家康と秀忠の電話器』

と云わしめたほどだ。

だが一方、ひとたび合戦となると、大半は危険な先手をつとめ、必ず勝っている。

家康が死の床で、

『国家の大事あらんには、一の先手は高虎、二の先手は井伊直孝、堀直寄は其間《そのかん》に屯《たむろ》して横槍《よこやり》をいるべし』

と語ったという話は余りにも有名だ。

更に建築の才を持ち、伏見城、江戸城をはじめ幾つもの城の縄張りを委《まか》されている。毀誉《きよ》褒貶《ほうへん》はあるが端倪《たんげい》すべからざる男だったことは間違いない。

高虎は同時に家康の朝廷工作人でもあった。正面切っての工作ともなれば、当然京都所司代板倉勝重の出場であり、勝重が二人の武家伝奏を通じて朝廷を動かすのだが、そこまでの地固め、裏工作は高虎の仕事だった。

高虎の家は藤原氏の裔《すえ》だと云われる。彼はこの素姓を最大限に利用して、早くから近衛家に近づき、前《さき》の関白近衛信尹《のぶただ》と昵懇《じっこん》の仲になっていた。信尹は書の第一人者であり文人としての名も高い。その上、信尹の妹中和門院《ちゅうかもんいん》は後陽成天皇に入って政仁親王（後水尾天皇）を産み御母后になっていられる。更に政仁親王の弟君は信尹の養子となり、近衛信尋《のぶひろ》を名乗られた。これだけの名家とよしみを通じていれば、大方の裏工作が可能である。年齢的には高虎が九歳年長だった。

その高虎がなんと慶長十二年十月四日以来、ひそかに続けて来た重大な工作がある。あんまり途方もない企てなので、さすがに弱腰の公家《くげ》たちでさえ、なんとか回避しようと必死に抵抗したが、高虎はねばりにねばって、遂《つい》に後陽成上皇の御内諾を得た。それは秀忠の第五女和子《まさこ》の入内《じゅだい》だった。和子を後水尾天皇の中宮にのぼらせようと云うのだ。

源頼朝が鎌倉に幕府を開いて以来四百余年、武士の世界は定着したものの、武士が天皇になったことは一度もない。足利義満にその意志があったと伝えられるが、遂に実現してはいない。

さすがの徳川家康も、天皇の地位は望むべくもなかった。

和子入内はそれに替る家康の悲願だ。

徳川家の娘が皇后となり、その皇子が天皇になれば、家康は天皇の外戚《がいせき》という地位を得ることになる。それが窮極の望みだったのである。僭上《せんじょう》も極まれるものと云える。だが徳川家による千年の平和を考えた時、家康の思考がそこまで行き着かざるを得なかったことは、容易に首肯出来よう。

同時に天皇家という一見無力そのものの存在が、どれほどの脅威を家康に与えていたかを証明するものでもあった。

後水尾天皇が御即位になられた慶長十六年に、和子は僅《わず》か五歳。だが藤堂高虎は本格的に動き出した……。

「冗談やないぞ」

天皇は切りつけるように鷹司信尚に云われた。

信尚はこの年の二月九日、正三位から従二位に上り、三月十二日には内大臣に任ぜられている。

「家康の孫娘を中宮にするなどと……。誰がそんなことをするか。きっぱり断わる。そのように計らってたもれ」

「はて」

信尚が当惑して耳をひっぱった。

ことは既に後陽成上皇の御内諾が下されているのだ。今になって変更出来るものではなかった。

「云いとうはないが、父上はあんまりや」

信尚も全く同感だった。

あれほど徳川家康を憎み、小さな抵抗を繰り返しながら、このような後々まで禍根として残る重大事には譲歩してしまわれるお心の弱さが恨めしかった。

家康、ひいては藤堂高虎の要請がそれほど強引だった証拠ではあろうが、それにしてももう少し後まで結着を延ばして戴《いただ》きたかった。だがそれも今となっては愚痴である。きまったことは、きまったことなのだ。

それだけに天皇の御憤懣《ふんまん》は大きい。

「かましまへん。中宮にさらはったらよろし」

岩介だけは相変らず平然としていた。

「要は皇子が出来んかったらええんどすわ。姫さまだけやったら、徳川の血が皇室に入ったことにはなりまへん」

言葉の裏の意味を悟った時、天皇は慄然《りつぜん》とされた。

幕府は新帝のために新しい内裏を造営すると前々から云っていたが、結局は口ばかりで、御即位の儀は古い内裏でとり行われた。天正十九年、豊臣秀吉によって建てられたものだ。

徳川幕府となってから初めての内裏造営が開始されたのは、御即位から三月たった七月二十七日のことである。

内裏の東北の隅にあった元新上東門院の御殿を仮内裏とし、早朝に三種の神器が内侍所に移され、続いて天皇も渡御された。

八月に入ると旧内裏の取壊しが始ったが、何が何でも壊せばいいものではなく、紫《し》宸殿《しんでん》の建物は東山の泉涌寺《せんにゅうじ》へ移築されるなど、色々厄介で、結局これだけで一年余りかかったと云う。新内裏に天皇が渡御されたのは慶長十八年十二月十三日だから、ほぼ二年半の間、天皇はこの仮内裏で、工事の喧騒《けんそう》を耳にされながらお過しになったことになる。

今、天皇が弓をひきしぼりながら、信尚と岩介相手に短い御言葉をかわされる間も、人夫たちのざわめきが、ひっきりなしに聞えて来て、それが天皇のあけすけな御言葉をはたからは伺い知れなくしているのだった。

「ややこに手を掛けることは許さんぞ、岩介」

天皇は抑えた声で、だが怒気をあらわにして云われた。

「よう申されました」

岩介は寧《むし》ろ嬉《うれ》しそうに応《こた》えた。

「手前にもそないな気は全くおへん」

「だが、今、その方……」

「男のややが生れんかったらええと云うただけですがな。生れへんものを手に掛けられますかいな」

しゃらっと云ってのけた。鬼道にはそうした呪法《じゅほう》がある。岩介はそれを試みるつもりでいるのだが、さすがに口に出すことはしなかった。今は天皇のお気持を軽くするために云ってみただけなのである。

「とにかく、まだまだ先のことだ。工作する時間はいくらでもある。なんとかなるやろ。な、信尚」

「左様……」

とりあえずそうお応えしたが、信尚にはそんな楽観的な考え方は出来ない。先日、近衛信尹の屋敷に招かれた時、紹介された藤堂高虎という老武士のしたたかな面魂《つらだましい》が、鮮やかに脳裏に甦《よみがえ》って来た。この男が今度の紛糾の火付け役だった。

「和子姫にも御機嫌よく過していられると、何とぞ帝《みかど》にお伝え願いたい」

いきなりそう云われて信尚はわけが判らなかったのである。

それに続く高虎と信尹の二人がかりの解説は、信尚を動顚《どうてん》させるに足りた。この和子入内の話は、それほど極秘裡《り》に潜行していたと云っていい。

責められるべきは、これほどの高望みを敢てした家康であるか。それともあれほど天皇親政の夢に燃えていられながら、現実には禁裏を最も貶《おとし》めるようなこの入内に内諾を与えてしまわれた後陽成上皇であろうか。

「姫は五つになられた。七、八年もすれば入内と云うことに相成る」

高虎は既定の事実を述べるように、淡々と云った。

「禁裏側の受入れ態勢を遺漏なく整えて戴きたい。それが本日の目的だ」

命令することに慣れた男の、自信に溢《あふ》れたものいいだった。それがひどく信尚の癇《かん》に触った。お蔭《かげ》で多少立ち直る余裕が出来た。

「どんなものでしょうか」

わざと曖昧《あいまい》に云った。

「どういうことだ」

果してひっかかって来た。声が鋭いのは、今迄《まで》の安心した口調が見せかけのものだったことを示している。この男も新しい天皇のことは摑《つか》み切れないでいるのだ。どんな反応を呈されるか、不安で仕方がないのだ。

信尚は急に呼吸が楽になったような気がした。

「もう決ったことなんだよ、内大臣」

近衛信尹が云った。

「上皇が既に御内諾を……」

「帝のご存知ないことです」

きっぱりと云った。馬鹿にするな、と云いたかった。

「だからそれは内大臣から……」

「それは確かにお伝えはします。でもそれに対してどのようなお応えが来るかは、手前には読めません。いきなり受入れの準備などと正気で云われるのですか。帝のお考えなどどうでもいいと云われるおつもりか」

話しているうちに、次第に憤《いきどお》りがつのって来た。

「そうだとしたら手前にも覚悟があります」

信尚の眼が据っている。ぴたりと高虎の眼を睨《にら》んで瞬《まばた》きもしない。冷い殺気がめらめらと燃え上っているのが見えるようだった。

「手前に不敬の気持はない。言葉のはずみです。どうか御容赦のほどを……」

高虎の口からその詫《わ》びの言葉が吐かれるまで、信尚はその姿勢を崩さなかった。それは一種の宣戦布告だった。新帝は幕閣の思い通りにはお動きにならぬ、と云う宣言だった。

信尚は今、天皇に替って弓を引きしぼりながら、あの日の別れ際《ぎわ》に見せた藤堂高虎の顔をはっきりと思い出していた。

高虎は近衛家の式台まで信尚を送って出た。現職の内大臣に対する敬意かと思ったが、そうではなかった。

「鷹司公」

一言いうなり、ぐいと右手を握った。信尚は危く悲鳴をあげそうになった。それほど凄《すさ》まじい握力だった。大きく、部厚く、板のように堅い手。とても五十六歳の老人の手とは思えなかった。

その時、高虎が云った。

「柔いな」

はっきりと侮辱の調子だった。

「さかしらな女の手のようだ」

云い捨てると手を放し、大声で笑った。邪悪さ丸出しの、悪鬼のような哄笑《こうしょう》だった。口だけは達者だが所詮《しょせん》ひよわい女の手だ。握りしめれば砕けるだけだ。その顔はそう告げていた。

信尚の心はみじめに萎《な》え、屈辱に震えた。胸の中で歯がみして、誓った。

〈公家の力、やがてしかと見せてくれる〉

今、引きしぼられた弓の向うに、その高虎の顔が浮んだ。

〈八幡《はちまん》！〉

思い切って矢を放った。矢はまっすぐに高虎の顔の真中につき立ったが……高虎は歯牙《しが》にもかけず笑っていた。

「信尹公と顔を合せれば、必ず御返答を訊《き》かれますが……。とりあえず何と応えておくべきでしょうか」

天皇は暫《しばら》くお答えにならず、どこか遠くを見ていられるような眼をしていられたが、ふと我に返ったように信尚をごらんになった。

「いやだ」

「は？」

「いやだと云ってくれ。それだけだ」

岩介が我が意を得たというように、にたりと笑った。

「いやだ」

信尚は口の中で云ってみた。なんだか馬鹿に愉しくなって来た。ああ云えばこう、こう云えばああと、あらゆる種類の反駁《はんばく》を信尹は用意している筈《はず》だった。前関白であり、有職《ゆうそく》故実に通じ、優れた文人である信尹に、信尚ごとき若輩が何を云ったところで勝目はない。だが「いやだ」の一言に反駁の余地はあるまい。あらゆる理屈を超えた拒否の言葉だからだ。

「いやだ？」

果して信尚の読んだ通りになった。

近衛信尹が一瞬絶句したのだ。こんな返事だけは予期していなかったのだろう。矢場での会話の翌日である。信尹はさりげなく天皇の御返事を求めて来た。

暫くの無言の後に、ようやく気をとり直して訊いた。

「どういうわけで、いやだ、などと……？」

「それが……なんのわけもなく、ただ、いやだ、と……」

「なんのわけもなく……？」

信尹ほどの老練の公家が、再び絶句した。明かにこういう理屈を超えた言葉に当惑し、どうしていいか判らなくなったのだ。当代きっての教養人らしい反応と云える。

「しかし……」

やっと反駁する気力が出たらしい。

「わけもなく、いやだ、ではすまぬ事態ではないか」

「その通りです」

信尚はあっさり肯定した。

「それならどうして畳みかけて、いやだでは相済まぬ事情があると申し上げぬ？」

信尹は今やはっきり怒っていた。手がかすかに震えている。

これこそ信尚が待ち構えていた瞬間だった。

「では、どうぞ」

信尚はそう云ったのである。

「何？」

信尹は虚をつかれた顔になった。

「前の関白さまから、帝にそう申し上げて戴きたい」

「何を申す。わしはそのようなことを申し上げる立場にない」

「私だってありませんよ」

信尚はきっぱり云った。

「天子がいやだと仰《おお》せられているのに、それでは済みませんよ、と申し上げる立場など、禁裏の中には絶対にありません。そんな立場があるとすれば、まあ幕閣でしょうか。ですから幕閣と共に何かを進めて行きたいと思っていられる方が、その不敬の立場をとるのが本当だと思いますね」

「わしに敢て不敬を冒せと申すか！」

信尹の顔が今や真赧《まっか》に染まっている。

「別に。ただ手前には出来ぬと申し上げただけです。公家である限り、絶対に出来ない。それに、いやだと云われてまで女御になるお方は、さぞ辛《つら》いでしょうね」

信尹は一瞬化石になったように、凝然と動かなかった。

政略結婚に人間は要らない。又、あってはならない。

そこで必要なのは、将棋の駒《こま》である。男と女の人間の形をした駒だ。

信尚はその駒を人間に戻した。

「いやだ」

と云うのは人間にしか発することの出来ない言葉である。

どんな論理をもってしても、「いやだ」と云う言葉をくつがえすことは出来ない。ましてや、どんな『都合』でも無理であろう。どんな重大な『都合』にも動かされるのは御免だ、と天皇は宣言なされたことになる。それでも敢て動かそうとするのは、『不敬』以外の何物でもない。

文人近衛信尹がそれを感じとらないわけがない。それが信尚の計算だった。

信尚は更に一歩進めている。それが、

「さぞ辛いでしょうね」

と云う言葉だった。辛い、と云うのも人間についての言葉である。信尚はこの言葉で、和子をも人間にしたことになる。

人間と人間を結びつけるには、『都合』以外の何物かが必要であろう。信尚はそう云っているのだ。

但《ただ》し、この言葉は政治家のものではない。近衛信尹は信尚に政治家の返答を要求したのに、信尚は人間の言葉で応えた。これは信尚の政治家としての失格を意味する。信尹はその点を咎《とが》めることは出来た筈だ。だが何故《なぜ》か無言のまま引き下った。それがどこか不気味だった。


それっきり近衛信尹も藤堂高虎も、『和子入内』のことについては一言も云って来なくなった。

だがそれで問題がなくなったわけではない。そんな簡単なものではなかった。大御所家康の執念が否定されたままでいい筈がない。

恐らく、土壇場になるのを待って、一気にことを強行するつもりだろう。天皇も信尚もそう考えた。天皇の御返事など、どうでもいいのである。ことは既に前代から決っているのだ。だから通告した。それだけでいい。幕閣はそう考えている筈だ。

「そうでっしゃろか」

岩介だけが懐疑的だった。あの大御所がそんなことで済ますわけがない。黙って殴られている男ではないのだ。打つとなれば、もっと強力な手の筈だ。岩介にはその予感がする。だが現実にどんな手を打って来るのか。さすがの岩介にも、そこまで読むことは出来なかった。

大御所家康はかねてから宮中の事情を知るためと云う口実のもとに、前権大納言《ごんのだいなごん》日野輝資《てるすけ》を駿府に呼び、ほとんど側近の一人としていた。

日野家は名家《めいか》に属する。摂家・清華《せいが》・大臣家《だいじんけ》・羽林家《うりんけ》に続く家柄で、晩年例外的に大納言になりうる家格である。この五つの家格がいわゆる公卿《くぎょう》であり、最高級の階層の公家だった。

輝資は天正十五年正二位権《ごんの》大納言となり、慶長八年官を辞し、同十二年五月二十二日に落飾して唯心院と号した。『寛政重修諸家譜』には、慶長十八年駿府に下向し、二月十四日近江国蒲生《がもう》郡のうちで千三十石余の采地《さいち》をたまわった、とあるが、『徳川実紀』を見ると、彼が最初に駿府に来たのは慶長十五年五月二十五日と書かれている。翌慶長十六年九月十五日にも同じ記述があるから、この頃は駿府に定着したわけではなく、何ヵ月か滞在するだけだったのかもしれない。

日野輝資唯心が家康とどんな話をかわしていたのか、一切記録にないから確言することは出来ない。だが慶長十五年五月と云えば、家康が御譲位を急がれる後陽成天皇に対し、七ヵ条にわたる意見を提示し、天皇を憤懣の極に追いつめた翌月である。そして次の慶長十六年九月は、和子入内に対して後水尾天皇が手きびしい御返事をお与えになった翌月だ。家康が日野唯心からどんな意見を訊こうとしたかは、自ら明かであろう。

平たく云えば、天皇をとっちめる方法。天皇の頭を抑え、強引に幕府の意向に賛成させる手段。それが家康の欲したものであることは、前後の事情から間違いないと思う。

日野唯心がどれほど家康のために貢献したかは不明である。だが千三十石の采地を与えられたという以上、単に訊かれたことに答えたと云うようなものではなかったのではないか。

この当時、公家の収入は極めて低い。天皇家でさえ一万石である。上皇は二千石。摂家筆頭の近衛家が、はじめは千八百石。武士でいえば直参旗本の中級程度だった。他の摂家がほぼ千五百石。それ以下の家になると千石とる者はほとんどなく、中には三十石の者さえあったと云う。だから千三十石は破格の所領なのだ。

大御所家康は日野唯心を相談相手として、着々と剣を研いでいたかに見える。後水尾天皇と側近鷹司信尚を一刀両断にする剣をである。

鷹司信尚はそれとも知らず、翌慶長十七年三月に右大臣、七月二十五日には関白となった。めざましい二階級特進だった。

岩介の不吉な予感にもかかわらず、慶長十七年は少くとも禁裏にとっては無事に過ぎていった。

この年、四月二十六日、天皇の三歳違いの実弟で近衛家の養子となられた信尋公が、僅か十四歳で従二位内大臣に任ぜられている。年齢のお近いためもあったのだろう、以後この信尋公は兄上のよき理解者として、陰に陽に天皇を支えてゆかれることになる。

岩介は春宮坊《とうぐうぼう》の主馬署《うまのつかさ》の下人から、正式に駕輿丁《かよちょう》となった。但し補欠である。天皇の御指名があった時だけ輿《こし》を担《かつ》ぎ、常には公卿の会議室である左近衛陣や控えの間の雑用をしたり、特別に天皇の身の回りの御用を果していた。

陣や控えの間にいる時の岩介は見事の一語に尽きた。初日から公家たちの注意をひくことが全くなかったのだ。部屋の中に溶け込んで、造作の一部と化してしまっていた。誰一人、岩介の存在を意識する者はなく、自由に話し行動した。

大方察してはいたものの、公家たちの頽廃《たいはい》ぶりは岩介を呆《あき》れ返らせるのに充分だった。

禁裏内でさえ、昼間から酒を呑《の》む。大概は二日酔で現れ、山椒茶《さんしょう》をすったり茗荷《みょうが》の煮物を口にしたりした揚句、昼から迎え酒になるのだ。呑みながら碁・双六《すごろく》・カルタなどで賭《か》け事をしている。時に浄瑠璃《じょうるり》を語り、小唄《こうた》をうたう者もいる。天皇の御立場など考える者はほとんど居らず、幕府の顔色にだけは馬鹿に敏感だった。天皇や関白などに不穏な言動でもあろうものなら、すぐさま所司代に密告して恩賞にあずかろうと云う、情けない連中ばかりだった。

応仁の乱以来の生活の窮迫が、公家をこんな卑しむべき人間に堕してしまったのである。

〈貧すれば鈍すとはよう云うた〉

そう思わないわけにはゆかなかった。

〈こいつら、みんな敵や〉

天皇は日常坐臥《ざが》、敵に囲まれていることになる。

岩介は初めて、後陽成天皇がまるで神経症の如《ごと》き症状をお見せになった所以《ゆえん》を知った。

〈気にしだしたら、誰でもああなるやろ〉

対応する手段は二つしかない。側近以外の者には出来るだけ顔を合せず、ほとんど口をきかないこと。或いは逆に居直って、あけっぴろげに幕府に対する批判を堂々としかも常時喋《しゃべ》ること。危険はあるが新帝の場合には後者を撰ぶしかない。なんと云っても十七歳の少年である。若さから来る無分別のまだ許されるお齢頃《としごろ》だった。

翌慶長十八年六月十六日。

大御所家康は天皇方の思いもよらぬ方法で反撃に出た。

『公家衆法度』という五ヵ条の条文からなる法律の制定がそれである。

『公家衆法度』の内容は一見それほど画期的なものとは見えない。第一条に公家が家々の学問に励むのを勤めとすると定め、第二条に法令に背く者は流罪《るざい》になることを示し、第三条に禁裏での勤務励行を、第四、第五条はかぶき者的な行動の禁止を求めたものだ。後半の三ヵ条は格別のものではない。だが第一条と第二条はよく読むと問題だった。第一条は公家の政治介入を一切禁じたものであり、第二条は公家といえども幕府の支配を逃れられぬことを明文化したものだからだ。

更にそれにも増して、この法令そのものが画期的だった。

武家政治は鎌倉幕府以来四百年間続いて来たが、いまだ嘗《かつ》て禁裏に対して法制を発布した例は皆無なのである。

幕府は本来政権の一部である『兵馬の権』だけを委任されたものだ。『立法権』は持たない筈だった。『貞永式目《じょうえいしきもく》』にしても『建武式目』にしても『早雲二十一ヶ条』にしても、武家社会の中での規約であって、国家の法律ではなかった。またありえなかった。国家の法律は朝廷だけがこれを作るものだったからだ。武士が勝手に『立法権』を行使し、しかもその法によって禁裏を規制しようとするなど、正に僭上至極の振舞いである。家康は敢てそれを行った。

もっともこの『公家衆法度』には但し書きがつけられている。この法は、五摂家並びに武家伝奏より幕府に対して申出があった場合に限り、幕府の沙汰《さた》として実施に及ぶと云うのである。つまり五摂家と武家伝奏が幕府に申請しない場合には、この法は死法となるわけだ。法の発効の最終力を公家側に遺《のこ》したこの但し書きは、家康がさすがに世間をはばかった証拠であろう。

この『公家衆法度』にはもう一つおまけがついていた。『勅許紫衣《しえ》法度』がそれである。

紫衣とは鎌倉期以降、天皇の手によって高位の僧に与えられた特別の袈裟《けさ》を云う。これまで大徳寺・妙心寺など七つの寺院では、自由に住職を定め、天皇の勅許を請《こ》うて紫衣を許されて来た。それをこの法度は覆《くつがえ》し、勅許以前に先《ま》ず幕府に申請して許可をとることを強制した。つまりこれらの寺院が、京都における寺社奉行的存在だった金地院崇伝と京都所司代板倉勝重の支配を受けることを明文化したわけだ。明かに天皇の権限の制約である。

朝廷のうけた衝撃が大きかったのは当然だった。

後水尾天皇は激怒されるよりもむしろ茫然《ぼうぜん》とされたと云っていい。

天皇としてはお考えにもなれぬ事だったからだ。

「こんなことがあっていいのか」

天皇は声を震わせて関白鷹司信尚に迫られた。

「こんなことが許されていいのか」

信尚には返答の仕様がない。勿論《もちろん》、許されることではない。そうお答えするのは容易であろう。だが、許されぬことを敢てした徳川家康を罰する法があるか。ないのである。兵馬の権を持たぬ朝廷に、そんな力があるわけがない。それでは許されぬと喚《わめ》いて見ても何の甲斐《かい》もありはしない。

信尚の沈黙の意味はすぐ天皇に伝わった。天皇も沈黙なされた。それしか方がなかった。実効のない言葉を喚き散らして何になろう。それこそ女々しい限りではないか。

「女々しい振舞いはせぬ」

それは御即位の前に天皇御自ら誓われた言葉だった筈だ。

「信尚」

長い沈黙の果てに天皇が云われた。お声がずしりと沈んでいる。一時の怒気がお躰《からだ》の奥深くに沈澱《ちんでん》したような感じだった。

「今の豊臣家にどれほどの力がある？」

信尚ははっと天皇を見つめた。このお言葉の意味は重大だった。

「秀頼殿は本年二十一歳。躰は大きく叡智《えいち》に恵まれた大将の器だと噂《うわさ》は申しますが……何分女手で育てられた分ひ弱なのではないかと思われます」

「豊臣恩顧の大名がいる筈だな」

「さて」

これは信尚の手に余る問いだった。

「前田、加藤、福島、蜂須賀などがその筈ですが、過ぐる関ヶ原合戦ではいずれも徳川方について戦っておりますし……武士の心というものが、手前にももう一つ判り兼ねます」

関ヶ原合戦は豊臣と徳川の戦いではなかった。この合戦に先立つ上杉討伐は、少くとも形の上では豊臣家の上杉景勝への譴責《けんせき》だった。だから多くの豊臣恩顧の武将が従軍し、それがそのまま徳川方に味方したのである。関ヶ原の役は石田三成と家康の、或いは毛利輝元と家康の戦いだった。その辺のことが信尚にはしかと捕えられてはいない。まして武士の気質について知るところは、ほとんど無かったと云っていい。

天皇は改めて岩介を召されて、同じ質問をなされた。

「大坂は頼みになりまへん。もったところで二、三年や」

岩介はずけりと断定した。

「わしの思いに水を差す気か、岩」

天皇は岩を凝視していられる。応えようによっては激しいお言葉が吹き出しそうな、力の籠《こも》った凝視だった。

「ほんまのことを云うとるだけですわ」

岩介はしゃらっと応えた。

「帝のなさりたいことに、水を差すようなことは、わしは金輪際せえしまへん。なさりたいようにしなはれ。わしは出来る限りのことはしま。結果がどう出ようと、それは帝の御運や。わしら、帝の御運についてゆくだけどすわ」

聞きようによっては冷い言葉とも云える。何事も一人でやれと突き放したようなものだ。

「間違ったらどうする」

「やり直したらよろし」

「やり直しの効かぬこともあろう」

岩介は肩をすくめただけだ。

「結局は滅びの道を辿《たど》ることになるやも知れぬ。それでもええのか」

「よろしがな。喜んでお伴させて戴きますわ」

岩介のけろりとした顔が、妙に頼もしく感じられる。

「いやな男や」

突然、天皇はくだけた言葉遣いになられた。

「わしの荷を軽うするどころか、余計重うするだけやないか。そんな家臣がおるか」

「家来いうもんは、結局そういうもんどすわ。お気になさらんと、こき使わはったらよろし」

岩介はにこにこ笑っている。気色の悪い男だった。

「それしかないようやな」

天皇は思案なさるように天を仰がれた。

「岩よ」

「へい。大坂へ行って参じます」

苦笑なされた。天皇もこの頃は岩介の人の心を読む能力に気づいていられる。並の人間のようにその力を毛嫌いすることのないのは、御自分の心の清朗さに自信がおありになるからであろう。それに天皇のお立場では、これはかなり便利なことだった。御自ら口に出されては都合の悪いことを、岩介なら先に云ってくれるからだ。

「行ってどうする」

まるで謎々《なぞなぞ》遊びだった。だが天皇の御眼差は真剣そのものである。

「帝のお怒りを秀頼殿の心にそのまま移します」

岩介の言葉は途方もないものだった。

「そのようなことが、ほんまに出来るんか」

帝が不思議そうに訊かれた。

鬼道に憑霊《ひょうれい》の術と云うものがある。狐《きつね》が憑《つ》くように他人の心に憑き、己れの望むままにその人間を操る術だと云うが、今日の催眠術の一種であろうか。

岩介はその術を行うつもりでいたが、果してどれだけの効果があるものか不明である。だから、

「それが判りまへんね」

正直にそう云った。

「ま、やってみまっさ」

帝が、ふっ、と笑われた。次いで耐え切れぬといった感じの哄笑になった。

おかしいか、とは岩介は云わない。ただぎょろりと眼を動かして帝を見た。

「許せ。別におかしいわけやない」

そのくせ、まだくっくっと笑っていられる。

「岩を見ていると愉しくなるのだよ。なんや途方もないことを云うかと思えば、成否は不明だと云う。それでも呑気《のんき》に、やってみまっさなどと……」

岩介は苦笑した。そう云われれば確かにその通りだった。

「気楽なもんどすなあ」

ひとごとのように云う。帝はまた笑いに捕えられたようだ。苦しそうに喘《あえ》がれて、

「関白に少し分けてやれ。近頃難しい顔ばかりしているぞ。あれではその内ぽっきり折れてしまう」

「ほんまどすなあ」

岩介も同感だった。

関白鷹司信尚は近頃仏頂面ばかりしている。眉間《みけん》の縦皺《たてじわ》が消えたことがない。幕府

相手にいつでも戦う気でいるのだから、緊張するのは当然だが、あれではあんまり面白味がなさすぎる。男は先ず面白くなくてはならない。つき合って面白くも可笑《おか》しくもない男に、誰がついて行くか。

「けど、あの棒のようにつっ張らかったとこが、関白さまの面白さかもしれまへんなあ」

信尚は長身で痩《や》せている。その痩せた肩を聳《そび》やかし、気難しい顔で禁裏の中を歩き回る姿には、悲壮感と共にある種の滑稽感《こっけいかん》があった。

「棒とはよう云うた。棒関白か」

帝はまた笑われたが、翌日、それを当の信尚に云われたらしい。信尚が烈火の如く怒って禁裏じゅう岩介を探し歩いたが、岩介の姿は消えていた。

『大坂は、およそ日本一の境地なり。その子細は、奈良・堺・京都にほどちかく、ことさら淀・鳥羽より大坂城戸口《きどぐち》まで、舟の通い直《すなほ》にして、四方に節所をかかへ、北は、賀茂川・白川・桂川・淀・宇治川の大河の流れ、幾重ともなく、二里、三里のうち、中津川・吹田川・江口川・神崎川ひきまはし、東南は尼上が嵩《たけ》・立田山・生駒山・飯盛山の遠山の景気を見送り、麓《ふもと》は道明寺川・大和川の流れに新ひらきの淵《ふち》、立田の谷水流れ合ひ、大坂の腰まで三里、四里の間、江と川とつづひて渺々《べうべう》と引きまはし、西は滄海《さうかい》漫々として、日本の地は申すに及ばず、唐土・高麗《かうらい》・南蛮の舟、海上に出入り、五畿七道集りて、売買利潤富貴の湊《みなと》なり』

私はこの文章が好きである。『信長公記』巻十三第十節の五にある、石山本願寺攻めの中のものだから、大坂城の出来る遥《はる》か以前、大坂の町がまだ石山本願寺の寺内町にすぎなかった頃の描写だが、一大デルタ地帯にあり、諸々《もろもろ》の可能性をはらんだ希望の地大坂を描いて間然するところのない名文だと思う。ちなみに、当時は大坂または小坂と書き、共に『オサカ』と発音したようだ。

『生玉之庄内、大坂トイフ在所』と『蓮如上人御文《れんにょしょうにんおふみ》』に書かれたのが、大坂の地名の見られる最古の文献だと云うが、この土地は、初めは、蓮如の子実悟によれば、

『虎狼ノスミカ也、家ノ一モナク畠バカリナリシ所』

だったらしい。本願寺の堂宇が完成したのは明応五年（一四九六）だが、六十六年後の永禄五年（一五六二）正月、この寺内町に火災が起り町家二千軒が焼けたという記録があるから、この頃は既に大都市になっていたことになる。

石山本願寺は織田信長との長い合戦の後、天正八年（一五八〇）八月二日顕如の長子教如が開け渡した時、焼失した。失火とも云い、教如が爆発物を仕掛けて焼き払っ

たとも云う。

寺内町は三日三晩燃え続け、ことごとく灰と化した。

豊臣秀吉がこの石山御坊の跡地に大坂城の築城を始めたのは、天正十一年六月二日のことである。大方完成したのは天正十三年の四月頃であろうか。以後、伏見・堺の町人を移住させると同時に、城下町としての整備経営を進め、後年の水の都大坂は次第に姿を整えていった。

岩介が生れてはじめてこの大坂の町に入ったのは、慶長十八年八月四日だった。西風が激しく吹き、町中は砂煙りで一間先も見えない有り様である。その砂煙りの中を商人たちが血相変えて歩き回っていた。これは昨日、烈風で長崎からの生糸を積んだ船が十五艘《そう》も沈没したためだ。お蔭でこの日生糸の価が急騰《きゅうとう》したのである。

岩介は暫く町中を、足の向くままに歩き回って見た。

岩介のように人の心を読む者にとって、雑踏を歩くのは恐ろしく疲れる作業だった。ひしめき合っている人々の心が、高く低く、到《いた》る処《ところ》で鳴っている。大方がかしましいばかりで何の意味も持たぬ雑音である。明確な思考の断片がメロディーのように鳴りかけては途絶える。勿論、自分の心を閉してしまえば、一切の音が遮断されるのだが、それではわざわざ人混みの中を歩いている理由がない。だから心は開いたままだ。

〈買いや、買いや。どこまで上るか判らへんど〉

〈腹へったな、もう〉

〈ええ躰やったなあ、あの女子〉

〈妙な男だな、あやつ〉

〈ちびりそうや、もう〉

〈どついたろか、あの餓鬼〉

これが全く同時に聞えて来たらどうなるか、察しはつくと思う。その中から岩介が拾い上げるのは、

〈妙な男だな、あやつ〉

という思考ただ一つなのだ。聞えたそぶりなど見せはしない。それでも一瞬にその男をつきとめ観察している。と云っても眼を使ってと云う意味ではない。その男の思考を観察するのだ。当然、他の音も同時に聞いている。

〈銀が足らん・忍びとは見えぬが・お伊勢さんも大風やと・ぎゃっすられた・焼餅《やきもち》買おかしらん・盗人ではないか・いてこましたれ……〉

岩介は僅かに緊張した。かなりしつこく自分を凝視している者がいる。奇妙だった。別段変った身なりも所作もしていない筈である。その他大勢の中に完全に融《と》け込んで

いる筈だった。強いて云えば……。

〈そうか。これか〉

岩介は無意識のうちに、躰を斜めにして歩いていた。風と人混みの中を行くのに、この方が楽だったからだ。苦笑した。

〈あかんな。未熟なもんや〉

消えるしかなかった。人混みの中で岩介の背が次第に縮みやがて消えた。躰を小児なみに縮めたまま二丁余りを一気に走り抜けたのである。

次に岩介が現れたのは大坂城の京橋口だった。岩介は無造作に橋を渡ると三の丸に入り、追手口から二の丸に、次いで桜門を抜けて本丸に入った。どの門にも警備の者が詰めていたが、誰一人岩介を見た者はいなかった。

町中に較《くら》べればここは静かなものだった。

広い庭に人っ子一人見えない。従って何の思考の流れもない。

いくつも建物があって、その中では様々な思考がぶんぶん音をたてているのが、聞こうと思えば聞える。

だが暫くはこのまんまがよかった。

〈少々寝るかね〉

岩介は枝ぶりのいい松の木を見つけると走った。そのまま松の木のてっぺん近くまで駆け上った。登るのではなく、文字通り駆け上ったのだ。邪魔な枝は軽々と避けた。一番上の木の股《また》に腰をおろすと足を組み、結跏趺坐《けっかふざ》の形をとり、眼を閉じた。それきり動かない。かなり不安定な場所にもかかわらず、不思議にそれなりに落着いている。まるで重さがないようだった。岩介は一瞬に眠っていた。

四半刻《しはんとき》（三十分）ほどたって、岩介の眼が自然に開いた。

眠りを邪魔するものの接近を感じたのである。

〈女め！　牝《めす》犬め！〉

先ずとびこんで来たのは、その思考だった。

岩介はにたっと笑った。

男の姿が眼に映っている。その姿と思考がちぐはぐすぎた。六十がらみの白髪の武士だった。涼しげな裃《かみしも》姿に脇差《わきざし》だけを差し、背は高くないが、がっちりした躰軀《たいく》が、嘗ては戦場往来の男だったことを示している。握りしめた拳《こぶし》も、並の男より大きく堅そうだった。それがぶるぶる震えている。どうやら怒りのためのようだ。

〈お前たちに天下のことが判るか！　城の奥深く坐《すわ》りこんで、一日中べちゃくちゃお

喋りばかり……。それで世の中が見えるか。大名たちの心が読めるか！〉

男は耐えかねたようにいきなり拳を振った。何者かを殴ったのは確かだった。

〈殿が悪い。あんな牝犬にのぼせ上って、お蔭でこのていたらくだ。若君はまるで女じゃないか。ぶくぶく肥るだけ肥って。あれでいくさが出来るか。馬にだって乗れやせんぞ。わしがあの年頃には……〉

激しい合戦の思い出が奔流のように流れた。岩介はそのうって変って活気に溢れた情景から、男の名が片桐且元であることを知った。

片桐東市正《ひがしいちのかみ》且元は太閤秀吉の子飼いの武将で、賤ヶ岳《しずたけ》七本槍《やり》の一人である。本年五十八歳。五奉行なきあと大坂城をほとんど一人で支えて来た柱石だった。大和国平群《へぐり》郡で二万八千石を領している。

岩介の読みとった限りでの片桐且元の心は、暗澹《あんたん》たる思いに満たされていた。そしてその思いの行き着く先は、常に一人の女人だった。

淀殿。

女人の名はそう呼ばれているようだった。

御母堂さま。

そうも云われる。秀頼公の生みの母だからだ。そしてその事実を楯《たて》にとって、豊臣家の重臣たちの意見をすべて自分のところで止め、秀頼にじかには通さないようにしている。この関門を通らない意見も情報も、一言たりとも秀頼には届かない。御母堂さまの権勢が絶対になるのは当然であろう。

御母堂さま自身の持つ情報は、すべて女房衆から来ている。その女房衆とて広く世間を見て来た女たちではない。大方は秀吉の手のついた女だし、世間知らずの点では御母堂さまと大差はない。彼女たちの情報の入手先は、出入りの商人に限られている。いわば世間の噂話である。それも阿諛追従《あゆついしょう》の甘い糖衣をかぶされたものだ。およそ正確な情報とはかけ離れたものである。

秀頼はこの天下の名城の主君である。だがその主君のそばには常に御母堂さまが控えており、そのまわりは女房衆で固められている。男たちはこの女ばかりの陣立てを突破することが出来ない。従って何を云ってみたところで秀頼には届かないのだ。或いは届いたかどうか不明なのだ。仮りに届いたところで、元のままの姿ではない。女たちの勝手な改変を受けての末である。

片桐且元のような老人が絶望的にならざるをえない状況と云えた。

〈妙だな〉

樹上で岩介は首をかしげた。御母堂さまのやり方が、もう一つ腑《ふ》に落ちない。母親が男の子をかばい同時に頼りにするのは当然の性であろう。だが二十一歳になった息子となると異常である。秀頼が頼りにならぬ愚鈍な男だと云うなら、これは判らなくもない。だが片桐且元の心を読んだ限りでは、一応学問もおさめた怜悧《れいり》な若者のようだ。御母堂さまはその秀頼を、わざわざ愚かな主君に仕立てあげようとしていることになる。肝心の主君が情報不足の状態にいては、大坂城自体が危険に瀕《ひん》する。そして大坂城の壊滅は、そのまま御母堂さまや女房衆の壊滅を意味する。まさか自分たちを滅ぼすために、息子を操っているわけではあるまい。

それではこれは何のためであるか。

〈御母堂さまを読まな、あかんか〉

岩介はうんざりした。大体が女を読むのは苦手である。女人の心は理屈にも何もならぬ正体不明の情念に支配されていることが多いのを、経験上知っていたからだ。とらでさえ時にわけの判らぬ思念に耽《ふけ》っていることがある。

〈とらを抱きたいな〉

ふっとそう思った。とらは今妊娠している。もう五ヵ月になる。自分のものとも思えぬ大きな腹を抱えて、とらは当惑しきっているように見えた。

「みっともない格好になってしもうて……」

とらは済まなそうに云う。恥じているように顔を赧《あか》らめたりもする。そんなところが何とも可憐《かれん》だった。腹の子の障《さわ》りにならないように、背後から抱くと、切なげに声をあげながら、

「勘忍え、勘忍え」

としきりに繰り返す。拒否しているわけではなく、どうやら赤子に謝っているらしいと判って、岩介は呆れ返ったものだ……。

〈おっ！〉

岩介は僅かに緊張した。

もう一人、別の思念が急速に近づいて来るのを感じとったのである。しかもこの思念は既知の男のものだった。あの雑踏の中で岩介の斜め歩きを見咎めた男である。

〈そうか〉

合点した。片桐且元はこの男を待って、この樹の下にいたのだ。且元の思念の中に、先ほどから浮んでいる、

『猿』

と云う男に相違なかった。その名に絡《から》んで、

『真田《さなだ》』

という名もちらちらする。岩介にはこの『真田』というのが判らない。猿の苗字《みょうじ》ではなさそうだ。武将の姓らしいことと、その名を思い浮べる時、急に熱い情念が且元の心を満たすということだけが判る。

〈よほどの男やな〉

且元ほどの武将にこんな思いをさせるとは尋常の男ではあるまい。

『猿』と呼ばれる男は庭師の格好をしていた。長い植木鋏《ばさみ》を手にさげ、腰にも小さな鋏を差している。小男だが胴に較べて両腕が異常に長い。掌も大きかった。呼名といい、体格といい、この男が跳躍を得意とする忍者であることを示していた。顔は朴訥《ぼくとつ》で人の好さそうな百姓だった。

「京はどうだった、佐助」

且元が囁《ささや》くように尋ねた。

なんと且元はこの男を京へさぐりに出していたのである。

「禁裏には別段変りはないようです」

佐助と呼ばれた男が応えた。

「天子の御寝所の下まで忍んで見ましたが、ご日常通りのご様子で……」

岩介は仰天したと云っていい。天子の御寝所の床下とは、とんでもない男である。

岩兵衛はじめ駕輿丁の面々は何をしていたのかと、少々腹が立った。

〈帰ったらとっちめてやらなあかん〉

「帝も大御所さまの御威光にはかなわぬと見える」

且元は溜息《ためいき》をつくように云う。心の中を探ると家康への畏怖《いふ》で一杯だった。その中にちらちらと、万一帝から徳川征討の勅命でも出たらどうしたらいいかと云う恐怖感が見え隠れする。

〈そうか〉

さすがに豊臣家だと思った。家康の下した『公家衆法度』の重要な意味に気付くことは気付いていたのだ。だが仮りに帝に倒幕の勅命を受けたとしても、今の豊臣家は到底その勅命を果す実力を持ってはいない。その情けなさ、無念さだけは、僅かなりとはいえ、且元の心底にある。

「それより……」

佐助が再び口を切った。

「面白い光景が見られました」

「京でか」

「はい」

佐助の話は岩介にも初耳だった。京都在住の金貸しの官許を得た座頭たちが、一斉に所司代の手で捕えられたと云う。

「どういうわけだ？」

「それが例の大久保長安の死と関わりがあるようで……」

大久保長安は金春《こんぱる》流から出た大蔵流の家元の子だが、武士となって武田信玄に仕え、武田家滅亡と共に徳川家の代官となった男である。関ヶ原以後、石見《いわみ》銀山の銀山奉行となり、今までの採鉱量の十数倍という驚くべき銀を掘り出し、一気に家康の代官頭に上った。以後、佐渡・伊豆の金銀奉行を兼ね、大和を中心に西国の代官頭をつとめ『天下の惣《そう》代官』と呼ばれた。この年の四月に死んだが、死後床下から七十万両という莫大《ばくだい》な金銀が発見され、謀反《むほん》の企《たくら》みあり、と云うことでその腐敗した死体が改めて引きずり出されて斬首《ざんしゅ》となり、首は安倍川原に曝《さら》されたと云う。今はその一味徒党が全国に渡って調べ上げられている最中だった。

もっとも大久保長安の罪は、表むきは公金横領になっている。幕府としては、反乱が企てられたなどという刺激的な事実を、庶人に識《し》らせたくなかったのだ。

京都の座頭たちの一斉検挙は、この点を強調するための措置だったようだ。長安から莫大な金を借り、高利で貸しつけることで利鞘《りざや》を稼いでいた連中が、悉《ことごと》く摘発され捕えられた。

　だが世間はいつまでも欺《だま》し通せるものではない。不思議な嗅覚《きゅうかく》を備えていて、朧《おぼろ》げながら忽《たちま》ち事の真相を嗅《か》ぎとる。

　長安事件で最も問題になるのはその規模だった。長安の一味がどれほどの拡《ひろ》がりを持つかという点である。

　長安の遺児たちのうち男子七人は既に捕えられ、ばらばらに譜代大名たちにあずけられているが、その閨閥《けいばつ》関係だけ眺めても尋常ならざる拡がりがある。長男藤十郎は信州松本八万石石川康長の娘を妻としている。次男藤二郎の妻は播磨、備前で八十万石を領する池田輝政の娘だ。三男権之助は幕府の閣老青山図書助《ずしょのすけ》成重の養子になっていたし、六男右京の妻は、家康の第六子で越後福島七十五万石松平忠輝の城代家老として川中島二万石を領する花井三九郎吉成の娘だ。

　この中で天下を覆すだけの力を持つのは、池田輝政と松平忠輝である。池田輝政はこの年の正月二十五日に死んでいるから問題はない。最も危険なのは松平忠輝だった。忠輝は今年二十二歳、陰険で小心な将軍秀忠と違って英明闊達《かったつ》な人柄であり、当時としては珍しい南蛮通だった。諸国の大名たちの信望も厚く、南蛮人たちはカトリックとプロテスタントを問わず忠輝を支持していた。花井三九郎はその忠輝の義兄に当る。

しかも大久保長安自身が、永い間この忠輝の付家老をつとめて来た。武蔵深谷一万石だった所領が、下総佐倉五万石、川中島十二万石、遂《つい》には越後福島七十五万石に増大したのは、ひたすら長安の力によるものだ。福島の石高については四十五万石から七十五万石まで諸説があるが、いずれにしても大藩であることに変りはない。

ことはそれだけではすまない。忠輝は大坂城の秀頼と仲がよかった。慶長十年（一六〇五）四月、秀忠が征夷《せいい》大将軍を継いだ時、弱冠十四歳の忠輝は将軍名代として大坂城に行き、秀頼にこの事実を告げている。秀頼は当時十三歳。年齢の近接している二人は忽ち莫逆《ばくぎゃく》の友となった。以来、顔を合せることこそ少いが手紙のやりとりは続き、秀頼はかなり忠輝を頼りにしていたらしい。

大久保長安＝松平忠輝＝豊臣秀頼。こう名前を連ねてみると、これが幕府にとってどれほど危険なつながりだったか理解出来ると思う。

〈もしあのことが公儀に知れたら……〉

片桐且元の心はまっ暗になるほどの恐怖で満されていた。

端的に云って、且元、というより豊臣家は、大久保長安から莫大な金を借りていたのである。

太閤秀吉が大坂城に途方もない金銀を蓄えていたことは、余りにも有名だ。九州から奥羽まで、ほぼ日本全国を制覇し終えた時、天下人となった秀吉は全国の金銀鉱山をすべて豊臣家の蔵入地にしてしまった。蔵入地とは直轄領《ちょっかつ》のことだ。つまりは日本全国で産出される金銀はすべて豊臣家の金蔵に入ることになったわけだ。その上、百姓の年貢《ねんぐ》さえ金納させることが多かったから、いやでも大坂城の金蔵はふくらんでいったことになる。

自身も蓄財家であり、死後になんと六百万両の金銀を遺産として残したといわれる家康が、大坂方について最も恐れたのは、この金銀の量だったようだ。ちなみにこの当時の米の値段は一両について二石である。米価による単純計算でも六百万両は莫大な金だが、現実にはそれに数倍する値打ちがあったと考えられる。その家康が恐れたというのだから、豊臣家の財産はどれほどあったのだろうか。

その莫大な金を湯水のように使ったのは淀殿だった。すべて寺社への寄進と建立《こんりゅう》のためである。その中でも莫大な金を費したのは大仏の建立だった。もともと大仏建立などというのは国家的規模でなければ出来ぬ大事業である。それを個人の力でやろうとしたところに無理があった。その上、慶長四年に始められたこの大仏の再建は、慶長七年十二月四日、鋳物師の鞴《ふいご》の火の不始末から、半ば出来上っていた唐銅《からかね》の鋳造仏はたちまち熔解《ようかい》し、猛火は大仏殿全体を灰燼《かいじん》に帰せしめた。大仏ばかりでなく、大仏殿まで再建しなければならなくなったのである。工事は慶長十四年から再開されたが、この再建工事だけで、およそ千七百七十五貫の重さの黄金が大坂城から消えたと云われている。

いかに太閤秀吉の蓄えた金銀が莫大とはいえ無尽蔵ではありえない。片桐且元は豊臣家を代表して、徳川家康に借銀を申し込んだが、家康はにべもなく拒否したと云う。窮した且元の前に現れたのが大久保長安だった。長安は無造作に金を回してくれ、何の拘束もつけなかった。次に長安が大坂城に送り届けて来たのは、これまた莫大な量の鉛だった。鉛は鉄砲の弾丸の素材だが、日本ではほとんど産出せず、すべて南蛮からの輸入に仰いでいたものである。その鉛が多量に送りつけられたことは、即《すなわ》ち合戦の覚悟をしろと云うことだった。且元はほとんど震え上ったと云っていい。合戦になった場合の豊臣家の弱さを、『いくさ人』としての且元は知り抜いている。

確かに大坂城は難攻不落の名城かも知れないが、籠城《ろうじょう》によって戦争に勝てるのは、城外からの強力な援助がある場合だけだ。淀殿の存在がこの援助を断ち切る働きをしていた。

「秀頼殿はおいたわしいが、あの女を助けるために自分の藩を危くするのは真平御免だ」

天下の武将という武将の胸の中にあるのは、この言葉だった。だからいくら待っても援助は来ない。それでは所詮籠城方の負けである。秀頼自身が出陣して積極的な攻撃を試み、相手と五分に戦って見せれば、或いは気持を動かされて援助する武将も現れるかもしれない。だが御母堂さまが秀頼を城外に出す筈がなかった。

その上、相手が『海道一の弓取り』と云われた家康とあっては、戦いの帰趨《きすう》は自ら明かである。どうしても合戦となるなら、せめて家康の死後にするしかない。秀忠相手なら随分勝てる目算も立つ。何より秀忠の器量の小ささが武将たちに嫌われている点がつけ目であろう。

とにも角にも現時点での合戦はない。又あってはならぬ。且元はそう信じていた。だから去年長安が病いに倒れた時は心底ほっとしたものである。まさか長安の死後に、事があからさまになるとは思ってもいなかった……。

岩介がここまで且元の心を辿った時、突然攻撃が来た。佐助である。岩介に何の手落ちがあったわけではない。むしろ佐助の鋭さを誉《ほ》めるべきだろう。

唐突に飛来した棒手裏剣は正確そのものであり、いかに岩介でも躰を移動させて避けるしか法がなかった。棒手裏剣は重い鉄の棒の一端を尖《とが》らせたものだが、その尖端がつき刺さらなくても当りさえすれば充分の打撃を与えることが出来る。

棒手裏剣は立て続けに、ほとんどあらゆる方角から飛んで来た。佐助が凄まじい速さで木の周りを回っているのだ。

岩介は充分の余裕をもって、その悉くをはずした。松の太い幹と枝が岩介を助けた。

棒手裏剣が尽きた瞬間、佐助は松の木に駆け上った。岩介が見せたのと同じ術である。

同じ瞬間、岩介は跳んでいた。六、七間先に着地するや否《いな》や建物に向って走る。佐助が跳び降りた時は、もう建物の軒にぶらさがり、半回転すると屋根に立った。そのまま走りまた跳んだ。次第に高みに登り、遂に天守閣の屋根の上に立った。

大坂の町が一望の下に見渡された。夕闇《ゆうやみ》がようやくその町の上に降りて来ようとしている。

岩介は腕を組んで立ったまま、佐助が追いつくのを待った。微笑さえ浮べている。殺気は皆無だった。

やがて佐助の姿が屋根の向う端に立った。さすがに息ひとつ乱れてはいない。慎重に足もとを固め、そろりと忍び刀を抜いた。大脇差ほどの長さで、反りのない直刀である。

「やめようよ。もういいじゃないか」

驚くべきことに、岩介の口をついて出た言葉は完全に東国のものだった。京訛《なま》りは微塵《みじん》もない。禁裏との関係だけは摑《つか》まれたくなかったからだ。

果して佐助はひっかかった。

「江戸訛りだな。お主、公儀の忍びか」

「似たようなものさ。とにかく闘うのはよそう。わしは、ほれ、丸腰だ」

云うなりするりと帯をとき、着衣まで脱いで見せた。下帯一本と晒《さら》しの腹巻だけである。何の武器も持ってはいない。

さすがの佐助も、この放胆さには度胆《どぎも》を抜かれたらしい。まじまじと岩介の顔を見つめ、次いで照れ臭そうな表情になると刀を鞘におさめた。

「考えてみると……」

佐助はぼそりと云った。

「公儀の忍びを斬《き》るわけにはいかんな」

忍びが単独で行動することは稀《ま》れである。ほとんどの場合何人かのつなぎ役がいる。定時の連絡がなければ忽ち異変のあったことを悟る筈だった。公儀の忍びが大坂城内で斬られたとなれば、只《ただ》ではすまない。何事か隠すべきことがあればこそ斬られたに違いないととられるにきまっていた。

「お主……」

ちろりと岩介を見た。

「わざとわしを誘って、斬られようとしたんじゃないのか」

考えられないことではなかった。豊臣家にいいがかりをつける絶好の口実になる。佐助とすれば、わざわざ町中で自分の注意を引き、次いで本丸内で又ぞろ見つかるような手の込んだ真似《まね》をする理由が、他には考えられなかったのだろう。忍者にあるまじき丸腰と云うのも、その場合ならおかしくはない。

「まさかね」

岩介は屈託なげに笑って見せ、屋根瓦《がわら》の上に腰をおろした。佐助に完全に背を向けている。いい度胸だった。

「ここへ来ないか」

岩介が顔だけ振り向いて、自分の左側を叩《たた》いた。抜き討ちのかけられる危険な側である。それを承知で誘っているのだ。

佐助がのそのそと近づくと、岩介の右側に坐りこんだ。

黄昏《たそがれ》が大坂の町を包み、到るところから炊煙が上りはじめていた。庶人の暮しでは、煮炊《にた》きはほとんど家の外でするのである。懐《なつか》しいような切ないような煙の色だった。

岩介は頬杖《ほおづえ》をついて、呆《ほう》けたようにこの光景を見つめていた。

「何を焼いているんだろうなあ」

独り言のように云った。

「今頃は川の魚がうまいな」

佐助もぽつんと云った。おまけにその魚の香りを嗅ぎわけようとでもいうかの如く、鼻をぴくぴくと蠢《うごめ》かしてみせた。

岩介がくすっと笑った。

「変ってるな、あんた」

「そっちだって普通やない」

佐助も微笑《わら》っている。急に肩の凝りが解けたような心安さが二人の間に流れた。

「公儀の忍び衆には、そっちのようなお人が多いんか」

佐助はすっかり岩介を公儀隠密ときめこんでいる。

「さあなあ。多いとは云えないだろうなあ」

「そうやろ、そうやろ」

きまじめに相槌《あいづち》を打った。そのきまじめさに巧まない滑稽さがあった。こんな忍びこそ珍しかった。

「大坂は……」

　岩介は今までの会話と同じくだけた調子で続けた。

「どうでも合戦がしたいのかね」

「とんでもない」

　大きく眼を剝《む》いた上に、御叮嚀《ていねい》に手まで振って見せた。

「御母堂さまはじめ女房衆が、合戦などしたいわけがないわ」

「秀頼さまはどうだ？」

「あのお方は何がどうなってもええんや。女房衆に囲まれて茶を点《た》て、歌を作り、酒を呑んどればそれでええんや」

　世間の評判とは違いすぎる秀頼像に、岩介は自然に怪訝《けげん》な顔になった。

「躰も大きく、頭の切れるお方だと聞いたがね」

「そうや。確かに大きいわな。大きすぎて手引っぱって貰《もら》わな、よう立てん」

　苦いものを吐き出すような口ぶりだった。

「頭もいい。一を聞けば十を知るやろ。けど知るだけや。決して動かん。達者なんは口だけや」

　どうやら岩介にも判って来た。教養人の典型的な一つの型だった。禁裏にもその手の知識人はいくらでもいた。

「物ぐさ太郎か」

物ぐさ太郎とは決して侮辱的な言葉ではない。現に物語の中の物ぐさ太郎は後に大臣《おとど》にまで昇っている。それは貴種の一つの典型であり、日本の知識人が抱いた憧《あこが》れの結晶だった。

大臣になった物ぐさ太郎が、うって変って天下国家のために忙しく働いたとはどうしても思えない。相変らず物ぐさで、道に転がっていった餅をとりにゆくより、寝ころんだまま飢える方を撰《えら》んだだろう。それでも何事もなく国は治ってゆく。いや、むしろ、その方がより巧《うま》く治ってゆく。そんな王道楽土が知識人たちの憧れとしてあったように思う。

秀頼にとっての不幸は、現在がまだ弱肉強食の戦国を引きずる殺伐たる時代だったことだ。現世が決して王道楽土ではなかったことだ。

だが不幸は秀頼自身よりもその家臣たちに重くのしかかっていた筈である。

佐助の苦々しい口調の中に、岩介はそれを感じた。

「物ぐさ太郎は合戦をとめるために、指一本上げずまい」

「そうや。合戦の用意のためにも、指一本上げへん」

「負けいくさは覚悟の上か」

「それはわしらのことや。あちらさまは、指一本上げんでも勝つと思うてはるわ。危くなれば誰ぞ助けに来てくれるやろ、と思うてはる。御母堂さまと同じや」

佐助の声に、ぞっとするような絶望の響きがあった。

「それでもやる時はやるのかね」

岩介が怪訝そうに尋ねた。

「そら、やりまんがな。死んだらええんじゃ。楽なもんやないか。この世の名残りに駿府のお年寄りにどかーんと一つ、きついところを喰わせてから、死んだるわい」

容易ではないな、と岩介は思った。大御所家康が、だ。

佐助の云う通りなら、大坂城の将兵はすべてこれ死兵である。決死という意味ではなく、既に死んでしまった兵なのだ。生者が死者に勝てる道理があろうか。死者には利害もなく、愛憎もなく、栄光もまたないのである。

〈それでも大御所はやるだろう〉

大御所家康はこの年七十二歳。当時としては異常な長命である。徳川幕府の、千年の平和を夢見るなら、大坂城を放置しておくわけにはゆかないのは自明の理だった。もっとも家康は遮二無二《しゃにむに》豊臣家を潰《つぶ》そうとしていたわけではない。秀頼が大坂城を捨て他国に移るなら、親藩として格別の処遇を与えるつもりだったようだ。太閤秀吉の遺児というだけでは人は集らない。危険なのは人ではなく城だった。

秀頼と淀殿が大坂城に固執する限り、早晩合戦は避けられまい。家康の年齢から考えて、それはそう遠いことではない筈である。城を奪うか、豊臣一族を攻め滅すか。どちらにしても家康は自分の手でやるしかない。天下分け目の大事な関ヶ原合戦に、三日も遅れて駆けつけるような将軍秀忠を、家康はてんから『いくさ人』として認めていない。やるなら自分である。

岩介は佐助と話しているうちに、本来の使命に消極的になる自分を感じた。秀頼は帝《みかど》のお怒りを乗り移らせるに足る人物ではなかった。秀頼の内心にくすぶっている幕府、特に大御所に対する怒りに火を点《つ》けることは容易であろう。だが秀頼は『いくさ人』ではなかった。戦端を開いたところで、所詮幕府の軍勢にはかなう筈もない柔弱な男だった。とても禁裏の代弁者になれる人物ではない。

放っておいてもいずれ合戦になり、豊臣家は滅びる。その尻《しり》を蹴《け》って死期を早めるような真似をして何になろう。

やはり帝はおひとりで戦わねばならない。禁裏の、天皇のお力だけで公儀に対して戦いを挑むしかないのである。

もとより合戦は論外であろう。後醍醐天皇の場合を除き、禁裏が幕府に武力で戦って勝った例は一度もない。

帝は武力以外のもので戦うしかない。武力以外のもので幕府を打ち負かし、禁裏に対して跪《ひざまず》かせねばならないのだ。

それは帝の呪術《じゅじゅつ》であり、学芸の力しかない。

唐突に岩介は立ち上がった。

佐助の躰がぴくりと動きかけ、とまった。岩介が闘争をしかける筈がないのを思い出したのである。

「無駄足だったようだ」

岩介は極めて率直に云ったつもりだが、佐助に理解出来るわけがない。佐助に判《わか》ったのは、岩介が立ち去ろうとしていることだけだった。それが奇妙にもひどく淋しいということに気付いて、佐助は仰天した。今日初めて出逢《であ》い、つい先刻まで躍起になって殺そうとしていた相手なのだ。いわばゆきずりの男ではないか。

そのゆきずりの男が、心に沁《し》み通るような温い微笑を浮べて云ったのである。

「思いつめなさんな。気楽に楽しんでやるんだね」

おまけに佐助の肩をぽんと叩くと、いきなり翔《と》んだ。

「あっ！」

それは佐助ほどの男が悲鳴をあげたほど、無謀で見事な飛翔《ひしょう》だった。岩介は腕を伸ばし頭から先にまっすぐ内濠《うちぼり》に向って落ちていった。やがて水煙があがり、岩介の姿は消えた。

天皇はさすがに意気消沈されたようだった。

回廊の段にがっくり腰をおろしてしまわれた。

「そうか。豊臣家は頼りにならぬか」

「あきまへんな。あないな女子がついとっては」

岩介は玉砂利の上に跪いている。苦い表情だった。

「あれは人やおへん。化け物どすわ」

岩介は帰りがけに念のため淀殿の心の内を読んで見たのである。そこに渦巻く激しい情念の絡まりと混乱は岩介の頭を痛くさせ、読んだことを後悔させた。

不思議な誇りとひけ目の交錯だった。淀君は名将の誇り高い浅井長政と、織田信長の妹で一世の佳人と謳《うた》われたお市の方との間に出来た娘である。つまりとびきりのお姫さまだ。そのお姫さまが、相手もあろうに父長政と養父柴田勝家を滅し、母お市の方を殺した豊臣秀吉の側室、つまりは妾になったというひけ目、現代で云う劣等感が、逆に裏返しになり凄《すさ》まじい権力への執念となった。彼女の権力は秀吉あってのことであり、今では秀頼あってのことである。だから秀頼に、自分をただの母親の場に押しこめるほど強くなられては困る。いつまでも母に頼る可愛《かわい》い息子でいてくれなくては困るのだ。その一念がわざと秀頼に武将たるべき教育を受けさせず、弱体化させるという方針を堅持させた。秀頼にはすぐれた武将になる素質が充分にある。その素質を敢《あえ》て殺してまでも自分自身の権力を拡大化し、誇りを保たねばならぬ。

これが淀殿の決意だった。誇りのためには可愛い息子も殺す。正に悪鬼羅刹《らせつ》の所業だった。岩介が化け物と呼んだ所以《ゆえん》はそこにある。

天皇が岩介のぎょっとするようなことを云われたのは、この時である。

「その女子を殺したらどうなる」

岩介は暫《しばら》く返答が出来なかった。別段意外な発想だったからではない。岩介だって淀殿を読んだ時、咄嗟《とっさ》にそう思った。岩介に衝撃を与えたのは、それが天皇のお口から洩《も》れたことであり、天皇がそれほど豊臣家をあてにされていられたと云う一事だった。

〈帝はまだまだお若いんやな〉

胸の中でそう思いながら、口では素っ気なく答えた。

「あきまへんな。手遅れどす」

「手遅れか」

天皇は呟《つぶや》かれ、すっと立たれた。何かを断ち切るような荒々しい動きだった。

「それでどないする？」

「どないもしまへん」

岩介は鋭く応《こた》えた。

「何もしない？」

天皇のお声も鋭かった。

「あんな真似をされて、何もしないと申すか」

「しまへん。いえ、出来まへん」

天皇ははたと口を噤《つぐ》まれた。

沈黙が流れた。岩介には蟬《せみ》の声が急に大きくなったように感じられた。

「淋しいな、岩」

ぽつんと天皇が云われた。

不意に胸がつまり、泣けそうになった。いつもの声で話せる自信が戻るまで、暇がかかった。

「何云うてはりまんねん」

なんとか湿っぽい声にならずにすんだ。

「帝はお幾つでんねん。まだまだこれからやおまへんか。相手は棺桶《かんおけ》に片足つっこんどるおいぼれや。焦《あせ》ってまんねん。帝はのんびり待ってはったら宜し」

老いて、焦っているからこそ、今の大御所家康は危険なのである。岩介はそのことを強く感じていた。だが天皇にそれを告げるわけにはゆかなかった。

帝のお顔が僅《わず》かに明るくなられた。

「そやな。わしは若いんやな」

「そうどすがな」

「これから何でも出来るんやな」

「そうどすがな」

「家康をあっという目に会わせることも出来るんやな」

「そうどすがな」

いつの間にか岩介は泣いていた。何故《なぜ》だか、岩介にも判らなかった。わけもなく、ただ、涙が流れた。

「岩よ」

「へえ」

「泣いたらあかん」

「岩よ」

「泣いとりまへん。目えから水が出とるだけや」

「へえ」

「ありがとう」

岩介は胸がつまった。切なかった。この帝のために死のう、と思った。

蝉の声がやかましい。

慶長十八年の初秋がようやく暮れようとしていた。


家康は死期を悟っていたのだろうか。

この時期の、特に豊臣家に対するやり口を見ると、明かに無理押しで、遮二無二戦争を始めようとしているようだ。あんまり無茶で強引で、とてもあの慎重で悠揚迫らぬ家康とは思えない。焦りすぎである。ひょっとするとこの時期の政策は家康ではなく、秀忠が指導的役割りを果したのではないか。そんな気さえするのである。

秀忠がやったとすると、色々理解出来る。

例えば史上有名な方広寺落慶供養《くよう》の際の文句のつけ方である。天台と真言の僧侶《そうりょ》の上席問題から始り、大仏の鐘の銘に幕府にとって不吉の語がある（家康を切るという『国家安康』の銘）と云い、大仏殿の上棟式を八月一日に行うことにしているが、一・九・十七・二十五は家屋にとって悪い日だときめつけ、棟札に大工頭中井正清の名がないと文句をつけ、六日後に控えた大法要を延期せよと云う。この重箱の隅をつつくような、しかも云いがかりとしか思えないやり口は、いかにも秀忠らしい。断じて家康のやり方ではないのである。

これに対して釈明の使者として駿府に派遣された片桐且元が、家康に会えず、本多正純と金地院崇伝の意地の悪い批判を浴びて、悲愴《ひそう》な決意を抱いて大坂に帰ったのと対照的に、淀殿から派遣された大蔵卿《おおくらきょうの》局《つぼね》は家康と対面し、

「色々不都合なことがあったようだが、自分は全部聞き流しにして、秀頼には悪意を抱いてはいない」

と機嫌よく云われ、悦《よろこ》び勇んで帰って行ったと云うのも、本多正純と崇伝が秘《ひそ》かに秀忠の意を受けて動いていたと解釈すれば素直に理解出来る。

使者の一方には厳しいことを云い、一方には甘いことを云って喜ばせ、もって使者

同士の間に軋轢《あつれき》を生じさせたなどと云う後味の悪い、従って後世の悪評の的になるような態度を、あの家康がたとえ作戦としてでもとったとは、どうにも信じ難いのである。信義と約束を守る。みだりに人を殺さない。これが家康の永年の処世方針であり、だからこそ天下を取るに至ったと考えると、こんなこせこせしたやり方は似合わないのだ。

もしこれがすべて秀忠の謀略だったとすると、いかにもいやらしいやり口ではあるが、効果的という点では見事なまでに効果的だった。

大坂城に戻った片桐且元は、秀頼が大坂城を明け渡して他国に移る、秀頼が江戸に詰める、淀殿が江戸に詰めるの三案のうち、どれか一案をとれと云われたと報告して、大蔵卿局と真向から対立することになったのである。

慶長十九年十月一日卯《う》の刻（午前六時）。

四千人といわれる多数の集団が、大坂城玉造口を出て大和街道を進んだ。女子供もまじり、具足をつけ、鉄砲に火縄をかけた五百の兵に護《まも》られている。兵士たちは殺気立ち、いつでも戦ってやるという気概にあふれていた。それに較べて女子供は沈みこみ、あちこちですすり泣きの声も聞える。

これは片桐且元の一行だった。弟の片桐主膳正《しゅぜんのかみ》貞隆以下、一族郎党とその家族たちを引きつれて、大坂城を退去し、貞隆が預っている摂津茨木城に落ちてゆく姿である。

豊臣家の家臣だった山口休庵の『大坂陣山口休庵咄《ばなし》』によると、且元は素肌に白小《しろこ》袖《そで》をつけ、戸を開いた駕籠《かご》に乗っていたが、元結を払ったその姿は憔悴《しょうすい》しきっていたと云う。卯の花色の鎧《よろい》をつけ、しんがりをつとめていた弟の貞隆は、大坂城の方を三度も伏し拝んで去った、と書かれている。

これが大坂冬の陣の直接の開戦理由になったとは、この時の且元は知らない。

駿府での交渉を終えて帰った且元の報告は、大蔵卿局の楽観論と真向から対立した結果、且元は家康の走狗《そうく》であると看做《みな》されることになり、強硬派の大野治長、木村重成、渡辺内蔵助《くらのすけ》は薄田隼人正《すすきだはやとのしょう》と石川貞政を討手に任命し、且元の生命を狙《ねら》う始末になった。刺客を命ぜられた石川貞政は大坂方のために事態を憂《うれ》い、これを秘かに穏健派の織田常真に告げた。常真の警告を受けた且元は病気と称して登城せずひとまず刺客は避けることが出来た。だが強硬派はおさまらず、遂に兵を出して誅《ちゅう》しようとし、且元も大急ぎで一門の者を集め防戦の用意をした。

秀頼の近習今木源右衛門の奔走で、七人頭衆の筆頭速水甲斐守が両者の調停に立つこととなり、ここで且元の大坂城退去がきめられたのである。

織田常真も既に四日前の九月二十七日に大坂を退去していた。常真は信雄といい、織田信長の次男で、従って淀殿には従兄弟《いとこ》に当る。その常真にさえ強硬派の主張は抑えきれなくなっていたのだ。翌二十八日には、且元への刺客を頼まれた石川貞政も城を出た。

彼等は内心さぞかし断腸の思いだっただろうが、結果的に云えば、大坂城に愛想をつかし、見棄《みす》てたことになる。

淀殿はじめ強硬派は快哉《かいさい》を叫んだかもしれないが、大坂の庶民の方が事態を正しく見ていた。『豊内記』に曰《いわ》く。

『大坂中ハ腰ノ抜ケタル心地シテ、上下騒ギ、船ニモノツミ、伏見ヲサシテ上ルモアリ、妻子ヲツレテ堺ノ方へ逃ゲルモアリ』

この片桐且元の大坂城退去の報は、即日家康のもとに届いた。面白いのはこの時の家康の反応である。

『大御所聞し召、うしろめたく思召《おぼしめす》』

と『駿府記』に書かれているのだ。

この『うしろめたく思召』という言葉は実に二回も使われている。これを家康の実際の反応ととるか、『駿府記』の筆者ではないかと云われる林羅山自身の気持ととるべきかは不明だが、私には前者の反応のように思える。仮りにこの工作が秀忠の手によるものであったとしても、家康はその強引ないいがかりを内心強く恥じていたのではないか。その気持がこの『うしろめたく思召』という短い文章の中に出ているような気がするのである。

ともあれ、家康はこの日をもって大坂合戦に踏み切った。即日諸国へ陣触れが下され、三日後の十月四日には、江戸城石垣修理に当っていた西国の大名たちに帰国と速やかな大坂出陣が命じられ、福島正則、黒田長政、加藤嘉明は江戸留守、藤堂高虎には先陣としてこの日出発することが命じられた。福島正則たち三人を江戸留守としたのは、彼等が豊臣恩顧の大名だったからであり、しかもその息子たちには証人（人質）として出陣を命じるという隙《すき》のなさである。『いくさ人』家康の真骨頂が歴然として現れている。

これに較べて秀忠の方は、やっと八日になって土井利勝を駿府にやり、『関東御仕置の御指揮をこはせ給ふ』（『慶長見聞書』）という悠長ぶりだ。『いくさ人』の資格を欠いていることは明瞭《めいりょう》だろう。

大坂の秀頼の対応も似たようなものだ。

今更、伊達政宗に使者を送ってとりなしを頼んだり（政宗は拒否している）、島津家久、福島正則、蜂須賀家政、池田輝政の子利隆と忠雄など、いわゆる豊臣恩顧の大名に援助を依頼して悉く拒否されたり、じたばたしたところを見せている。

結局、これらの大名は唯《ただ》の一人も大坂方に味方しなかったし、家康・秀忠へのとりなしを引き受ける者もいなかった。あの温厚な片桐且元さえ愛想をつかした大坂城のために、自分の藩を犠牲にして指一本あげる大名がいる筈がなかった。それが事前に見抜けなかったのは、所詮《しょせん》大坂方の甘さと云うべきだろう。

彼等は豊臣家譜代の家臣と、あとは牢人《ろうにん》とキリシタン武士たちをかき集めて闘うしかなかった。真田幸村、長宗我部《ちょうそかべ》盛親《もりちか》、後藤又兵衛、塙《ばん》団右衛門など、その数、十万と噂《うわさ》された。

この時期、朝廷にはひとつの難題が持ちかけられていた。

家康が、豊臣秀頼追討の綸旨《りんじ》をたまわりたいと云って来たのだ。

それはやはり家康の『うしろめたさ』から来たものであろう。ごり押しとも云えるやり方で、遮二無二開戦に持ち込んだのが徳川家であることを、世間は既に知っている。家康はそのことを必要以上に意識しているに相違なかった。天皇の綸旨さえあれば、多少は開戦の名分が立つ。

後水尾天皇は直観的にその家康の気持にお気がつかれた。ご不快だった。

〈冗談ではない〉

追討の綸旨を出すとは、徳川家の汚いやり方を認めることである。それも積極的に参加することである。家康のことだから、下手をすれば事実に細工を施して、後世の者が見たら天皇の綸旨が出たために、やむなく徳川家は合戦に踏み切った、などと云うことになるかもしれないのだ。

天皇から御覧になれば、こんな目茶苦茶な、名分のないいくさも珍しい。これは明かに徳川方が我儘《わがまま》勝手に仕掛けた一種の弱い者いじめである。どうして禁裏が、そんな弱い者いじめの片棒をかつがなければならないのか。ここで追討の綸旨を出すなど、朝廷の、天皇の、恥辱以外の何物でもない。

これは自分個人の問題ではなかった。天皇という立場の問題だった。ここで自分が綸旨を出せば、以後徳川幕府は都合のいい時にはいつでも、天皇に綸旨を求めることが出来ると判断するだろう。仮りに徳川幕府が倒れたとしても、それに代る為政者は同じように考える筈である。そんな不敬なことを考えさせてたまるか。

天皇は断乎《だんこ》として綸旨を出すことを拒否なされた。

関白鷹司信尚は天皇と全く同意見だった。だが同時に、それがそう簡単にすむことだとは考えなかった。あめ玉をくれと云う相手に赤んべえと云うのとはわけが違う。

だから信尚は、天皇のはっきりした拒否のお言葉を誰にも告げなかった。天皇は考えていられる。そう、躊躇《ちゅうちょ》していられるのだ。そのような先例があるかどうか、お調べにもならねばならないことだし……。

つまりは引き延ばし作戦である。合戦が始ってしまえば、綸旨など手遅れで、自然に問題は解消されるだろう。

この時の家康の怒りは凄まじく、承久の乱の先例に倣《なら》って、天皇を隠岐に流すとまで云ったという。それを諫止《かんし》したのは天海僧正だったようだ。

関白鷹司信尚はこのことで家康の不信を買い、徹底的に嫌われることになった。後のことになるが、この冬の陣が終り家康が二条城に引き揚げて来た時、公卿《くぎょう》たち全員が祝賀に駆けつけ、家康も上機嫌でそれに応えたが、信尚にだけは顔も見ようとせず、まして一言の言葉も掛けることはなかったと云う。家康の怒りのほどを知ることが出来よう。

岩兵衛は嘗《かつ》てない緊張を示した。駕輿丁《かよちょう》はもとより、八瀬在村の隠密四十八人全員を招集し、厳しい警備陣を敷いた。天皇に暗殺の手の伸びるのを恐れたためである。

またこの時期の禁裏の混雑ぶりは凄まじかった。京都の大町人たちがつてを頼って、大事な家財道具を御所内に持ちこんだからだ。合戦に慣れた京の町衆のしたたかさである。戦禍が京に及べば、放火され略奪される。自家の蔵よりも広大な敷地を有する寺社が、そして寺社よりも禁裏が安全なのは常識であろう。ごった返すに違いない戦火の町を、家財道具を持っての避難は、災厄を招く源である。素早く身一つで逃げられるように用意して置くのが賢いやり方だった。

人と荷物が溢《あふ》れる禁裏に刺客が入り込むのは容易である。岩兵衛と八瀬童子たちの神経はいやが上にも尖《とが》り、緊張と疲労はその極に達した。

岩介だけはこの警護に参加していない。

逆にのんびりと八瀬村に腰を据え、この春とらが産んだ女の子相手に日がな一日過ごしていた。女の子の名は『ゆき』と命名されていた。

八瀬では初産の場合だけ、産婦は実家に帰って産む。坐ったまま産むのだと云う。産婆《さんば》などはなく、初産の時は産婦の母が、それ以後は婚家の義母が、近所の者に手伝って貰ってこの役を果す。もっとも近所にことに巧みな女がいると委《まか》せることもある。八瀬小学校の校長だった川本氏の調査によれば、昭和十五年ぐらいまでは八瀬では必ず家で出産したそうだ。

子供が生れて十一日目が『内入』である。身内や近所の者を集めて祝うわけだが、簡素なものだったようだ。命名はこの頃までにされるのが普通だった。

とらは岩介がゆきをかまうのが嬉《うれ》しくてたまらない。岩介の中に時に見える人間離れのした異様な想念が、この時だけは影をひそめるからだった。もっとも四歳になったら訓練を始めると、それだけは断乎として云う。

「ゆきに鬼道を教えるのとちゃうやろな」

とらは詰問《きつもん》したが、岩介の答はなかった。

奇妙なことが起った。とらの父六郎左衛門の異常な嫉妬《しっと》である。

岩介の妖怪《ようかい》じみた恐ろしさに負けて、とらとの婚姻を許した時、六郎左衛門はとらを棄てた。もう親でもなければ娘でもないと思った。冗談ではない。あんな化け物の血を由緒《ゆいしょ》ある我が家に入れてたまるか。

だからたまにとらが戻って来ることがあっても、六郎左衛門は口も利《き》かなかった。

八瀬の女は嫁入りの時に、仕事着以外の衣類はすべて実家に置いてゆくならわしである。よそゆきを着る必要でも起きると、実家へ帰って着替えをして出かける。終るとまた実家でもとの仕事着に着替え、婚家に戻る。更に嫁の肌着の洗濯、衣類のつくろい、すべてが実家の母の仕事だった。嫁は婚家の者の物しか洗濯せず、自分の物はひとまとめにして実家の母に頼むわけだ。異風と云える。だがそのお蔭《かげ》で嫁は堂々としかも頻繁に実家に帰ることが出来た。

とらが出産のために実家に戻り、ゆきを産んだ時から、六郎左衛門の心に異変が起きた。この化け物と親不孝な娘の間に出来た孫が、どう仕様もなく可愛いのだ。顔に小便をひっかけられても相好を崩すほど可愛い。

「うちへおいてけ。な、そないせい。げらがかけ合うたる」

本気でとらをかき口説くほどの入れこみようだった。もともととらは六郎左衛門家の一人娘である。岩介も岩兵衛一家のたった一人の男の子だから入婿《いりむこ》には出来ない。生まれた子の誰かに六郎左衛門家を継がせる必要があった。ゆきをそうしたいと六郎左衛門は強烈に思った。思い立ったら最後、六郎左衛門はねちこい。三日にあげず岩兵衛家を訪れ、はなととらを口説くのである。二人の女は悲鳴を上げた。

岩介が家にいては、六郎左衛門は行くことが出来ない。岩介がもう生理的と云っていいほど恐ろしいのである。だが岩兵衛家に行かなければ、ゆきに会うことが出来ない。これがたまらなかった。大切な宝が化け物に壊されてしまいそうな不安にさいなまれた。

一日、居ても立ってもいられず、表に出ると、岩介がゆきを無造作に抱き、とらと共に山に向うのを見た。

夢中で追った。自分でも何をしているのか判らなかった。

行き着いた先は千年杉の下だった。岩介ととらは、ゆきを杉の根もとに寝かせ、その周りを回りながら踊った。ゆきが声をあげて笑っている。また岩介の踊りは男の六郎左衛門が見ても巧みで美しかった。

六郎左衛門は何故ともなく、かーっとなった。

岩介ととらの踊りは明かに伊勢踊りの所作である。

この年の八月九日、伊勢の大神が三上山に飛び移ったという託宣があり、様々な神異が起きた。二十八日には山田へ移るから雷鳴・難風ありとの託宣だった。人々は村々町々から華やかな衣裳《いしょう》を身にまとい、踊りながら参宮した。神鎮《しず》めのためである。

雷鳴と大風は託宣通り起ったという。

九月に入ると、近く合戦ありとの神宮の託宣が出た。神風激しく吹き、火事を恐れた山田町民が町中の火を絶った。半刻《はんとき》後、海上が炎のように燃え激しく鳴動したが、やがて鎮った。神霊が還宮したのだ。人々は神と時世を恐れた。

こうした予兆と恐れが風流《ふりゅう》の流行を呼ぶのは今までにもよくあることだった。神鎮めのためというが、本音は庶民の不安と不満を象徴化したものだったのかもしれない。幕末期の『ええじゃないか』、昭和初期の『東京音頭』の大流行がその典型であろう。

この伊勢に端を発した風流踊りは、あっという間に京都・大和・近江・美濃と拡がり、やがては駿府・江戸から奥州にまで拡がったというから凄まじい。鍬形《くわがた》の御神体を輿《こし》のようにかつぎ、禰宜《ねぎ》御祓《おはらい》を先に立て、村から村へ送り渡すのが特徴だったようだ。わざわざ唐人を頼んで花火を飛ばすなど新趣向もあり、盛大なものだった。

余談だが家康はこの手の風流を嫌ったという。

家康の長男三郎信康は風流を好み、家康がとめてもきかなかった。三河の村々は風流に明け暮れたが、二年後信康は織田信長の命によって自殺に追いやられた。このことが家康の脳裏に深く染《し》みこんでいたのだろう。皮肉なことに元和《げんな》元年（一六一五）の春にまた伊勢踊りが流行し、間もなく家康は死んでいる。

〈あいつら阿呆《あほ》か〉

草の蔭から窺《うかが》っていた六郎左衛門がそう考えたのも無理からぬところがあった。赤子の周りで踊るなど、六郎左衛門の感覚では親としての資格を失っている。

〈とても委せてはおけん〉

益々ゆきをとり上げようという気持が強くなった。

「ののよ」

岩介が踊りながら六郎左衛門を呼んだ。とっくに気がついている。

「一緒に踊らへんか」

「阿呆ぬかせ」

「ゆきはやらへんよ。なんぼ狙うても無駄なこっちゃ」

六郎左衛門は忽ちかっとなった。前後を忘れて喚《わめ》いた。

「何ぬかす。ゆきを化けもんに委せとけるか。ゆきはげらが育てるわい」

岩介が黙って六郎左衛門を見た。

六郎左衛門ははっとなった。背筋が寒くなった。怒りのあまり云うべきでないことを云ったのに気づいたのである。『化けもん』の一語がそれだった。

岩介が微笑った。酷薄な微笑だった。

「ののよ」

六郎左衛門は息を詰めた。何をされるか判らなかった。あの凄まじい頭痛が脳裏に甦《よみがえ》った。思うだけで身内が凍った。

「化けもんの子は化けもんや。ののの手に余るわ。やめときなはれ」

声は優しいがぞっとするような凄味《すごみ》があった。

「ゆきは化けもんやない」

六郎左衛門の声は悲鳴に似ていた。

「さあ、どうやろ」

岩介の微笑は、とらさえ凍らせた。

家康は十月十一日に駿府を立った。股引《ももひき》・羽織に草鞋《わらじ》ばきという気楽な鷹《たか》狩り姿で、四百五十人ほどの配下を引きつれただけだった。

悠々たる旅だった。途中鷹狩りをしながら十二日掛川、十三日中泉、十四日浜松、十五日吉田、十六日岡崎、十七日名古屋と進み、雨のため十八日は名古屋に留り、十九日岐阜、二十日柏原、二十一日佐和山、二十二日永原、そして十月二十三日に京都へ着き二条城に入った。二十日には山伏姿の刺客を捕えたと云うが、詳細は不明である。

秀忠の方は相変らず愚図々々していて、丁度この二十三日に江戸を立った。留守の間の江戸城と関東の仕置に関わる処理に手間どったと云うのだが、不手際《ふてぎわ》は隠しようもない。

いざ出発となると秀忠は無闇やたらと先を急いだ。家康と違って五万あまりの兵を率いている。しかも街道は人馬にあふれていた。

『人馬満々宿々湊、あるひは山取り、神武以来かく武士の集りたるを聞かず』（『森家先代実録』）

その中を五万の人馬を急がせては、混乱を来すのは当然だった。あんまり急がせたので、三日も前に先行した伊達政宗の軍団の後尾につっこんでしまい、隊列をめちゃめちゃにしたと云うので、後で家康に叱責《しっせき》されている。秀忠の脳裏には十四年前関ヶ原に合戦終了後に着いた屈辱が今尚痛烈に生きていた。

家康が二条城を出て大坂に出陣したのは十一月十五日卯の刻（午前六時）だった。十八日に関屋越えで住吉に入り、天王寺で秀忠の出迎えを受け、共に茶臼《ちゃうす》山に登った。十二月六日以降この茶臼山が家康の本陣になる。

『日本残らず、前陣後陣に悉く供奉《ぐぶ》す』

醍醐三宝院の義演大僧正は、その十月十五日の日記にそう書いている。大坂城を遠巻きにした徳川方の軍勢は二十万を越えたといわれる。

『大坂四方明く所これ無く候。人のうしろにこれある事にて候也《なり》、外聞無念の事に候』

これは吉川《きっかわ》広家の他人の軍の背後に位置せざるをえなかった無念を告げる言葉だ。二十万の人間がひしめき合ってはそのくらいのことは当然のことだ。

『大軍故《ゆゑ》、陣場の配分、一万石に面三間』

と『駿府記』も書いている。この当時の軍役は一万石についてほぼ二百三十人前後だ。武装した二百三十人の兵卒を幅三間の中に押しこんだわけだ。どんなことになるか想像がつくと思う。混雑などと云うなまやさしいものではない。下手をすれば他の部隊に紛れこんで、気がつくと周りは見知らぬ者ばかりということにもなり兼ねない。

その中に岩介がいる。

急に御所から呼出しがあり、合戦の様子をつぶさに見て来いと天皇から直々命じられたのである。

岩介は大坂方に勝たせたい天皇のお気持をやるせない思いで感じた。それが奇蹟《きせき》に等しいことなのは明白だった。

もっとも大方の人々は岩介のような確たる見通しを持っていない。特に豊臣贔屓《ひいき》の上方では大坂方が勝つと信じている者が多かった。江戸でさえ一時徳川方敗戦の噂が流れ、財宝を寺にあずける者が続出したと『加治木古老物語抜書』にある。

庶民ばかりではない。武士の中にも大坂有利と判断している者も多かった。少くとも合戦は延々と長びくと思っていたようだ。もっとも見える人物には見えている。今日残っている史料では、島津惟新《いしん》、細川忠興、伊達政宗などが、合戦の短期終結を予言している。伊達政宗は江戸を出陣して二日目、藤沢の宿から仙台にいる家臣への手紙の中で云う。

『大坂の義、定めて年内か遅く候て正月中には御隙明《ひま》くべきかと存じ候』

岩介はこの凄まじい混雑の中で、よく知った者の思念を読んだ。首を回すと佐助がいた。いくさ支度だった。岩介に向ってにたりと笑って見せた。

「やあ」

岩介は気楽に手を上げ、佐助に近づいた。

「敵情偵察かね」

声が大きい。佐助が一瞬周りを見回したが、誰一人気にもかけていない。この雑踏の中では、ひそひそ話をする方がかえって人目をひくのだ。佐助も普通の声で答えた。

「まあ、そんなとこですわ」

「今はどこに？」

「出城です」

出城とは、大坂城の弱点といわれた南方斜面の補強のために、佐助の主君真田幸村の進言によって平野口に作られた新月型の出丸を指す。有名な真田丸がこれだった。

「一人で死にたいようだな、あんたの殿様は」

岩介がぽつんと云った。佐助はちょっと感心したように岩介を見た。幸村の思いを正確に指摘したからだ。

「女があきまへん。合戦にまでしゃしゃり出られては、誰かてやる気がのうなりますわ」

淀殿が女だてらに具足をつけ、同じいでたちの女房衆を引きつれて城内の番所を巡見し、城兵を叱咤《しった》して歩いた話は有名である。軍議の席でも頻繁に口を出し、諸将、特にいくさに慣れた牢人の武将たちをうんざりさせたらしい。

『万事母の儀指出給《たま》ひ、これにより諸卒色を失ふ……』

と『駿府記』にもある。

真田幸村と後藤又兵衛基次が主張する積極的な先制攻撃策はこの淀殿によって拒否され、籠城《ろうじょう》策が採用された。その時点で幸村は死を覚悟した。どうせ死ぬなら、信頼する部下たちと共に心静かに死にたい。驕慢《きょうまん》なだけで合戦の何たるかも知らぬくそ婆あの顔など見たくもなかった。それが真田丸建造の真意だった。

「米が高うなってかないまへんなあ」

佐助が溜息《ためいき》と共に云った。大坂の米価はこの合戦のお蔭で他の地方の十倍近くまではね上ったと云う。もっとも高騰《こうとう》の理由の一つは大坂方が米を買いまくったせいなのだから、佐助の嘆きは筋ちがいだった。岩介がそれを云うと、

「補給の道が絶たれるのは判ってますさかい仕様おまへん」

吐き出すように佐助が応えた。

両軍の本格的な合戦の火蓋《ひぶた》が切られたのは、家康の大坂到着の翌日、十一月十九日である。この日の未明、キリシタン武将明石《あかし》全登《てるずみ》が八百の兵で守っていた木津川口の砦《とりで》と、伝法川口の新家の軍船が猛攻を受け、共に占領されている。この緒戦の敗北で、大坂方は城と大坂湾を結ぶ水上補給路を簡単に遮断されてしまった。佐助はそれを云っているのだ。

「けどやりまっせ、わしら」

佐助が白い歯をむいて、愉《たの》しそうに云った。

「城方はあきまへん。女子のいいなりや。けど牢人組は違いま。好き勝手にやりまんがな」

大坂城に集った十万といわれる牢人たちの大半が『いくさ人』である。彼等には『家康憎し』という共通の動機があった。家を或《あ》いは主家を取り潰された者が大半であり、自ら主家を去った者たちも主君の徳川家への盲従が気に入らなかったためだった。キリシタン牢人たちは家康の掌《てのひら》を返したようなキリシタン禁令に激怒している。更にはもう一度戦国の世に戻したいと願う者、平和の中では生き残れぬ根っからの

『いくさ人』もいた。

しかも彼等牢人の数は、豊臣氏譜代の家臣の数倍にのぼっていた。さすがの淀殿も、彼等を統制することは不可能であり、統制しないことで彼等の戦意は益々高くなった。

これに対して徳川方の戦意は低い。それはそうだろう。彼等に豊臣氏に遺恨を持つ理由は皆無なのだ。すべてが徳川家への義理であり、或いは欲得ずくだった。出来る限り手柄を立てて、恩賞として封地を拡《ひろ》げて貰うのが望みなのだ。気構えが全く違った。

「けどさすがでんなあ」

佐助が慨嘆するように云う。

「誰がさすがなんだい」

岩介はあくまでも関東言葉だ。

「大御所ですがな。ほんま、こわいお方や。知ってはりまっか。あのお方、もう和議の話をはじめてまっせ」

「なんだって？」

岩介も意表をつかれた。

「本当かね、それは」

「織田有楽斎さま、大野治長さまが交渉相手ですわ」

「道理で、包囲したままで、攻めないな」

岩介も納得した。蟻《あり》の這《は》いでる隙間もないほど完璧《かんぺき》に城を包囲しておきながら、家康が積極的な攻撃命令を出さないのを不審に思っていたのだ。焦れた前田利常、松平忠直、井伊直孝らが真田丸を攻撃したのは十二月四日のことである。だが彼等は城壁に取りつこうとする空堀の中で一斉射撃を受け、莫大《ばくだい》な損害を蒙《こうむ》り、家康に呼びつけられて叱責されたと諸書にある。

『去る四日、大坂表城責め、越前少将（松平忠直）の勢四百八十騎、松平筑前（前田利常）の勢三百騎死す。此《こ》の外雑兵の死者その数を知らざるの由《よし》風聞これあり』

（『孝亮宿禰日次記《たかすけすくねひなみき》』）

家康ほど無用の死を嫌う武将も少い。

味方ばかりではない。敵の死さえ嫌うのである。

だから合戦に勝利をおさめても、俘虜《ふりょ》を殺さない。出来るだけ自分の家臣の中にとりこんでしまう。甲斐武田の家臣などそのほとんどがそのまま徳川家の臣となった。織田信長と対照的とも云えるやり口だった。

家康は合戦の始る前から、大坂城の研究に余念がなかった。二条城出発の直前まで片桐且元を手もとに招いて、城内の配置を微に入り細に渡って問い質《ただ》している。それ以前には大工頭中井正清に大坂城の図面を差出させ、二人で充分検討していた。

家康は慶長四年と五年の二度、この城に住んでいたことがある。だから城内のことは熟知している筈だった。それでも尚《なお》、これだけの用心をしていると云うのは、つまりは無駄な戦死者を出さないためである。越前少将忠直、前田利常、井伊直孝がこっぴどく叱られたのは、その家康の戒律を破ったからだ。

研究の結果、と云うより、どう研究してみても、大坂城は難攻不落の名城だった。勿論《もちろん》、日本全国どこからも救援の手の伸びない孤立状態では、城はいつかは落ちる。だが現在のままでは時がかかりすぎる。死人も莫大な数に上るだろうし、何よりも経済的に、寄手の大名たちは参ってしまう。

大名たちはそれでなくても打ち続く城普請《ぶしん》の軍役にすりきれんばかりだった。そこへこの合戦の軍役と来ては破産寸前である。

『駿府記』の十月二十六日の条には、この日、鍋島勝茂、池田利隆、浅野長晟《ながあきら》の三人が二条城の家康を訪れて借銀を申し込んだとある。家康は即座に三人に銀二百貫ずつ貸与し、他の諸大名にも銀子を貸している。

十一月十二日には出陣の諸将に、一万石に付き金百両と三百人扶持の米を給付している。

更に十二月八日には諸大名に銀百貫ずつ、貸与ではなく下賜《かし》した。家康はこのために銀三千貫を名古屋から取り寄せ、江戸からも銀二千貫を運ばせている。

古今東西、戦争は金のかかるものときまっている。

それでもやらねばならぬとなったら、極力早く終結させるしかない。

家康が包囲陣の完成も待たずに媾和《こうわ》に動き出したのは、そのためだった。本気で合戦をやめる気ではない。媾和の条件によって大坂城を裸にするためだ。

岩介にそこまで家康の気持が読めるわけがない。

むしろこれを又とない好機と感じた。

天皇が断乎として秀頼追討の御綸旨を下されなかったために、現在朝幕関係はこれ以上ないと云うほど、ぎくしゃくしたものになっている。無法なのは明かに家康側であるが、だからといってこのままでいい筈がない。関白鷹司信尚以下、禁裏では家康側からの歩みよりを漠然と期待しているようだが、岩介に云わせればそんな考えは甘すぎる。むしろ朝廷側から家康になんらかの働きかけをしなければならない時なのである。

だがその働きかけの種がなかった。今更おべんちゃらを云いに行っても、馬鹿にされるだけだろう。武家伝奏広橋兼勝と三条西実条《さねえだ》は臆面《おくめん》もなく二条城に日参し、今は住吉まで御機嫌伺いにやって来ているらしいが、家康はろくに会ってもくれないようだ。

この和平交渉はその種としてぴったりではないか。

岩介が好機と感じた所以はそこにあった。

朝廷が和平役を買って出るのだ。大坂方・徳川方双方に勅使を送り、和平を勧告するのである。もし家康が本当に和平を望んでいるのなら、喜んでこのすすめに乗るだろう。感謝さえするかもしれない。そうなれば綸旨拒否の引き起した悪感情も少しは修正されるだろう。

それだけではなかった。

岩介がこのごった返しの包囲陣を歩き回って観察したところでは、徳川方の兵数は二十万を軽く越える。遠路のため遅れて到着した南部藩は後詰に回されたし、弘前藩の津軽信枚《のぶかず》に至っては帰国を命じられたと云う。軍勢はあり余っているのだ。

それに対して大坂方の兵数は十数万と称するが、その内訳は騎馬一万二、三千、歩兵六、七万、雑兵五万。その他に本丸女中衆一万という信じられぬ数字が記録されている。要するに大半が金地院崇伝の云うように日雇い同然だった。これではとても城を支え切れるものではない。天皇のお気持は正に断腸の思いであろう。それもこの勅使による和議達成によって、少しは慰められる筈である。

あれやこれや和平交渉に朝廷が乗り出す意味は大きい。

但《ただ》し、それは大御所家康が本気で和議を望んでいる場合に限る。佐助の言が虚報でない場合だけなのである。家康にその気持もないのに、和議の勅使を出したりしたら、あっさりことわられ、朝廷は面目を失うことになる。なんとも難しいところだった。

「大御所さまに会って確かめたい」

とは岩介には云えない。佐助は岩介を幕閣の隠密だと信じこんでいるからだ。だから逆手に出た。

「お主、まさか大御所さまのお生命を狙っているんじゃないんだろうな」

佐助が心外そうに応えた。

「わしは忍びや。刺客やない」

佐助が真実を告げていることを岩介は信じた。忍びでも刺客になる者がいないわけではない。だが一度でも刺客になった忍びには、佐助の底抜けの明るさはない。無念に死んだ者の血が心の内に溜《たま》り、どう紛らそうとしても暗さがつきまとうのである。

「だが本陣内に忍びこむことを、一度は考えた筈《はず》だ。いや、実際に忍びこんだことがある。そうだな」

「いや、そんなだいそれたこと……」

云いかけて口を噤んだ。どうにも嘘《うそ》の云えない男なのだ。それに岩介が楽々と相手の心を読むことを、佐助は朧《おぼろ》げながら感じている。

「それでなくて、和議のことなど知るわけがない。真田丸にいては、城中の密談など聞くすべはないだろうしな」

岩介はかまをかけている。佐助がどっちの陣営で和議の話を拾って来たのか確かめたいのだ。

「参ったなあ。鋭いわ」

佐助がおどけたように、自分の頭を叩《たた》いてみせた。どことなく猿に似た所作だ。

「実は本陣に忍びましてん。大御所と本多正信さまが人払いして話してはりましたわ。本多はんは渋ってはった。将軍さまが承知せえへんやろ云うとった」

これで話が急に具体的になった。

本多弥八郎正信は家康の謀臣である。元々は能役者上りだが家康に見出《みいだ》されて近習となった。一向宗の熱烈な信徒で三河一向一揆《いっき》の際には家康に背いて一揆に与《くみ》し、敗れて行方をくらました。以後、近江から北国に及び大坂の石山本願寺炎上で終結する一揆の長い戦いに参加し、十年の後に再び家康のもとに戻っている。以後、家康から離れず、あらゆる謀略に参加している。秀忠が二代将軍に就任すると同時に秀忠の幕下に移っているが、それも家康の命令によるものであり、秀忠を自分の意志通りに操ろうとする家康の策謀の現れだったと云われる。その正信と家康の密議と云うなら、これは信頼するに足りる話だった。

岩介は急遽《きゅうきょ》京に戻った。

和議の件を天皇と関白鷹司信尚に報告するためだ。

天皇は忽《たちま》ち乗気になられたが、信尚の方は慎重だった。岩介の読んだ通りだった。天皇が和平交渉に乗り出されて、万一家康に拒否されたりしては面目をなくされることになる。いきなり和平の勅使をつかわすことはせず、先《ま》ず御慰問の勅使を下され、それとなく家康の意向をさぐった上で、再び今度は和平を目的とした勅使をつかわすということにしてはどうか。

はっきり云って、岩介はこの案には反対だった。

岩介は禁裏と幕府の関係を長いいくさだと考えている。いくさならば当然戦陣のかけひきが必要であろう。

この和平の勅使は、その意味で云うなら、奇襲作戦であり、又そうでなければならない。まだ余人に知られていない筈の和平交渉を、突然禁裏に先取りされた家康の衝撃。それがこの作戦の狙い目である。その時こそ家康は朝廷の端倪《たんげい》すべからざる実力を知り、以後の応接に慎重になるだろう。

それを、まず様子伺いの勅使を出したのではわやである。奇襲の効果がなくなってしまう。逆に家康にあれこれ考えをめぐらせる時間を与え、謀略の一環に加えられることになりかねない。

だが岩介は一言の異議も申し立てなかった。そんなことの出来る身分ではなかったから、という理由ではない。信尚の関白としての地位を考えたためだ。

天皇は無謬《むびゅう》でいらせられなくてはならない。その思いが信尚の心の中に厳としてある。それを補佐する関白もまた限りなく無謬に近くなくてはならない。だからこそいやが上にも慎重にならざるをえないのであり、信尚は瘦《や》せ細ってゆくばかりなのである。いざとなれば、関白は責任をとって辞めればいい。そんな覚悟は当然出来ている。武士で云えばいつ腹を切ることになってもいい、という気持は充分にある。だが自分が関白を辞めて、後に誰が来るか。信尚が最も望みを託しているのは、天皇の実弟に当らせられる近衛信尋公である。信尋公はこの正月ようやく従二位内大臣の地位まで達せられた。だが御年わずかに十六歳。まだ暫くは当てにすることは出来ない。そうなると現在左大臣の位にいる前関白九条忠栄《ただひで》ということになる。忠栄は慶長十四年、二十四歳で関白となり、慶長十七年までその地位にあった。若くして関白になったためもあって、まるっきり家康の云いなりだった人物である。とてもこの時期に関白を委《まか》される相手ではなかった。それが信尚に思い切った行動をとらせない最大の理由だった。

武家伝奏広橋兼勝と三条西実条が、勅使として住吉の本陣に家康を訪れたのは、十一月二十九日のことだ。

勅使の一応の口上は、老体にこの寒気ではさぞこたえるだろうから、いくさのことは将軍に委せ、家康は一度二条城に戻って休息をとってはどうか、と云うものだった。つまりはお為《ため》ごかしである。家康は鼻で笑って、礼を述べただけだった。

権大納言《ごんのだいなごん》日野資勝《すけかつ》、権中納言飛鳥井《あすかい》雅庸《まさつね》、同烏丸光広も同道していて、雑談になった。本来は勅使の狙いはこの時にあった。家康が大坂方との和議を本当に望んでいるのかどうか、さりげなくその点を確かめて帰らねばならない。

だが武家伝奏の二人も、一緒に来た者たちも、いわば家康に買われた公卿たちである。関白は疎《おろ》か、天皇御自身より家康の意向が大事な面々ばかりだった。

「それで勅使下向の狙いは何なのかね」

という家康の一言で、あっさり何も彼も喋《しゃべ》ってしまった。さりげなくもへったくれもありはしない。

真実を云えば、家康はこの時かなりの衝撃を受けた。和議の事は味方の陣内でも知る者のいない秘事である。秀忠さえこのことを知らない。知っているのは本多正信・正純親子、それに直接その交渉に当っている後藤庄三郎光次の三人だけだった。

家康という男の凄まじさは、大坂陣の緒戦ともいうべき木津川口と伝法川口の合戦の翌日、十一月二十日にこの和平交渉を開始しているということだ。後藤庄三郎が籠城した町人の縁者を探し出し、これを使いとして城内に送った。次いでたまたま捕えた大野一族の下僕与助という者を使ったようだ。これで首尾よく大野治長と織田有楽斎に連絡がとれ、この二人からは米村権右衛門と村田吉蔵という者が使者として後藤庄三郎のもとに派遣されて、本格的な和議の条件の検討に入ったところだった。

その絶対の秘事を天皇が御存知でいらせられた。

家康はほとんど戦慄《せんりつ》したと云っていい。

だがさすがに老巧の『いくさ人』である。大声で笑いとばした。

「いくさは始ったばかりでござるよ。いずれ、そのようなこともあるやもしれぬが、今はなかなか」

これで終りだった。勅使二人も他の三人の公卿もこれだけの情報で満足してしまった。もしこの時、いきなり和議の勅使であると云っていれば、家康は衝撃の余り勅命をうけたまわってしまったかもしれない。そうなれば以後の朝幕関係も大きく変っていた筈《はず》である。岩介の予想通りの展開だった。

勅使たちが帰ると、家康の顔が急に嶮《けわ》しくなった。

何者が和平交渉のことを帝《みかど》に告げたか。

そのことがどうにも気がかりなのだった。

こちら側でこの秘事を知っているものは、先に書いたように家康を入れて僅かに四人。あとは後藤庄三郎が依頼した町人一人と大野家の家僕与助の二人だが、彼等に密書を盗み見る度胸はあるまい。

大坂方で知っているのは大野治長と織田有楽斎。それに夫々《それぞれ》の使者米村権右衛門と村田吉蔵の四人だけの筈である。あとは淀殿と秀頼。淀殿から女房衆に洩《も》れるおそれは充分にあるが、まだ交渉開始から九日目だ。噂として京にまでひろがるには早すぎた。それにそんな噂が立ったら最後、城内の牢人たちが黙ってはいまい。下手をすれば大野治長と織田有楽斎は斬られる。当然城内は騒ぎになる筈だが、一向にそんな様子はない。

つまりこれは噂として拡がったものではない。誰かが意図的に帝に伝えたのである。徳川方、大坂方ともに密事をわざわざ朝廷に伝えるわけがないとすれば、これは隠密《おんみつ》、恐らくは忍びの者の働きということになる。

家康は忍びの者の恐ろしさを熟知し、最も積極的に利用した武将である。全国の忍びについての智識も豊富だった。

当節、忍びとして生き残った者の数は少い。伊賀・甲賀は織田信長の殲滅《せんめつ》作戦によって壊滅的な打撃を受け、現在生き残っているのは家康が抱えているものと、藤堂高虎の配下、そして柳生宗矩《むねのり》が掌握しているもの、この三者だけだ。残りは全国に散って野盗と化している。

大坂城内には戸隠山の忍者がいると家康は兼ねて聞いているが、実態がよく摑《つか》めない。猿飛佐助の名は片桐且元から聞いたが、他の名前が出て来ない。いずれにしても少人数らしいので家康はあまり気にかけていなかった。

あとは武田忍者と北条家に属していた風魔一族ぐらいのところだが、両者とも主家を喪《うしな》ってやはり野盗への道を辿《たど》ったと思われる。

こう考えてゆくと、今度の密事をさぐり出し、わざわざ朝廷にしらせるような忍びの者はいないということになる。徳川方、大坂方双方の忍びは、朝廷にしらせる筈がない。野盗化した忍びがさぐり出せる密事でもないし、それを禁裏に売りにゆく必然性がない。朝廷に金があるわけもないし、彼等に朝廷で必要だと判断する頭脳もあるまい。

そうなると考えられるのはたった一つだった。『天皇の隠密』。それしかありえない。

『天皇の隠密』

この存在について家康はかなり昔から思案を続けていた。

大体そんな者がいるのかどうか。

嘗ての伊賀組の頭領服部半蔵正成は、いないと断定した。いれば必ずや諸国の忍びに識《し》られている筈だ。だが忍び衆の誰一人そんな者を見たことがない。噂だけで実在はしないとしか思えないと云う。

確かに隠密の働きをする者はいたようだ。天台宗園城寺《おんじょうじ》派の京における一牙城《がじょう》とも云うべき聖護院《しょうごいん》は、修験《しゅげん》道の行者の本山だった。この修験者たちが或いはその役を果したのではないか。聖護院は門跡寺院である。門跡とは天皇の御兄弟で僧籍に入られた方のことだ。修験者が朝廷のために、隠密働きをすることは考えられないことではない。現に嘗て甲斐の武田信玄と安芸の毛利元就との間を往来して密書伝達の役を果したのは、聖護院の山伏ではないか。

武家伝奏広橋兼勝と三条西実条、日野入道唯心、飛鳥井雅庸などの家康派とも云うべき公卿たちに、むきつけに訊《き》いたこともある。だがこれらの公卿たちは異口同音にきっぱりと否定した。そんな怪しの者が御所に棲息《せいそく》していたら、日常その中で暮している自分たちの眼にふれないわけがない。だが誰一人見たことも聞いたこともないと云うのである。

だが家康はねちこい。まだ疑いを抱いていた。一つには家康の常人より遥《はる》かに合理的な頭脳が、朝廷にも隠密は必要な筈だと告げていたからだった。

それが今実証された、と家康は信じた。

やはり『天皇の隠密』はいたのである。

恐らく公卿たちも知らず、天皇御一人だけが御存知の隠密がいたのだ。それでなくてどうしてこうも早く和議のことを察することが出来たのか。どれほど見たことがないと云おうと、消去法によって押しつめた先にはそういう結果しか出て来ないとなれば、それはむしろ彼等『天皇の隠密』の恐るべき腕の良さを証明するものに他ならない。

〈天皇の隠密か〉

家康は口の中でもう一度呟《つぶや》いた。恐怖と怒りが同時につき上げて来る。

幕府隠密伊賀組甲賀組は何をしているのか。秀忠が最近使いはじめたという柳生の裏忍びどもは何をしているのか。朝廷のことなら知らぬことはないと豪語する藤堂高虎、京都所司代板倉勝重は何をしているのか。

『天皇の隠密』は彼等すべてを嘲《あざけ》るように着々と任務を果しているではないか。

〈天皇の隠密をつぶさねばならぬ〉

家康の決意と云ってもいい。だが……。

〈誰にやらせるか〉

伊賀同心組、甲賀同心組は論外だった。初代服部半蔵正成の死後、跡目を継いだ二代目半蔵正就《まさなり》は凡庸の器で、慶長九年、部下の叛乱《はんらん》事件を引き起し、その上、あろうことか、その部下の一人と間違って人を斬り、家断絶の憂《う》き目にあっている。以後、伊賀同心組は四人の旗本に分属され、急速に一介の下級官僚と化していた。甲賀衆は元来伊賀衆と違って独り働きが苦手で、多人数による謀略に長《た》けている。こんな任務には適性がない。

残るのは秀忠が将軍就任以来隠密として使っているらしい柳生一族、藤堂高虎配下の伊賀衆、板倉勝重支配の密偵の三者である。

家康は柳生宗矩を買っていない。父親の石舟斎は剣聖の名に値する達人だったが、宗矩の剣技はそれほどのものではなかった。家康は戦国武将の中では珍しく自身が剣の達者である。同じ新陰流の流れを汲《く》む奥山流の奥山休賀斎から皆伝を得ている身だ。それだけに宗矩の業前がよく判った。

それに宗矩は出世欲が強すぎる。剣の道を極めることより、役人としての出世に熱心だった。家康の腹心本多正信は役人の典型のような男だが、その正信が宗矩をどっちつかずと評している。剣士でもなく、役人でもない、と云う。

「志が低すぎます。一流の人物に非《あら》ず」

家康の見解も同様だった。出世のためになりふり構わず、裏道を歩いている。そういう感じなのだ。裏道になんらかの意義を見出し、或いは裏道が格別に好きで歩いているわけではない。そこが信用出来ないところだった。

藤堂高虎は頼りになる男だが、配下の伊賀衆はまだ力量のほどが不明である。高虎が伊勢国安濃郡十万四百石と共に伊賀四郡十万四十石を貰《もら》ったのが慶長十三年、近々六年前のことだ。同年、伊賀の地侍を懐柔するために服部半蔵の甥《おい》保田采女《うねめ》に藤堂姓を与えたが、この采女が伊賀上野城代家老に起用され七千石を与えられたのは一昨年慶長十七年のことに過ぎない。到底これほど重要な仕事を委すことは出来ない。そうなると板倉勝重配下の密偵しか残っていない。この連中は現に大坂城の中にも何人か潜入し、かなりの成果をあげていた。

〈結局、坊主《ぼうず》しかいないか〉

板倉勝重はもと香誉《こうよ》宗哲という僧侶《そうりょ》だった。

板倉勝重が大坂城に潜入させていた密偵に、朝比奈兵左衛門という男がいた。勝重が京へ来てから抱えた男だが、素姓は誰も知らない。

小肥《こぶと》りの中年男で、背も高くない。どことなく鈍そうな感じだが、目尻《めじり》が下って、いかにも人がよさそうに見える。ほとんど口をきかず、いつもにこにこ笑っている。出入りに特徴があった。よほど気をつけて観察していないと、いつ入って、いつ出て行ったのか判《わか》らない。ふと気がつくと、いつの間にか一座の中にいるし、今まで居たと思って見回すともう消えている。要するに極端なほど目立たない男だった。

目立たないのは忍びの特性である。だが兵左衛門は忍びではなかった。所作も緩慢で、素早さなど薬にしたくもない。走れば忽ち息が上って、大汗かいて坐《すわ》りこむのがおちだ。脚力は小児に劣る。跳躍力も零に近い。妙に下半身が重い。それがはた目にもはっきり判る。こんな馬鹿な忍びがいるわけがなかった。

　この男は剣士でもない。それどころかあらゆる兵法に暗い。初手から諦《あきら》めて習ったことさえないのである。そのくせ戦場に出ると必ず生き残って帰って来る。どんな激烈な戦闘でも、たとえ部隊が全滅しても、この男だけは生還する。と云って逃げ隠れするわけではない。槍《やり》を構えて真一文字につっこんで、本人に云わせれば頭に血が上って何が何だか判らなくなって、よたよたと走っているうちに、戦闘は彼とかかわりなく終っているのだ。つまりは兵左衛門は死神に見放された男だった。

　こんな男を飼って置く武将がいる筈はなく、兵左衛門は半生の大方を牢人で過した。京都で手習の師匠をしていたのを京都所司代に召抱えられるようになったのは、女房の実家が近衛家に仕える青侍だったためだ。その口ききで一応所司代の役人になった。そこで板倉勝重に見出されたのである。

　天は兵左衛門にたった一つ、特殊な才能を与えた。凄《すさ》まじいまでの記憶力である。この男、意識して覚えようとしたことは勿論のこと、気にもかけずにぼんやり見たものさえ、何年後といえども、その気になれば、鮮明に思い出すことが出来る。

「一昨年の春だったか、河原で蹴《け》鞠《まり》をしていた男がいたな。あの男の小袖《こそで》の色を覚えているか」

「青磁色に波型の地紋でございました」

ほとんど即座に答えて誤ることがないのだから尋常でない。

これが密偵としてどれほど有利な能力であるかは容易に理解されるだろう。兵左衛門は目にしたことだけではなく、耳にしたことについても同様の記憶力を持つ。人の云ったことを正確に繰り返すことが出来る。

その上、この男は緻密《ちみつ》な推理力を持っていた。記憶力と推理力。この二つがあれば大方のことは判明するものだ。

板倉勝重が家康に『天皇の隠密』の探索を命じられた時、咄嗟《とっさ》に頭に浮んだのが兵左衛門の名だったのは当然と云える。

「多少時間がかかるかと思われます」

勝重はそう云った。これはなんの当てもない探索行である。兵左衛門を御所の中に放ち、ただただ漫然とうろつかせ、あとはその記憶力と推理力に委そうと云うのだから、時間がかかるのは当り前だった。

「なるべくわしの生きている間に突きとめろ」

家康はそう応《こた》えた。さすがと云うべきであろう。

板倉勝重は早速朝比奈兵左衛門を大坂城から呼び返し、新たな任務を与えた。

兵左衛門は相変らず茫洋《ぼうよう》たる顔で、

「承知つかまつりました」

一言そう云っただけだ。勝重はこの任務を引受ける時の兵左衛門の顔が好きだった。ちゃんと聞いていたのか、と怒鳴りたくなるほど無造作に、この言葉を発する。兵左衛門の能力を知っている勝重にはこの無造作なところが何とも頼もしげに見える。そしていまだ嘗て任務にしくじったことがないとなれば尚更であろう。

「どうやって御所に入る？」

それでも事が事だけに気になって訊いてみた。

「幸い、と云っては申しわけなきことながら、さきの関白さまが亡《な》くなられたばかりで……」

さきの関白とは近衛信尹公のことだ。この十一月二十四日に死んでいる。近衛家の当主は養子の信尋公になったわけだ。信尋公十六歳。従二位内大臣。天皇のすぐ下の弟君でいらせられる。

「それがどうした？」

勝重には兵左衛門の云わんとするところが呑《の》みこめない。

「ごたごたに紛れて青侍になろうかと存ずる」

兵左衛門は妻の父に頼みこむつもりだった。前関白さま御承知のことで、とこの義父が云えば、信尋公は簡単に承知なさる筈だった。義父にしてもそうなった方がよろず便利であろう。勝重は賛成した。これからの朝廷の中心は信尋公になる。部下が公に貼《は》りついているのは心強い限りである。

和平交渉のための勅使が再び大坂に着いたのは、十二月十七日のことだ。例によって武家伝奏の二人だった。

手遅れもいいところだった。和平交渉は隠密裡《り》にかなりの進展を見せ、既に和平条件の検討の段階まで達していたのである。

現にこの前日十二月十六日には、大坂城内において秀頼を中心に和議の相談がされている。御前会議だった。秀頼は頑として承知しなかったが、後藤又兵衛の説得に負けて、遂《つい》に各々《おのおの》の意見にまかすと云ったらしい。その時秀頼は、初め片桐且元の諫言を遮二無二拒んでおいて今更こんなことになるとは、且元がどう思っているだろうと考えると、恥かしくてたまらない、と涙ながらに云ったと『徳川実紀』にある。大野治長はじめ強硬派の面々はさぞこたえたことだろう。

同じ十六日、家康は大筒三百挺《ちょう》、国崩し五門で大坂城の砲撃を開始したと、やはり『徳川実紀』にある。大筒は現代の大砲よりかなり小ぶりのものだ。五十匁《もんめ》玉から一貫目玉を打ち出すものだが、射程距離は千五、六百メートルもあったと書かれている。国崩しの方はイギリス・オランダから輸入した本物の大砲だったようだ。四、五貫目玉を飛ばしたと云う。

もっともこの砲弾は炸裂《さくれつ》弾ではない。つまり殺傷より建物の破壊を狙《ねら》ったものだ。砲弾を火で熱して、いわゆる焼玉にして撃てば、火災を起すことが出来る。だが家康はそれをしていない。そのかわりに、片桐且元の詳しい案内を頼りに、淀殿の居室を集中的に狙わせた。淀殿を震え上らせ、積極的に和平に向って発言させるのが家康の狙いだったのである。

そんな土壇場に現れて、こと新しく和議を説く勅使の顔は、家康の眼にはさぞ滑稽《こっけい》に映っただろう。家康は丁重に和議の斡旋《あっせん》を拒否した。秀頼が和議に賛成しなかったりしたら、天皇の御言葉に傷がつくから、と云うのが表向きの理由だが、腹の底ではせせら笑っていたに違いない。いい子になって点数を稼ごうと思っても、そうはさせぬ。意地悪く歪《ゆが》めた家康の顔が見えるようだ。

勅使は面目を失って、すごすごと京に戻った。

天皇はこの結果を予想していられた。岩介と同じ考えだったからだ。だが鷹司信尚には何も云われなかった。また何を云われる必要もなかった。信尚の苦悩の表情が、彼自身失敗を悟っていることをありありと告げていた。

岩介がふらりと岩兵衛の前に現れたのは、その翌日のことだ。

「何か感じへんか、ののの」

岩兵衛はぎょっとなった。

岩兵衛は声をひそめて云い返した。

「おれも感じたか」

『おれ』がお前の意であることは既に書いた。自分のことは『げら』である。

岩介は頷《うなず》いてまた訊いた。

「何を感じた、ののは」

「判らへん」

岩兵衛は正直に云った。

「正体は判らへん。けどなんや不安やねん。禁裏のこととちゃう。げらたちの身に関わりがある。そないな感じや。ちゃうか」

「違うてへん。その通りや。どうやら八瀬の童子の正念場らしいわ」

「そらまたどういうこっちゃ」

岩兵衛の顔色が幾分蒼《あお》くなっている。それはそうだろう。禁裏の危機は今までにも幾度かあったが、八瀬村が危機に瀕《ひん》したことは未《いま》だ曾《かつ》てないのである。

「大御所はんや。大御所はんが、疑うてはるんや」

「げらたちをか」

「そこまではどうやろか。帝の隠密を本気になってあぶりだすつもりになったぐらいのとこやないか」

岩介は予知能力によるまでもなく、推理力だけでこうなることを知っていた。和平交渉の勅使が行けば、家康の疑問は遂にはそこまで達する筈だった。

だが禁裏に勤める人々も、誰一人天皇の隠密の存在を知りはしない。だから岩介は安心して敢《あえ》てこの工作を行ったのである。いわば覚悟の上だった。それにしても八瀬村の面々に警告を発しておいて悪いことはない。

岩兵衛は岩介のそんな気持を知らない。当然恐慌《きょうこう》を起した。

「里じゅうの者に触れとかなあかん」

「そこまでの必要はないやろ。かえって疑われるのがおちや」

「そやろか」

「隠密と関わりのあるもんにだけ、注意しとくんやな。あとは帝の御身辺を用心したらええ」

「誰が調べに来よるんや」

「それが判ったら世話ないやんけ」

のんきな、ののや、と岩介は呆《あき》れる思いだったが、同時に今度は本物のいやな予感に襲われた。

〈これはなんや〉

身内がひきしまる思いだった。相手が並の男ではないことを示しているとしか思えなかった。

〈それほどの男がいるんか〉

岩介は何故《なぜ》この時唐突に佐助に会いたくなったのか、自分でも判らない。何かの勘が岩介をまっすぐ大坂に走らせたのである。

奇妙な行動だった。『天皇の隠密』を暴《あば》きにかかったのは家康である。それなのに何故、大坂方の忍者に会わねばならないか。

岩兵衛をはじめとする八瀬童子たちは、大本のところでは諸国の忍びのことは摑んでいたが、現状については家康ほどの智識もない。稀《ま》れに禁裏に忍びこんで来る忍者の素姓は心得ていたが、豊臣秀吉の代からそんなことも絶えてない。時代おくれになるのは当然だった。

今、徳川方隠密について最も詳しいのは大坂城の忍びの筈だった。敵についての確実な認識なしでは合戦は出来まい。だから徳川方隠密について佐助に問い質《ただ》すのは理に合っている。

だが障碍《しょうがい》が一つあった。佐助が岩介を徳川方隠密と思いこんでいることだ。今度ばかりは真実を告げねばなるまい。岩介は溜息をつきながらそう思った。佐助は忍びにしては人がよすぎる。恐らく唯一《ゆいいつ》最大の欠点であろう。そのかわり欺《だま》されたと判った時の怒りは、顔も向けられぬほど凄まじいものである筈だ。その凄まじさがなければ、佐助は忍びではいられまい。まずもってそれを凌《しの》ぐ必要がある。何とも気重い仕事ではあった。

佐助は真田丸の望楼の上に一人ぽつんと居た。

「やあ」

岩介が梯子《はしご》から首だけのぞかせて笑うと、さすがにぎょっとした表情になった。立てかけてある鉄砲に手を伸ばしかけてやめた。溜息をつくように云った。

「みんな和議で気分がだらけとるんや。昨日までなら入れるわけないんや」

「そうだろうね」

岩介はにこにこ笑いながら望楼に登り、佐助の前にあぐらをかいた。佐助が苦笑した。

「負け惜しみ云うただけや。あんたなら、いつでも入って来れたやろ思いますわ」

「今までは用がなかったんでね」

岩介は当らず触わらずのことを云った。

果して佐助が怪訝《けげん》な顔になる。

「わしに用がありまんのか」

「今、現在公儀隠密の一番の手練《てだ》れ云うたら誰やねん」

鮮やかな京訛《なま》りに変って岩介が訊いた。

佐助が眉《まゆ》をひそめた。まだ判っていない。京訛りに変った意味も摑んではいなかった。

「わしに何を云わせたいんや。一番の手利《てき》きはお主にきまっとるやないか」

「そら違うとる」

「なんでや」

「わしは公儀隠密とちゃう」

長い沈黙が来た。

一瞬呆気《あっけ》にとられた佐助の顔が、急速に厳しく酷薄なものに変ってゆくのを、岩介は平然と見ていた。

この沈黙の意味を、岩介は知っている。

それは佐助が岩介と逢《あ》った情景を一齣《ひとこま》々々刻明に思い出し吟味している時間だった。岩介の喋った言葉を一つ一つ思い出してはくり返している。岩介が我から公儀隠密という言葉を使わなかったかどうか、それを調べているのだ。

岩介は自分が断じてその言葉を使っていないことに賭《か》けていた。佐助が勝手に間違ったのである。その間違いを利用したことは確かだが、そんなことは忍びにとって当然のことだ。責められるいわれは全くない。我から進んで、或いは謀《はか》って、自分の立場を詐称《さしょう》した場合に限り、岩介は佐助を欺したということになる。

「どうやら……」

佐助がやっと口を開いた。酷薄な表情に変りはない。

「わしが底抜けの阿呆やったいうことらしいな」

云い終るとにたっと笑った。岩介が一度といえども進んで詐称したことのないのを佐助が認めたのだ。

岩介はにっと笑っただけだ。こんな時の言葉は佐助の傷口をかき回す役にしか立たない。

「どこのもんか教えてくれんね。無理にとは云わへんけど」

確かに強制すべき筋合ではない。だが佐助を味方に引き込むつもりなら、告げる必要があった。

「まだ判らへんのか」

「判らへん」

頑《かたく》ななまでの否定だった。

「なんでわしが京言葉喋っとると思うんや」

佐助がはっとした。平手打ちを喰ったような顔になった。

「ま、まさか……」

「そのまさかや」

佐助が息を呑んだ。

「ほ、ほんまに、あったんか、あれは」

全身に畏《おそ》れがにじみ出ていた。

あれ、とは『天皇の隠密』のことだ。

それほどこの言葉は伝説化していたと云っていい。忍びの間でさえ、正体を摑んだ者は今までのところ皆無だったのである。八瀬童子の腕の見事さの証《あか》しであると同時に、『天皇の隠密』の出場の少さを物語るものであろう。

岩介は黙って微笑していた。

「道理であんた、得物をもっとらんわけや」

『天皇の隠密』は決して殺しをしないと云う言い伝えがあった。岩介は正しくその条件を守っていたことになる。

佐助はようやく昂奮《こうふん》から醒《さ》めた。

「徳川の隠密の話やったな」

「大御所さまがわしらのことを疑いはじめたらしい。禁裏を調べる気や。誰が来よるんか、判っとった方が楽や」

「禁裏に忍びを……」

佐助の眼が大きくなった。

「恐れ多いことやないか。忍びのしてはならんことや」

真正の忍びにはこの思いがある。山野河海、渺々《びょうびょう》の奥山に至るまで本来は天皇のものだと云う古代の観念が今も息づいているのだ。

「大御所さまはそうは思うてへん。厄介物としか見てへん」

「大御所らしいわ」

佐助は吐き捨てるように云って沈黙した。考えているのだった。やがて慎重に云った。

「今、徳川方で一番恐ろしいのは柳生や。柳生の抱えよる忍びは遠慮会釈《えしやく》なく人を殺しよる」

「ちゃうなあ。肝心の殺す相手が判らへんのやから」

「そやな。けどその他の伊賀・甲賀は忍びと云えんほど粗末なもんや。並の武士と変らへん。この城にも何人か入って来よったけど……」

不意に佐助が口を噤《つぐ》んだ。考え込んだ眼になっている。

「心当りがあるようやな」

岩介が静かに訊いた。

「妙な男なんや。どう見ても阿呆としか見えへん。動きもとろいし、切れもない。絶対に忍びやない」

「格別のわざがあるんやな」

「それが判らへんねん。目立たへんことは確かや。いつの間にか居るし、いつの間にか消えよる。けどそれだけや、所司代の家臣らしいことは判っとるけど……」

「今も城内におるんか」

「消えたわ。二、三日前やと思うけど……」

岩介は我知らずぴくりと震えた。

〈それだ〉

岩介の直観がそう告げていた。

猿飛佐助ほどの忍びに得意わざを摑ませなかった男。大坂城から何時《いつ》消えたか、佐助にさえ気取られなかった男。その二点に較《くら》べれば、動作の鈍いことも、恐らく武芸にうといこともたいした欠点ではあるまい。

「名は？」

「朝比奈兵左衛門」

「まさか本名やないやろ」

「それが呆れたことに本名ですねん。調べてみたら、ちゃんと京都所司代給人の名簿に、その通りの名前でのっとったわ。それで大野修理さまが呼出さはって詮議《せんぎ》なさらはった。ほしたら、なんと、お城へ入る際提出した書付にちゃんと書いた云いよる。調べて見たらその通りやった。所司代の仕事に愛想をつかし当城に入って合戦致したし、と書いてあるやないか。それでお咎《とが》めなし」

堂々と本名を使い、所司代にいたことまで書き上げて城に入った者が密偵の筈がない。しかも見た眼には愚直一途《いちず》の男にしか映らないのである。これが正しく兵左衛門のわざの一つではないか。岩介はふとそう思った。正々堂々たる密偵。この言葉には大きな矛盾がある。それだけに効果的でもあるだろう。いずれにしても容易ならぬ男だった。

〈それにしても何か極めつきの特技がある筈だ〉

岩介は執拗《しつよう》に佐助に問い訌《ただ》したが、はかばかしい返事は得られなかった。朝比奈兵左衛門は明かに術の上で佐助に立ちまさっていたのである。

佐助もそれを感じたらしい。

「わしは虚仮《こけ》にされとったんやろか」

岩介は苦笑した。

「そうかもしれへんなあ」

「あのくそ餓鬼」

佐助の声に憎しみがまじった。

「どやろ。わしに手伝わせてくれへんか」

岩介は思わず佐助の顔を見た。それほど意表外の言葉だったのである。だが佐助の顔は真率そのものだった。

「あんたほどの男を雇う銭は、禁裏にはあらへん」

「銭はいらへん。あの餓鬼にお返ししたいだけや。どうせ和議になったら暫《しばら》く暇やろ」

岩介は即座に決断した。朝比奈兵左衛門の特技をさぐるには所司代に入るしかない。別に難しい仕事ではないが、佐助がやってくれた方が、あとあと禁裏が疑われずにすむ。


京都所司代屋敷は二条城の右隣りにあった。

板倉勝重は慶長八年二月、家康が征夷《せいい》大将軍に任じられた時点で従五位下伊賀守《いがのかみ》に叙任され、京都所司代となった。与力三十騎、同心百人を付属されたが、その面々がすべてこの屋敷内に住んでいる。

慶長二十年の新春、屋敷の前に立った小男がいる。佐助である。商家の手代のような身なりをしている。門番に深々と腰をかがめる態度も、商人に成りきっていた。

「朝比奈兵左衛門さまのお長屋に春の御挨拶《あいさつ》に参じました伊勢屋にござりまする。お取次ぎの程御願い申し上げますする」

門番の応えはそっけなかった。

「朝比奈さまは十月の終りに御役御免になった。もうお長屋にはおいでにならん」

「ええっ！」

佐助は大袈裟《おおげさ》に驚いて見せた。

門番はとろい商人だと思ったのだろう。馬鹿にしたような顔で云った。

「売り掛けでもあるなら諦めろ。今のお住いは誰も知らん」

佐助は泣かんばかりの表情を作ったが、それ以上押すことはせず、すごすごと立去った。深入りは禁物だった。兵左衛門が所司代板倉勝重の命令で動いているとすれば、彼を訪ねて来る者はすべて調査の対象になる筈である。大坂の合戦が終っても復帰していないと云うのは、新たな任務についた証拠である。この段階ではそれさえ確かめれば充分だった。

その夕刻。

佐助は無造作に所司代屋敷の塀を越えた。

鼠色《ねずみいろ》の着物とたっつけ袴《ばかま》に変っている。大脇差《わきざし》を差し、やや大ぶりの風呂敷包みを斜めに背に負っている。食料と水だった。長期間潜伏するための備えだった。

猿飛と仇名《あだな》されるだけのことはあった。恐ろしい身の軽さである。しかも迅《はや》い。あっと云う間に屋根を破り、天井裏に降り立っていた。分厚い埃《ほこり》がつもっている。これは忍びがここへ来ない証拠である。忍び破りの隔壁や鳴子の仕掛けも一切ない。楽なものだった。所司代屋敷に忍びや盗人が入りこむ筈がない。そう云った傲慢《ごうまん》さがこの結果を生んでいるのだ。

佐助は何とはなしにざまを見ろ、と思った。

この夜以来、佐助はこの天井裏に住みついた。あちこちと移動しては下で話されることを聞く。気の長い話だった。だが目的が朝比奈兵左衛門の特技である以上、これしかほかに法がなかった。兵左衛門に気どられないでそれを摑もうと云うのだから尚更だった。

岩介は御所に戻っている。

十二月二十二日に和議の誓書交換をすませた大御所家康は、翌日二十三日から、和平条件である惣構《そうがまえ》（惣堀）の埋立てにかかり、昼夜兼行疾風迅雷の早さでこの工事を終了し、数日のうちに掃除まですませ、二十五日には二条城に戻っている。

総構とは大坂城の一番外側の高さ二十間の城壁並びに堀のことだ。以下三の丸、二の丸があり、中心部に本丸と山里曲輪《くるわ》がある。堀の幅四十間から六十間（七十二メートルから百九メートル）、深さ三、四間（五メートル四十から七メートル二十）もあり、本丸の堀は二重になっていたと云う。

公卿衆は早速二条城に祝賀を述べに行った。家康は機嫌よくこの訪問を迎えたが、関白鷹司信尚にだけは頑として対面を拒否した。秀頼追討の綸旨《りんじ》を出すことを事実上断わられた腹いせも勿論あるが、『天皇の隠密』の実在を信ずるに至った家康が、恐らくはその隠密を一手に使っているに違いない信尚に対して抱いた、一種の恐怖と強烈な不信感との現れであると見ることも出来よう。

その日の夕暮、信尚はわざわざ岩介を探し出して云ったものである。

「どうやらわしの関白は永続きしそうもないわ。そのうち辞任に追いこめられるやろ。さきの関白にやって貰うしか、幕府との調停は不可能やろな」

前関白とは九条忠栄のことだ。いわば家康に飼われている男である。それが再び関白になれば、朝幕関係は一応は円滑にゆくようになるだろう。だがそれは朝廷の幕府に対する絶えざる譲歩を意味する。天皇にその御意志がおありにならない以上、ことは今以上に紛糾することになる。関白は天皇と幕府の間に立って、それこそ身の置き所もなくなる筈だった。九条忠栄には幕府に立ち向う意志が全くないのだから、この場合、幕府の怒り乃至《ないし》憎しみは、ただ一筋に天皇御自身に向けられることになる。信尚が最も恐れているのは、それだった。

「出来るだけ頑張っておくれやす。又そないなことになっても、左大臣にならはって、関白さまを引きずり回したったらよろしがな」

「当り前や。わしかてそのつもりで居るわ」

信尚が凄《すご》い眼になって云った。

岩介はちょっぴり九条忠栄に同情した。信尚のこんな眼を見たら、忠栄は絶対に関白にはなるまい。幕府の圧力も恐ろしいかもしれないが、生命を賭けた男の反撥《はんぱつ》はそれ以上に恐ろしかろう。忠栄は文字通り死線をさまようことになる。

岩介は鷹司信尚に対する家康の極端とも云える嫌忌が、一つには『天皇の隠密』の存在に気づいたためだろうと推測している。

だが信尚にそれを告げるわけにはゆかなかった。

信尚もまたそんなものが禁裏の内部に居ようとは、夢にも思っていないからだ。

確かに信尚は岩介を知っている。岩介が一種の異能人であり、その特技を働かせて徳川方のことを探らされていることも知っている。これは正に天皇直属の隠密である。しかし信尚は天皇が皇子の頃に岩介と結びあったことも、確実に承知している。自分の眼の前でその最初のめぐりあいが起っているのだから、疑う余地がなかった。従って信尚の頭には、天皇の隠密などと云う者が古来から居たなどという観念はない。たまたま不思議のめぐり合いによって、今上《きんじょう》の帝には都合よく手足のように使える隠密のような者がいる。読心術と予知能力に恵まれた岩介と云う異能の男がいる。そう思っているだけである。駕輿丁《かよちょう》である八瀬童子は同時に天皇の護衛を兼ね、そのために武力すぐれた者たちではあるが、隠密などと云う存在ではありえない。理屈から考えて天皇が移動されるたびに必要な駕輿丁にそんな仕事が勤まる筈がなかった。仮りに調査のため遠国に行く必要が起きたらどうするか。信尚も駕輿丁の予備軍が八瀬にいることは知っている。だがその連中が御所に入ることはほとんどない。御所に入らずにどうやって隠密稼業《かぎょう》が勤まるか。

岩介にとってはこれは極めて有難いことだった。そう理解されている限り、家康の追及を最大限自分の線で停めることが出来るからだ。とにかく今度の隠密狩りから八瀬の里を残し、温存することが必要だった。

岩介は朝比奈兵左衛門を探し出す作業も抜かりなくやっていた。

御所の内外を歩く場合は常に心を大きく開いていたのである。大坂城をさぐりにやった時と同様で、多くの人々の雑多な思念が自分の心に映ってゆくのに委せている。だが不思議なことに『隠密』と云うような思念は、何一つ流れて来ないのである。それに近い思念に初めて接したのは、家康が既に京を立って駿府に向った頃のことだ。慶長二十年正月五日、帝は聖護院に行幸になることになり、岩兵衛以下の駕輿丁は揃《そろ》って天皇を輿《こし》にお乗せしていた。偶然、岩介が後尾で担《かつ》ぎ御門に向った。通りかかった公卿《くぎょう》たちは膝《ひざ》をつき、公家《くげ》侍たちは平伏した。その中にその思念が流れた。

〈帝を殺す気なら、今でもやれるな〉

岩介は初めて朝比奈兵左衛門を見た。

正しく佐助の語った通りの風貌《ふうぼう》だった。

目尻の下ったしまりのない顔。

人の好さを示すだけで、何の特徴もない顔。

大きくも小さくもなく、いかにも不鍛錬を示すようにぐだぐだした躰《からだ》。短い足には機敏さのかけらも見えない。

誰がこんな男を危険だと思うだろう。

だが岩介は慄然《りつぜん》としていた。

兵左衛門の心を読もうとしたが、全くと云っていいほど読めなかったのである。兵左衛門の心の中には、その顔や躰と同様、茫漠とした空間だけが拡《ひろ》がっていた。何の思念もない。いわば空っぽだった。そのかわりに影像があった。岩兵衛以下、自分をも含めた駕輿丁の面々の影像が次々に鮮明に流れてゆく。

〈これはどういう意味だ〉

岩介には今見たものの判断がつかない。何の思念も情緒もなく、鮮明な影像だけがある心とは、どういう心なのか。

さすがの岩介も、未だ曾て見たことのない心象風景だった。

実はこれが兵左衛門の驚異的な記憶力の秘密だったのだが、岩介には見抜くことが出来なかった。

〈帝を殺す気なら、今やれるな〉

と云う不遜《ふそん》な思念は、ほんの気紛れに湧《わ》き、そのまま外に洩らされたものだったのだろう。だから兵左衛門の心には、既に何の痕跡《こんせき》も留めてはいない。もっともその気紛れさえなかったら、岩介はこの男を見過していたかもしれなかった。その意味で岩介はついていたと云える。

岩介は輿を運びながら、素早く兵左衛門の近くにいる男たちの心をさぐった。兵左衛門の隣りにいた老人は岩介の旧知の顔である。近衛家に永く仕える家士だった。老人は兵左衛門の間の抜けた顔をうんざりとした表情で見ながら、

〈なんて阿呆面《あほづら》や。こんなんを勤めさせて、大事ないやろか〉

そう考えていた。

では兵左衛門はこの老人の口ききで近衛家に仕えているのだ。二人の関係もすぐ判った。

〈娘の奴、なんでこんなんに惚《ほ》れよったんや〉

老人がいまいましげにそう思ったからだ。

その日の夕刻、岩介は近衛家の築地《ついじ》の外で焚火《たきび》をしていた。

慶長二十年の正月はいつにない厳しい寒さだった。

『寒威の烈《はげ》しきこと例年に超たり』

と『当代記』にもある。岩介は一晩じゅう張りこんで、じっくり兵左衛門の心を読むつもりだった。

のんびりしゃがみこんで火にあたっている岩介の脳裏に、とらの面影が浮んだ。

とらは牛を追って、この屋敷に近づきつつあった。近衛屋敷は八瀬へ帰る途中にある。それに近衛家は八瀬童子の守護者でもあった。八瀬に困ったことや公事沙汰《くじざた》が起ると必ず近衛家に相談にゆくしきたりだったし、柴《しば》売りや薪売りの途中に湯茶のふるまいを受けるのもここだった。そのかわり、近衛家で使う柴や薪はすべて八瀬童子が運んで来る。

とらは牛一杯の柴と薪を売りつくしたらしい。気楽にゆきのことだけ考えながら路《みち》を急いでいた。

〈あいつ、わしのことなど忘れたんとちゃうか〉

ちらっとそう思った。

忽ちとらの思念が飛んで来た。

〈阿呆なこと云わんといて。今どこや〉

〈近衛様の西や。焚火たいとる〉

〈一緒に帰れる？〉

〈あかん。仕事や〉

勿論これは言葉のやりとりではない。思念の交換である。岩介ととらは、若干の訓練の結果、かなり離れた場所からでも、これが出来るようになっている。普通はとらの方が頻繁且《か》つ気楽にこの術を用いる。

〈ほな、火にあたらせて貰いにちょっと寄るわ〉

とらがその思念を伝えた瞬間、岩介は返事が出来なくなった。

なんと云う偶然か。目当ての朝比奈兵左衛門が通用門から出て来たのである。

とらも黙った。岩介の緊張に気づいたからだ。

岩介はさりげなく兵左衛門の思念を読もうとした。

御所の場合と同じことが起った。

兵左衛門の心は空っぽだった。ただ影像だけがあった。

焚火と岩介の影像。

〈どういうことだ？〉

腹の中で呻《うめ》いた時、兵左衛門がぴたりと停止した。焚火の脇である。岩介を見てにこっと笑った。

「どこかで逢ったな」

岩介は精々つまらなさそうな顔を作った。

「そうでっか」

「逢ったよ。お主、駕輿丁だろう。昼すぎに帝の輿の左の列のうしろから二番目にいたじゃないか」

岩介は仰天して思わず立ち上った。これは芝居ではなかった。本物の驚愕《きょうがく》だった。

驚愕しながらも、岩介は兵左衛門の心を読み続けている。

矢張り空無だった。影像だけがあった。その影像が問題だった。それは天皇の輿が御所の中を進んでゆく影像だったのである。岩介が兵左衛門に気付いた、正にその瞬間の影像だった。岩介はあの時の自分の動きを、兵左衛門の眼で眺めていた。それも、現代風に云えばスローモーション・フィルムで見るような緩慢さでである。

〈これは……⁉〉

岩介は突然この影像の意味を悟った。

これは記憶なのだ。兵左衛門は記憶の中から一瞬にこの影像を引き出し、そこに異常がないかどうか、もっと正確に云えば岩介と云う駕輿丁の動きに不審な点がないかどうか、ゆっくりと再現することによって判定しようとしているのだ。

倖《さいわ》いなことに、兵左衛門の脳裏に再現された岩介の影像は、何一つ怪しげな動きを示してはいなかった。表情も変らず、どちらかと云えばうつろだった。

兵左衛門は気がついていないようだが、これが人の心を読もうとする時の岩介の表情である。自分を虚にして相手の心を己れの中に写す。そのための顔だった。岩介にはそれがよく判る。だから兵左衛門の顔を用心深く見詰めたが、何の変化もない。心にも何の動揺も認められない。気付かずに見過したのだと知って、岩介はほっとした。

同時に、

〈これか〉

と思い当った。兵左衛門の特技がである。ちらりと見た光景を、時がたってからそのまま心の中に再現出来る技術。これが特技でなくて何であるか。それは記憶と云われるものだった。朝比奈兵左衛門は恐るべき記憶力の持主だったのだ。

〈この男には嘘《うそ》は危険だ〉

咄嗟にそう悟った。ここまで正確な記憶を持つ男に嘘をつけば、忽《たちま》ち見破られるにきまっていた。そして、何故嘘をつかねばならないのか、と問うことによって、相手の本質が何がしかでも暴露される筈である。それが度重なればどうなるか。

岩介は身うちの凍るような思いに捉《とら》えられた。兵左衛門が隠密探しに御所に送りこまれた理由を悟ったのである。

「帝の駕輿丁がなんでこんな所で焚火をしているのかね」

兵左衛門が火に当りながらのんびりと訊いた。

「女房を待ってますんや」

云いながら、素早くとらに思念を送った。

〈来てくれ。急いで〉

とらは顔色を変え、牛にとび乗ると走り出した。

都大路を大原女が牛に乗ってゆくのでさえ珍しいのに、その牛を全速力で駆ってゆくとは、京童たちを動顚《どうてん》させるに足る光景だった。しかも乗っている女人がはっとするほどの美形ときては目を奪われない方がどうかしている。

なのである。

〈評判になってはいけない〉

とらは瞬時に悟り、手拭《てぬぐ》いで顔を隠した。それはそれでまた異様なまでに艶《えん》な風情《ふぜい》

〈まずいな〉

岩介は兵左衛門の相手をしながら、一方でとらを心の眼で観ている。この光景が評判になると、どんな加減で兵左衛門の耳に入るかもしれない。その時の兵左衛門の連想と推理が岩介には恐ろしかった。

だが今はどう仕様もない。一刻も早くとらがこの場に現れて、岩介の言葉を証明してくれる必要があった。そうしなければこの男から逃れる法がない。

兵左衛門は穏やかだがねちこかった。根が生えたように焚火の前に坐りこんで、いつまでも岩介と話をしていたい様子だった。

「女房殿はどこから迎えに来るのかね」

「町からや。けど迎えに来るのと違います。一緒に帰りまんねん」

「ほう。所用で町に出かけたわけか」

「女房は大原女どす。毎日、町へ柴売りに行きまんねん」

「そうか。そういえば駕輿丁は八瀬の童子だったな」

「そうどすがな」

「それにしても、よりによって近衛家の外で逢うとは、どう云う意味なんだね」

少々しつこすぎた。この辺で怒っておかないと不自然に見えるだろう。

「あんた、ほんまに近衛さまお屋敷のお人か」

「そうだが……」

「そらけったいやなあ。近衛さまはわしら八瀬童子のたばねをなさるお方でっせ。近衛家のお人が、それも知らんのかいな。大原女は往《い》き帰りにこちらで休ませていただくんや。あんた、それも見たことないんか」

これは効いた。兵左衛門はばつの悪そうな顔をした。

「わしは近々お召抱えの口でな。近衛家のことはよく知らんのだよ。教えてくれ。それはどう云う……」

有難いことに、その質問に応える必要がなくなった。

とらが到着したのである。もう牛に乗ってはいない。

とらは牛を追ってのんびり近づいてきた。ちらっと兵左衛門を見て僅《わず》かに会釈すると、焚火にかじりつくようにして、しゃがみこんだ。

「おお、さむ。きつい冷えこみようやなあ。雪降るんとちゃうか」

「冷えこみがきつすぎると、却《かえ》って雪は降らへん云うど。氷の粉が舞うだけや」

「そんなん、かなわんなあ」

岩介はとらの手をとって柔かくこすった。手は堅く凍っているようだった。寒さのためだけではない。緊張のためである。

〈有難いなあ〉

岩介は沁々《しみじみ》そう思った。とらを女房に出来て倖《しあわ》せだと思った。他の女にこんな芸当の出来る筈がない。

「湯、呑むか」

岩介は焚火の中から竹筒をとり出し、懐中から出した茶碗《ちゃわん》に湯を満した。とらがふうふう吹きながら一口呑んだ。

「おいしいわあ」

生き返ったような声でとらが云う。

兵左衛門が動いたのはこの時だった。とらが現れて以来、この男はばつの悪そうな顔でつっ立っていたのだ。

「邪魔したな。気をつけて帰れよ」

足早に焚火から遠ざかって行った。

「誰やねん」

はっきり聞える声でとらが訊いた。

「近衛はんに新しゅう入ったお人らしいわ」

岩介の声も兵左衛門に聞えた筈である。

「もうちっとぬくまったら去《い》の」

「よしや。水貰うて来るわ」

岩介はそう云って屋敷の木戸をくぐって行った。

四半刻《しはんとき》（三十分）後。

二人は川沿いの道を牛を追ってゆっくり八瀬へ近づいていた。岩介は朝比奈兵左衛門のことを仔細《しさい》にとらに語っている。

「そんなこと出来るもんやろか」

兵左衛門の記憶術の話を聞いて、とらは真底仰天している。

「出来るとしか思えへん。あの男やったら、何年前のことかて覚えとるやろ」

「恐ろしなあ、人間って」

「そうやがな」

岩介にはまだ兵左衛門との戦いの仕様が思いつかなかった。

京都所司代屋敷の天井裏に佐助が忍びこんで、これで五日になる。これと云った収穫は何一つなかった。だがさすがは佐助である。一向にあせらない。まるで何年もここに住みついた鼠ででもあるかのように、きっちりした生活を送っていた。

天井裏を離れるのは日に一回だけ。器に容《い》れた大小便を捨て、躰を洗い、髭《ひげ》を剃《そ》り、口をすすぐ。そのためである。時刻は寅《とら》の一点（午前四時）ときまっていた。人間の眠りはこの時刻に最も深くなると云う。

清潔に身じまいするのは別段お洒落《しゃれ》のためではない。忍者のたしなみである。忍びはどんな匂《にお》いも身につけてはいけないのだ。垢《あか》じみた体臭など論外だった。それにきちんときめられた暮しをすることは、精神の安定を維持させる力を持つ。豪邸に住もうと天井裏に住もうと全く変りない日常生活が送られてこそ、忍びは平常心を保っていられるのだ。

その五日目の夜、佐助はようやくかすかな手掛かりを得た。

宵から客があった。本多上野介《こうずけのすけ》正純。父の本多弥八郎正信と共に、徳川家中最も優秀な官僚だった。現在は家康の側近であり、本来ならとっくに京を立っていなければばならない筈《はず》の男だ。それがまだ所司代屋敷などにいるのは、大坂の戦場整理の奉行を命ぜられていたためだ。

板倉勝重は本多正純とは父子ほども齢《とし》が違うが、その清廉《せいれん》な生きざまと柔軟で広い視野の点で共通するものを持っていたようだ。それが二人の間を莫逆《ばくぎゃく》の友に似た関係にさせていた。

二人は茶を喫し、少量の酒を、だがうまそうに呑み、もの静かにいつ果てるともない会話を楽しんでいた。

その中で、佐助がここに来てはじめて、朝比奈兵左衛門の名が出たのである。本多正純はどうやら兵左衛門をよく識《し》っているらしい。

「朝比奈からまだ報告は……」

「早すぎますよ。あの男の調べは時がかかる。上野介殿も御存知の筈です」

「そうでしたな。一つ一つ見た物を憶《おぼ》えこんだ上で、それをつなぎ合せて一つの形にする。容易なことではありませんな」

「そのかわり正確無比」

「あの恐ろしい記憶術は素晴しい。金縛りの術も見事だが、あの記憶術に較べれば

……」

「変った男です、あれは」

佐助は緊張した。金縛りの術という言葉が尋常でなかった。

金縛りの術、正しくは『大聖不動明王金縛密法』とは文字通り相手を身動きも出来ぬように居すくめる術だ。現代風に云えば瞬間催眠術である。もともとは三宝院派・聖護院派両派の修験者《しゅげんじゃ》のみが行う窮極の護身術だったのが、兵法にまで使われるようになった。居すくめの術とか、遠当ての術とか云われるのはすべてこれだった。修行を積むと多数の人間を同時に動けなくすることも出来たと云う。これも現代風に云えば集団催眠術である。決して荒唐無稽の術ではなかった。

佐助は漸《ようや》く朝比奈兵左衛門の秘密に触れたと信じた。あの出入りを全く気づかせないと云うやり口も、この術によるものかも知れぬと気づいたのである。その場に居る者全員に一瞬にしてこの術をかけ、消える、又は入る瞬間に術を解く。そうすれば誰もこの男の出入りの時を見ていなかったことになる。

この術は本来殺人の術ではない。相手を動けなくして逃走するためのものだ。だが殺そうと思えば容易に殺せるのは当然であろう。相手はただの棒きれのように立っているか倒れているだけなのである。術の解ける前に刺し殺すのに何の法も要りはしない。

佐助は急に岩介の身が心配になった。金縛りの術は絶対ではない。相手がその術者であることを知っていれば、或る程度避け、或いは防ぐことが出来る。だが知らないで不意をつかれれば、先《ま》ず防ぐことは出来ない。

〈とりあえず知らせた方がいい〉

佐助はそう心にきめた。岩介が既に兵左衛門と出逢っている可能性が大きいと直感したためだ。

次の朝。

御所に出勤した岩介は築地に一文銭が打ちこまれているのを見た。かねて佐助ととりきめた合図である。岩介は御所に入ることなく、足を賀茂川にむけた。

四条河原は朝のこんな時間から賑《にぎわ》っていた。種々雑多な人々が群れ、てんでに好き勝手なことをしていた。

河原は境同様、人の住まない土地である。誰のものでもない土地である。土堤の上の、或いは橋の上の法律は、河原では通用しない。一種の別世界だった。だから『道々《みちみち》の者』と云われる天下往来の人々の集る場所になった。様々な大道芸の芸人たち、傀儡子《くぐつ》、落人《おちうど》、盗賊などが、安全にここに住みついている。

『一文』と旗を立てた茶売りがある。たった一文でその場で茶を点《た》てて呑ませてくれる。その旗の前で悠々と茶を喫している男がいた。佐助である。岩介を見てにっと笑った。

岩介も茶を求めると、流れの近くに場所を移し、茶を喫しながら佐助の話を聞いた。大概のことには動じない岩介が、金縛りの術のことを聞くと、僅かに顔色を動かした。

「危いとこやったわ」

「どないしてん？」

佐助が訊《き》いた。危いとこやった、と過去形であることが気になったのである。

「今朝来よったんや、あいつ」

「どこへ？」

「きまっとるがな。わしの家にや」

「何やと！」

佐助が目を剝《む》いた。それほどの衝撃だった。

衝撃を受けたのはとらの方が大きかった。

全く予期せぬ出来事であり、時間だった。卯《う》の下刻だから現代の午前七時である。

「ごめん」

と云う声に土間にいたとらが出て見ると、兵左衛門が立っているのである。仰天して立ちすくむとらに笑いかけると、

「いやあ、驚かしてすまぬ。別に用ではないのだ。昨日、あれやこれやとしつこくご亭主を問いただしたのでな、気を悪くしているのではないかと気になって寄ってみた。これは詫《わ》びのしるしだ」

どうやって手に入れたのか、とらなどには口に入れることも出来ぬ上等な干菓子を紙にくるんで差出したものである。

「あんた」

ゆきと遊んでいた岩介は、とらの声だけで異変を察知していた。とらに心を通わせて兵左衛門が現れたと知った時は、開いた口が塞《ふさ》がらなかった。

〈やられた〉

心からそう思った。誠に見事な先制攻撃である。誰が昨夕初めて顔をつき合せた男が、次の日の早朝に訪ねて来ると思うだろう。虚をつくとは正にこのことではないか。常人ならこれだけで胆《きも》をつぶしてしまい、後はほとんど兵左衛門の思いのままになってしまうだろう。

「ようここが判《わか》りましたなあ」

岩介は仏頂面で云った。これは仮面である。本当のところは面白くて仕様がなかった。岩介はこの時、兵左衛門に惚れこんだと云ってもいい。これだけの異才を持ち、これだけの行動力のある男に、日本へ戻って以来逢ったことがなかった。

兵左衛門はなんの屈託もないように、にこにこ笑っている。なんとも恐ろしい男だった。

「近衛家で訊いたらすぐ判ったよ。お主の女房殿は誰知らぬ者のない女子だそうじゃないか。八瀬の鬼娘と云うそうな」

岩介は苦笑した。成程、兵左衛門という男は正々堂々としている。情報を拾うにも、こそこそ嗅《か》ぎ回るのではなく、誰もがするまっとうなやり方で調べるのだ。ここへ現れたのも同じやり口に違いなかった。

八瀬は一種の隠れ里に等しい。名前も知られているし、所在地もはっきりしているが、京からも他の里からも、人が入って来ることはない。この里の仕組がどうなっているか、近衛家といえども知らないのである。しかも天皇の駕輿丁としての歴史は長い。禁裏の中で起ることで知らぬことはない筈だった。

兵左衛門が八瀬と『天皇の隠密《おんみつ》』とを結びつけて考えているとは岩介は思っていな

い。岩介もとらも隠密の気配など些《いささ》かも洩《も》らしてはいないからだ。それには絶対とも云える自信があった。では兵左衛門の狙《ねら》いは何か。禁裏に詳しい八瀬の住人にくいこむことによって、『天皇の隠密』の当りをつけようとしているのだ。岩介はそう読んだ。

危険だった。こんな男が気安くこの里に入りこんで来たら、いつ、どんな秘密が洩れるか判ったものではない。不運な偶然から起った事態と云え、こうなったのは岩介の責任である。何としても自分の手で、この事態を処理しなければならなかった。最悪の場合は殺すしかない。

「わしは御所へ行かなあきまへんのや。一緒に行きまひょ」

とにかくこの里から連れ出すのが先決問題だった。

「静かでいい里じゃないか。気に入ったよ。わしは少しぶらぶらして行くかな」

果して兵左衛門は居残る姿勢を見せた。

岩介は腹の中で苦笑した。

〈冗談やないわ〉

「それがあきまへんねん」

岩介の言葉はあくまで穏やかだったが、断乎《だんこ》としたものだった。

「どうして？」

「この里はよそ者を嫌いまんねん。あんたがここへ来たのが知られたら、わしらが困りまんねん。誰も口きいてくれへんようになりまんねん」

つまり八分にされると云うことだ。これは必ずしも嘘ではない。兵左衛門も困ったように黙りこんだ。

「それでどうやら連れ出すことは出来たんやけどなあ……」

岩介が溜息《ためいき》と共に佐助に云った。肩を並べて近衛屋敷へ着くまで、兵左衛門は喋《しゃべ》り続けで、岩介はいい加減疲れたものだ。

兵左衛門はけっして饒舌《じょうぜつ》ではない。ぽつんぽつんという感じの話しぶりだが、間のあくことがないのである。語られる内容も直截《ちょくせつ》ではなかった。御所に忍びはいるか、などという馬鹿な質問は絶対にしない。

「関白さまはえらく疲れておいでのようだが、補佐する方はいらっしゃらないのかね」

そんな話し方をする。

「禁中でお身の回りに気を配っているお人が、誰かいるんだろうね」

曖昧《あいまい》な返事をすると、

「帝《みかど》にはそういうお人が付いているのだろう。武士でいえば近習とか小姓とかいう役だが……」

これは答えないわけにはゆかない問いである。駕輿丁が知らずにすむことではないからだ。返事をしなければ、しないことに何らかの意味があるということになる。

表面は淡々と応待しながらも、岩介は兵左衛門の頭脳の鋭さに感嘆していた。話す言葉に二重三重の罠《わな》が掛けられているのだ。正に訊問《じんもん》の名手と云えた。この男くらい風貌と頭の中味の違う男も珍しかった。もっとも現代の警察で『おとしの名人』と云われる刑事も、風采《ふうさい》の上らない人物が多いと云う。おとしとは自白の意である。相手を安心させ、緊張をといてやることがおとしの前提である。そのためには一見愚に似た人柄のよさが必要なのだ。兵左衛門はその意味で、優秀な『おとし屋』の素質を性来備えていたと云えよう。

岩介の話を聞きながら、佐助は佐助で岩介の鋭さに驚嘆していた。大坂城の中で短期間とは云え顔突き合せていたにもかかわらず、佐助は兵左衛門を何一つ見抜くことが出来なかった。岩介はたった二度の出逢いで、ここまで相手を理解している。並大抵の洞察力ではなかった。

「どうやらわしの出る幕ではなかったようやな」

佐助は恥じたように呟《つぶや》いた。

「わしにはそれほどあの男が読めんかった」

「そら違うで」

岩介の声は優しい。

「不動金縛りの術を教えて貰《もろ》うて大助かりや。あんなもんにかけられたら、わしら何でもぺらぺら喋ってまうわ。絶対、八瀬の里には入れられへんな」

それにこの術を使うことは兵左衛門の出自をも示していた。

先に触れた通り、『不動金縛りの法』は元々修験者、つまり山伏の持つ護身術である。そこから逆算して考えれば、兵左衛門自身が嘗《かつ》ては山伏だったか、或《ある》いは山伏を師に持ったかどちらかである。山伏の修行は極めて厳しく、その中でも『不動金縛りの法』を身につけた者と云えばごく少数しか居ない筈だった。山伏は三宝院派と聖護院派に分れるが、いずれも人数は限られていて、名前も履歴もその気になれば容易に調べられた。従って兵左衛門の出自も比較的簡単に割り出せる筈である。

岩介はすぐさま動いた。

当時の聖護院御門跡は、後陽成天皇の皇弟興意《こうい》法親王である。後水尾天皇には叔父君に当らせられる。更に天皇の御同母弟好仁《よしひと》親王が、興意法親王の御付弟として入室していられた。岩介としては何かと便利なお寺さんだった。

もっとも自分では動かない。聖護院の僧たちの中には、当然徳川の息のかかった者もいる。その連中に怪しまれては後々困るのである。

だから関白鷹司信尚に頼んで調べて貰った。

予想はぴたりと当った。聖護院の修験者の中で、咎を蒙《こうむ》って俗人に戻った男の中に、朝比奈の苗字《みょうじ》があった。

この修験者はその修行の厳しさで高名な男であり、『不動金縛りの法』はもとより様々な密教の秘儀に達したと云われるが、やがて、自分から、

「わしは天狗《てんぐ》になったぞ」

と云いはじめ、突然奇行の数が増え、遂《つい》に武家の娘を拐《さら》ってこれと通じ、一子を産ませたことが露見し、僧籍を剝奪《はくだつ》された人物である。

もともと武門の出で朝比奈を称したが、以後妻子をつれて諸国を回り、一切世に出ることなく死んだと云う。死ぬまで自分を天狗と信じ、妻と子を烏《からす》天狗と思いこんでいたと云う話だった。

己れの天才が世に容れられないことを常に憤《いきどお》っており、時にその復讐《ふくしゅう》のためか、途方もない悪戯《いたずら》をしてのけたらしい。川の流れを変えて一村ことごとく水につけたり、

爆発によって山の形を一変させるというようなもので、そのために人々が困ろうと泣こうと更に気にすることがない。

「天狗を信じない罰だ」

平然とうそぶいていたと云う。

兵左衛門の言葉に訛《なまり》がない理由がこれで判った。彼は少年の日から諸国流浪《るろう》の徒だったのだ。逆に云えばこの種の人間はどの土地の訛でも真似《まね》することが出来る。いわば天性の忍びである。それに父の手で施されたに違いない修験道の修行があった筈だ。だから本来恐ろしく強健な体力を持っている筈である。

だが見たところ、朝比奈兵左衛門の肉体はぐずぐずと今にも崩れんばかりの柔弱さである。筋肉などほとんど無く、自堕落に飽食を続けた揚句のだらしない贅肉《ぜいにく》に見える。誰でも一目見ただけで男としての兵左衛門を軽蔑《けいべつ》する筈だった。

だが……。もしそう見せることが兵左衛門自身の狙いだったとしたら、どういうことになるか。

岩介はその点に思い至って慄然とした。

その気になればひとひねりで殺せる男。誰もがそう思って馬鹿にし、従って安心してしまう男。忍びとしてこれほど有利な立場があろうか。

そして本気で殺そうとする者が現れた時、兵左衛門の肉体は果して見かけ通り軟弱だろうか。よたよたと逃げ回って、斬られるだけの存在だろうか。『不動金縛りの法』がそのために用意されていると云うが、果してそれだけだろうか。『不動金縛りの法』自体が、実は目くらましかもしれない。更に恐るべき秘儀を身につけているのかもしれないのだ。考えれば考えるほど、兵左衛門という男の恐ろしさは増すばかりだった。同時にそんな男を相手にする楽しみも増した。

佐助から意外な提案がもたらされたのはそんな時だった。

いつか慶長二十年も三月に入っている。気の早い花はぼちぼち咲きはじめていた。

「わしの手で兵左の奴をやらせてくれへんか」

やるとは殺すの意である。どうして急にそんな気になったのだと訊くと、また本来の大坂城の仕事が忙しくなって岩介の手伝いが出来なくなりそうだと云う。禁裏への忠誠と岩介への友情のしるしに、せめても兵左衛門を殺して災いを事前にとり除いてゆきたい……。

「気持は有難いが、まだ殺すわけにはいかんのや」

岩介は兵左衛門の父のことを語り、朝廷と聖護院のかかわりを語った。そのかかわりを頼りに味方に引込みたい。

「あいつを味方につける？」

佐助が啞然《あぜん》として岩介を見つめた。

「なんであかんのや。聖護院の山伏は本来天皇の護《まも》り人やないか」

「そらそうかも知れへんが、えらいこと考えるもんやなあ」

佐助の岩介を見る眼に畏敬《いけい》の色がある。

「普通のことや。あんたかて、今度の合戦で死んだらあかんぜ。生きて八瀬へ来なはれ。いつでも天子さまの隠密になって貰いま」

岩介は本気である。

岩介は最近の諸情勢から、別働隊の必要を痛感していた。

『天皇の隠密』は永年にわたってその秘密性を堅持し、それなりの効果をあげて来ている。だがそれは京都が天下の中心だった時代のことだ。『天皇の隠密』には機動性が欠けている。それでも豊臣秀吉の時代までは、なんとかもった。大坂なら京都と目と鼻の先だからだ。だが江戸に幕府が開かれてはどう仕様もない。朝廷には江戸まで隠密を送りこむ力がなかった。また『天皇の隠密』である八瀬童子にも、それだけの能力がない。忍びの術において、徳川に抱えられた伊賀・甲賀の忍びに劣るものではなかったが、いわば土地勘がなさすぎた。八瀬童子で箱根から向うへ行ったことのある者など、一人もいなかったのである。それに言葉の問題があった。朝鮮で修行し、各地の言葉を習った岩介を除けば、全員が京言葉しか話せないのだ。いかに各地の流れ者が集る江戸でも、京言葉は目立たないわけがなかった。

そればかりではない。隠密が存在するということ自体が秘密であるために、自由な動きが封じられてしまっている。例えば兵左衛門の素姓を探るために、八瀬童子が聖護院に行くことが出来ない。行けばすぐ怪しまれ、八瀬の里は狙われることになる。別働隊がいれば、と岩介が思いはじめたのは、そのような理由からだった。

別働隊はまた目くらましの役を果す。忍びの流派を問わず腕のたつ者さえ集めれば、仮りに彼等の一人が徳川方に捕えられたところで、そこから『天皇の隠密』の正体が割れることはない。岩介は佐助と兵左衛門以外には、自分の素姓を明かさないつもりである。隠密頭の地位につくつもりもない。彼は天皇との連絡係だ。それに徹しようと思っていた。

頭領は佐助である。今度の大坂合戦を通じて猿飛佐助の名は敵味方相互に識られている。一種の虚名だが、その虚名が逆に『天皇の隠密』の正体を隠すのに役に立つ。

佐助は感動していた。

「ほんまか。ほんまに天子さまの隠密にしてくれるんか」

「何に誓うてもええ。わしは本気や」

「わしは……わしは」

佐助がいきなり岩介の手を握った。凄《すさ》まじい握力である。

「わしは死所を得た。願うてもない死所や。わしは絶対大坂では死なへん。誓うてもええ」

岩介は佐助の握力に辟易《へきえき》しながらも、早速一つの提案をした。兵左衛門を殺すかわりに、『天皇の隠密』になるように口説いて見てくれないか、と云うのだ。岩介には出来ないことなのだ。佐助は快諾した。

朝比奈兵左衛門ともあろう男が、この忍びだけは苦手だった。

兵左衛門の眼から見ると、この佐助と云う男は少年だった。年齢や風貌ではなく、心がそうなのである。眩《まぶ》しいほど純粋で勁烈《けいれつ》で、傷つきやすい少年の心を、今も生き生きと保っている。そこがなんとも具合が悪い。佐助に見つめられると、自分の醜さがひどく拡大してその眼に映っているような錯覚を感じるのだった。

その佐助が眼の前に坐《すわ》っていた。

兵左衛門は熟睡していた。異常な記憶力を保つ者には、異常なほど長い睡眠が必要である。兵左衛門は普通夕刻には寝て早朝に起きる。その間は死んだように眠る。大抵のことでは目を覚まさない。それがすっと眼を覚ました。異物の気配がそうさせたのだ。もとよりはね起きもしないし、眼も開かない。五官で部屋をさぐる。

その時、声がした。

「起きて表へ出ろ。女房や年寄りをやりとうない」

兵左衛門の記憶力は忽ちそれが佐助のものであることを思い出していた。

ゆっくりと眼を開けた。部屋の中は漆黒の闇《やみ》だ。

「早すぎる。まだ起きる時間じゃない」

兵左衛門がぼそりと文句を云った。

「云うとくが、金縛りの術は効かん」

佐助が釘《くぎ》を刺した。

「殺す気かね、佐助さん」

「いや」

少し安心した。佐助は嘘の云えない男だ。

「それなら何もこんなこと……」

「表で話したいんや。起きんかい」

いた。

兵左衛門は諦《あきら》めて起き上った。こちらとしても佐助との話を女房や舅《しゅうと》に聞かれたくはない。兵左衛門は所司代屋敷の長屋を出て以来、舅の家に入り込んで一緒に暮していた。

兵左衛門が先に表に出た。

靄《もや》がかかっている。東の空がほんのり色づきはじめていた。

佐助が続いて出て来た。忍び装束ではなかった。

「それで……」

兵左衛門が催促した。何よりもう少し眠りたかった。

「お主の父御は聖護院の修験者やったな」

兵左衛門は二度目の衝撃を受けた。曾て何人にも突きとめられることのなかった素姓である。それをこの男は摑《つか》んでいる。

「修験者が帝に仇《あだ》してええと思いよるんか」

岩介はこの時、家の築地の外にいた。

一つには佐助が危機に陥った時に、迅速に救いの手をさしのべるためであり、一つには佐助の心を通じて兵左衛門の反応を観《み》るためである。

「修験者が帝に仇してええと思いよるんか」

この佐助の言葉に対する兵左衛門の反応は、岩介を失望させた。

〈こいつ、何も知らへん〉

佐助の心を通して観る限り、そう断ぜざるをえないような鈍い反応しかなかったのである。

「え？」

兵左衛門は真実虚をつかれたような表情をした。

「どういう意味だね、それは」

「お前が天皇の隠密をさぐるために、近衛家に入ったことは判っとるんやで」

佐助は憎々しげに念を押した。

「大御所はんからの命令や。それを所司代の板倉はんがお前に伝えたんや」

兵左衛門は否定などしようともしない。無駄だからだ。佐助がこれだけ断定的に云う以上、抜き差しならぬ証拠を摑んでいるにきまっている。或いは板倉勝重と大御所家康の対話でも聞いたのかも知れない。

正直兵左衛門は内心で舌を巻いていた。佐助が近来まれに見る忍びの達者であることは承知していたが、ここまでやるとは思ってもいなかった。自分が『天皇の隠密』探索に関わっていることは、家康と板倉勝重の対話を盗み聴くことで容易に判ったかもしれぬ。自分が『不動金縛りの法』を使うことも、勝重が承知している以上、さぐり出すことは可能かもしれぬ。だが自分の父が聖護院の修験者であることまで、どうやって見つけたのか不明だった。勝重はもとより、女房さえ知らぬことなのである。寺院に詳細な記録のあることなど、逆に兵左衛門の方が知らなかった。

それよりも何よりも、修験者は帝に仇をしてはいけないのだと云いたげな佐助の言葉がひどくこたえた。とぼけて見せはしたが、実のところ凄まじいまでの衝撃を受けたのである。岩介がこの時、じかに兵左衛門の心を読んでいれば忽ち判った筈なのだが、不幸にも岩介は佐助の心しか読んでいなかった。佐助の思念に浮ばないことは読みようがなかった。

兵左衛門がそれほど激しい衝撃を受けた理由は、ことが意外だったからではない。逆だった。いつか、誰かに、同じことを懇々と云われた記憶が朧《おぼ》ろにあったからなのだ。

兵左衛門にしては珍しいことに、この記憶には影像が伴わなかった。声だけが幽《かす》かに聞えて来る。それも恐ろしく遠い、遥《はる》かな場所からのようだった。

「帝に……仇をしては……いかんのや」

声は千切れ千切れに聞えて来る。何かに必死に耐えているような、切なげな響きだった。

兵左衛門の口から、ほとんど無意識に言葉がとび出していた。

「どうしてだ？　どうして帝に仇をしてはいけないんだ？」

それは居直った感じでもなく、嘲《あざけ》りの色もなかった。

真実不思議なために発した問いかけだった。まるで年端《としは》もゆかない小児の問いだ。兵左衛門の声の調子まで、一瞬小児じみて聞えた。

〈どういうことだ？〉

岩介は不審だった。佐助の心を通じてではあるが、何か得体の知れぬ化物にぶつかった感覚があった。

〈何かある。この男の中に何か恐ろしいものがいる〉

岩介はすっと腕を撫《な》でた。鳥肌が立っている。岩介の本能が意識より先に異変を察知した印しだった。

だが佐助には岩介の天才的な勘はない。単純に呆《あき》れ返っただけである。

「お前、そんなことも知らんのか」

「知らん。是非教えてくれ」

兵左衛門はあくまでも真摯《しんし》だった。いい加減な返事は許さないと云う気魄があった。

「阿呆か、お前。この国の山野河海、沖の小島から渺々《びょうびょう》の奥山に至るまで、すべては帝のものやったことがある。せやからこの山野河海の恵みによって生きる者は、すべて帝に仇をせんのや。今の領主どもとちがうで。帝はそれを何百年と無償でわしらに開放してくれはったんや。それくらいの義理を守らんかい。山野なしに修験者があるかい」

馬鹿なことを云う。兵左衛門はちらりとそう思った。だがその時、唐突に一つの影像が浮んだ。

抜けるような蒼空《あおぞら》だった。

立山の峨々《がが》たる岩塊だった。まわりはすべて断崖《だんがい》絶壁である。その断崖の中でも最も高い岩場から、人が飛んだ。両手両脚を大きく拡げ、まるで翼ある天狗のように飛んだ。谷あいの上昇気流が、一瞬その躰を支えるかに見えたが、すぐ肉体は本来の重力をとり戻し、岩のように一直線に落下していった。人は兵左衛門の父だった。

〈これは何だ！〉

兵左衛門は喚《わめ》きたくなる思いを必死にこらえた。

この男の奇妙さは、この場合のように心の中で必死になればなるほど、表情が弛緩《しかん》して来ることにあった。これは実のところ多年の厳しい訓練の結果なのである。緊張すればするほど反射的に顔も躰もだらしなく弛《ゆる》む。それがごく自然に見えるように鍛え上げたのだ。だから今も、佐助の見る兵左衛門は、口をぽかんと開け、呆《ほう》けたような顔になっている。まるで童の顔だ。だが内心は混乱し切っている。恐ろしいまでの危機感さえ感じていた。

理由はこの影像にある。

これは今までの影像とは違う。記憶にないのだ。一片の記憶もなく、ただ影像だけは鮮明である。兵左衛門は今日の日までこんなものを見たことがなかった。しかもこの影像には『既視感』がある。いつかどこかで確かに見た、その感覚がはっきりとある。

〈逃げるしかない〉

唐突にそう思った。何とかしてこの場から逃れ、心を落着けて今見たものをじっくり吟味しなければならない。

「お前、まだ判らへんのんか」

佐助の声に殺気が籠《こも》った。じれたのである。

「判らんなあ」

「くそったれ」

左足を一歩踏み出した。攻撃の構えである。

「やめてくれ」

兵左衛門が両手をあげた。困り切った表情だった。

「殺さないって云ったじゃないか」

「チッ」

佐助が舌打ちした。岩介との約定を思い出したのである。

「もう一度来る。よう考えとけよ。今度は殺すど」

云うなり佐助は跳び、姿を消した。今夜はもうこれ以上押しようがなかった。

〈助かった〉

へなへなと坐りこみたい思いだった。だが躰は意志とはかかわりなく動く。怪訝《けげん》そうに何度も小首をかしげながら、とぼとぼと家に戻ろうとしている。頭の中を走馬灯のように過去の思い出が蘇《よみがえ》った。兵左衛門の過去の記憶は九歳に始る。浮浪児だった。何故《なぜ》か『不動金縛りの術』が使えた。その術を使って富裕そうな旅人を襲い金品を奪っていた。

或日旅僧に術をかけた。術は岩にぶつかったようにはね返り、逆に兵左衛門が倒れた。僧は果心居士《こじ》と云った。

気絶から醒めた時、兵左衛門の目の前にその坊主《ぼうず》の顔があった。はね起きようとしたが、躰が動かない。凍りついたように、かちんかちんに硬い。そのくせ声だけは出た。

「術をとけ、くそ坊主」

兵左衛門は喚いた。

「わしには果心居士という名がある。居士さまと云いなさい」

「何を……」

云いかけてぞっとした。舌が凍りかけていた。

果心居士が頷《うなず》いた。

「そうだ。まだ悪態をつくならその舌は凍るだろう。貝のように生涯口が利《き》けなくなるかもしれぬ」

兵左衛門は果心居士という名を知らない。ただのくそ坊主としか思えないのだが、この術には参った。『不動金縛りの法』には違いないのだが、兵左衛門にはこんな風に口だけ動くようにしたり、また封じたりすることは出来ない。

果心居士の素姓は不明である。その生涯についても明かでない。ただ彼の異様な幻術の記録だけがいくつか伝承されているばかりだ。

奈良元興寺《がんごうじ》の高い塔の上に、鳥のようにとまっていた。松永弾正の眼前に、病死した妻を出現させた。奈良の町人たちの宴席を洪水にひたし、水の中から竜を登らせてみせた。織田信長に地獄変相図の中の人間の凄まじい責苦を見せた。豊臣秀吉の前では、秀吉が木下藤吉郎と云った時に契《ちぎ》って間もなく死んだ女性を出現させ、閨《ねや》のひめごとと怨《うら》みごとを語らせた。怒った秀吉は磔刑《たっけい》を命じたが、居士は鼠《ねずみ》に変じ、舞い降りた鳶《とび》にさらわれて忽ち姿を消したと云う。

つまりは戦国の世を漂泊の中に生きた、妖《あや》しい幻術師だった。その幻術が密教の秘儀から来たものか、道教の仙術から来たものかさえ詳《つまびら》かでない。

「お前には去年の秋前の記憶がないようだな」

果心居士は無造作にそう云って兵左衛門を驚愕させた。

これは事実だった。兵左衛門には一年と少々の記憶しかない。父の顔も母の顔も知らない。兄弟がいたかどうかも判らない。一家がどこでどうやって生計を立てていたのか、一切不明である。自分の名前さえ判らなかった。

兵左衛門の記憶は立山の麓《ふもと》の寺の境内で小坊主にしつこく揺り起された時から始る。躰じゅう傷だらけで、ほとんど赤裸だった。傷は人や獣に加えられたものではなく、すべて擦り傷と打身だった。それは兵左衛門が立山を越えて来たことを示していた。

寺の住職にその理由を聞かれたが、答えるすべを知らなかった。

立山の山中で足を滑らせて落ち、頭を打ったのではないか、と云うのが住職の意見だった。そのため記憶を喪失したのであろう。

兵左衛門は立山と呼ばれ、寺に一月いたが、あんまりこき使われたので、住職を金縛りの術にかけ、有金さらって逐電した。記憶を失っても術は忘れていなかったわけだ。もっとも兵左衛門は術とは思っていない。天賦《てんぷ》の力だと信じていた。

打撲による記憶喪失を果心居士は否定した。頭に何の傷もないし、以心通の術でざっと探って見たがそんな痕跡《こんせき》が見当らないと云う。

「お前のは少々入りくんでいるようだ。子供にしては珍しい。素直にわしに従うならその入りくんだ心をときほぐして、喪《うしな》われた記憶をとり戻してやってもいいが、どうだ」

一も二もなかった。兵左衛門は弟子とも従者ともつかぬ形で果心居士について、漂泊を重ねた。

夜になって泊りにつくと、居士の記憶さがしが始る。催眠術をかけた上で細かく質問をしてゆくのである。

「お前は今、八つだ。六月の末だ。むしむしして暑い夏だ。どうだ、暑かろう」

そう云うと兵左衛門は本当に汗をかき出すのである。

「お前は一人じゃないな。誰だい、一緒にいるのは」

「おやじ殿です」

「おやじ殿は何を着ている」

「白い着物」

そういう具合に一月ずつ時を遡《さかのぼ》って、一日また一日、見たこと聞いたことを調べてゆくのである。

根の要る仕事だったが、着実に過去が蘇って来る筈だった。子供のことでもあるし、時間さえかければ容易に全記憶を掘り出すことが可能かと思われたが、果心居士ほどの術者が、なんとこの作業に三月もかかった。

理由は兵左衛門の心が八歳の四月、五月、六月の半ばまでの二ヵ月半、完璧《かんぺき》に閉鎖されていたからだ。その部分以外のことは極めて簡単に判った。

「お前のおやじ殿は聖護院の修験者だった。道を極めた男だったが増上慢に捕えられ、自ら天狗になったと信じ、何をしても許されると思い上ったようだ。武士の女を犯しお前を産ませ、その罪で放逐された。おやじ殿は元の武士の名に戻り朝比奈次郎右衛門を名乗った。お前の名は兵左衛門。母者の名は咲女だが、お前が三歳の時に死んだ。

その時からおやじ殿は様々な修験の術をお前に伝えはじめたらしい。不動金縛りの法もその一つだ。修行をしながら全国の霊山を経めぐったらしい……」

「お前が八歳の春三月、おやじ殿は近江辺りから立山に向った……」

果心居士は刺すように兵左衛門を見た。

「そして四月に入ったところで何事か起ったらしい。その結果おやじ殿はいなくなり、お前は一人で立山を越えた。すべての記憶を失ってな」

「何があったのでしょう？」

兵左衛門はせきこむように訊いた。

「残念だがわしの力をもってしても、この四月から六月半ばまでのことは判らぬ」

果心居士は淡々と云った。

「その間の記憶は厳重に鍵《かぎ》を掛けられ、金蔵にしまわれたようなものだ。その鍵がない以上、金蔵の戸は開かぬ」

居士は暫《しば》らく沈黙し、次いで驚くべきことを云った。

「わしに判るのは只一つ、その鍵を掛けたのはお前自身だということだけだ」

「わしが？」

兵左衛門は仰天して甲高い声をあげた。

「そうだ。お前がだ。そしてその鍵の在所を知っているのもお前一人だ」

「そんな馬鹿な。わしは知りません。何ひとつお師匠さまに隠してなんかいません」

兵左衛門はこの頃は果心居士をお師匠さまと呼ぶようになっていた。

「隠していると云ってはいない。今のお前には判らないだけだ。理由はただ一つ、お前がその金蔵を開けたくないからだ」

「そんな！」

「だがそうなのだよ。人間の心というものは不思議なものでな、あんまり辛《つら》すぎて狂い死にしそうな目に逢《あ》うと、その事実をしっかり封印して蔵の中にしまってしまうのさ。つまり忘れてしまうのだ。今のお前のようにな。しまってもまだ足りず、鍵の在所まで忘れてしまう」

兵左衛門はあまりのことに口も利けない。

「お前は去年の四月から六月半ばまでの間に、それほど辛い目に逢ったというわけだ。それを忘れようとする力が強すぎて、すべての記憶さえ喪《な》くしてしまった」

果心居士の声が優しくなった。

「昔の記憶はおいおい戻って来るだろう。だがこの二ヵ月半の記憶は仲々戻るまい。或いは一生戻らぬかも知れぬ。それならそれでよいのだ。無理に思い出そうとはするな。すべてを天に委《まか》せよ」

兵左衛門は以後十年、果心居士の弟子として行を共にした。

彼がいま身につけている術のすべては、果心居士によって教えられ、或いは示唆《しさ》されて鍛錬を重ねたものである。

居士の云う通り、昔の記憶は切れ切れながら戻って来た。だが問題の八歳の四月から六月半ばに至る二ヵ月半の記憶は戻って来る気配もなかった。

それが二十数年を経た今、戻って来ようとしている。

兵左衛門には何故かそれが判る。戦慄《せんりつ》と共にその予感に身をゆだねている。

佐助の前で見た影像が、その糸口だった。

抜けるような青空は、夏六月のものだった。

岩石峨々たる断崖は、立山に違いなかった。

そして白衣の行者は父である。天狗になり畢《おお》せたと信じ、聖護院派修験者集団から放逐されたつぶれ山伏だった。

父は天狗のように断崖を蹴《け》り、虚空《こくう》に浮いた。

真の天狗ならそのまま虚空の中を飛翔《ひしょう》した筈である。あの巨大な鳶のように、両手を拡《ひろ》げ、ゆるやかに空を舞った筈である。

だが父は遂に天狗ではなかった。両手両脚を拡げたまま、白衣の背を風でふくらませながらも、石のように真すぐに落ちていった。

「おとう！」

兵左衛門は喚こうとしたが、声にならなかった。父に『不動金縛りの術』をかけられ、岩を背に脚を投げ出したまま、ただただこの光景を見つめているしかなかったのである。

その術が不意に解け、兵左衛門は横ざまに倒れた。

兵左衛門は父の死を知った。術者が死ぬと自然に術は解けるのだった。

「おとう」

兵左衛門は呟いた。血のような涙が、ぽたぽたと岩の上に落ちた。

「おとーう！」

喚いた。獣のように喚いた。その声が山彦になって、周囲の岩肌からはね返されて来る。その山彦の一つ一つが、兵左衛門を責めていた。

「お前だ。お前がおやじ殿を殺したんだ。お前がだよ」

山彦が嘲るようにそう云っていた。

「嘘《うそ》だあ！　嘘だあ！」

兵左衛門が再び喚いた。山彦がまた同じ声を返してよこす。

「嘘なもんか。嘘なもんか」

兵左衛門にはその一つ一つが、そう聞えるのだった。


兵左衛門は寝床の中にいる。

所司代屋敷の長屋を追い出されたために、とりあえず義父の家に転がり込んでいる。自分の寝間を持つ贅沢は許されず、妻と床を並べて眠るしかなかった。

世帯を持って八年、いまだに子を成さぬ妻は、口をぽっかり開けて、いぎたなく眠っていた。所司代の上司のとりもちで一緒になった妻である。惚《ほ》れた脹《は》れたの仲ではない。あくまでも並の人間でいようと云う兵左衛門の意志による結婚であり、これもまた一種の目くらましに過ぎなかった。

その妻の隣りの寝床で、兵左衛門は眼をつぶったまま泣いていた。まるで堰《せき》が切れたかのように、永年の間秘められていた喪われた記憶の影像が次から次へと蘇り、涙の方も次から次へと果てしなく湧《わ》いた。

「帝に仇をしてはいかんのや」

それは父の声だった。だがそれにも増して、

「どうして帝に仇をしたらあかんのや」

と云う声の方が大事だった。この言葉こそこの封印された記憶の蔵を開く鍵だったのである。

それは八歳の兵左衛門自身の言葉だった。

三歳の時から父に修験道を鍛えられた兵左衛門は、八歳の歳にはちょっとした怪物になっていた。胸に当てた笠《かさ》を落さないほどの疾《はや》さで、五里でも十里でも走った。猿のように自在に跳躍し、驚くほどの高所から跳び降りて、怪我《けが》一つしない。何よりも『不動金縛りの術』を自在に使いこなすことが出来た。

こわいもの知らずだった。山で出逢う獣は、熊でも狼《おおかみ》でもこの殺気を漲《みなぎ》らせた子を避けた。野伏《のぶせ》りも落武者もこの子相手では忽《たちま》ち昏倒《こんとう》させられ、持物を奪われた。父と闘っても負ける気がしなかった。父は病み、著しく体力を低下させていたのである。

それは八歳の年の四月に起った。

兵左衛門父子は近江にいた。

琵琶湖で暮す供御人《くごにん》たちは、永年天皇家に魚を献《ささ》げることで年貢《ねんぐ》に替えていた。それによって浅井・織田両家からの収奪を避けて来た。

天皇に献げられるその魚を、兵左衛門は行列を襲って奪い取った。集団に対して不動金縛りが効くか、と云う実験の意味もあった。術は見事に効き、兵左衛門は生きのいい撰《えら》び抜かれた魚を大量に奪った。

思いもかけぬことに、こんな些《さ》細《さい》なことが父を動顚《どうてん》させた。憤怒のあまり身を震わせる父を兵左衛門は初めて見た。

「帝に仇をしてはいかんのや」

と云う言葉が父の口から出たのはこの時である。

八歳の子供に納得出来ることではなかった。まして兵左衛門は並の子供ではない。怪物めいた力を持っていることは別にしても、一年中山から山への漂泊暮しである。里の子が持っている常識が皆無だった。現に『帝』という言葉さえ知らない。また善悪の区別もなかった。その点獣となんら変りがない。眠くなれば眠り、目が覚めれば起きる。腹が減れば誰のものでも喰う。邪魔する者がいれば、殺してでも手に入れる。寒ければ人の住む家を燃やしてでも煖《だん》を取る。すべて自分の自然な必要に応じているだけだ。善悪などというものの入る余地はなかった。

父もまたそれを是認していた筈である。生れてから今日まで、それは悪い、それは善いと云われたこともなく、とめだてされたこともない。今度が初めての出来事だった。

それだけに兵左衛門には無理を云われているという感覚がある。何故、どこがいけないのか、はっきり判らせて欲しいと思う。それが、

「どうして帝に仇をしたらあかんのや」

と云う言葉になる。まるで押問答だった。言葉で判らせることが不可能だと知った父は、腕ずくで判らせようとした。父の拳《こぶし》は届かない。兵左衛門は瞬前に一間もの高みに跳び移っていた。おまけに赤んべえをして見せた。

「おとうにわしが殴れるかい」

父もそれを認めた。病んだ身にこの幼いしなやかな生物を捉《とら》えることは出来ない。不動金縛りさえかけられなかった。同じ術を掛け合えば、心気の充実している者の方が勝つ。

父は絶望の表情になった。たとえ術に勝ったところで、善悪を判らすことは不可能だと気付いたのだ。

「わしの一生は間違っていた」

断腸の声だった。

「わしは天狗ではなかった。わが子を正邪善悪の見分けもつかぬ化け物に育てることしか出来なかった。そんななさけない天狗がいようか」

それから父は異様なことをした。いつも懐中にしている鎧通《よろいどお》しを抜き、いきなり我が身につき立てたのである。

「おとう！」

さすがの兵左衛門が動顚して叫んだ。

「わしは自分を罰さないかん。こうして、こうして……」

更に三ヵ所を刺し、えぐった。鮮血が噴きだし、薄汚れた白衣を染めた。

「やめんか、おとう。死んでまうやないか」

鎧通しを奪わねばならない。兵左衛門の頭にはそれしかなかった。岩を跳び降りた。その瞬間、不動金縛りが来た。兵左衛門は岩に凭《もた》れるようにして倒れた。奇妙にも眼も見え、耳も聴こえた。だが躰は硬直して動かない。

「そうや。わしは死ぬんや。それがわしのお前に与える罰や」

父は云った。四ヵ所の傷から血が流れ、息が苦しそうだった。

「わしは己れを罰することで、お前を罰する」

よろよろと立つと、崖《がけ》を登りはじめた。岩が血にまみれた。

「よう覚えておけ。世の中には人である限りけっしてしてはならんことがある。帝に仇をするのもその一つや。忘れるな。また仇をしとうなったら、わしの死にざまを思い出したらええ」

父は苦しみながら崖を登り、姿を消した。

風が強く鳴った。その風に乗って、父の声が聞えて来た。

「おーい、兵左。見えるか、わしが」

さすがに修験者だった。いまわの力をふり絞り、驚くべき迅さで、見える限りで最も高い断崖まで達していた。

「わしは飛ぶで。わしが天狗やったら見事飛べるやろ。天狗やなかったら、落ちる。その時はな、兵左、わしの教えたことは悉皆《しっかい》忘れてまえ。ええな。どんな術も法も忘れてまえ」

一語々々はっきりと聞えて来た。

父は断崖の端に立った。

異様な美しさが父の全身から放射されていた。

〈美しい〉

「さらばだ、兵左」

父は叫ぶと、崖を蹴った。両腕と両脚を大きく拡げ、まるで巨大な蝙蝠《こうもり》のように飛んだ。深い谷間から吹き上げる上昇気流が、一瞬父の躰を支え、持ち上げたように見えた。

〈飛んだ！〉

兵左衛門がそう信じた次の瞬間、父の躰は岩の重さと変じ、一直線に谷底めがけて落下していった。

〈おとう！〉

兵左衛門は声にならない叫びを発した。


〈あの美しさは何だったのだろう〉

兵左衛門はいま、涙でぐしょぐしょに濡《ぬ》れた顔で、蒲団《ふとん》の中で考えていた。あの時の父は本当に美しかった。空も樹々も岩も光り輝いていたが、それ以上に美しく燦然《さんぜん》としていた。はっと心に理由が浮び上った。

〈おとうはあの時本当に天狗になったんじゃないか〉

八歳の兵左衛門はほとんど無我夢中で谷へ滑り降りた。

父の死骸《しがい》はすぐに見つかった。あれだけの高所から落ちたのに、不思議なことにはばらばらになることもなく、ただ頭蓋《ずがい》が割れて脳味噌がはみ出している程度で、死顔も傷一つなく綺麗《きれい》なものだった。

兵左衛門は手で穴を掘り、父を埋めた。指は血塗《ちまみ》れになったが、そうでもしないと気持がおさまらなかった。

埋め終えるとその上に寝た。父の体温が地の底から伝わって来るようで、心をかきむしられるような切なさだった。

〈俺がおとうを殺した〉

何も考えることが出来なかった。その言葉だけが繰返し繰返し浮んで来た。

それでもいつの間にか眠りこんだ。

そして目が覚めた時、兵左衛門は一切の記憶を失っていた。

何故かじっとしていることが出来なかった。荒々しい衝動だけがあった。

兵左衛門は目もくらむような絶壁を登り、方角も定めることなく無茶苦茶に歩き続けた。何も喰わず、水だけを飲んだ。眠くなるとどこででも倒れるように眠った。そして知らぬ間に立山を走破していた。

〈どうしてあんなに我武者羅《がむしゃら》に歩いたんだろう〉

長じてからよくそう思ったものだ。今の兵左衛門にはそれがよく判った。潜在意識下で、兵左衛門は死にたかったのだ。あまりの辛さに記憶は失ったものの、潜在意識にはその痕《あと》が残り、それが自分を痛めつけ、自分を殺すことを命じたのだ。

並の子供なら当然死んでいた筈である。皮肉なことに父に教えられた体術が、兵左衛門を殺さなかった。

〈おとうはわしを殺したくはなかったんだ〉

今の兵左衛門にはそれが判る。そして判ると云うことが、こんなに辛く切ないことだとは、兵左衛門は夢にも思ってはいなかった。

次の日。

岩介は御所で兵左衛門を見た。

外見はこれまでと少しも変ってはいない。佐助の説得はこの男の心を掠《かす》めもしなかったように見えた。

だが、その心にさぐりを入れた瞬間、岩介はぎょっとなった。

相変らず兵左衛門の心は空白だった。だが今はそこに、限りない悲しみがたたえられていた。心を読んだだけで岩介まで涙ぐんでしまいそうな悲しみの坩堝《るつぼ》だった。

これは岩介の予想もしていなかった事態である。

怒り、或いは怖《おそ》れの感情なら判る。猿飛と呼ばれた一代の忍者にあれほど喝《おど》かされて恐怖を覚えない男はいまい。

だが悲しみとは何か。何か非常の決意を固め、それによって家族と別れねばならぬと思い定めた故《ゆえ》の悲しみであろうか。だがこの悲しみの度合は、とてもそれだけのこととは思えなかった。兵左衛門と云う稀代《きたい》の術者の、全存在を撼《ゆる》がすような巨大な悲しみなのだ。

〈何かある。何か想像もつかぬ異常がある〉

岩介はそう確信したが、それ以上のことは摑めなかった。

これは兵左衛門がこの悲しみの原因となる事実が意識の表層に浮ぶのを抑えこんでいたためだ。兵左衛門は岩介が人の心を読むことなど知らない。従ってこの処置は岩介を意識したものではない。純粋に己れの悲しみを抑えるためだった。この悲しみは自分の心を破るのではないか。兵左衛門は本気でそう信じた。それほどのものだった。

岩介はその時、厠《かわや》の汲取《くみと》りをしていた。これも八瀬の童子の仕事の中である。帝のお使いになる厠は一般のような壺式ではなく、引出しのようになっていたと云う。

兵左衛門はその岩介に気づくと、あたりを見回して人のいないのを確かめた上で、急ぎ足に近づいて来た。

「探していたんだ、お主を」

兵左衛門は生真面目《きまじめ》な顔で云った。

「ここへ入ることは禁じられてますのや。すぐ出ていって貰いまひょ」

岩介は切口上で云う。

「是非聞いて欲しいことがある。今日、帰りに二刻《ふたとき》ほどつき合ってくれ。頼む」

「人を呼びまっせ。ここはほんまに……」

「判った。すぐ出てゆく。だが頼む。わしは表で待っているからな」

一方的に早口に云うと、飛ぶようにしてその場を離れた。いかにも人を呼ばれたりしたらかなわん、と云う態度だった。

見るからにおどおどした様子で離れて行く兵左衛門を見送りながら、岩介は首を捻《ひね》った。

〈聞いて欲しいことだと？〉

兵左衛門が岩介の正体に気付いている筈がない。心を読んでもそんな気ぶりもない。それなら岩介はたまたま識《し》り合った駕輿丁《かよちょう》にすぎない。公家《くげ》侍が一介の駕輿丁に何を聞いて欲しいと云うのか。それが不審だった。

約定通り兵左衛門は御所の表で待っていた。

岩介を見ると喜色を露《あら》わにして駆けより、肩を並べた。

「参ろう。さ、参ろう」

弾んでいる。嬉《うれ》しくて仕方がないらしい。

岩介は仏頂面《ぶっちょうづら》で思案するように動かない。

これは見せかけである。内実は好奇心で一杯だった。この異能の男が自分に何の用があるのか、知りたくて仕方がない。

奇妙なことに、こんな弾んだ様子を見せながら、この男の心の中は悲しみの色一色なのである。

だが少くともそこに殺意はない。岩介に対する畏怖の色もないようだった。ただもうひたぶるに悲しい。

〈なんて男だ〉

岩介は内心で呻《うめ》く思いだった。こんな強烈な感情に染め上げられながら、外面は紛うことなく喜びに弾んでいられるとは、いかなる鍛錬によるものであるか。不思議を通りこして気持が悪かった。

「参ろういやはっても……どこへ行きまんね」

まだ躊躇《ちゅうちょ》しているようにそう云った途端、岩介はいきなり背中をひっぱたかれた。

何が何だか判らない。

「何を云うか。男と男が話をする場所と云ったら、きまっておるではないか」

困ったことに岩介には一向に判らない。武士社会のしきたりについて暗いのである。困ったような顔の岩介に、兵左衛門は町の名を告げた。

六条三筋町。いわゆる御免色里だった。

御免とは時の為政者に許されたの意だ。公認の遊里である。京の御免色里は豊臣秀吉の頃に始る。焼土と化した京の町に繁栄をとり戻させるために『柳の馬場《ばんば》』と呼ばれる周囲を柳の並木で囲んだ方三丁の御免色里が生れたのは天正十七年（一五八九）のことだ。万里小路《までのこうじ》二条の南である。柳の木で囲んだのは中国の遊里を真似たものだ。だから遊里のことをまた『柳巷《りゅうこう》』と云う。柳巷の妓楼には花がある。この花は桜ではない。牡丹《ぼたん》のことだ。『花街』と云い、『花柳界』と云う言葉はここから生れた。

十三年後の慶長七年、この御免色里は家康の命令で六条室町に移された。これが六条三筋町である。この廓《くるわ》の周囲には既に人家が詰まっていて、柳の並木で囲むことが出来ず、仕方なく廓の出入口に一本の柳を植え、辛うじて『柳巷』の面目を保つことにした。これが『出口の柳』であり、また『見返り柳』と呼ばれたものだ。

この当時の六条三筋町は各地の武士で溢《あふ》れていた。

理由は勿論《もちろん》、大坂方と徳川方の再戦のためだ。

大御所家康は四月十二日に行われる第九子義直の婚儀に列席するため、四月四日に駿府を発し名古屋城に向ったが、その道中で各地の大名に出陣命令を下している。四月六日には中泉から伊勢・美濃・尾張・三河の諸大名に、伏見・鳥羽方面に集結を命じ、翌七日には浜松から西国の諸大名に出兵を促すという調子である。

このため諸国の軍勢は先を争って京都・伏見に集って来た。合戦を間近に控えた兵士たちが色町に吸い寄せられるのはいつの時代も変りはない。だが六条三筋町の廓は兵士たちにとっては値が張りすぎる。彼等はもっと安直な私娼窟《ししょうくつ》に走り、この町には部将級の武士たちが集ることになった。

岩介はこの廓がはじめてではない。御所勤めに出る前に何度かとらと共に柴売りに来ている。だが客として来たことはなかった。

岩介はとら以外の女を知らないわけではない。朝鮮で性技の鍛錬のために何人かの女と寝ている。性は男の最大の弱点である。だが同時に最高の武器にもなり得る。自分の性を完璧に管理し、それを武器にまで仕上げるには鍛錬が必要だった。今の岩介は性に関して自在だった。捉われることが全くない。必要とあればいつでもどの女とも寝るが、必要がなければ寝ない。単なる性の相手ならとらが最も好ましかったし、とら一人で充分だった。

「朝比奈さま。わしはこのような場所は苦手ですねん」

岩介がそう云ったのは正直な気持だった。

兵左衛門が慌《あわ》てたように手を振った。

「間違っては困る。わしにはここの女を買うほどの持合せはない」

岩介も不思議だと思っていたので、すぐ納得がいった。

「ほなどこへ行きまんねん」

「お主知らんのか。色町ほど食い物のうまいところはないのだ。それも決して高価ではない」

色町に住んでいるのは遊女だけではない。多くの使用人が彼女たちと客のために働いている。男もいれば女もいる。彼等の収入は微々たるものだが、口だけは奢《おご》っている。遊女から振舞いを受けたり、客の手をつけなかった料理を口にしたりするためだ。そしてこの場所には彼等だけが息抜きに訪れる食い物屋がある。大方が店構えは小さく、客あしらいも悪いが、食い物だけは確実にうまい。この手の店は夕刻が一番ひまである。彼等が忙しい盛りの刻だからだ。兵左衛門のいかにも庶民らしい智恵に岩介は眼を瞠《みは》った。

無愛想も徹底した親爺《おやじ》だった。

注文された酒と肴《さかな》をひとまとめにして運んで来ると、ぷいと出て行ったきり戻って来ない。

「将棋をさしに行ってるんだ。素人《しろうと》にしては仲々強い」

兵左衛門が岩介の盃を満しながら云った。

「将棋ですか、へええ」

馬鹿々々しそうに岩介が返した。

どうにも兵左衛門の理由が読めない。いくら心をのぞいて見ても、悲しみ以外の何ものも見つからないのだ。さすがの岩介も手を焼いた。こんなわけの判らない男ははじめてだった。

「相談ってどないなことでっしゃろ」

真っすぐに尋ねるしか方がなかった。これでは岩介の完敗だが、そんなことに構ってはいられないという気がした。

「それなんだがね……」

まだ躊《ため》らっている。

「あんまり遅うなれまへんのや」

催促した。

「八瀬の童子と云えば、帝《みかど》とは長いんだろう」

まるで男と女の関係のような云い方だった。

〈どういう気や、この男〉

ほとんど呆気にとられたと云っていい。

「大海人皇子《おおあまのみこ》の御頃からと聞いとりますけど……けど駕輿丁になったんは後醍醐《ごだいご》天皇の御代云いまんなあ」

「成程、これは古い」

感心したような声だが、どこかうわの空である。

「それだけ古い付き合いなら、身に沁《し》みて判《わか》っている筈《はず》だ。教えてくれぬか」

「何をでんねん」

「どうして帝は偉いんだ？」

「なんやて⁉」

「どうしてそれほど帝はお偉いのだと訊《き》いておる」

何とも馬鹿々々しい質問だった。一瞬、自分をからかっているのかと岩介は思った。だが兵左衛門の顔も態度も真摯そのものだった。本気であることは疑いない。

「阿呆《あほ》なこと云わんといて下さい」

岩介は否定するように手を振った。

「そんなんきまってるやおまへんか」

「だからなんでだ？」

「帝だからやおまへんか」

兵左衛門は暫く沈黙した。

「つまり、血と云うことかね」

妙に腰の坐った感じの質問だった。

〈こら手強《てごわ》いわ〉

一瞬岩介が身構えたほどの迫力だった。真向からぶつかっては果てしない議論になるだけである。岩介はそらそうとした。ごく軽い調子で受け流した。

「まあ、そんなもんでっしゃろなあ」

「名家だから偉いのか。変じゃないか。田舎に行けば、いくらでも古い家柄はあるぞ」

「名家いうのとはちょびっと違いまんなあ」

「どこが違うんだ。第一、家柄なんてものは遥か昔から何の意味もなくなってるじゃないか。力のある者が勝つ。そういう時代になってるじゃないか」

「そやから……」

遂に云うしかなくなってしまったと、岩介は感じた。

「その力がありまんのや、帝には」

「信じられんな」

兵左衛門は強く岩介を見た。見据えるという感じだった。

「禁裏には武力がない。遠い昔にはあったかもしれないが、今の禁裏にはない。それでどうして帝に力があるんだ」

「武力だけが力云うもんでっしゃろか」

兵左衛門がはたと沈黙した。今度の沈黙は長かった。

「武力でない力か」

かなりの間をおいて、呟《つぶや》くように云う。

「それは、あれか、呪力《じゅりょく》と云うようなものか」

『呪力』と云う言葉だけ、声をひそめた。それは兵左衛門の深いおびえを明白に示すものだった。

「判りまへん」

岩介はかわした。『呪力』と云う言葉に兵左衛門が何を感じているかが分明でない。それに一介の駕輿丁に云えることでもなかった。

「判らんか。それはそうだろうな」

何とか逃れられたかと岩介が息をつきかけた時、兵左衛門は岩介を跳び上らせるような、恐るべきことを云った。

「試すしかないか」

それは絶対に岩介に向けた言葉ではなかった。まして岩介を試す言葉でもなかった。明かに自分一人に向けた言葉であり、強烈な決意の表白だった。

岩介は朝鮮から帰国して以来初めておびえた。これほどのおびえは生れて初めてかも知れなかった。

だがこの恐慌《きょうこう》は一瞬のことである。

岩介の十年を越える心術の修行は伊達《だて》ではない。

生れて初めてとも云える恐慌を、一瞬の裡《うち》にぴたりと抑え、更にそれを利用することさえ考えていた。

〈試すには手のうちをさらさなならんやろ〉

兵左衛門が自分の胸の裡を、ほぼ完璧に殺す、或いは消す術を持っていることは、今や明白だった。岩介ほどの術者にさえ思念を読ますことのないのが、何よりの証拠だった。

兵左衛門は岩介が人の心を読むことを知らない筈だった。態度にも、表情にも、思念のうちにさえ、岩介への疑いのかけらもない。そうだとすると、この思念を消す術は岩介を対象とした処置ではないことになる。つまり防衛的なものではないのだ。人に己れの心を読まれない、という防禦《ぼうぎょ》の意味を持たずに、しかも思念を消すとはどういうことであるか。

答は一つしかない。

兵左衛門の術にとって、己れの思念を消すことが必要だということだ。思念を消す、つまりは己れの心を常に空白にして置くことが、兵左衛門の術の基本にあるということになる。

それは何の術か。『不動金縛りの法』でないことは確かだ。この術はむしろ逆である。己れの気のすべてを凝縮して相手に浴びせかけることで、相手の気を奪うのである。

〈記憶術のためだ〉

岩介は合点がいった。兵左衛門の細密な記憶術にとって、自分の思念は邪魔なのだ。己れを無にし、ただただ見るもののすべてを映し撮る鏡になっていなければいけない。己れを無にするために、どれほどの修行を積み重ねたことだろう。短い年月で出来ることとは思えなかった。

〈見る必要のない時にしか思考しないのではないか〉

岩介はそう思った。恐らく睡眠のために床に入った時ぐらいなのではないか。外にいる時は常時思考を消している。ただ思考の結果生じた情念のみが、そこはかとない色彩の如《ごと》きものとして心の内にたゆたっているばかりなのであろう。

恐るべき修練と云えた。このために岩介は今もって兵左衛門の持つ術のすべても履歴の詳細も知ることが出来ずにいる。

だが帝を『試す』ことになれば、いやでもその術を曝《さら》すことにならざるを得ない。記憶術で『試す』ことは出来ないからだ。『不動金縛りの法』でもあるまい。今まで見せたことのない術を使うにきまっていた。

岩介の心は好奇心にあふれる小児と同様になった。だが問題があった。帝をこの試みからはずしておかねばならぬ。

岩介は今上の帝の力を信じている。だがそれは武力でも呪力でもない。運の力だ。たぐい稀《まれ》な強運の持主でいらせられることを確信している。それだからこそ、まだ帝位にお即《つ》きになられるかどうかも判らぬ皇子の頃から、進んでお仕えして来たのだ。

だがその力で兵左衛門と対決することは出来ない。

兵左衛門の術はまだ不明だが、恐らくは何らかの形で呪術の一種であろう。多分修《しゅ》験《げん》道の呪術と岩介は推測している。それも実際に使ってその力のほどを確かめた術に違いなかった。理屈だけのものではない。

そんな現世的な呪術に対抗する術を帝がお持ちの筈がない。

帝の血の中には、潜在的に強力な呪術の根が代々伝えられて来ているのではないか、御即位の後にとり行われる践祚大嘗祭《せんそだいじょうさい》とは、その血の中に眠る最高の呪力を解き放ち顕現させるための儀式ではないかと岩介は疑っているが、それだけにこの隠密《おんみつ》の儀式を伺うことは岩介にも憚《はばか》られた。だから実際のところは岩介にも何も判ってはいないのである。まさか帝の呪力を兵左衛門を使って試すわけにはゆかない。

ではどうしたらいいか。

岩介が兵左衛門の呪法を真向から受けるしかない。帝に代って、しかも出来ることなら岩介の正体を明かすことなく。

これは至難のわざである。よほどの策を講じ、万全の警備をする必要がある。しかもそれを岩介がたった一人でやってのけなければならない。八瀬童子を使うわけにはゆかない。さすがの岩介が猿飛佐助の不在を一瞬悔やんだほどだ。だがそんなことを云ってはいられない。策謀の手は今すぐにでも打ちはじめねばならなかった。

「なに云わはりまんねん。帝を試すとは何だんねん。そないな恐れ多いことしなはったら、あんた、先祖代々の墓まで壊されまっせ。近衛さまかてどえらい目に会わはりますがな。わしかてそうや。そんなん聞いて黙っとったら、八瀬が危い。駕輿丁の御役もとり消されるかも知れへん」

大声で喚き罵《ののし》った。これには兵左衛門も辟易《へきえき》したらしい。大慌てで手を振って見せた。

「何を云うか。お主の聞き違いだよ。第一わし如き者に帝をお試し申すことなど出来ようか。考えても見ろ」

「けど云うたやないか。試すしかないか。はっきりそう云うたやないか」

「そ、そりゃ云ったさ。だが何も帝御自身にと云う意味ではない。そんなことが出来るわけがない。わしは我が身で試そうと云っただけだ」

「我が身で試す云うたらどないなことや」

岩介はまだ納得出来ないという顔で云いつのった。

「つまりだな、わしが帝に不敬の念を抱く。まあまあ……」

また喚きそうになった岩介を、手を挙げて制した。

「思うだけだ。現実にやるわけではない」

「あったり前や」

岩介が喚く。

「帝に本当に呪力がおありなら、わしの気持を容易にお読みになる筈だ。まあ、それはお主がおしらせしてもいい。問題はその後だ。ことを荒だてれば、お主の云う通り近衛家にさえ傷のつくことだ。それにわしを罰しようにもなんの証拠があるわけではない。わしが心の中で思うだけなのだからな。そうなるとわしの罪を罰するには、念力或いは呪力によってするしかなかろう。帝の呪力がお主の云うように武力に匹敵するものなら、わしは何らかの形で呪《のろ》いを受け、辛き目に逢わされることになる。そうだろう。だからわしの身にわけもなく異常が起きれば、それは帝に呪力がおありになる証拠になる。己れの身で試すとはそう云う意味だよ」

岩介はまだ釈然としないような顔はしていたが、実のところこんな時にも兵左衛門が全く嘘をつかないことに驚いていた。正しく兵左衛門はそういう風にするに違いなかった。但し、心に念ずるだけではあるまい。呪法にかなった正式の儀式に従って、帝を呪おうとするにきまっていた。帝に兵左衛門を上回る呪力がおありなら、兵左衛門は斃《たお》れる。だが逆に帝に呪力がおありにならなかったら……。

岩介は今日以降、一刻といえども兵左衛門から眼を離すことは出来ないと覚悟した。

尾行は論外であろう。兵左衛門ほどの術者を終日尾行して悟られない筈がない。岩介をもってしても不可能である。

岩介は観の術で兵左衛門を追うつもりでいた。兵法者でも塚原卜伝《ぼくでん》その他、剣の至極に至った者は、観の術を行うことが出来たと云う。観の術とは心の眼で見ることである。すぐれた術者は十里を離れて敵の接近を察知し、観法を凝らすことによってその敵の容貌《ようぼう》、服装から習癖まで手にとるように知ったようだ。

その夜から岩介はとらとの躰《からだ》の交りを絶った。とらは不服だが、どうしてとは訊かない。岩介が必死の心術に入ったことを知ったからである。ゆきにもあまりまとわりつかないように注意した。

そして三日目の夜。

岩介の心眼は、深夜屋敷を脱け出す兵左衛門を見た。

なんと兵左衛門は丑《うし》の刻詣《まい》りをしたのである。

丑の刻参（詣）りは必ずしも人に呪いをかけるための行法ではない。

例えば目寄せ巫女《みこ》が一人前になるカミツケの儀式の前に、『百日の丑の刻参り』をするが、それはカミツケのための心身をつくるのが目的である。丑の刻（午前二時頃）に起き出し、付近の川で左右で十二回ずつ合せて二十四回、水を肩からかける。それからウブスナの稲荷《いなり》神社に行く。社前に灯明を点じオサイセンをあげて般若心経を読《どく》誦《じゅ》する。雨の日も風の日も欠かすことは許されない。この期間中ナマグサや香辛料はとらず、参詣《さんけい》の姿を他人に見られるのを嫌う。仮りに人に遇《あ》っても絶対に口をきかない。

これだけなら、行の基本である心身を安定させるためのものだ。何か他の行をするための準備とも見られるのだ。

ここにいわゆるお百度を踏みつつ、呪う相手の名と呪文を書いた藁《わら》人形を五寸釘《くぎ》で神社の木に打ちつけることによって、この行は一転して薄気味の悪い呪いの法と化する。

だが岩介にはこれが兵左衛門ほどの男の行う呪法とは思えなかった。なんとなく素人臭く、生れた時から修験道の鍛錬を積んだ兵左衛門のような術者の行う呪法ではない。

〈目くらましではないか〉

お百度を踏み、藁人形を打ちつける兵左衛門の姿を観法で映しながら、岩介はそう思った。それを証明するために、藁人形自身に思いを凝らした。やがて藁人形が鮮明に見えて来る。呪文は書いてあるが、相手の名も生年月日も書かれてはいない。こんな呪いがある筈がなかった。これなら仮りに行の最中に捕吏に捕えられても、何の罪になるわけもない。

岩介が誰かに兵左衛門の意図を告げた場合に備えての陽動作戦であろう。

だがそこまで考えて来た岩介が、奇妙な胸騒ぎを覚えた。

〈果して単なる目くらましだろうか〉

ふとそう思い、愕然《がくぜん》となった。藁人形は確かにみせかけである。だが丑の刻参り、つまり行の方は本気なのではないか。そしてお百度も本気かもしれぬ。呪いにかけるべき形代《かたしろ》（人形）は他にあるのではないか。

岩介は山蔭神道の『荒畏《あらび》鎮《しず》めの封じ』別名『竹封じ』の法を思い出した。これは生きた竹を節を残して切りとり、真中に窓を開け、その中に呪文と呪う相手の名を書いた紙人形《ひとがた》を封じこめ、土中深く埋める。そして七日の間祈禱《きとう》生活に入る。これは藁人形に五寸釘を打つなどと云う単純なものではない。恐るべき効果を発する呪法だと岩介は聞いている。

だがこの三日間、兵左衛門は絶え間なく岩介の観の視界の下にあった。すべての行動を観《み》られていた筈である。その中に竹を切り紙人形を作る姿はなかった。今夜、稲荷神社に向って歩みながら、慣れた手付きで藁人形を作った光景は確かに観た。だがそれだけである。

〈予備行動だな〉

術をかける以前の心身の調整に違いなかった。本番はこれからである。

念のため岩介は翌日早朝から御所に行った。帝の御容子をうかがうためだ。

天皇はお目覚めになると、必ず一度回廊に出られて、朝のすがすがしい空気を深々とお吸いになる。そうなさらないと気分がよくないのだと云われる。岩介が天皇に拝《はい》謁《えつ》するのはいつもその時刻だ。回廊の下に竹箒《たけぼうき》を持ってうずくまっていると、必ず声をかけて来て下さる。

「お早う」

今朝も爽《さわ》やかな声が降って来た。その声の調子で御躰の具合が判る。何事もないと見てとって、岩介は安堵《あんど》した。

「お変りもないようで、結構なことどす」

天皇は首を横に振られた。

「それがそうでない」

岩介はぎょっと見上げた。

「なんぞござりましたか」

「夢を見た」

夢は五臓六腑《ぷ》の疲れと云うのは嘘である。それは覚醒《かくせい》している時以上に、自分自身と外界について深く知覚している状態なのだ。論理的でない分、自然的且《か》つ直接的で、己れの感情も他者からの干渉をも正確に映し出す。夢占いと云うものが存在するゆえんである。

岩介は注意深い眼になり、天皇を凝視した。

「御自分のことでっしゃろか。それとも他人の……」

「見たこともない他人や。ぼけっとした中年男や。阿呆らしい話や」

そんな夢を見たことがいまいましくてならないと云った御様子だった。

男の特徴を問い質《ただ》して、岩介は背筋が寒くなって来た。天皇の夢の中に現れたのは、正しく朝比奈兵左衛門だったのである。岩介の裏をかいて見事に術をかけたのだ。

「その男、なんぞ致しましたか」

「なにもせえへん。ただじわじわ寄って来ようとするのや。無礼者、と怒鳴りとばしてやったら、ぱっと消えよった」

朝比奈兵左衛門は床の中にいる。

丑の刻参りを始めてから三日目になる。

兵左衛門の思考がほとんど停止している。恐怖がその原因だった。

昨夜、と云うよりは今早朝、丑の刻参りから戻り、寝床の中に入ると、兵左衛門は初めて帝への接近を試みた。

岩介が見抜いた通り、丑の刻参りは一つには心を整えるための行であり、一つには目くらましと敵を誘い出すためだった。

兵左衛門は帝を試そうと決心した日から、何者かの眼を感じていた。一つの視線が自分の一挙手一投足を見張っている実感があった。

〈観られている〉

そう確信したのだから、この男も並みの術者ではない。

観られている以上、下手な真似は出来ない。どこでも、またどれほど極秘裡《り》にでも呪法の準備をすれば、忽ち知られてしまう。だが兵左衛門の修得している呪法には、何らかの形の儀礼がどうしても必要だった。だから目くらましが必要だったのである。丑の刻参りは呪法の半ばにすぎない。後の半分は床の中でやる。眠りながら行うのだ。夢の世界を積極的に使い、呪法をかける特定の相手の夢に侵入し接触を保つ、と云う高度の呪法だった。これなら観法によって監視されていても、ほとんど気付かれることはない。

そして今朝、兵左衛門はそれを試みた。確かに帝の夢の中に侵入を果したと信じた正にその瞬間にそれは起った。

兵左衛門の思念の中が白光で眩《まぶ》しく輝いた。白く輝くだけで何一つ見えない。それは闇《やみ》の中にいるのと変りなかった。白い闇である。あまりに明るすぎて、何一つ見ることが出来ないのだ。そしてその白光の闇を貫くようにして、

「無礼者！」

その声がまるで雷鳴のように轟《とどろ》き、兵左衛門ははじきとばされ、意識を失ったのである。

目が覚めた時、兵左衛門は自分が生きているのか死んでいるのか判らなかった。死んでいても少しの不思議もなかった。だが不思議に生きていることが判った時、何故《なぜ》ともなく涙が溢れた。帝はお許し下された。兵左衛門はそう思った。またそうとしか思えなかった。あの白い闇がもう少し長く続いたら、自分は完全に盲目になっていた筈である。夢の中で盲目になるとは死を意味するだろう。

岩介の云った通りだった。帝は強烈な呪力をお持ちだ。その上不埒《ふらち》な侵入者を生かして帰すほど寛容でいらせられた。

兵左衛門は打ちのめされたと云っていい。

帝は何故尊いか。それは何人も打ち勝つことの出来ぬ呪力を、その血の中に持っていられるからだ。その岩介の答えはこの最初の接近で見事に証明されたことになる。本来、帝をお試し申し上げるということ自体、不遜《ふそん》極まりないものである。それを百も承知の上で実行に移したのは、このことに兵左衛門の一生の問題が賭《か》けられていたからだ。

自分が不敬を犯したために父を殺すことになったという残酷な事実を自らに納得させるためには、不可欠の試みだったのである。

それだけに、この一回だけの試しで終えることは出来ない。兵左衛門は自分が前もってきめた三度の試しの残り二回を、完璧《かんぺき》に実行しなければならなかった。気持の上では打ちのめされてはいたが、自分に課した義務を避けることは修験道の術者にとって絶対許されることではなかった。

〈わしは死ぬかもしれぬ〉

一回目の試みは寛容にも許された。だが二回目、三回目ともなれば、いつ帝のお怒りが爆発するかもしれない。死んでも構わなかった。帝の不可侵性をしかと己れの心に摑《つか》むことが出来れば、少年の日の己れの過《あやま》ちを確認することが出来れば、その罰として死ぬことは少しも構わなかった。

兵左衛門はそろりと寝床を出た。音もなく身支度を終え、表に出た。今夜は珍しく脇差《わきざし》を差している。

また誰かの視線を感じた。相変らず観られている。それが『天皇の隠密』の眼であることを、今の兵左衛門は確信している。その正体も大凡《おおよそ》は見抜いていた。だがもう気にもしない。足早に叡山行者道に向った。次第に速さを増し、やがて山道にかかると跳ぶように走った。忍びも顔負けの速さだった。これが峯《みね》入りの修験者の速さである。

途中の竹藪《たけやぶ》で手早く若竹を一節切った。歩きながら小柄《こづか》を使って節と節の間を短冊《たんざく》型に切りとる。これは『竹封じ』に使うものだ。

山道を曲った。瞬間に兵左衛門は足をとめた。

五間の先の右手、崖《がけ》の上に黒々と人影が立っている。

「今晩は」

兵左衛門はうちとけた様子で声をかけた。

影がとび、山道に立った。岩介である。

「やっぱりお主だったたな」

兵左衛門が微笑した。

「昨日はわしの負けや」

岩介も屈託なげに微笑《わら》いながら云った。

微笑ってはいるが、岩介の腹の底は煮えくり返っている。

兵左衛門の丑の刻参りを偽計と看破《みやぶ》ったのはいいが、その先を見誤ったのである。

まさか夢界への侵入を計るとは思ってもみなかった。なまじ兵左衛門の行為のすべてを観ていると云う自信があっただけに、虚をつかれたのだ。

負けたのはいい。だがむざむざと帝への接近を許した自分が許せなかった。帝の呪力が兵左衛門の呪力に立ちまさっていたからよかったようなものの、反対の場合を考えれば慄然《りつぜん》とせざるを得ない。

岩介が敢《あえ》て自分の正体を曝して、直接的な戦闘を挑む気持になったのはそのためである。兵左衛門を味方につけると云う気は、半ばうせていた。兵左衛門がどうしても帝の力を試すことに固執するなら、殺すしかない。その覚悟をきめて出て来ていた。

「夢界に侵入する術を誰に教えてもろたんや。それも父御の阿善房からか」

岩介はわざと兵左衛門の父の名をあげた。父が兵左衛門の異様な心の在り方を解く鍵《かぎ》であることを直観的に知っていたからである。勿論、この瞬間も兵左衛門の心を読んでいる。その心は相変らず何一つ具体的な思考を示してはいないが、岩介の言葉で大きく揺らいだ。大きなうねりの如きものを岩介ははっきり感じ、自分の言葉が急所を衝《つ》いたことを悟った。

「違う。果心居士《こじ》さまだ」

この答は岩介を驚かすに充分だった。果心居士は三十一年昔の天正十二年以来、世の中から姿を消している。誰もが死んだものと思っていた。兵左衛門が真実を云っているとすれば、彼は十歳以前に果心居士の弟子だったことになる。

その岩介の疑惑を読んだように、兵左衛門が云った。

「果心さまはまだご存命だ。死ぬことを忘れたようなお方だよ」

何故ここまで師の秘密を曝いてみせるのだろう。岩介はふっとそう思った。師の秘密以上に伏せるべき秘密があるからだ。そうとしか考えられなかった。それが父親のことであることも明かである。

「帝のお力をなんで試したいんや。なんぞ父御と関係があるんやろ。本音を吐いたらどうや」

追い討ちをかけた瞬間、不意に兵左衛門の攻撃が来た。『不動金縛りの法』である。父のことをこれ以上追及されたくない兵左衛門の窮余の反撃だった。

だが強烈な気を受けて倒れたのは兵左衛門の方だ。彼の前には炎を背負った不動明王がいた。その顔は岩介だった。

兵左衛門は岩介の『不動金縛り返し』を受けたのである。それは彼が自分の『不動金縛りの法』が、岩介に既に見抜かれていたことを知らなかったために起った。

『不動金縛り返し』にぶつかると、自分の『不動金縛りの法』の力がそのまま自分に戻って来る。それは直接に金縛りにかけられるより遥《はる》かに強烈な衝撃を伴う。

後頭部から地べたに叩《たた》きつけられた兵左衛門は、死を確信した。もとより躰は硬直して動かず、眼も見えず、耳も聞えず、口も利《き》けない。

従って兵左衛門が見た不動明王は、眼で見たものではなかった。心の中に結ばれた像だった。その顔が岩介だったのは最後に眼に映ったのが岩介だったからである。いわば残像だった。

兵左衛門の心が初めて破れた。

父親の阿善房の血を吐くような言葉が心の中に響き渡った。

阿善房の姿が高い断崖《だんがい》の上に立ち、鳥のように飛び、石のようにまっすぐに落ちていった。

幼い兵左衛門が一切の表情を消し去った顔で、黙々と父の屍《しかばね》を谷底の土の中に埋めていた。

そのすべてをほとんど一瞬のうちに岩介は読んだ。危く泣きそうになった。岩介には想像もつかぬ、辛《つら》い辛い現実だった。こんな現実から出発しなければならなかった兵左衛門の人生の困難さが、ひしひしと身に沁みた。

「帝は何故えらいか」

まるで子供のように稚《いとけな》いこの問いが、兵左衛門にとってはのっぴきならぬものであったことを、今こそ岩介は悟った。

兵左衛門としてはどう仕様もないことだった。そこを通過しなければ生き続けることのかなわぬ生死の問題だった。

だが、だからと云って、帝をお試し申していいわけがない。単に不敬と云うだけではすまされない重大な危険を伴うことだからである。心情としては理解出来ることであっても、断じて許さるべきことではない。

岩介は考えた揚句、術を解いた。

兵左衛門の硬直は即座に融《と》けたが、暫《しばら》くは指一本動かすことが出来ない。肉体的と云うより心理的な衝撃があまりにも大きすぎた。

かなりの間を置いて、兵左衛門が云った。

「何故、殺さぬ？」

「殺して欲しいんか」

「殺さねば、また帝を試す」

　きっぱりと云った。

　岩介は悲しげに兵左衛門を見た。

「一度で足りた筈やないか。帝のお力にあっさりはねとばされたやないか。それでも懲《こ》りへんのか」

「わしは三度試そうときめたのだ。確かに帝のお力のほどは判ったが、あと二度はやってみねば気がすまぬ」

　頑として兵左衛門が云う。

「自分だけで勝手にきめて、どこまでも押し通すのを片意地いうんや。それに残りは二度やない。一度だけや」

「何故だ」

「今日が二度目やないか。二度目をわしに破られたやないか。天皇の分身たるわしに破られるような術が、帝御本人に通用するわけがない。竹封じの術は人に知られたら効かへんのやで」

　岩介の云う通りだった。今夜の術はかける前に破れたのである。兵左衛門も暫く考えた末に同意した。

「判った。ではあと一度だ」

「ほんま、片意地もええとこや。あんた、もう一度やったら死ぬで」

「覚悟の上だ」

即座に切り返した。

「死の覚悟もなしに、帝をお試し申し上げるほど、わしは不遜ではない」

岩介はつくづくと兵左衛門を見つめ、沁々《しみじみ》と云った。

「自分が親父殿を殺したことが、そないに辛いんか」

兵左衛門は息を詰め、思わず一歩退った。凄《すさ》まじい衝撃だった。岩介がどうしてそこまで知っているのか理解出来なかった。だがすぐはたと悟った。

「お主、心を読むのか！」

岩介は憐《あわ》れむように静かに云った。

「親父殿は立山の絶壁から、鳥のように飛び、石のように落ちた」

兵左衛門はかっとなった。成人して以来おぼえのないほどの逆上ぶりだった。兵左衛門の両手が袂《たもと》に入ったと見る間に、小さな黒い弾丸が岩介を襲った。それも二個や三個ではない。たちどころに十数個、それこそ雨霰《あめあられ》のように凄まじい速度で飛んで来た。

　これは指弾の術である。元来は中国の少林寺拳法《けんぽう》にあったと云われるが、いつの頃からか我が国に渡来し、伊賀忍びたちの武技になった。鉄砲玉より小さい鉛弾を人差指ではじき飛ばすのだから、大方は至近距離でしか使えない。狙《ねら》いも顔面、特に眼である。だが兵左衛門の指弾は違う。充分に五間の距離を飛び、着衣を貫いて心臓に達する強力さだった。

「成程」

　岩介は声に出して云った。手に一筋の折り畳んだ手拭《てぬぐ》いを持っている。なんとその手拭いで、飛来する弾丸を悉《ことごと》く打ち落し、打ち払っていた。

「これが朝比奈兵左衛門の兵法か」

　刀法も体術もまるっきり駄目だと云う佐助の評価を、岩介は信じていなかった。なんの護身術も持たずに、この戦乱の世を今日まで生きて来られた筈がない。まして仕事は隠密ではないか。これは見つかれば必ず斬《き》られる職業なのである。それをしぶとく生き永らえて来られたからは必ず何か最後の秘術を持っているにきまっていた。ぎりぎりの土壇場でだけ使う必殺の術である。それがこの途方もない指弾の術だったわけだ。

岩介も指弾の術を習ったことがあるし、その気になれば何時《いつ》でも使える。だがこんな凄まじいまでの強さと迅速さは持っていない。岩介の指弾は相手の隙《すき》をつくり、傷つけ警戒させて逃げるためのものだ。兵左衛門の指弾は明かに殺人の術だった。

だが手拭い一本でその弾丸を悉く払い落す岩介の術は、それはそれで驚くべきものだった。読者は絵空事にすぎぬとお思いになるかもしれないが、現代でも三八口径の拳銃から発された六発の弾丸を悉く座布団《ざぶとん》一枚ではたき落したやくざ者もいるし、やはり手拭いで口径不明の拳銃弾を払いのけた男もいる。決して不可能なことではないのだ。現代の場合はいずれも窮余の偶発事であるが、岩介のそれは習練を積んだ術だ。それだけの違いである。

兵左衛門の弾丸が尽きた。同時に闇雲な怒気も去った。

「お主、何者だ？　本当に人か？　鬼ではないのか」

茫然《ぼうぜん》として呟くように云った。兵左衛門が使った弾丸は二十発だった。それが悉く払い落されたとは信ずべからざる事態だった。

「八瀬童子は鬼の子孫や。わしはその本卦還《ほんけがえ》りやねん」

岩介は笑いながら茶化すように云う。

「まだわしを殺さないのか」

「殺さへん」

「何故だ？」

「あんたを天皇の隠密にしたいからや」

兵左衛門の驚愕の表情は本物だった。

「な、なんだと!?」

「天皇の隠密になりなはれ。それが親父殿への最高の供養《くよう》やないか」

兵左衛門は暫く声を失ったままだった。

「矢張り……」

押し出すように云う。

「帝の隠密はあったのか」

岩介は答えない。強い眼でただ見つめていた。兵左衛門の心の中が暴風雨の中のように荒れ狂っているのを読んでいた。今の兵左衛門の言葉は、その凄まじいまでの動揺を誤魔化すための擬態である。だから返事の必要はないのだった。

「どうしてわしを隠密に……」

これも同じ擬態だった。心内の嵐《あらし》は一向に熄《や》もうとしない。益々激しさを加えて来るようだった。

「ごちゃごちゃ云わんとけ」

岩介がぴしりと云った。

「親父殿と果心居士さまから伝えられた術を、帝のために使わんかい。徒《いたず》らに覇道を狙う徳川のために使うて何になるんや。王道のために使うてこそ、術も生きる。親父殿かて冥府《めいふ》で満足される筈や。ちゃうか、兵左殿」

兵左衛門の唇がかたく引き結ばれた。何かに耐えている。噴出しそうな何かをじっと耐えている。そう云う顔だった。

「あんた、京都所司代に仕えとって、生きとる甲斐《かい》があるんか。正直に云うてみ。生きとってよかった思うたことが、一度でもあったか」

岩介の言葉が鋭さを増して来た。

「わしはやな、帝にお仕えしとるだけで、いつ死んでも悔いがない。いつでも倖《しあわ》せに死ねる」

兵左衛門の腰ががくんと折れた。そのまま地べたに坐り込んでしまった。

「あんたもきっとそうなる。生きとれば生きとるだけ、親父殿を殺した罰が、一枚また一枚と薄紙を剝《は》がすように軽うなる」

突然、号泣が起った。

兵左衛門は地べたに叩きつけられたように身を打ち伏し、土をかきむしるようにして泣きに泣いた。人間がこれほど泣けるものかと思われるような、凄まじいまでの泣きようだった。

その涙につれて、胸の中の暴風雨が徐々に徐々に鎮まってゆくのを、岩介は読んでいた。

「やらせてくれ」

兵左衛門の口から呻きに似た声が洩《も》れた。

「何としてでもやらせてくれ。帝の隠密を……頼むよ」

正に肺腑《はいふ》の言である。岩介は満足だった。

慶長二十年五月七日申《さる》の刻すなわち午後四時頃、大坂城は落ちた。真田幸村以下この日の大坂方の攻撃は猛烈を極め、家康は本陣まで斬り込まれて、生命からがら三里も逃げたと云う。三方ヶ原以来初めての危機だったと大久保彦左衛門が『三河物語』に書いている。

秀忠もまた大野治長に攻められ、一時は本陣まで突き崩された。柳生宗矩が自ら剣を抜き、七人の鎧《よろい》武者を新陰流逆風の太刀で斬ったと伝えられるのはこの時である。

だが結局は軍勢の数がものを云った。真田幸村、明石全登など智将・勇将悉く討死し、生き残った者は城に戻るか、そのまま逃亡した。

かねて徳川方に通じていた大坂城の賄頭《まかないがしら》佐々弥助（一説では大角与右衛門）が三の丸の厨房《ちゅうぼう》に放火し、消火する者もないままに火は二の丸、本丸と燃え移った。城に戻った将士の大方は自殺したらしい。大坂方の死者の実数は不明だが、二万を下ることはないと云われる。

秀頼と淀殿は火を避けて山里曲輪の唐物庫に籠《こも》った。従った者は『徳川実紀』にあげられただけで三十二人だが、実数はもっと多かった筈だ。

不思議な話だが、徳川方はこの夜この庫に攻撃を加えていない。或《ある》いは大野治長のすすめにより、千姫を秀忠のもとに返し、秀頼母子の助命嘆願をさせた効果だったのかもしれない。

城を焼く火は夜を徹して続き、京・奈良あたりからも望見されたと云う。

『大坂表ノ御ハナシ落城ノ由《よし》申シ候。火ノ手アガリ申シ候ヲ、清涼殿屋根ヨリ見物申シ候。昼ノ八時（午後二時）ヨリ夜半時分マデ火焔見エ申シ候』（『土御門《つちみかど》泰重卿《やすしげきょう》記《き》』）

清涼殿とは天皇が普段住まわれている場所である。その屋根に登ったのは公卿だけの筈がない。後水尾天皇が関白鷹司信尚以下の三公九卿を率いて屋根に登り、南西、男山の彼方《かなた》の天をこがす焰《ほのお》をご覧になったのである。

岩介は天皇の足もとに小さく坐《すわ》っていた。天皇は全く無言でいらせられた。公卿たちにも声はない。そこはかとない気配に岩介がふと見上げると、天皇は涙を流していられた。

岩介は暗澹《あんたん》となった。

天皇が秀頼母子の死に涙するいわれはない。豊臣家は天皇家に尽くしたように巷間《こうかん》伝えられているが、実は利用しただけのことである。誰よりもそのことを御存知なのは天皇ご自身の筈だった。だからこの涙は豊臣家のためではない。豊臣家の消滅によって当然生ずるであろう圧倒的な徳川専制への憂《うれ》いが、この涙を生んだとしか思えなかった。

翌五月八日は、青空に白雲の峯の湧《わ》く、爽やかな天気だった。山里曲輪唐物庫の高窓からも、その空ははっきりと眼にすることが出来た。

「とても腹を切る天気じゃないな」

高窓の鉄格子《てつごうし》を金鋸《かねのこぎり》で切りながら、佐助がのんびりと云った。云った途端に黒煙が入り込んで来て咳《せき》こんだ。

「罰当りなことを云うからだ」

涼しげな声が下から上って来る。これははっとするほど見目美しい女房（腰元）だった。そのくせ声は男のものだ。

庫の中一面に展開されているのは、凄惨《せいさん》を極めた光景である。五十人を越す男女が全員、男は腹を切り、女は胸を突いてつっ伏している。血の海の中に生きて立っているのは、この女房一人だった。

六個の大きな火薬樽《だる》が配置され、それぞれにつながる導火索が一つにまとめられて、この女房の手にあった。一つの樽に凭《もた》せかけられているのは明かに秀頼と淀殿の屍体《したい》だった。秀頼の胴に首はなく、膝《ひざ》の上に乗せられている。この樽が爆発すると二人の屍体は粉微塵《こなみじん》になって吹き飛ぶ。そのように仕掛けられていた。

別の火薬樽には、同様に首のない真田大助の若い屍体が凭せかけてあった。これは佐助が涙ながらに介錯《かいしゃく》したものである。大助は幸村の嫡男《ちゃくなん》で、年齢は十三歳とも十六歳とも云う。首は佐助が背に負っていた。

女房が首をかしげて外の気配を伺うと云った。

「連中が来たぞ」

一斉射撃の音が起った。この庫は既に井伊直孝と安藤重信の鉄砲隊によって完全に包囲されていた。

「終ったよ」

佐助がぽいと金鋸を放った。

女房が導火索に火縄で点火した。一瞬、火の燃え具合を確かめると、高窓から垂れた細引を摑み、あられもない姿で、だが恐ろしい素早さで高窓に達し、外へ跳んだ。佐助の姿は既に消えている。

井伊直孝の軍勢がこの唐物庫の戸を打ち破り乱入するのと火薬樽の爆発は全く同時だった。

六個の火薬樽の爆発は凄まじかった。庫の屋根が吹き飛ぶと同時に、秀頼・淀殿をはじめ大坂方の屍体は、多数の井伊兵を道連れにして粉微塵となって四散したのである。その上猛火があがった。油樽も用意されていたためだ。四散を免れた屍体はこの火で焼かれることになった。

佐助と若い女房は恐ろしい速さで走り、この大爆発を京橋口のあたりで見た。爆風はここまで届き、二人の袖《そで》をひるがえした。

二人の足が自然にとまり、山里曲輪を振り返った。感情を持たないと称される忍者でも、滅亡に対する感慨はある。山里曲輪に立ち登る一筋の濃い黒煙を見つめながら、佐助の眼はかすかに濡《ぬ》れていた。

その背を若女房がどやすように叩いた。凡《およ》そ女の仕草ではなかったし、吐かれた言葉も乾いて伝法なものだった。

「行こうよ、佐助さん。しめっぽくなるのは俺たちの柄じゃねえ」

「早よ着替えんか、才蔵。落武者狩りにひっかかるやないか。裸に剝《む》かれたいんか」

佐助が吼《ほ》えたのは、照れ隠しだった。

若女房はにやっと笑うと、すっぽり女衣裳《いしょう》を脱いだ。下にはくたびれた紙衣《かみこ》を着けている。腰に忍びの使う道具袋を下げていた。手を上げてちょっと髪をいじると忽《たちま》ち凜々《りり》しい少年の姿に変った。焼跡の灰をすくって顔に塗り、どうやら並の若者になった。

これは霧隠《きりがくれ》才蔵と異名をとった真田幸村配下の忍びである。佐助にとっては弟弟子に当る同じ戸隠忍者の裔《すえ》だった。齢《とし》は二十歳をとうに越えている筈だが、どう見ても十六、七の少年にしか見えない。その上、女でさえ息を吞《の》む程の美貌である。その点が忍びとしては最大の欠点だった。一目才蔵を見た者はその顔を忘れないからだ。だからほとんどの場合、才蔵は女姿になって仕事をする。

佐助は才蔵の少年時代、手をとって忍びの術を教えたことがある。半ば師匠のようなものだ。だがその佐助にとってさえ、今の才蔵には得体の知れないところがある。その理由の一つは、真田幸村に仕える以前の数年を、才蔵が長崎と博多で過したことにあるようだと佐助は思っている。その間に何をしていたのか、才蔵は佐助にさえ頑として語ろうとしない。どうやらキリシタンのために働いていたらしく、その間に数々の南蛮の魔法と云われるものを身につけたらしい。ものの考え方にも南蛮風の理に勝ったところがあった。

佐助と才蔵はそのまま京に走り、翌日の午には四条河原にいた。ここだけは大坂で合戦があったことなど知らぬように、相変らず猥雑《わいざつ》で盛っていた。

こんな場所に来るとこの二人は水を得た魚のように溌剌《はつらつ》となる。いかにも気楽そうに物を喰い茶を喫していた。その姿を岩介と兵左衛門がじっと見ていた。

岩介と兵左衛門は見世物の葭簀《よしず》張の中にいる。

昨日、御所の築地に、佐助ととりきめた小さな印しがあったのでここへ出向いたのだが、同行する才蔵のことは聞いていなかった。そのための用心である。

当然、岩介は佐助の心を読み、次いで才蔵の心を読んだ。

「佐助はんの弟子らしいな。霧隠才蔵やと。けど……」

「けど……？」

兵左衛門が尋ねる。いつものように毒にも薬にもならぬ茫漠とした顔だった。

「おもろいわ。キリシタンやで、あの男」

兵左衛門は胆《きも》を潰《つぶ》した表情になった。キリシタンの忍びというのを初めて聞いたのだ。忍びはどんな破戒無惨《むざん》なことでもやってのけられる者でなくては勤らない苛酷《かこく》なりわいである。その点が修験者と明白な一線を画するものであると、兵左衛門は理解している。キリシタンの教義について深くは知らないが、バテレンたちを見る限り厳しい戒律を保っているように見えた。事実、仏教の僧侶《そうりょ》たちの腐敗堕落を口を極めて責めたのは彼等である。そんな厳しい戒律の下で、忍び特有の非情さを維持してゆけるのだろうか。例えば人を殺すことが認められるのだろうか。

岩介には別段心を読むまでもなく、兵左衛門の表情を見ただけで、そうした思案が理解出来た。岩介にとっても疑問だったためでもある。

「一番にためしてみなあかんなあ」

岩介が云うと、兵左衛門がちょっと不安そうにした。彼は大坂城内にいた時、霧隠才蔵の名は聞いている。佐助と並ぶ稀代《きたい》の術者の名が高かった。もっとも顔は見たことがない。女房衆に化けていたからだが、そこまではさすがの兵左衛門にも判らなかった。

「佐助殿に勝るとも劣らぬ術者だと云う噂《うわさ》ですが……」

警告するように云った。

「判ってまんがな。怪我《けが》させるような真似《まね》はしまへん」

岩介がおどけて応《こた》えると、

「申しわけない。あくまで念のためでござる」

兵左衛門が鹿爪《しかつめ》らしく謝った。二人は笑いながら葭簀張を出た。佐助たちには声もかけず、そのまま六条三筋町に向った。確かめるまでもなく、佐助と才蔵はちゃんとついて来ていた。

例の無愛想な飲み屋で四人が顔を合せるとすぐ岩介が才蔵に向って云った。

「あんた、なんでキリシタンにならはった」

才蔵の反応は凄まじいまでの迅《はや》さだった。

いきなり横殴りの斬撃《ざんげき》が岩介を襲ったのである。呆《あき》れたことに得物は佐助の脇差だった。才蔵は無腰だった。だから咄嗟《とっさ》に隣りに坐った佐助の脇差を抜くなり、横に振ったのだ。佐助ほどの手練《てだ》れがむざむざと己れの脇差を奪われたことで、才蔵の異常なまでの迅さが判る。

岩介ほどの男がこの斬撃を躱《かわ》す暇がなかった。僅《わず》かに左腕を挙げて受け止めた。常人なら腕は切断された筈である。だが驚くべきことに脇差の方がぽきりと折れた。中国の武術に、躰を鉄の如く堅くし、槍《やり》も刀も岩石もはね返す術が現代でも遺《のこ》っている。岩介はその術を朝鮮で身につけていた。

佐助と兵左衛門は瞠目《どうもく》し、才蔵は蒼白《そうはく》になった。鉄の堅さを持つ人体をどう攻撃したらいいのか。その一瞬の思案の隙に岩介がまた云った。

「そないに惚《ほ》れとったんか、あいと云う女子に」

これは才蔵にとって致命的とも云える一撃だった。一瞬棒立ちになったと見えたが、忽ち飯台につっ伏して泣き出した。どうにもならなかった。躰の力という力が抜け、涙だけがあとからあとから吹き上げて来る。それほどの悲しみだった。

あいは長崎の唐物屋の娘だった。知り合った時、才蔵は十九、あいは十二だった。知り合った場所は教会だった。あいの一家はキリシタンだったのである。

泥の中に浮ぶ蓮が純白の花を咲かせるように、醜い人の世が稀に奇蹟《きせき》のように純粋で無垢《むく》な女の子を生むことがある。あいはその奇蹟の子だった。目が覚めるように美しく、しかも人を疑うことを知らぬ無垢の心を持っていた。

一目あいを見た時から、才蔵はこの奇蹟の娘を守るのが自分の使命だと信じた。誰に頼まれたわけでもなく、常時あいと同行するようになった。誰一人、あいの両親でさえ、一言の苦情も云わなかった。それほどこの美貌の少年と聖《きよ》らかな少女の並んだ姿は似合ったのである。

二人が愛し合うに至ったのは当然の成行であろう。だがこの愛は肉の愛ではない。才蔵はあいの躰に一指も触れることはなかったし、あいは肉の愛に全く無智だった。この二人にとって、愛とはお互いの心を知ることであり、相手の眼で世界を見ることが出来ると云うことだった。あいは才蔵の見る波瀾《はらん》と危険に満ちた世界に戦《おのの》きを感じ、才蔵はあいの見る澄明《ちょうめい》で平和な世界に酔った。そこでは花々も樹々も、鳥も獣たちも言葉を持ち、歌を持っていた。

三年後、小さな旋風が突如、この倖せな二人を襲った。

あいの家はもともと山口の出である。早く長崎に来て成功したのだが、入信したのは山口でだった。だからそこには親族も多く信者仲間もいた。その一人に『盲目のダミアン』の名で知られる元琵琶《びわ》法師がいた。

領主毛利輝元はキリシタン嫌いだったが、過激な弾圧を好まず、穏やかな態度で領内の宣教師たちを追い出した。彼等がいなくなればキリシタンも減ると云う計算だった。ところが『盲目のダミアン』が宣教師のあとを引継ぎ、キリシタンの頭となって熱烈な説教をし、幼児に洗礼を授け、死者を葬《ほうむ》り、村々に散在するキリシタンを訪ねては助言をし慰め、更に新しい信者まで作った。

慶長十年の夏、あいは父母につれられて故郷山口に帰り、ダミアンの家を宿にした。才蔵も当然のことのように同行した。

不幸にも毛利輝元がダミアン抹殺《まっさつ》に踏み切ったのはその頃のことだった。

或日、ダミアンは奉行所に呼び出され、背教を条件に充分の扶持《ふち》と身分を与えることを提案された。ダミアンは拒否した。逆に奉行に向って説教を行ったと云う。夜半を待ってダミアンは川に運ばれて殺され、遺体は切り刻まれてばらばらに棄てられた。処刑の事実をキリシタンに知られぬためだ。奉行所はダミアンを失踪《しっそう》したことにしたかったのである。

だがそうはゆかなかった。ダミアンの身を案じたあいが、才蔵と共に夜になって奉行所に行き、馬で運ばれるダミアンの後を追って殺害の現場を目撃したからだ。

あいの悲鳴にぎょっとなった役人の投げた槍が、才蔵がはじきとばす暇もなく、あいの胸をえぐった。激怒して役人たちを一人残らず斬り殺そうと抜刀した才蔵の手を、あいが捉《とら》えた。

「私のために殺さないで、お願い。マリアさまに許していただけなくなるもの」

才蔵はあいを抱いて走り、医者を叩き起して手当させたが既に手遅れだった。あいは才蔵の腕の中で息を引きとった。不思議なことに、あいは一度も苦痛を訴えていない。事実なんの苦痛も感じなかったようだった。

死ぬ間際《まぎわ》にあいは云った。

「才蔵もあとで、私と同じぱらいぞに来てね、待ってるから」

才蔵はその翌日に洗礼を受けた。当然、不殺の誓いをした。以後才蔵は人を殺していない。たった今、岩介を斬ろうとしたのは余りの驚愕による反射運動だった。才蔵は云った。

「わしはあいに逢《あ》えないかもしれません」

「不殺か」

佐助がぼそっと云った。

「驚いたな」

才蔵を睨《にら》んだ。自分の弟子と云ってもいい男に、今の今まで裏切られていたと云う心の傷《いた》みが、その眼にはっきりと出ていた。才蔵はぺこりと頭を下げた。

「すみません。でも切支丹《キリシタン》と云うことを明かしていたら、幸村さまはわしを使っては下さらなかったでしょう」

「当り前や。敵を殺せん忍びが、何の役に立つ」

「でもわしは役に立ったでしょう。任務はちゃんと果した筈《はず》ですよ。そうじゃありませんか」

佐助は沈黙した。今までの仕事を振り返っているのだ。

「そやな。ま、仕事はきちんとしとったようやな」

やっとそう云って才蔵をほっとさせた。

「けど不殺とはなんや。手強《てごわ》い相手に遇《お》うたらどないするんや」

「殺されます」

才蔵があっさり云って、佐助の眼を剝かせた。

「お前、なんで忍びをやめんかったんや」

「切支丹は自殺出来ないんです」

あいと共に死にたかったのである。だが俗人では『ぱらいぞ』に行くことは叶《かな》わない。だから切支丹になった。だが切支丹に自殺は許されない。自殺してはあいの待つ『ぱらいぞ』に行けないのだと云う。

「殺されるために忍びやっとるんか」

呆れたように佐助は云い、次いで岩介に頭を下げた。

「すんまへん。こいつ、役に立ちまへんわ。今度の仕事のことはまだなんも話してまへんけど、殺したってください。わしでよければすぐ殺します」

それが忍びたるものの『けじめ』だった。

「わしがやるわ」

岩介が音もなく立った。

一瞬早く才蔵が跳《と》び退《しさ》っている。

「簡単じゃありませんよ」

美しく笑うと路地に出た。もとより逃げるためではない。自在に動くためだ。素早く岩介が追った。

それから四半刻《しはんとき》（三十分）の間、この狭い路地に繰りひろげられた二人の死闘を見る者がいたら、天狗《てんぐ》同士の闘いかと思った筈である。壁を横に走り、屋根に跳び、しかも一切音を立てない。人気のない路地だが、家の中は無人ではない。だが誰一人、顔を出した者はいなかったのである。

それは佐助と兵左衛門にとっては、この上なく感動的な光景だった。

岩介も才蔵も全力を挙げて闘っていた。二人とも素手だったが、岩介の手は容易に人を殺す力を持つ。才蔵の手も不殺の誓いはあっても、容易に人を傷つけることは出来る。双方とも一切の手心なしに本気で闘っていた。事実岩介は朝鮮で学んだあらゆる拳法の秘儀を、惜しみなく開陳していた。

佐助も兵左衛門も何度か、ひやっとした顔で肩をすくめた。自分なら今の一撃で死んでいる。そう感じたからだ。

だが才蔵はしぶとくそれを受け流し、切り返して攻撃した。

四半刻をすぎて、さすがに才蔵の限界が来た。岩介の拳を受けて吹っ飛んだ。

〈やっとあいに逢える〉

才蔵が霞《かす》んだ意識の下でそう信じたほどの打撃だった。

「躰の柔らかさと迅さは天性のもんやな」

岩介の声が聞えた。

〈畜生。まだ死んでなかった〉

才蔵ははね起きようとしたが、躰が動かなかった。岩介が飲み屋の中に運び込み、活を入れると、どうやら意識は鮮明になり、多少ながら躰も動くようになった。

〈やれやれ、また生きちまった〉

腹の中で毒づいた。岩介がにたっと笑った。

「えらいすんまへんな」

才蔵は苦笑した。この男に心を読む力のあることを忘れていたのである。それにしても世には途方もない男がいるものだと沁々と思った。

大坂城の落人《おちうど》狩りは織田信長を思わせるような徹底した凄まじさだった。連日のように縄をかけられた落武者が京へ送られ、六条河原で首を斬られた。

レオン・パジェスはその『切支丹宗門史』の中で云う。

『内府様（秀忠のこと）は、京都から伏見に至る街道に沿うて台を設け、首級をその上に曝《さら》したが、その台は十八列あり、或る列には千余の首が数へられた』

長宗我部盛親が捕えられ、大野道犬が捕えられた。道犬は堺の町を焼いたため、堺の町民に渡され火あぶりにされた。

豊臣秀頼は千姫との間には子を作らなかったが、側室の成田氏との間に八歳の男の子国松と七歳の女の子を生した。二人は捕えられ、国松は六条河原で首を斬られた。五月二十三日のことだ。京都豊国社の神竜院梵舜《ぼんしゅん》はその日記に書く。

『諸人見物迄《まで》哀れみ申す由也《なり》』

慶長二十年七月十三日、年号は改まり元和元年になった。

徳川家の強い要請によるものだ。家康はこの改元によって徳川家永代の基礎の出来た記念としたのである。

朝廷に改元の理由は全くない。これ一つとってさえ、徳川家の不敬は覆《おお》いがたいものがある。

天皇と関白鷹司信尚はこれだけで充分不快だった。

それでも虫を抑えて承知したのは、一つには家康の関白忌避があまりにもひどくなったためである。

公家《くげ》たちは家康の二条城凱旋《がいせん》を迎え、一人々々祝辞を贈り、家康もまたにこやかに挨拶《あいさつ》を返したにもかかわらず、信尚に対してだけは又してもぷいと顔をそむけ、祝辞も聞うとせず、返事もしなかった。

信尚はこの時点で腹を括《くく》った。こんなことではとても関白は勤らない。家康の態度は明かにそう云っているのだ。関白を替えろ。ことごとに幕府に楯《たて》つくような青二才につとまる職務ではない。もっと老練の、話の判《わか》る人物にせよ。たとえば前の関白九条忠栄か二条昭実《あきざね》あたりがいい。武家伝奏を通じて既に名ざしで話が来ているのを信尚は知っている。

関白を辞任するくらいのことは、信尚にとっては何でもない。九条忠栄は論外だとしても、二条昭実は六十歳で確かに練れた人物だった。もっとも極端なことなかれ主義だから、徳川氏の恫喝《どうかつ》に弱く、同時に下位の者の意見にも弱い。信尚は左大臣に退くことで、この昭実を意のままに操ることが出来ると信じていた。

ところが改元になって僅か四日目の元和元年七月十七日、家康は二条城で驚くべき法を発布した。『禁中 並《ならびに》 公家諸法度』がそれである。信尚にとっては正に青天の霹靂《へきれき》だった。

二年前に出された『公家衆法度』は公家にのみ及ぼされる法である。だが今度の『禁中並公家諸法度』は天皇まで規制しようとする法度だった。我が国においては曾《かつ》て例を見ない画期的な法だ。

鎌倉幕府以来、武士の政権は四百年続いているが、天皇に対して法制を発布した例はない。

『本朝代々の将軍家に於《おい》て、前代未聞の御事』（『岩淵《いわぶち》夜話』）なのである。

古来天皇は法と同格であり、絶対に法の下につくものではなかった。天皇はいわば法の埒外にある。我が国はじまって以来初めて、徳川幕府はその天皇を法の下に規制し、法度に背いた場合は流罪《るざい》に処せらるべきことと、幕府による処罰の権まで明文化したのだ。

天皇はじめ禁裏の住人すべてが茫然となった。

『天子諸芸能之事。第一御学問也。学ばざれば、則《すなわ》ち古道を明らかにして、政《まつりごと》の太平に致すを能《よ》くせず、とは貞観政要《じょうがんせいよう》の明文也。寛平遺誡《かんぴょうのゆいかい》に、経史は窮《きわ》めずと雖《いえど》も、群書治要を誦習《しょうしゅう》すべしと云々《うんぬん》。和歌は光孝天皇より、いまだ絶えず。綺語《きぎょ》たりと雖も、我国の習俗也。棄《す》て置くべからずと云々。禁秘抄に載せるところ、御習学専要に候事』

これは十七条の憲法にならって全十七ヵ条から成る、この『禁中並公家諸法度』の第一条を読み下しにしたものである。ご覧の通り天皇の任務を規定したものだ。

天皇のつとめは芸能である、という冒頭の言葉は現代人を驚かせるに足りるが、ここで云う芸能とは勿論《もちろん》、現代の『芸能人』とか『芸能界』などに使われるものとは意味を異にする。教養として心得べき知識の総体をさす言葉で、中国の六芸《りくげい》（礼楽射御書数）をも含み、且《か》つ日常の室礼や芸道にまで及ぶと云う。いわば狭義の文化一般をさす言葉と云っていい。

つまりこれは、天皇が文化の面の最高権威であり、文化そのものの体現者であらせられると規定したものだ。

その文化の中で第一に要求されるのが学問である。それも中国唐代の帝王学である

『群書治要』であり、且つ歌学と有職学《ゆうそくがく》だと云う。帝王学とは古道の研究に通ずるから、古道と歌学と有職学と云い直してもいい。『経史は窮めずと雖も』と云う部分に、幕府の意図が露骨に出ている。学問と云っても政治学や史学に熱中されては困るのだ。現実の政治は幕府がやる。天皇はお気になさらないで宜《よろ》しい。いや、むしろお気になさってはならぬ、と云っているに等しい。

更に後の条々の中で三公や摂関家の任叙《にんじょ》まで幕府の意向を伺わねばならぬようにし、天皇の御服装まで規制申し上げている。そして、

『相背くに於ては、流罪に為《な》すべき事』

と幕府の手による罰則まで示しているのだ。

禁裏に生きる人々にとっては正に茫然自失せざるをえない驚くべき法度だった。

鷹司信尚は怒りのあまり躰の震えがとまらなかった。まるでそれを見抜きでもしたように、岩介が現れた。見据える信尚を平然と見返して、けろりと云った。

「いてまいまっか」

いてまうとは殺すの意である。

「誰のこと云うとるんや」

思わず訊《き》き返す信尚に、岩介は当然のことのように云った。

「大御所にきまってまんがな」

信尚は戦慄した。

信尚にとって大きな誘惑だったことは確かだった。

今の今まで、大御所家康を殺してやりたいと、腹の底から思っていたのだ。

それに岩介の態度は自信に溢《あふ》れている。

「そないなことほんまに出来るんか」

信尚が訊くと、

「出来まんがな。どないに警備を固めたかて、絶対殺したると思い定めた刺客人をとめることはできまへん。何時かは確実に殺されま」

気負いも何もない。当然の事実を語るような冷静さである。

信尚は一瞬絶句したが、すぐ我に返った。

「そらあかん」

「あきまへんか」

「少くとも、麿《まろ》が関白の間はあかん」

この時期に家康が暗殺されれば、疑われるのは大坂の残党か禁裏しかない。大坂方が手厳しい残党狩りで逃げ回るのが精一杯な今、疑惑はまっすぐ禁裏を指すことになり兼ねなかった。信尚はそれがこわい。己れ一個の保身のためではなく、帝の御為にその事態を避けたかった。幕府の報復処置は当然帝を襲うにきまっていたからだ。信尚は口早にその事情を岩介に告げた。いつか説得の口調になっている。この男は至極無造作に暗殺の一つぐらいはやってのけそうで、それが不安だった。

岩介がにたりと笑った。

「勝手に暗殺などせえしません。信用しとくなはれ」

この男が心を読むことを久し振りに思い出して、信尚は苦く笑った。

その晩。

岩介は六条三筋町の廓《くるわ》にいた。

例の呑み屋の近くにたまたま空家が出来て、佐助と才蔵が借りることになったからだ。この家もたべもの屋だったが、独り者の主人が女郎と深間になってにっちもさっちも行かず、遂《つい》に女郎もろとも駆け落ちしたのである。兵左衛門が呑み屋の親爺《おやじ》からその話を聞き、このげんの悪い家を借りることにした。佐助と才蔵は兄弟と云う触れ込みで、代筆屋を開業した。女郎たちが客に出す文を代筆する商売で、廓ではなくてはならぬ稼業《かぎょう》だった。太夫《たゆう》・天神などの高級な遊女は学問もあり、書もよくしたから、自筆で客への無心状も書いたが、端女郎と呼ばれる最低の遊女たちにはこの代筆屋が便利だった。

驚いたことに佐助は仲々の能書家だった。

才蔵の方は字も文章も苦手である。だから廓の中の雑用を引き受けたが、すぐ大きな揚屋に掛回りとして雇われることになった。掛回りとは遊客の家或いは店に行って掛金を集めて来る役だ。給金はたかの知れたものだが、常時遊廓と外の町を往復するので、自由に表に出ることのかなわぬ遊女や遣手《やりて》から買物や文の使いを頼まれる。その祝儀《しゅうぎ》が馬鹿にならなかった。

別して才蔵の美貌がある。廓内の使用人と遊女の情事は厳禁だったから（置屋・揚屋の主人も同様である）惚れた腫《は》れたの沙汰《さた》にはならないが、矢張り同じものを頼むなら美少年の方がいいにきまっている。お蔭《かげ》で才蔵はひっぱり凧《だこ》だった。

当然、他の掛回りたちの嫉妬《しっと》を招いたが、才蔵の手際は鮮やかだった。頼まれた仕事を惜しげもなく彼等に分けてやり、祝儀もそっくり渡してやった。頼み手のところへは必ず才蔵が顔を出すから苦情も出ない。

これで才蔵は、あっと云う間に、六条三筋町ではいい顔に成上ってしまった。二十人近い掛回りが才蔵を兄さんと呼ぶようになり、彼のためなら粉骨砕身の労を惜しまないまでになった。

それは廓の底辺に一つの組織を作ったようなものだった。少くとも廓内の情報は大小洩らさず才蔵の耳に入る仕組になった。

佐助の方にも女郎たちから同様に情報が入る。両者をつき合せれば、廓内のことで二人の知らぬことはなくなった。そして京在住の武士も、京に上って来た武士も、必ずと云っていいほどこの廓に集るのである。佐助と才蔵は居ながらにして、全国の武士社会の情報を集めることが出来た。

朝比奈兵左衛門は近衛家を辞め、再び京都所司代に復職した。

天皇の隠密《おんみつ》についての板倉勝重への報告は、或る意味で大胆不敵なものだった。

禁裏に常任の隠密は存在せず。随時忍びを雇って探索に当らせることになっているようだ。この時期には関白鷹司信尚が、個人の責任において、大坂方の忍びを雇った。忍びの名は戸隠流の猿飛佐助。真田幸村の腹心であり、どうやら幸村と信尚の間にかなりの繋《つなが》りがあったらしい。尚《なお》、幸村と佐助はこの度の合戦で討死。従って現在禁裏に隠密はいない。

幸村・佐助・信尚の名前を敢て出したところがこの報告の味噌《みそ》である。幸村は現実に討死し、佐助も死んだと思われているから、信尚がこの件で追及されることはない。

そして猿飛佐助の名はあまりにも有名である。佐助が臨時に天皇の隠密に雇われたのなら、何があってもおかしくはなかった。

その佐助の家に四人が顔を揃《そろ》えたのは、初秋の日も暮れかける頃だった。

それぞれが徳利と盃を抱えて車座になった。肴《さかな》は鉢一杯の秋茄子《あきなす》と大根だった。

皆、暫くは黙々と飲み且つ喰った。

岩介は珍しく満ち足りた思いで一座を見回した。

〈やっと出来た〉

その思いが強い。たった四人だが、これくらい頼りになる忍び集団は今の世にほとんどいまい。それこそ大御所暗殺だろうが何だろうが、楽々とやってのけられると云う気がした。

何よりも有難いことは、この四人は禁裏に迷惑をかけることなく、何でもやってのけられることだった。八瀬童子たちではそうはいかない。それに彼等は天皇の護衛としては頼りになっても、隠密仕事には不向きだった。昔はともかく、今ではあまりに遅れすぎている。忍びの術そのもののことではない。情報が不足し、世の中に遅れているのだ。ほとんど京都より外に出たことがないのだから当然だった。世の中のことが判らずに隠密役がつとまるわけがない。

そこへゆくとこの四人、特に自分を除いた三人は世の中のことで知らぬことはない。全国を渡り歩いているし、名だたる武将も大町人たちも知っている。何事にせよ、この三人を驚かすことは至難のわざだった。そしてどんな目にあっても心の動揺を来さないことこそ、隠密の条件の筈だ。

「将軍家は今日は清水あたりやな」

佐助がぽつんと云った。別にとりたてて意味はない。

「大御所の御出発は八月四日午《うま》の刻ときまった」

兵左衛門が云う。これも格別意味のある言葉ではない。

二人とも、どうする気だ、と岩介に訊いているだけだ。

勿論、暗殺のことである。

将軍秀忠を殺すなら、旅先の方が楽だ。江戸城へ入ってしまえば、それなりに厄介なことになる。ここから清水ぐらいの距離なら、佐助と才蔵の脚をもってすれば、今から追っても江戸に入る前につかまえられる。

家康も五日後には京を立つ。殺す気なら道中のどこでやるか、そろそろ考えて、下見に入る頃だった。

「あかん」

岩介は手を振った。

「あれはとりやめや。帝《みかど》が疑われはってはぐつが悪いわ」

「関白はんの台詞《せりふ》やな」

佐助が指摘し、次いで呆れたことを云った。

「わしらが死んだら、帝はご無事やないか」

佐助の云う通りだった。

家康なり、秀忠なりを殺して、その場で佐助か才蔵かが護衛の兵士たちと闘って斬り死すれば、誰もがこの暗殺を大坂方の報復と見るにきまっている。禁裏には絶対迷惑はかからない筈だった。

岩介が笑った。

「阿呆《あほ》なこと云いな。やっとこれだけの組が出来たんやないか。年寄りの首と引き換えに出来るかいな。勿体ない」

「そら、そやな」

佐助があっさり肯定して、一同を笑わせた。この恬然《てんぜん》たるところが佐助のおかしさであり、良さだった。

「それに……」

岩介は表情を引き締めた。

「帝はまだお若い。何も彼《か》もこれからや。長い長い闘いになるやろな。その間じゅう、わしらがお守りせんならんのや。簡単に死ねますかいな」

「それに……」

兵左衛門が云い添えた。

「大御所にしろ、御所にしろ、今更殺したところで、一度出された法度がなくなるものでもない。また変るものでもないでしょう」

口惜しいがこれは事実だ。殺すなら法度の出される前にやるべきだった。所詮《しょせん》は情報の不足である。だが恐らく全国の識者の中で誰一人、大坂との合戦の終った直後に、こんな驚くべき法度が発布されようとは、夢にも知らなかった筈である。その意味で、敵ながらまことに見事な作戦と云うしかなかった。家康と云う男の恐ろしさである。

「次に来るのは何でしょうか」

才蔵は禁裏のことについて、ほとんど智識がない。その点は佐助も同じことだ。兵左衛門とて細かい点までは到底判るわけがない。

一同の視線が岩介に注がれた。

「入内《じゅだい》やな」

岩介がぽつんと云う。

三人の表情が動かない。岩介の言葉が全く理解出来なかったからだ。

「入内って云いますと？」

「誰が入内するんや？」

才蔵と佐助が同時に尋ねた。

「和子《まさこ》。将軍はんの五番目の娘はんが帝のもとに嫁入りするんや」

岩介が語って聞かせた和子入内のいきさつは、佐助と才蔵を驚倒させるに足りた。兵左衛門さえ永年京都所司代の探索方を勤めながら、この件についてはほとんど知るところがなかった。

岩介は今更ながら、幕府がいかに隠密裡《り》にこの件を進めて来たかに気づき、愕然《がくぜん》としたと云っていい。一般武士も庶民も全く知らないところで、じわじわと進められて来た話だ。それだけに余計謀略の臭《にお》いが強いのである。

「禁裏方は何をしとるんや。そないなことが許されてええと思うてはるんか」

佐助の声は激昂《げっこう》に近い。

「公家はんは一人残らず腹を切るべきやないか。ようまあ、そないなこと、やすやすと通したもんや」

これは岩介自身をも責めていることになる。岩介としては一言もなかった。

「歳月の力やな。歳月をかけて、じわじわ、じわじわ固めて来た話や。それだけに壊しにくかったんや。これが急な話やったら、忽ち問題になった筈やし、しゃかりきになって潰すもんもおったやろ」

これは和子が生れると同時に始った話だから八年前である。和子は慶長十二年十月四日に生れている。その翌年にはもう入内の噂が立つ。醍醐寺の義演准后《じゅごう》がその日記に、

『親王御方への将軍姫君后《きさき》に立たせられ御上洛《じょうらく》と云々』

と書いたのは、慶長十三年九月二十六日のことだ。

だが実際に幕府と禁裏の間でその件について話し合った形跡はない。謀略と云う観点から見れば、極めて巧妙に噂を拡《ひろ》げたと云うことが出来る。

現実にこの話が禁裏に持ち込まれたのは、和子が六歳になった慶長十七年のことだ。この年の九月、幕府から申し入れのあった入内に、摂関家が関白鷹司家に集って『行装のこと』を相談したと、『孝亮宿禰日次記』にある。『行装のこと』とは入内の際にどんな衣裳を着るかと云うことである。これだけの大事に摂関家が集って衣裳の相談だけした筈がない。幕府に知られては困る危険な相談だったからこそ、こんな書き方

をせざるを得なかったのではないか。

以後の幕府の態度を見ると、入内のことは既定の事実と見なしているかのようだ。事実、武家伝奏広橋兼勝以下大方の公家はそう考えていた。関白鷹司信尚は家康を太政大臣にすることと引換えに、この入内を拒否しようとしたが、家康はそんな餌《えさ》にくいつく男ではない。太政大臣の方が辞退され、入内は正式になった。慶長十九年三月のことである。

倖《さいわ》いなことに、この四ヵ月後から豊臣家との関係が悪化し、遂に合戦に突入した。お蔭で入内の件は延期された。豊臣家の滅びた今、この件が再び問題化するのは目に見えている。今更ことの当否を問うことは不可能だった。それはいつの間にか前々からの既定事実として、天皇の御意志とも摂関家の意向とも関りなく、推進されて行くことになる。

事実、このことに反対する公家の数は決して多くはない。武家伝奏広橋兼勝を筆頭として、むしろこの入内を歓迎する公家の方が多かったのである。幕閣の庇護《ひご》の厚くなること、具体的には御料が増額され、禁裏の生活が豊かになる方が望ましかったからだ。後のことになるが、この入内によって当時一万石だった皇室の御料は、様々の形で四倍の四万石になったのだから、彼等の考えも無理からぬことと云えた。

「なに云うてまんねん」

佐助の怒り方は怒髪天を衝《つ》かんばかりの勢いだった。

「僅かな御料のことできめられる問題とちゃいまっせ。公家衆はいつからそない卑《いや》しゅうならはったんや」

確かにこれは天皇家の血に武家の血が入ると云う大事だった。

岩介は黙って酒を飲んでいた。佐助の怒りは極めてまっとうなものである。だからどれほど悪態をつかれても当然だと思う。逆に霰《あられ》を顔に受けているようにいい気持だった。公家衆の中でこれほどの怒りを示した者はただの一人もいなかった。つまりは徳川幕府の圧力に屈することが、それほど日常茶飯のものになっていると云うことだった。情けないと云えば、これほど情けないことはない。

「岩さんの覚悟のほどを聞こう」

兵左衛門が云った。岩介は初めて四人が顔を揃えた時から、四人は対等と決め、そう告げていた。お頭と云う者はいない。皆仲間であり、従って呼名もそれぞれの名で、特に敬称はつけない。問題提起の役は岩介になることが多いかもしれないが、それはいわば連絡役でしかない。だから兵左衛門は岩さんと呼んだ。岩介と呼び捨てでもいいし、岩どんだって少しも構わない。人は主従の立場より、対等の立場の方が実力を発揮出来ると云うのが、岩介の信条だった。

岩介は盃を置いた。

「徳川家の狙《ねら》いは和子さまに男の子を産ませ、その子を帝にすることや。それではじめて帝の外戚《がいせき》になれる」

ぎょろっと三人を見回した。三人が初めて見る岩介だった。八瀬の鬼の顔がそこにあった。

「和子さまは男の子を産まへん。それがわしの覚悟や」

三人とも慄然《りつぜん》として化石のように凝固した。

「そんなことが出来るんですか」

長い沈黙の果てに、まるで溜息《ためいき》をつくように、才蔵が云った。

「出来る」

岩介の顔は依然として鬼の顔である。才蔵は眼を伏せてその顔を見ないようにした。

「わしにはとても出来そうにありません。御勘弁願います」

「才蔵！」

佐助が喚《わめ》いたが、岩介が手をあげてとめた。

「ええんや、佐助はん。人各々《おのおの》やれることをやったらよろし。ぱらいぞへ行く人にやれることやないくらい、はなから判ってま。このことはわし一人でやらして貰《もら》いますわ」

岩介がまた元の少々とぼけたような柔和な表情に戻っている。佐助はぞっとした。さっきの鬼を見た後では、こっちの顔の方が恐ろしい感じがしたのである。

「各々出来ることをやると云うのは、わしも賛成だな。わしらはわしらのやれることをやろう」

兵左衛門が淡々と云った。佐助が訊く。

「わしらにやれることって何や？」

「さし当り大御所さまのお生命を狙うことだな」

一瞬一同が啞然《あぜん》となった。

「なに云うてんね。それはあかんと、さっき岩さんが云うたばかりやないか」

「殺すとは云っていない。狙うと云ったんだよ」

兵左衛門はあくまで穏やかだった。

「機会あるごとに、何度も何度もお生命を狙う。ただし殺さぬ。それで如何《いかが》？」

岩介に訊いた。岩介はにたりと笑った。いかにも兵左衛門らしい作戦だった。たとえ不成功にせよ、繰り返し生命を狙われて平気な男がいるわけがない。その度に冷やりとするだろうし、度重なれば眠れぬ夜も増えるかもしれない。夢に刺客が現れるようにでもなれば、現実に殺されるより却《かえ》って苦痛は酷《ひど》いだろう。

禁裏に対してこれだけのことを仕出かして置いて、枕《まくら》を高くして眠らせはしない。平和な夢を見ることだけは許さぬ、と兵左衛門は云っているのだ。

「警備が厳重であればあるほど効きまんな」

にこにこ笑いながら岩介が云う。確かにその方が衝撃は強かろう。佐助が呆れたように云った。

「こんな連中怒らせたら、えらい災厄や」

まさしくその災厄を家康は受けることになった。

元和元年九月二十九日、大御所家康は江戸へ向って駿府を立った。大坂合戦の最後の仕上げが江戸で家康を待っていた。仕上げと言ってもたいしたことではない。軍目付たちに記録された夥《おびただ》しい書類に基いて、直参旗本たちの合戦中の行動を或いは賞し、或いは罰することだった。

こんな仕事は役人でも出来る。事実、既に幕閣の手で詳細な書類が出来上っている。それでも最後の仕置は大御所自ら行わねばならない。それが大御所政治の要《かなめ》であり、家康が直臣たちをしかとその手に握って来られた理由でもあった。

もとより緊急の仕事ではない。

家康は好きな鷹《たか》狩りを繰り返しながらゆるゆると道中し、十月十日に江戸城に入った。

仕事は十日間で終ったようだ。十月二十一日にはもう家康は鷹狩りの旅に上っている。

戸田に遊び、以後川越・忍《おし》・岩槻《いわつき》・越谷・西葛西・千葉・東金・船橋までと日程も発表された。

家康の鷹狩りは狩りだけが目的ではない。こうして各地を渡り歩きながら、民政の得失、郡吏の善悪、農民の患苦を糺《ただ》すのである。だから行く先々で、遠近の百姓たちが訴状を捧《ささ》げることになり、その内重要と認めた内容については家康自身が訴え出た百姓に会って事情を聞き、罰すべき者は情け容赦なく罰した。為に地方役人たちは大御所の鷹狩りと聞けば震え上ったと云う。

家康は一番新しく、従って一番若い側室お六の方を連れ、蜂屋九郎左衛門善成の率いる五十人の警吏に守られて狩りを続けていった。

十月二十五日、家康は川越に着き、秀忠に使いを出した。自分は数日中に忍へゆくから、そなたも鴻巣《こうのす》まで来て狩りに加わらぬか、と云う。それを受けて、秀忠は十一月二日に江戸城を出て鴻巣へ向った。以後六日間、この地で家康と共に狩りをして過している。

両御所揃っての狩りである。当然、警備の数は増し、蟻《あり》一匹通さぬほどの万全の構えでお狩場を囲んだ。

狩りが始って三日目、この警戒厳重な鴻巣のお狩場に、佐助と才蔵の姿があった。二人とも番士と同じ身なりで、才蔵は銃身の恐ろしく長い鉄砲を背に担《かつ》いでいた。これは『遠町筒』と呼ばれる精巧無比を誇る狙撃《そげき》銃である。銃身の長さは通常の鉄砲の一メートルに較《くら》べて三倍の三メートル。中目当・前目当と云われる照門が三個もある。人体必中射程距離は通常の鉄砲の百メートルに較べて二百メートル。名人の手になれば、三百メートルを越すと云う。

「この辺やな」

佐助が足をとめたのは雑木林の入口である。狙撃のためと云うより、逃走路を確保するために、この平坦《へいたん》な野原では雑木林が便利だった。

佐助は首から左脇《わき》に胴乱を下げ、半弓を手にしている。その胴乱をおろして開けた。中には円型と棒型、二種類の炸裂《さくれつ》弾と煙玉が詰められている。炸裂弾の方は煙硝に小さな鉛弾をまぜ合せたものを詰めてあり、煙玉の方は桐灰《きりばい》と煙硝である。両者ともに口火用の火縄がつけられてある。先《ま》ず点火して放らなければ、爆発は起きない。

佐助は半弓の矢に、棒状の炸裂弾と煙玉を糸で結びつけはじめた。

才蔵の方は遠町筒を構えやすい場所を物色し、銃身を凭《もた》せかけやすいように樹幹に細工を施した。遠町筒は銃身が異常に長いため据銃《きょじゅう》しにくい。支え台が必要だった。次いで弾丸と煙硝を一発分ずつ紙の筒に入れた早合《はやごう》を手拭《てぬぐ》いの上にきちんと並べ、銃身の掃除に必要な槲杖《かるか》とぼろきれを用意した。早合は大きさが均一でない。後で撃つものほど小さくしてある。銃腔《じゅうこう》が膨張して早合が入りにくくなるためだ。

準備が整うとこの若者は樹の下に寝転んで、忽ち眠り込んでしまった。どんな短時間でも熟睡出来るし、いつでも目覚め、即座に動くことが出来なくては、忍びではない。

佐助は手近の樹にするすると登って、木の股《また》にあぐらをかいた。樹上も平地も変らないのは猿飛の異名が示す通りだった。

鷹狩りの本隊はまだ半里の先である。徐々にこちらに近づいていた。四半刻（三十分）もたてば遠町筒の射程距離に入る筈だった。

大御所と将軍が同行しているなどと云う機会はそう滅多にあるものではない。佐助に云わせれば、これは徳川方の驕《おご》りだった。豊臣家なき現在、二人の生命を狙う者などいるわけがないと高を括っているのだ。

〈慌てよるでえ〉

佐助が愉《たの》しくてたまらないと云うように、にたりと笑った。

岩介にめぐり遇えてよかったと沁々《しみじみ》思う。下手をすれば今頃は、日々の糧《かて》のために盗人働きでもしていた筈だった。自分一人では、到底こんな気分のいい仕事にはついていない。

〈殺す方がよっぽど楽やけどな〉

だがこのやり方の方が愉しいのは確かである。難しいだけに余計面白い。正に一個の芸だった。

人声が次第に近づく。もう十町（約千百メートル）となかった。

才蔵の眼がぱちりと開いた。佐助と同じ人声を聞いたのだ。はね起きるようなことはしない。もぞっと身をくねらせると、遠町筒を立て掛けた樹の根かたに移り、樹に沿ってすっと立った。音も立てない。近くに人がいても気づくわけがなかった。

生肉しか喰べなかった頃のエスキモーの視力は、文明人には信じ難いものがあったと云う。彼等が、鳥だ、と云って指さした方角を双眼鏡で見て、丸々一分経《た》ってからようやく鳥が見えたと云う嘘《うそ》のような話がある。

才蔵の眼はエスキモー並みだった。十町の距離で確実に家康と秀忠の姿を捉えた。

二人とも馬乗り袴《ばかま》に皮の羽織を着、頭には葵《あおい》の紋をうった陣笠《じんがさ》をかぶっている。

佐助が才蔵の樹に移り、するりと降りて来て才蔵と並んだ。

「陣笠？　それとも陣笠の紐《ひも》？」

才蔵が訊く。

「紐や」

佐助が愉しげに応えた。才蔵が頷《うなず》いて、遠町筒の最後の点検にかかった。佐助は胴乱と半弓を持って、もう一度樹に登ってゆく。

待った。

狩りの一行は次第に近づいて来る。

四町の距離に達した。

才蔵は遠町筒を樹幹で支え、じっくりと照準を合せた。同時に雑木林の中が俄《にわ》かに暗くなるのを感じた。これは佐助が樹上から桐灰を撒《ま》いたのである。才蔵の姿を万に一つも見咎《みとが》められないための手だった。

才蔵は全く表情を変えない。彼の網膜には今や家康の顔がほとんど大写しで映っている。耳の上を通る陣笠の紐まで、はっきりと映っている。左を狙うか、右を狙うか。

〈右だ〉

この遠町筒は僅かに左にそれる癖がある。左の紐を狙って万一それれば家康の顔面を砕くだろう。

〈鼓膜を破るかもしれないな〉

それくらいの傷害は許される筈だった。

家康たちは三町の距離に達した。

才蔵はじんわりと引鉄《ひきがね》をしぼりはじめた。やがて、ことりと引鉄が落ちた。

轟音《ごうおん》。

樹上にいた佐助は躍り上りそうになった。

佐助は見た。家康の陣笠が驚くほど高く舞い上り、家康はその衝撃で背後にすっとんで尻餅《しりもち》をついた。

才蔵は何事もなかったような冷静さで、槊杖《さくじょう》を使って銃腔を掃除し、早合を同じ槊杖で押し込んだ。撃鉄を上げ、火蓋《ひぶた》の開いている火皿に新たに火薬を盛った。

その間に家康と秀忠は近習たちに囲まれ、もう姿も見えない。警備の連中が鉄砲を握って、こちらに向って走っている。彼等の鉄砲は遠町筒ではない。二町（約二百二十メートル）、出来れば一町の距離でなければ、命中を期し難いのである。

才蔵が二発目を発射した。

先頭を走っていた男が、太股《ふともも》を撃たれてひっくり返った。それでも誰一人疾走をやめないのは、さすがと云えた。

才蔵は三発目を装塡《そうてん》しながら樹の上に声をかけた。

「こちらは終りにしたいんですが……」

あと二、三発は撃つことが出来たが、徒らに人を傷つけるのは気が進まなかった。

「お優しいこっちゃ」

佐助の皮肉な返事が降って来た。

「逃げ出す支度でもせんかい。こっちはこれからが出番やないけ」

才蔵が痛ましそうに首を振って逃げ支度にかかった。この作戦の最終段階が嫌いだった。不必要に人を傷つけすぎる。だが本当に家康を狙った人間なら、最後まで狙撃の機会を狙う筈である。だからこの段階を省くわけには行かなかった。

護衛の武士たちが射撃を開始したが、盲撃《めくらう》ちに等しい。佐助が撒き続けている桐灰のせいで、雑木林の中はほとんど暗黒に近い。

それでも用心して樹から樹へと音もなく走って後退すると、才蔵は佐助を待った。

応射のないのに安心した警固団は接近を開始した。

半町の距離に達した時、佐助の出番が来た。炸裂弾と煙玉を結びつけた矢を、恐ろしい迅さで連射したのである。

忽ち爆発音がたて続けに起り、煙幕が張られてゆく。

警固団は地べたにつっ伏し、頭を抱えながら、炸裂弾が已れの躰《からだ》の上に落ちないことを祈った。

〈派手だなあ〉

才蔵は苦笑している。この派手々々しい幕切れは、いかにも佐助らしい。陽気と云っていいほどの賑《にぎ》やかさなのである。

〈あんまり脅かすと、鷹狩りをやめるんじゃないか〉

才蔵にはそれが心配だった。

二人の攻撃はこれで終りではない。この鷹狩りの中に、あと二度か三度、家康の胆を冷やさす筈だった。

家康の怒りは凄《すさ》まじい。憤怒と云ってよかった。

その裏にあるのは当然死の恐怖だった。それにあまりにも予想外の襲撃に思わずおびえた自分自身に対しても、腹を立てている。いわば二重の怒りだった。

肉体的な不快さもある。右耳が全く聴こえないのだ。僅かにそれて陣笠の紐を断ち切った銃弾は、衝撃波でそれだけの被害を与えたのである。

「鉄砲の弾丸も避けるとは、何たる御運の良さでしょう」

皆がそう云って感嘆する。秀忠がまっ先にそれを云った。これがひどく癇《かん》に障《さわ》る。秀忠はじめ近侍の者たちは、いずれも大坂残党の仕業だろうと云うが、家康自身は全く信じていない。今まで数え切れないほどの合戦を戦って来たが、只の一度も落人の刺客に狙われたことがない。『いくさ人』とはそういうものだという認識が家康にはある。

どんな『いくさ人』が褒賞《ほうしょう》もなく刺客役をつとめるか。城が落ち、主君が死ねば、今更敵の大将を討ったところで何の褒美も出ることはない。つまり動機として恨みつらみしかないことになる。そしてこれほど『いくさ人』には無縁の感情はないのだ。昨日を思って今日を生きる『いくさ人』はいない。そんなことで今日を生きられるほど、世の中は甘くないのである。昨日はけろりと忘れて、今日だけに生きるのが『いくさ人』の『いくさ人』たる所以《ゆえん》ではないか。

だからこのひどく腕の立つ刺客が大坂の残党とは到底思えない。ではどこの刺客か。自分を最も狙いたい男乃至《ないし》女は誰か。

天皇、という言葉は家康には浮ばなかった。『天皇の隠密』は或いは存在するかもしれないが、『天皇の刺客』は考えられなかった。

では誰だ。家康の生きていることを最も邪魔に思うのは誰か。

どう考えてもそれは一人しかいなかった。秀忠である。将軍職について十年を越すというのに、父に抑えられて権力の実感を味わうことの出来ない男。豊臣家の滅びた今、父家康を必要としなくなった男。親思いで恐妻家、律義な男としての世間の評価に隠れて、その実、陰険で残忍きわまりない男。父親として家康は秀忠の仮面の裏を熟知していた。それだけに、刺客を放つ可能性が強い。

〈こいつなら、やりかねない〉

その思いが秀忠の言葉の一つ一つを、過敏に解釈させるのだった。

才蔵の心配は杞憂《きゆう》に終った。

家康はこんなことで鷹狩りを諦《あきら》める男ではない。そんな真似《まね》をしたら、刺客を恐れたためであることがはっきりわかってしまう。『海道一の弓取り』といわれた家康にとって、死んでも出来ることではなかった。

秀忠や側近たちはとやかくうるさかったが、家康は頑固なまでに自分のたてた予定に忠実に動いた。

先ず忍、岩槻、越谷。以後、西葛西、千葉、東金、船橋と続く。

秀忠は十一月九日、鴻巣からまっすぐ江戸城へ戻った。

同じ日、家康は岩槻に達する。翌十日には越谷に行く筈だった。

越谷には慶長九年秀忠が建てた御殿がある。現在も御殿町の名が残っているが、御殿は明暦の大火後、江戸城内に移された。この御殿の造られた理由は、ここから元荒川を渡った、現在の北越谷五丁目の外れ左側に鴨猟《かも》の広大なお狩場があったためだ。

一万二千平方メートルの鴨池を中心にしたお狩場で、初冬には真鴨、尾長鴨の飛来が多く、現在も宮内庁の埼玉鴨場として非公開の場所になっている。


十一月十日の暁闇《ぎょうあん》。寅《とら》の一点（午前四時）。

この禁制のお狩場に佐助と才蔵の姿があった。

お狩場の半ばを取り囲むように堤防があり、川がある。二人はせっせと土俵を放りこんでその川を堰《せ》きとめようとしていた。次いで堤の一部に爆薬を埋め、才蔵が長い導火索に火を点《つ》ける。佐助の方は点火した炸裂弾を結びつけた矢を、立て続けに鴨池に向って射た。

鴨池のここかしこで、爆発が起り、仰天した鴨たちが闇雲《やみくも》に飛び立った。

同時に堤が爆破され、堰きとめられた川水がお狩場にひたひたと流れこんで来た。役人たちが駆けつけて来た時には、佐助と才蔵の姿は消えていた。日が昇った頃、役人の急報でとんで来た家康たち一行は、泥濘《でいねい》と化したお狩場の中に茫然《ぼうぜん》と立っていた。肝心の鴨は飛び立ってどこにもいない。楽しみにしていただけに、家康の落胆と怒りは大きかった。

銃声が轟《とどろ》き、家康をかばった本多正純が大腿部《だいたいぶ》を撃たれて倒れ、二発目は又しても家康の陣笠を射《う》ちとばした。そしてその陣笠が後藤庄三郎の眼を傷つけた。

本多正純は傷の療養のため、領地小山に帰り、後藤庄三郎も江戸に去った。

それでも家康は鷹狩りの旅を打ち切るとは云わない。越谷の御殿に腰を据えて、自ら事件の調査に当った。手口だけは明かになったが、犯人についての情報は皆無だった。怪しい他所者《よそもの》を見かけた村人さえ一人としていない。家康は土地の代官を罷免《ひめん》させることで、僅《わず》かに怒りを晴らした。

幕閣の方はそんなことではすまされない。当然大騒ぎになった。このあたりの『徳川実紀』を読むと、短い記述の中にその騒ぎのほどを明白に読みとることが出来る。

十一月十五日、家康は越谷から葛西へ移るが、同日、江戸城には急遽《きゅうきょ》藤堂高虎が呼ばれている。高虎は伊賀を領国に加えた時から服部一族を家老に据え、伊賀忍者の新たな養成につとめて来た人物である。それが江戸城に呼ばれたと云うことは、即《すなわ》ち在府の藤堂藩伊賀衆を家康の護衛として送るよう要請を受けたと云うことではないか。

また翌十六日には、秀忠自身が船橋まで行ったと録《しる》されている。土井利勝の所領は佐倉である。そこで鹿猟をするためと書かれているが、これも怪しいものだ。家康の護衛をふやすと同時にすみやかな江戸城帰還を説得するためではないか。

この日、家康は千葉に行き、十七日には東金で狩りをしている。

秀忠は十九日には東金の旅館に太田資宗《すけむね》を遣わし説得にこれつとめさせた。家康はこれに下坂康継の刀を与えて帰している。

十一月二十三日になって、秀忠は江戸城に帰った。家康の強情に諦めたのかもしれないし、或いはここ十日以上、何の事件も起きなかったことで安心したのかもしれない。

そして二日後の二十五日、家康は東金から船橋に移った。

船橋は江戸から五里半、行徳《ぎょうとく》から僅かに三里。しかも九日前には秀忠が行って、町じゅう櫛《くし》で梳《す》くように調べ上げ、更に特例の警戒態勢をとらせた場所である。どう考えても、今までで最も安全な土地と云えた。前からの供侍たちは勿論のこと、新手の藤堂藩伊賀衆さえ、心の底でほっとしていた。

もっともたった一人、安心していない男がいた。家康本人である。この根っからの『いくさ人』の脳裏には、秀忠への根強い疑いがある。だから、秀忠が泊った土地と云うことは警戒を要する土地と云うことになる。供の面々は家康の思いもかけぬ厳しい注意に震え上ると同時に、疑問を抱いた。何《な》故《ぜ》大御所さまはこれほど細心にならねばならないのか。何人かの男が真因を悟り愕然となった。

実のところ船橋では、この二十日頃から秘《ひそ》かな異変が起っていた。秀忠が佐倉へ去った後である。本来なら格別の警戒中のことだから早速その筋に届けられるべき出来事だったのだが、そうはいかない事情があった。

異変の源は一人の旅僧と一人の旅の女だった。

老僧の方は皺《しわ》くちゃで背の低い、そのくせ眼光炯々《けいけい》として人を射る人物であり、女の方は衣服の粗末さにもかかわらず上臈《じょうろう》にまがう絶世の美女である。二人は夫々《それぞれ》別個に行動して同じ呪法《じゅほう》を行った。

先ず裕福そうな商家の前に立ち、眉《まゆ》をひそめてしばし家の造りを観察した後につかつかと中へ入り、主人或《ある》いは番頭にいきなり云う。

「お不動さまが泣いていられる」

こんな気持の悪いことを云われた方の反応はおおむね三様である。怒るか、嘲笑《ちょうしょう》するか、恐怖するかだ。いずれの場合も二人は台所に案内させ、土間の一角を掘る。忽《たちま》ち土まみれの小さな青銅の不動明王像が現れるのである。通常この手合はお不動さまのお怒りを解くと称して加持祈禱《きとう》をし、若干の金品を得て去るものだが、この二人は違った。気の毒そうに一家の主《あるじ》に告げるのだ。

「お不動さまのお怒りが激しくお慰めする法がない。近日中にこの家は焼けるでしょう。家人も死にますな」

そのまま立ち去ろうとする。主が引き留めて、何とかお怒りを抑える法がないかと問うと、

「他人に一切告げず、財産を諦め、家人の生命だけを救うことを心掛けなさい。足弱の家族を他村の親戚知人にあずけ、残った者もいつでも逃げられるよう充分の支度をしておくことじゃ」

掘り出した不動明王像を懐中に入れ、自分も出来る限り祈禱して見るが、あまり自信がない、と云い捨てて去ってゆく。

像を置いてゆけと云えば素直に渡すが、

「どうせお宅には居つきませんよ」

その言葉通り、一刻もたたぬうちに像は消えてしまう。

老僧と女はこまめに町を歩き、同じ呪《のろ》いを繰り返して行った。人に告げれば家人の生命にかかわると云われては、役人に告げられるわけがない。貪欲な商人たちが財物を諦められるわけがなかったから、秘かに運び出して神社仏閣にあずけた。なにしろ不動明王の眼を盗もうと云うのだから隠密も極ったもので、とても役人たちの眼になど触れる道理がなかった。老僧と女は勿論佐助と才蔵だった。

こうして船橋の町には、急速に火災に対する諦めと備えが出来上って行った。

家康が船橋に着いた十一月二十五日の深夜。この町は紅蓮《ぐれん》の炎に包まれた。

それは火事と云うものではなかった。明かに戦国期の焼打ちだった。

厩《うまや》という厩につながれた馬が放たれ、町中を狂ったように駆け回る中で、老僧乃至旅の女の訪れた家が悉《ことごと》く轟音をあげて爆発し忽ち炎上したのである。

馬たちが町の外に逃れることなく、いつまでも町中を駆け回っていたのは、柿色の装束の男が乗った二騎が巧みに誘導していたからなのだが、それに気づいた者は皆無だった。この男たちが横ざまに馬に貼《は》りついて、馬上に姿を現さなかったためである。

佐助と才蔵にとって、こんな芸当は屁《へ》の河童《かっぱ》だった。しかもこの二人は絶え間なく喚声を放った。その声は馬蹄《ばてい》の音にまじって、さながら夥しい軍勢の到来を思わせた。家康の宿泊した旅館は町のはずれにある。それでも町中を焼き払う勢いの猛火が及ばないわけがない。その上、この馬どもの騒ぎと逃げまどう町民たちの悲鳴混乱を聞けば、警固の武士たちが動顚《どうてん》しない方がどうかしていた。しかも家康の厳しい注意があったばかりである。

〈さてこそ〉

と合点する者も多かった。秀忠に対する疑いを確たるものとした者もいた。佐助と才蔵の攪乱《かくらん》戦術は思いもかけぬ効果を生んだと云っていい。

家康はさすがに稀代《きたい》の『いくさ人』だった。素早く宿を出ると街道を避け、畑の中に方陣を組んだ。当初五十人に過ぎなかった供侍は、藤堂藩伊賀衆の来着によって倍の百人にふくれ上っている。おまけに佐倉藩からの警固役人も三十人はいた。これだけの人数が方陣を組み、鉄砲を揃えて待ち伏せられては、刺客たちに手が出せるわけがなかった。

もっとも佐助と才蔵には、当初からここで家康を襲うつもりはない。この方陣が出来た頃には、とうに行徳への街道を走っていた。行徳から舟で江戸へ、そこからまた海路大坂へ帰るつもりだった。彼等の今回の役は終ったのである。家康を眠らさぬ種は充分に蒔《ま》かれた筈《はず》だった。

家康は何事もなく朝を迎えた。何事もなくとは攻撃を受けることなくと云う意味だ。十一月（現代の十二月）の寒夜を屋外ですごす辛《つら》さがなかったわけではない。家康は不覚にも風邪をひいた。右耳は依然として聞えず、風邪で鼻はやられ、咳《せき》もひどい。正に惨憺《さんたん》たる鷹狩りだった。家康は江戸城に着くなり駿府に帰ることを考えたのは当然だった。

家康は十一月二十七日に江戸城に帰った。

即日、秀忠と本多正信・正純親子が西の丸の家康のもとに呼ばれ、四人だけの秘密会議が行われた。本多弥八郎正信は家康が腹の底から信頼している男であり、家臣と云うより親友に近かったと云われている。家康が秀忠を糾弾するには絶対必要な立会人だった。

会議の目的は家康襲撃の犯人の割り出しである。

家康は藤堂藩伊賀衆の手を借りて、船橋焼打ちの実態を刻明に調べさせていた。町の人間に死傷者の皆無だったことが、家康の疑惑を誘ったためである。

その結果、老僧と女のことが明かになった。この二人はなんと町の人間を死なせないために、巧妙な予告を行っていたことが判《わか》った。それは冷酷非情な刺客のやることではなかった。考えて見るとこの刺客は、三度の襲撃を通じて、遂に一人の死人も出していない。怪我人はいたが死人はいないのである。奇妙と云うべきだった。

「ひょっとすると、わしを殺す気もなかったかもしれぬ。どうもそんな気がする」

家康がいまいましげに云う。秀忠が猛然と抗議した。

「そんな馬鹿なことは考えられません。殺す気のない刺客なんて……」

「お前はこの刺客どもに感謝すべきだ。このことがなければわしは、刺客を放ったのはお前だと信ずるところだった」

家康の声は皮肉に満ちていた。秀忠はあまりのことに声も出ない。本多正純が仰天したように家康を見た。

「お前がやらせたのなら、船橋の町民の半ばは死ぬか火傷《やけど》を負っているだろう。無用の者に情けをかけたと云うだけで、お前は刺客を許すまい。刺客もそれを感じた筈だ。お前はそう云う男だ」

秀忠は身内が凍りつく思いだった。永年秘し隠して来た自分の本性を、ものの見事に見破られたからだ。さすがに家康は老いても恐ろしい男だった。

「でも何者の仕業かと思《おぼ》し召されますか」

本多正信が訊いた。

「お主はどう思う？」

家康が問い返すと正信は即座に云った。

「禁裏」

家康がわが意を得たように笑った。

「わしもそう思う」

「信じられません！」

思わず正純が叫んだ。

「禁裏に刺客がいるなどと聞いたこともありません」

正純は熱くなって云った。正信が困ったものだ、と云うように首を振って見せた。

「だからこれは刺客ではないのだ」

「ではなんですか？」

正純は父から生真面目《きまじめ》さだけを承け継いだような男である。それに当代切っての智識人の一人だった。キリシタンにも理解があったし、朝廷への敬意も失ってはいない。

家康が云った。

「天皇の隠密と云う名前がある。わしは勝重に命じて調べさせたが、そのようなものはないと云う返事だった。但《ただ》し、事のある時、臨時に雇うことはあると云う。大坂合戦の際に雇ったのは、猿飛佐助と申す大坂方の忍びだったそうだ」

「その名前は聞いたことがあります。真田幸村の家臣と聞きましたが……」

秀忠が急いで云った。

「確か大坂落城の時、死んだ筈です」

「死ななかったようだな。船橋で火災を予告して歩いた坊主《ぼうず》の人相がその猿飛と瓜《うり》二つだそうだ。女はその仲間だろう」

さすがの家康も、霧隠才蔵の美貌までは知らなかったようだ。女の能力は男の半分と認められていた時代である。

「ではその猿飛が引き続き禁裏に雇われて……」

正信が訊く。

「先ず間違いあるまい。問題は誰が雇ったかと云うことだ」

「京都所司代にお委《まか》せになれば……」

秀忠がおずおずと云った。

「足りぬ。柳生をやれ」

秀忠がどきっとした顔になった。柳生宗矩は関ヶ原以来秀忠の側近となり、秘かに隠密団の組織に当っていた。大和柳生谷は伊賀者たちの住居に近い。門弟の中にも多くの伊賀者がいた。その連中を組織化した。手当の金はすべて秀忠から出ている。家康には一切極秘で事を進めて来た筈だった。

家康がうっすらと笑った。

「何事にせよ、わしに知られずにやり通せると思ったか」

恐ろしい笑顔だった。今度こそ文字通り秀忠は震えだした。

「だが柳生は役に立つ。お前の考え出した中では仲々のものだ。近頃の伊賀・甲賀は飼いならされて、役に立たぬ」

これは家康が雇った伊賀・甲賀同心組のことだ。

「柳生に猿飛を斬《き》らせろ。雇い主が判れば、その男もだ」

本多正純は危く声をあげるところだった。雇い主はいずれ身分ある公家《くげ》の一人であろう。それを殺せと云うのである。


六条三筋町の代筆屋が久し振りに店を開いた。

身内に不幸があったと云う口実で、一月近く休業していたのだから大変だった。開店と同時に女郎たちが押しかけ、たまりにたまった無心状やら催促状、さては客色への怨《うら》み状と注文が引きも切らない。佐助は終日親身に話を聴き、片はしから達者な筆を振っていった。

才蔵の方もお顧客まわりで忙しい。一月の休業は逆に彼の株を上げていた。この間に常客を奪おうと試みた男も何人かいたのだが、悉く失敗していた。矢張り才蔵がいなくては仕事は円滑に運ばないことを、三筋町じゅうの掛回りが悟ったのである。

三日たち、なんとか仕事も常態に戻った晩、岩介と兵左衛門が三筋町に現れた。

「柳生が来る」

兵左衛門が短く云った。

「柳生?」

才蔵が訊いた。長いこと長崎にいたこの男は、新陰流の剣士団としての柳生しか知らない。大坂合戦の際も、柳生宗矩とその剣士団は秀忠の護衛としてしか働いていなかった。

「江戸へ出んかった頑固な伊賀者が、今、二派に分れとるんや。一つが藤堂藩伊賀衆。船橋で逢《お》うた奴等や。こら、たいしたことはない。もう一つが柳生。忍びのほかに新陰流の剣も遣いよる。手強《てごわ》い奴等や」

佐助はさすがに詳しい。全国の忍びの分布図がしっかり頭に入っている。それも刻々と塗り変えられてゆく。それを素早く摑《つか》むことで忍びは無事に生きてゆけるのである。昨日の味方がいつ敵に変るかもしれない。そういう苛烈《かれつ》な世界だった。

「裏柳生と云うそうだ。新陰流の道統とは、はっきり別物らしい。それだけ汚い仕事をすると云うことだな」

兵左衛門がつけ加えた。

「今日わしはその連中の手引きをするように命じられた」

「どんな手引きや？」

「猿飛佐助を捕え、拷問《ごうもん》に掛け、殺すための手引きさ」

佐助は一瞬あっけにとられたが、次いで笑いだした。

「こら、ええわ。おもろいやないか」

兵左衛門は少しも笑うことなく続けた。

「所司代の中で猿飛の素顔を知っているのは私だけだ。そう云って売りこんだのだ。それで岩殿に叱《しか》られたところだ」

佐助と才蔵が岩介を見た。岩介が頷いた。

「そうやがな。お蔭《かげ》で柳生を殺せんようになったわ」

佐助と才蔵が目を剝《む》いた。

「岩さんは柳生を皆殺しにするつもりだったんですか」

「今でもそのつもりや」

「柳生は何人やねん」

佐助の問いに兵左衛門が答えた。

「三十」

「豪気なもんや。天下の柳生三十人を皆殺しかいな」

佐助が溜息をついた。

「一遍にとちゃうがな。道中、少しずつ、少しずつ、へずって行くんや。京へ着くまでに半分、京で半分と思うとったんやが、それがあかんようになってもうた」

「私が目をつけられることになるからだ」

兵左衛門がすまなそうに顔を撫《な》でた。

「そうか。京へ着けば兵さんがずっと一緒なわけですね」

「そうなる。それで私一人が生き残っては……」

「そりゃあ疑われますね」

兵左衛門が辛そうに頷いた。

「それで、どないすんねん」

佐助だった。

「京へ着くまでに殺《や》る。ちびっとしんどいが、それしかないやろ」

無造作に岩介が云った。

「また店やすまんならんか」

それが一番厄介だと云うように、佐助が溜息をついた。

「江戸を立つのは、いつです」

「三日後」

兵左衛門がさらりと云った。

「店はわしが替る。わしは行ってはいかんそうだから」

幾分、怨めしそうに兵左衛門が岩介を見た。

やれるか、とは佐助は訊かない。兵左衛門が女郎の気持ぐらい充分に汲《く》んでやれる男なのは、佐助にも判っていた。

「襲う場所は？」

「箱根、駿府、鈴鹿」

「駿府とはまた……」

才蔵が苦笑した。駿府は大御所家康の町である。諸大名の往来も激しく、南蛮人、唐人も多い。海外貿易の許可状ともいうべき御朱印状が下付されるのは、駿府だったからである。当然、町の警備も厳重な筈だった。

「そこがええんや」

岩介は平然と云った。

岩介は天皇と鷹司信尚に暫《しばら》く旅に出る旨《むね》を届けた。

信尚はこの年七月二十七日に関白を辞し、左大臣に下っている。関白には普通なら前関白の九条忠栄がなるところだったが、なんと天正十三年に五ヵ月だけ関白をつとめた経験しかない六十歳の二条昭実がなった。忠栄の方は慶長十三年から十七年まで、前後五年にわたって関白だったのだから、いかにこの人事が異常だったか判る筈だ。信尚は徳川方に飼われた忠栄と刺し違えたことになる。だが右大臣に天皇の実弟近衛信尋《のぶひろ》公が上って来ているのを見ると、この年の除目《じもく》は天皇方の勝利だったような気がする。二条昭実は明かに傀儡《かいらい》に過ぎず、朝廷内の実権は依然として信尚にあった。

「どこへ行く気や」

信尚が訊《き》いた。岩介の応《こた》えがとぼけていた。

「東国、あちこち」

「何しにゆくんや」

当然の追討ちが来た。

「虫を潰《つぶ》そうと思いましてん」

「虫やと？」

「毒虫どす。都へ入れたら、ややこしいことになりまっさかいな」

信尚は暫く岩介の顔を見つめていたが、やがて訊いた。

「虫の名はあるのんか」

「柳生」

小さく応えた。これには天皇も驚かれたらしい。

「石舟斎の一族か」

「伜《せがれ》どす。宗矩。剣より謀略の方が好きらしゅうおますな」

「公儀隠密と云うことか。それが何しに都へ来るんや」

「わしと左大臣はんを殺すためどす」

天皇の顔色が変られた。

「次第を申せ」

厳しい口調だった。

岩介は今日までのいきさつをすべて語った。元々、そのために来たのである。万々一、柳生の何人かが生きて京へ入った場合の用心を、信尚にして欲しかったためだ。

天皇も信尚も、岩介の途方もない話に呆《あき》れ返ったと云っていい。ついには天皇は大声で笑い出された。

「老人にひどいことをしよる。そら、家康は夜もおちおち眠れんようになったやろ。結構なことや」

「大御所を甘く見てはいけまへん」

信尚はさすがに慎重だった。家康をよく知ってもいた。

「あの男の仕返しは倍返しになります」

「そのお返しが御所まで届くようなことには、金輪際せえしません」

岩介は身をかがめるようにして誓った。実のところ今度の柳生の派遣は意外だった。どうして家康が一連のいやがらせを即座に朝廷に結びつけたのか、理解出来なかった。岩介は百戦錬磨の『いくさ人』の恐るべき勘働きを軽視していたのである。その意味で岩介の仕返しは失敗だったと云うことになる。岩介はその責任を充分に感じていた。

「まあ、ええわい」

天皇は意外に明るい顔で云われた。

「これだけのことをされて黙っているほど禁裏は腰抜けやないと見せただけでも、上々やないか。ようやってくれた」

岩介はふっと泣けそうになった。御言葉が身に沁《し》みた。

「だがな、岩よ」

同じ明るさで天皇は云われた。

「殺しはあかん。柳生も殺さんと、どないかせえ。まして大御所を殺すようなことはすな。禁裏は決して人は殺さん。それだけは守って欲しい」

岩介はうなだれた。岩介もまた人殺しは好むところではない。出来る限りは避けるつもりだった。だが柳生の場合は、ただの隠密ではない。同時に刺客人でもある。この男どもは必要と認めれば、躊躇《ちゅうちょ》なく天皇といえども殺すだろう。それに対して『不殺』を命じられては、対抗しようがなかった。

だが一方で、この御命令は嬉《うれ》しかった。さすがと云う気持が強くした。自分が絶対に間違った側についていないことを、これほど身に沁みて感じたことはなかった。

権謀術数のためなら人殺しも辞さないのは、武士の世界では当然のことだろう。だが禁裏はちがう。権謀術数は激烈でも決して人を殺すことのない世界でなければならない。天皇は今そのことを明確に示されたわけだ。

「難しいのはよう判っとる。けどそれを破ったら岩は御所を出ていかななららん。岩にいんで欲しゅうないいんや」

そこまで云われては仕方がなかった。岩介は微笑して云った。

「判ってま。委せといておくれやす。剣術遣いの二十や三十、どういうこともおへん。軽いもんや」

天皇は見るからにほっとされたようだ。

「相変らずのんきやなあ、岩は」

気持よさそうに笑った。どこまでも明るい笑い声だった。

信尚はさすがに岩介の気持を見抜いていた。そっと云った。

「死ぬなよ、岩介」


さすがの岩介も焦《あせ》った。とりあえず兵左衛門を通じて佐助と才蔵に出発の延期をしらせたが、それだけですむ問題ではない。

何よりも柳生軍団を抑える手だてを考えつかねばならなかった。だが岩介は何ひとつ思いつくことが出来なかった。

翌日の晩には、又ぞろ三筋町の佐助の店で集ることになった。

天皇の御注文は兵左衛門以下を心底感動させた。

「さすがやなあ」

佐助の万感こめた言葉が一同の気持を代表するものだったが、困惑度も大きい。

「あかん。わしには考えもつかんわ」

佐助は早くも投げ出してしまったし、若い才蔵にいい思案が浮ぶわけもない。矢張り岩介と兵左衛門が考え出すしかないのだ。

問題は時間だった。柳生軍団は明後日江戸を立つ。どんなに遅くとも六日後には京に入る。

「呪法しかないでしょう」

兵左衛門が自信なげに云った。それでなくても見も知らぬ人間に呪いをかけるのは難しい。ましてそれが三十人ではほとんど不可能に近い。岩介は唸《うな》るだけだった。

岩介は天狗《てんぐ》から、天狗の知る限りの呪法を授っている。その中には、見知らぬ者にかける呪法もある。だが三十人同時にと云うのはなかった。それに呪法を遣うには、恐ろしいまでの身心の緊張を必要とする。その緊張が短時日の間に仕上るものかどうか、それが岩介には摑めない。

しくじれば柳生は京に入り、天皇の御言葉に反して殺すか殺されるかのぎりぎりの戦いにならざるをえないのだ。

「兵さんは何日で仕上ると思う?」

岩介が訊く。仕上るとは、この緊張状態に入ることを意味する。

「時によりますが、最低三日でしょうか」

「三日なあ」

岩介は脳裏に東海道の図を描いてみる。普通の脚で小田原泊り。兵法者の脚で急げば、楽々と駿府に到着してしまうだろう。

それから呪法をはじめて、術が効きだすのに何日かかるか。呪法は即効薬ではないのだ。

岩介は太い溜息《ためいき》をついた。

「あかんな。まず間に合わんやろ」

「左様。そのおそれはあります」

兵左衛門も溜息と共に応えた。

岩介は再び沈黙した。壁に凭れたまんま立て続けに水のように酒を飲んだ。

焦燥がほかの三人に移った。

「なんぞ命令してんか。なんでもやったるで」

佐助は凶暴に喚《わめ》き、

「とりあえず出掛けましょう。手遅れになります。走りながら考えたらいい」

才蔵は気早に腰をあげた。

「私ら三人が死ねばいいのだ。さすれば帝のことは表沙汰《おもてざた》にならぬ。それなら柳生者を殺しても許されるのではないだろうか」

兵左衛門も絶望的だった。

三人揃《そろ》って岩介を見つめた。

岩介の野方図さが発露されたのは、正にこの時である。

「あ、ああっ」

腕を高く伸ばして大あくびをして見せた。次いで唖然《あぜん》としている三人に云った。

「あかんな。眠うなってしもうた。思案は明日の晩にしまひょ。早よいんで寝るわ」

本当にさっさと引き揚げてしまったのである。

何も彼も中ぶらりんで、これでは三人も動きようがない。

「知らんど。こないなことしとったら、四人とも死ぬで」

佐助がまんざら誇張とも思えぬ声でぼやいた。

「或いはそれが狙《ねら》いではないか」

兵左衛門がさらりと云ってのけて、佐助と才蔵をどきっとさせた。

「あのままで議論が進めば、佐助さんと才さんだけが死ぬことになる。岩さんはそれがいやだったんじゃないかな」

佐助も才蔵も暫く口がきけなかった。

翌朝。柳生の出発の前日である。

岩介は寝起きが悪く、御所にも出かけずにいつまでもゆきと遊んでいた。珍しいことだった。

「どないしやはったン？」

とらが訊いたが応えない。これも普通ではなかった。いつもなら、どんなことでもとらに話してくれるし、

「どないや」

必ず意見を尋ねるのである。

それが今日ばかりは、あはあは、と笑って誤魔化そうとしていた。

これはよほどの事が起っている証拠だった。

昼近くまで愚図々々していた揚げ句、

「盥《たらい》もって来てくれんか」

庭の真中に盥を据えて、水を縁に達するまで満々と張らせたものだ。その前に蹲《かが》み

こんで、じっと水面を見つめている。一刻もの間、その姿勢を変えない。それこそ微動だにしなかった。

とらは気にするのをやめて家事に精を出した。見ていると、胸の内が苦しくなってしまうのだ。

〈何か非常のことや〉

それだけで動悸《どうき》までしてくる。いっそ見ない方がよかった。家事はこんな時に極めて便利だった。何事も考えずにせっせと家事を片づけていると、不思議に安心な気持になれる。何か堅固なものに、しっかり囲まれている気がする。

ゆきはゆきで、奇妙な子だった。かなりの癇持ちなのだが岩介やとらの邪魔だけは金輪際しない。二人が自分を邪魔にするような時は、いつも都合よく眠ってしまう。だから今日も、岩介が盥と睨《にら》めっこをしはじめた時から、すやすやと眠りこけてしまった。

岩介の盥の凝視が一刻半に及んだ時、異変が起った。

表面の水が微《かす》かに揺れ、次の瞬間、そこに柳生宗矩の像が出現したのである。

岩介は大坂合戦を見物していた頃、たった一度だが秀忠を護衛している宗矩を見たことがある。その時、脳裏に刻みこんだ宗矩の姿が、まごうことなく盥の水面に浮んでいた。但し今日の宗矩は甲冑《かっちゅう》姿ではなく、裃《かみしも》に袴をはいて、江戸城のものらしい広く長い廊下を歩いていた。

岩介の額にはうっすらと汗がある。緊張し切った表情が、逆に輝いているように見える。

岩介の手があがった。指を揃えて堅く伸ばした、手刀の形である。

呼吸をはかる。

突然、裂帛《れっぱく》の気合が起り、手刀が凄まじい迅さで振りおろされ、見事に水を割った。

宗矩の左膝《ひざ》を打った。ぼきり、という音がはっきりと聞え、宗矩の姿は盥の中から一瞬にかき消えていた。

江戸城の廊下で、将軍秀忠との打合せを終って、長廊を退出して来た柳生宗矩が、突然横転した。左膝に強烈な打撃を受けたのである。

ばきっ。

骨の折れる不気味な音が響いた。

宗矩は立とうとして再び転んだ。

宗矩はわけが判らなかった。

誰もいない廊下で、突然脚の骨が折れたのである。それもはっきりと打たれた感覚がある。だが周囲に人影はなく、微かな殺気も感じられない。

それだけに凄まじい恐怖感があった。

倒れた時、ほとんど本能的に脇差《わきざし》を鞘《さや》ごと腰から抜きとっていた。白刃を抜かなかったのは殿中という遠慮もあったが、それ以上に鞘と白刃双方を武器として使用するためである。手裏剣や吹矢といった飛道具に対する、当然の備えだった。

〈誰が、どうやって?〉

それが不明だった。最初に考えたのは棒手裏剣である。かなりの重量のある短い鉄棒で、先端がそぎ落されて尖《とが》っている。その部分が突き刺さらなくても、当っただけで強烈な打撃を与えることが出来る。脚を折ることも頭蓋《ずがい》を割ることも可能だった。だが廊下のどこにも棒手裏剣の姿はない。手裏剣が自動的に消える筈はなかった。

廊下を見、天井を見たが人影はない。中庭も同様である。

お坊主がようやく倒れている宗矩に気づき、仰天してとんで来た。

「どうなされました、柳生さま」

抱き起そうとした。宗矩の脚に激痛が走った。宗矩はお坊主の手を押し戻して、やっとの思いで微笑を浮べた。

「お構い下さるな。古傷が痛みだしただけのことに御座る」

江戸城中で襲われたと云うわけにはゆかなかった。まして剣法指南の身で、わけの判らぬ武器で脚を折られたとは、死んでも云えるわけがない。

宗矩はお坊主に頼んで木の棒と晒《さらし》を貰《もら》い、左足に副木《そえぎ》をした。それでようやくお坊主の肩にすがって歩くことが出来た。

もう一度秀忠に会わねばならなかった。秀忠にだけは真実を告げ、とりあえず明朝の京に向けての出発を延期して貰うしかなかった。

この仕事だけは代人を立てるわけにはゆかないのである。何が何でも宗矩自身が行かねばならなかった。それこそ柳生家の浮沈にかかわる大事だった。大和に育った宗矩は、禁裏の力を知っていた。武力ではない。庶人の胸の中にしっかりと根をおろした畏怖《いふ》の力である。

禁裏に対して弓をひくようなことを、少くとも西国の庶人たちは決して許さない。庶人には何の力もない筈だが、それでもいつかその不遜《ふそん》の罪人はしっかりと罰せられ、世の表面から消えてゆくのだ。その禁裏の見えざる力を、東国武士である家康・秀忠は知らず、宗矩は知っていた。

岩介が動かないのでは、兵左衛門も、佐助と才蔵も動きようがない。

柳生の出発予定日から三日目の夕刻。

京都所司代屋敷に早馬が駆けこんで来た。柳生の急使である。出発が思わぬ事故のため、五日間日のべになったことを知らせたものだった。

朝比奈兵左衛門はすぐ板倉勝重に呼ばれ、そのしらせを聞いた。一言の苦情も述べず、表情も動かすことなく、

「承知つかまつりました」

と云って下っていった。こういう所がなんとも頼もしげで、勝重は改めて兵左衛門に惚《ほ》れ直した。予定が五日も狂っては普通なら大騒ぎの筈だ。裏の仕事なだけに、つき合う人間たちもまともな連中ではない。僅かなことでもごねたい手合なのである。それを押さえ切れる自信があるからこそ出た言葉だった。

兵左衛門は所司代を出ると、まっすぐ六条三筋町に向った。

戸をしめた代筆屋の中で、佐助と才蔵は武器の整備に余念がなかった。柳生を道中で迎撃する機会は既に過ぎている。一旦《いったん》はこの京都に入れた上で闘うしかなかった。

向うの狙いは佐助だと云う。ならば討たれてやろうやないか。けどそう簡単にはいきまへんで。あんたらも一緒に死んで貰いまっさ。

佐助も才蔵も既にその覚悟でいることは、揃えた武器を見れば判った。ほとんどが

爆発物なのである。炸裂弾《さくれつ》・地雷火・煙玉・投擲雷《とうてきらい》。いずれも大量殺戮《さつりく》用のものばかりだった。

この小屋にこんなものがこれほど大量に収納されているのを知ったら、廓《くるわ》の者たちは腰を抜かしたかもしれない。うまく使えばこの廓の一つぐらい無人の荒野と化すことも出来なくはない量だった。

兵左衛門を見ると、佐助が目ン玉をぎょろっと剝《む》いた。

「来よったか」

「予定通りですね」

才蔵も落着き払って云う。二人とも既に心身ともに闘争に向けて整正ずみだった。今、この場でも闘いを始めることが出来た。

「五日延期になった」

兵左衛門のしらせを二人は怪訝《けげん》に聞いた。

「思わぬ事故とはなんやねん」

「それが云わないんだね。所司代さまも、かなりしつこく尋ねられたようだが……」

「脚を折りよったんや、宗矩はん」

声と共に岩介が入って来た。さっぱりした顔だった。

「脚を折った？」

「なんで知っとんのや？」

兵左衛門と佐助の問いが全く同時に発せられた。

「わしが折ったったんや」

岩介はけろっとして云った。この前の苦渋の色は既に見られない。それは自信の恢《かい》復《ふく》を意味した。

「江戸へ行かれたんですか、岩さん」

才蔵が訊く。信じかねているのは明かだった。

「天狗《てんぐ》やないで。これだけの間に往《い》って戻れるかいな」

一同の疑いが益々濃くなったのは気配で判った。

「盥の中で折ったったんや」

説明はそれで充分と云う顔である。兵左衛門の表情が僅かに動いた。この術のことを耳にしたことがあるのだ。だが現実にこの術を使った話は聞いたことがないし、効果のほどもさほど信じていなかった。恐る恐る訊いた。

「まさか、あれでは……」

「そうやがな。その、あれやがな。生れて初めて使うてみたけど、よう効いてくれたわ」

佐助と才蔵には何が何だか判るわけがない。兵左衛門が説明して聞かせると、驚愕《きょうがく》した。

「そないなことができるんか？」

佐助が叫んだ。岩介に対する強い畏怖の念が、ありありと顔に出ている。才蔵に至っては、蒼白《そうはく》になった。それほどの衝撃だった。

「出発を延期した云うことは、何が何でも宗矩はんが自分でやらはるつもりやろ。佐助はんがたは明日たってんか。やっぱ道中を狙うて欲しい。但し、必ず左脚、それも膝の辺をやるんや。無理したらあかへんで。五人でも十人でもええんや。揃って左脚をやられたら、宗矩はんも考えはるやろ」

宗矩は自分の怪我が偶然でなかったことを知るだろう。動揺しないわけがなかった。配下の柳生衆にしても同じことである。

〈何故左膝なのか〉

そう思いだすに決っていた。全員が無意識に左膝をかばうようになったら、しめたものだ。躰《からだ》の一部分に神経が集中すれば、必ず全身の平衡が崩れることになる。それは同時に心の平衡をも失わせる筈だ。心の平衡を失った者に呪術をかけるのはたやすい業だった。

兵左衛門が感嘆の声を洩《も》らした。呪術の困難な部分はいわゆる『崩し』である。今回はその役を遠町筒が果すことになる。二段構えの呪方陣だった。

柳生宗矩は騎馬で江戸を立った。従う三十人の柳生衆もすべて騎馬である。

本来なら人目に立たず江戸を出たいところだったが、宗矩の脚は副木をした上に、ぐるぐる晒で巻かれている。それを隠すためには、こうするしか法がなかった。それに予定より遅れてもいる。

三十一人の騎馬集団が目立たないわけがない。宗矩は京の近くで自分以外は馬を捨てさせるつもりでいる。しかもばらばらになって街に入らせ、宿も違えるようにする。それでもまだ用心が足りないような気がして仕方がなかった。

宗矩は自分の骨折が今もって不思議で仕方がない。

絶対に自分の過失ではなかった。第一足を捻《ひね》ったところで精々足首を捻挫《ねんざ》するくらいである。膝の真下を折るわけがなかった。

だが襲撃者のいなかったこともまた確かである。

江戸城の中にそう簡単に入りこめる筈もなかったし、念のためお坊主たちに確かめもした。誰一人、不断見慣れぬ人影を見た者はいないのだ。

何よりも宗矩の眼にとまらずに襲うことは不可能である。武器は鉄砲でも弓矢でもなかった筈だ。棒か棒手裏剣、それしか考えられない。だが現場には一切の兇器が残されていない。こんな馬鹿なことがあっていいものか。

当時の兵法者の多くは呪術の力を信じていたが、宗矩は違った。兵法者よりもむしろ政治家に近かった宗矩の思考は論理的であり現実的だった。理屈に合わぬことは認めたくなかった。だがこの襲撃だけは、明かに理屈に合わなかった。

今の宗矩の心の中には、大いなる畏怖がある。はっきり云っておびえていた。自分が禁裏に弓を引こうとしている事実が、この畏怖を大きくしていることを、自分でもはっきり感じていた。

だがやり抜くしかなかった。柳生の家を維持し、更に大きな力を持つようにするためには、この仕事をやり抜くしかなかった。

宗矩が暗い気持で馬に揺られていたのは自然の成行だった。脚は痛み、心は沈んでいる。当然、この気持は部下たちにもうつり、この騎馬集団そのものを暗鬱《あんうつ》な気配に包まれたものにしていた。

見る人々の眼に彼等が凶々《まがまが》しいものに映ったとしても仕方がない。人々は本能的に彼等を恐れ、眼をそらして通りすぎていった。

そして一行が箱根山中にかかった時、事件が起った。

そこは左側が深い谷になっている上り斜面だった。

だーん。だーん。

二発の銃声が谷の向うから起った。

当初、柳生衆の誰もが自分たちと関わり合いのある音とは思わなかった。谷越えの斜面との距離はそれほど遠かった。

どこかで猟師が狩りをしている。のんびりそう思った者が大方だった。

だが、それも最後尾を来た二人が、ずるずると鞍《くら》をすべって落馬したのを見るまでだった。

「下馬！」

宗矩が喚き、全員が一斉に馬をとび下りた。

大半は馬の右、つまり山側に下りたのだが、粗忽《そこつ》な者が何人か馬の左、谷側に下りてしまった。

だーん。だーん。

再び銃声がこだまし、そのうちの二人が脚を抱きこむようにして倒れた。一人はご丁寧に谷に落ちていった。

谷側に下りた者は慌《あわ》てて馬の脚の間をくぐり、山側に逃れた。全員かがみこんで馬脚の間から谷の向う斜面を見た。

二人の男がいた。いずれも猟師姿で、憎いことに悠々と二挺《ちょう》の長大な鉄砲の銃腔《じゅうこう》を掃除していた。やがて早合《はやごう》を装填《そうてん》し、火縄挟みを起し、火蓋《ひぶた》に火薬を盛った。即席に作ったらしい先がさすまたになった木の棒に銃身の末を乗せ、ぴたりとこちらを狙う。人もなげな振舞だった。だが事実、こちらから反撃の手段はないのである。

「遠町筒です」

部下の一人が宗矩に告げた。

「判っておる」

遠町筒以外の鉄砲では、ここまで弾丸が届くわけがない。仮りにこちらが鉄砲を持っていても、この距離では射っても無駄だった。だがこのままでは撃たれっ放しになる。

「そのまま馬を曳《ひ》いて進め」

とにかくこの場を離脱するのが先決問題だった。

先頭の者が歩きだした。

銃声が三度響いた。今度は立て続けに四発である。

先頭の馬が二頭、最後尾の馬が二頭倒れ、道を塞《ふさ》いだ。

これで進みも退きもならなくなった。

「全員上の道まで徒歩で走れ。馬は捨てろ」

宗矩は歩けない。部下に背負われてしか移動出来ない。それでもこの地に留ることは出来なかった。負傷者三人も仲間が背負って谷の向うから見えないところまで走った。

三人の手負いがいずれも左膝を撃たれていることが判った。

「江口が自力で這《は》い上って来ています。左脚が動かないようで」

江口とは谷に落ちた負傷者である。

「あんなことをしたら、また撃たれます」

成程、敵のいる斜面に背を曝《さら》しながら、夢中で這っている。

「いや。その心配はあるまい」

宗矩が向う斜面も見ずに云って、部下たちの不審の視線を浴びた。

「向うは殺すつもりはないのだ」

三人の怪我が自分と同じ左膝に集中しているのが判った時点で、宗矩は敵の意図を読んでいた。

理由こそ不明だが、敵は左膝を専一に狙うつもりでいる。それは江戸城内での宗矩の骨折が決して事故などではなく、明かに攻撃だったことを意味し、同時に敵は柳生軍団を京へ入れるつもりがないこと、だがそのために殺すことは避ける気だということをも示していた。

まことに奇妙な戦いと云うべきだった。

戦いは試合ではない。まして遊戯ではない。殺すか殺されるか、生命がけの正念場である。少くとも宗矩の理解する限りではその筈だった。

今、敵はその正念場を遊戯と化そうとしている。

左膝しか狙わない、というのが正しくそうだった。それは自分たちだけを縛る規制である。相手がそんな規制を守る筈がないからだ。遠慮なく生命を取りに来るにきまっている。

自分たちだけが何らかの規制を守って、戦いに勝てるわけがなかった。

それでも敢《あえ》て先制攻撃をかけてくると云う意味は、二つしか考えられない。

その一つは余裕であろう。自分たちは片手を縛られてでもお前たちに勝つことが出来る。全員左膝をやられ、都大路に醜態をさらす前に、さっさと江戸へ帰ってはどうか。つまりは一種のおどしである。

いま一つは懇願である。ごらんの通り、自分たちには生命をとるつもりはない。ほとんど無害の存在である。だから自分たちを攻め滅そうなどと思わないで貰いたい。帰って将軍家に、相手は無害な生き者にすぎないと報告して欲しい。

これは宗矩の理解している禁裏らしいやり方だった。人の生命の尊さを知っている。だから殺すことは禁忌である。だが攻撃されれば防ぐことは出来るし、その力はあなどるべからざるものがある。

これぞ正しく『天皇の隠密』だった。

今こそ宗矩は『天皇の隠密』の存在を信じた。

常置なのか、それとも臨時なのかは判らない。十中九まで臨時雇いだと宗矩は推定している。禁裏に隠密を常置するほどの金がないこと、公卿のように口も軽く向背常なる変節漢の多い中で、常置の隠密の秘密を保ってゆくことは至難のわざだと云うのが、その理由である。

どちらにせよ、今現在、『天皇の隠密』は確かにいる。それもなんとこの箱根山中にいる。

柳生が『天皇の隠密』探索とその排除のため上京することは、秀忠と宗矩、そして大御所家康しか知らぬ秘事である。あとは精々本多正信・正純の親子ぐらいのものだ。

それ以外に推量するきっかけを与えられたのは、京都所司代だけである。家康の所司代板倉勝重への信頼度は高い。だがその部下のことは判るまい。『天皇の隠密』が箱根山中で先制攻撃をかけて来た、いや、その遥《はる》か以前に、江戸城中で攻撃をかけて来たと云うことは、所司代の中に禁裏に通じている人間のいる証拠だった。

もっともこの点は宗矩もとうに疑っていた。逆にその人間を利用して隠密を斬ろうと思っていた。だがそれがこんなに早く現れるとは考えていなかった。

宗矩は自分に隙《すき》があったことを認めた。城中で異変があった以上、この道中はもっと用心をしなければいけなかったのである。異変の方法が不明だったために、この遅れをとったのだ。敵は明かに柳生を京へ入れまいとしている。東海道五十三次が戦場ときめられたわけだ。

馬たちが仲間の死体を踏んで駆け上って来た。敵もそれ以上、馬を射殺していない。負傷者四人を相乗りにさせれば、馬の数はきちんと足りる。敵はそこまで計算しているのかもしれなかった。正に恐るべき、しかも憎い相手だった。

宗矩は残った二十六人の部下を、尖兵五、本隊十六、後衛五の三隊に分けた。自分と四人の負傷者は本隊の中央に位置し、出発した。

三島に着いたら負傷者を置いてゆかねばならない。同時に江戸虎の門の藩邸に急使を出し、増援部隊を要請する必要がある。宗矩の腹の中は、煮えくり返る思いだった。だが宗矩は又しても自分の迂闊《うかつ》さに臍《ほぞ》を噛《か》むことになった。山が下りにかかり、もう三島が目と鼻の先という地点で、後衛の五人を失ったのである。

銃声がすればすぐ駆け戻ったかもしれないが、全くの無音だった。敵は大胆にも至近距離から棒手裏剣で襲ったのである。又しても五人の柳生者が左膝をやられた。

完敗だった。

箱根山を越えるだけで、九人の戦士を失ったのである。柳生軍団は宗矩を含めて二十二人になってしまった。

本来なら、柳生の面目のためにも、三島で援軍を待ち、元の人数にしてから駿府城に行くべきだったが、宗矩は敢て残りの人数だけで舟で駿府へ急行した。三島の宿が防備に不充分だったからだ。

江戸への急使には五十人の増援隊を要請する手紙を持たせた。もうなりふりを構っている場合ではなかった。初めから計算すれば八十人の大部隊になるが、箱根だけで当初の人数が三分の一減ってしまったことを考えれば、これでもまだ足りないくらいだった。

大御所家康は箱根の報告に驚愕した。

宗矩にとっては辛《つら》い質問だったが、肯定せざるを得ない。

「猿飛とはそれほどの男か」

皮肉なことに、この猿飛と云う男の力量のほどを、当の家康自身がその夜のうちに、いやと云うほど味わうことになった。

佐助と才蔵は、この警備の厳重なことで知られる駿府城に、いとも無造作に潜入して見せたのである。

目的は柳生だけだった。家康にも、同居している頼宣、頼房にも、まして在番の大番組衆などには何の関心もない。きちんと撰《えら》んで、柳生衆に出された料理にだけ毒を盛った。

勝手方の状況を考えると、これは至難のわざの筈《はず》だ。いっそ城中の全員に毒を盛る方が簡単なのである。水甕《みずがめ》に毒を放りこめばいいのだ。それをせず、わざわざ柳生に供される食事にだけ毒を盛るとは、心憎いまでの気配りと云えた。

しかもこの毒は殺すためのものではない。五体が不自由になるようなものでもない。ただ腹を悪くするためだけの毒だ。つまりは軽い食中毒を起すものだった。宗矩以下柳生衆全員が激しい腹痛と嘔吐《おうと》・下痢を味わうことになり、一夜でげっそり痩《や》せ細るほど体力を失ったのである。

家康は激怒しながらも、首のまわりにうそ寒い感触をおぼえた。猿飛たちはやろうと思えば、自分の寝首をかくくらいのことは朝飯前だったに違いないと察したからだ。それをしなかったのは、雇い主に厳重にとめられているからに相違ない。雇い主が禁裏である証拠だった。

〈天皇はどれほどの力をお持ちなのか〉

不殺を貫く禁裏のやり方には、却《かえ》って家康のような男に恐怖を感じさせる力がある。悠々たる余裕と映るのだ。本当に天皇をお怒らせしたら何が起るか。思うだけで怖かった。

五十人の柳生の増援隊は、木村助九郎に率いられて、三日の後に駿府城に着いた。驚くべきことに、五十人中十二人までが、箱根山中で左膝をやられていた。いずれも遠町筒による遠距離射撃である。

これで左膝をやられた柳生者は、宗矩を含めて二十二人になる。正に柳生剣士団一代の恥辱だった。

駿府城にいたのが家康でなく秀忠だったら、或いは宗矩は切腹を強要されていたかもしれない。それほどの失態である。

家康は歴戦の武将としてこのような例を何度も味わっている。これは現代風に云えば、ゲリラの正規軍に対する勝利である。アメリカ軍がベトナムのジャングルで無残に敗れたように、柳生剣士団は箱根山中で敗れたのだった。

だから家康は一言も宗矩を責めなかった。

「ここから船を仕立ててやる」

そう云っただけだ。

大船で大坂まで行き、更に小舟で淀川をさかのぼれば、伏見まで行ける。伏見から京までの間に、待ち伏せを喰いそうな場所はなかった。

宗矩まで含めて丁度六十人になった柳生の一行は、本多正純のはからいで、カンボジアに向う明《みん》人の御朱印船に便乗し、清水湊《みなと》を船出した。日数は多少かかるが、これなら何の不安もなかった。食中毒で体力を失った男たちも、ゆっくり養生して恢復《かいふく》出来る筈だった。

だが宗矩は海の恐ろしさを計算にいれていなかった。

そして『天皇の隠密』の真の力をまだまだ知らなかったと云える。

御朱印船が好天に恵まれて快適に航海を続けている間じゅう、京で岩介と兵左衛門の呪法《じゅほう》が進んでいた。

柳生軍団の御朱印船乗船を見届けた佐助と才蔵は、昼夜兼行で京に走り、岩介たちにこの事実を告げたのである。

気の遠くなるような厄介な作業がはじめられた。

岩介は先《ま》ず佐助と才蔵の心をじっくりと読んでゆく。二人の記憶に残っている限りの御朱印船の特徴を、乗組んだ面々の顔を、己れのものとしてゆくのである。

その間じゅう、兵左衛門は祈禱《きとう》を捧《ささ》げている。岩介と自分の精神を極度に緊張させ、集中させるためだ。

岩介の前には満々と水を張った盥がある。

二日目の正午。その水に御朱印船の姿が映った。映像はぐんぐん鮮明になり、やがてその舷《ふなべり》に立っている宗矩の姿が見えて来る。

船は熊野《くまの》灘《なだ》を走っていた。

岩介の心に従って盥の中の情景が変る。

今、水面に映っているのは、陸岸の情景だった。

ぎょっとするような断崖《だんがい》絶壁の連なりだった。

岩介は知らないが、これは紀伊半島の南端串本《くしもと》の向い、大島の東端樫野《かしの》崎《ざき》、海金剛の別名を持つ熊野灘最大の難所だったのである。

御朱印船がその海金剛の近くを恐れげもなく走っているのには理由があった。遠い時には何十浬《かいり》も離れたところを走っている黒早瀬が、この時期、かなり岸近くまで寄っていたためだ。黒早瀬とは現代の黒潮であり、場所も速さも時に応じて変化しながら房州の銚子に向ってまっすぐ走っている。その早い流れに乗ったら最後、船は押し戻されてしまう。

岩介にはそんな海の智識はない。だが船が岩石峨々《がが》たる海金剛のあたりに迷いこめば、忽《たちま》ち座礁《ざしょう》することは判る。

天気はよく、波も荒れてはいない。人々は海に投げ出されても、恐らく死ぬことはあるまい。はしけも積んでいるし、大方は海の男たちである。

岩介の躰に力が籠《こも》ったように見えた。

額にうっすらと汗が浮ぶ。

全身の気力を船に集中しているのだった。

突然、帆縄が残らず切れた。帆のあるものは裏帆を打ち、あるものは音を立てて帆柱を滑り落ちた。

次いで舵《かじ》が何か巨大な力によって舵とりの意に反して、ぐいと切られ、船はまっしぐらに海金剛に向って疾走しはじめた。

映像が船上に変る。もっともこの映像に音はない。

船員たちは大騒ぎだった。誰一人理由が判らない。こんな馬鹿なことが起るわけがなかった。帆に走る者、舵に走る者と雑多だが、舵は誰がとってもびくとも動かなかった。

岩介の額から汗がぽとりと落ちた。

正にその瞬間、船は岩の一つに乗り上げ、船腹を破られた。

あっという間だった。船は横倒しになり、甲板にいた人々は海に投げ出された。人々は水面に散乱した板きれに、夢中になって取りすがった。柳生者たちの姿もあった。彼等はなまじ重い大小を差しているために、動きが悪い。山国の大和育ちでは泳ぎも苦手だったに違いない。沈みかけるのを、船員が助けていた。船員の手の及ばない者は、岩介が引きあげ、板きれにつかまらせてやった。そのくせ左脚を見せる者がいると、容赦なく手刀で水を叩《たた》いた。左脚を折られた者は十五人を下らなかった。

大島には古来風待ちのための港がある。遭難者たちは全員無事、その港に辿《たど》りつくことが出来た。目撃者の警報でいち早く救助の舟が繰り出されたためだ。

無事とは死人が出なかったと云うことで、怪我人はかなり出た。別して柳生の武士たちに脚の骨折が多い。十七人もいた。それがすべて左脚であることを怪訝に思った者はいたが、まさかこの男たちのために船が難破させられたとは夢にも思ってはいない。宗矩も遂《つい》に一言の説明もしなかった。

だが左脚を折られた者が十七人もいたと云うことは、難船もまた『天皇の隠密』のなせるわざであることを、否応《いやおう》なく示していることになる。

だが今度は遠町筒も棒手裏剣もない。毒もない。宗矩が城中で襲われたのと同じ手段による。宗矩にも今では、それが呪術によるものだろうと云う推察はついている。だがその実態については全く無智だった。判らないだけに余計こわい。御朱印船のような巨大な船を、呪《のろ》い一つで沈めることが出来るのか、と云う疑問と恐怖を同時に感じていた。

〈このままでは柳生は全滅する！〉

心底そう思った。だが上意である以上、一族絶滅を覚悟の上でも闘わなければならない。それならば、何とかして呪術の智識を手に入れ、これに対抗する方法を考えねばならぬ。

幸か不幸か、ここは紀州だった。熊野三山があり、高野山があった。修験者《しゅげんじゃ》がおり、密教の僧がいる。そのいずれも呪術に無縁の徒ではない。

宗矩は大島に滞在中に、急を聞いて駆けつけて来た紀州藩浅野長晟《ながあきら》の家臣に、雑談にまぎらせてそのことを尋ねた。はっきりと、呪術に興味があるのでその道の達者に会ってみたい、と云ったのである。

浅野家の家臣はその道に暗く、土地の漁師頭に訊いてやっと答えてくれる始末だった。

呪禁《じゅごん》道を今に伝えるのは陰陽師《おんみょうじ》と験者《げんじゃ》だと云う。験者とは密教系の修験者のことだ。

『神の怪《け》は陰陽師、物の怪は験者』

と古くから云われるが、紀ノ国には陰陽師はおらず、験者のみがある。だがこれは密教の秘法中の秘法なので、真の験者は自ら呪禁の術を使うとは絶対に云わないと云う。だから自分たちにも何とも云えないが、熊野・高野どちらに行ってもはかばかしい答えは返って来ないのではないか。

宗矩はそれでも高野山に寄るつもりだった。

宗矩は知らないが、この頃、行者姿の佐助と才蔵が、ひたすら紀ノ国に向って急いでいた。

「待ちなさい」

道端から声がかかった。

宗矩が手綱を引いて馬をとめると、木村助九郎が素早く馬の横に立ち、抜刀の構えを見せた。

声をかけたのは修験者だった。白衣も黄ばみ垢《あか》じみていたし、躰全体が埃《ほこり》だらけである。そのくせ髯《ひげ》は奇麗に剃《そ》って、なんとなく爽《さわ》やかな顔だった。片手に小さな木切れを持ち、それをしゃぶっているところを見ると、木食《もくじき》の行をしているのだろうか。

柳生衆が三人、既に修験者を囲んで身構えていた。

助九郎といい、この三人といい、明かに警備過剰である。もっとも無理もなかった。あの難破事故でまたぞろ十七人の仲間を失っているのである。彼等がいずれも左脚にしか負傷をしていないと判《わか》った時の、一同の異様な沈黙を、宗矩は鮮明に記憶している。それほどの衝撃だった。

宗矩はその十七人を金子と共に大島の漁師頭に託し、便船のあり次第江戸に戻るように手配をして来た。今や一行は宗矩以下四十三人。海路を諦《あきら》めて大和路を京に向っている。

一同の神経が立っているのは当然のことだった。

「ひどいおびえようだな、天下の柳生ともあろうものが」

修験者はにこにこ笑いながら、ずばりと云った。

「熊野御坊のお人か」

宗矩が尋ねた。熊野三山に奉仕する山伏の一人と見たのである。

「違った。わしはただのはぐれ修験。戒律も忘れた破戒坊主《ぼうず》よ」

相変らずにこにこ笑っている。だが恐るべき眼力の持主であることは、次の言葉で明確になった。

「何者かの呪詛《じゅそ》を受けられたな。相手は判っているのかね」

宗矩はぎょっとなったが、こんな男に真実を告げるわけにはゆかない。

「いや」

「嘘《うそ》だな。大方は判っているのだ。だが乞食《こじき》坊主には告げられぬ。もっともな話だ」

また、あはあは、と笑った。

「それより知っているのかね。二人だよ」

思いもかけぬ言葉だった。

「二人？」

「恐ろしい迅さで近づいて来ている。陣を張って待ち伏せねば、また何人かやられるぞ。ま、わしはどうでもいいがね」

宗矩の顔が引きしまった。

佐助と才蔵が油断していたわけではない。

だが場所が悪かった。紀州はこの二人にとって、第二の故郷のようなものだった。関ヶ原以来、ほとんど十四年にわたって、彼等はこの紀州に主君の真田幸村と共に住んでいたのである。もとより席の温まる暇もなく、西に東に探索の旅を続けてはいたが、一仕事終れば必ずこの紀ノ国に帰って来ていた。

今はその幸村もいない。まだ幼な児だった大助さえ、腹を切って果てている。いくら忍びの身とは云え、そくばくの感傷が心を蔽《おお》うのは、やむをえない仕儀と云えた。それに彼等はこんなに早く柳生と出逢《であ》おうとは、夢にも考えていなかったのである。態勢を建て直すために、或いは次の船便を待つために、当分は大島か串本暮しと読んでいた。次の船便の日まで調べ上げていた。まさか急遽《きゅうきょ》陸路京に向うとは思わなかった。

それでもさすがに街道は避け、行者らしく山道を辿っていたのが、せめてもの救いだった。

攻撃は全く突然に来た。

柳生は見事に気息を断っていたのである。佐助でさえ事前に殺気一つ読むことが出来なかった。

攻撃は半弓によるものだった。これが二人を救った。もし鉄砲だったら確実にどちらかは死んでいるところだった。弓による攻撃には古来矢留めの秘術が忍びにはある。一斉にほとんど音もなく飛来した数十本の矢を、佐助も才蔵も或いはかわし、或いは忍び刀で叩き折った。剣の柳生らしく、矢尻に毒を塗っていなかったことも、二人に倖《さいわ》いした。

とにかく攻撃の第一波を、二人共無傷でしのぐことが出来たのである。
だが楽観出来る状況ではなかった。

彼等は四十三人の柳生者に、ぴったりと囲まれていたのである。柳生の布陣は見事の一語に尽きた。包囲は地上だけではなかった。佐助得意の猿飛の術はとうに見抜かれていた。木にかけあがればそこに柳生がいた。枝にとびうつれば、その枝は切り捨てられた。

それに飛道具が効かない。至近距離からの飛道具は手裏剣か炸裂弾或いは煙玉だが、そうした道具の使い方なら伊賀衆の方がむしろ巧《うま》いのである。それに接近戦で不利なのは、剣による闘争に比重がかかる点だった。さすがに柳生だった。剣をとっては悪魔のような強さだった。二人とも斬《き》られた。別して才蔵の脇腹に受けた一撃は重傷だった。佐助がその才蔵を背負って何とか逃げのびることが出来たのは奇跡だった。

岩介は六条三筋町の佐助の家で、ぐっすり眠っていた。

精も根も尽き果てたような深い疲労で、ほとんど眼を開けていられなかった。御朱印船を座礁させるには、それほどの精神の集中を必要としたのである。

兵左衛門も同様の疲労困憊《こんぱい》で眠りこけていた。代筆屋は休業する旨《むね》、表の戸に紙に書いて貼《は》ってある。それでも不満そうに戸を叩き声をかける遊女がいたが、二人には全く聞えていない。

それが突然、二人同時にぱっと目覚めた。

胸が異様に騒ぐ。どう仕様もなく波立つ。

一瞬の躊《ため》いもなかった。岩介は水を張ったままの盥に這ってゆき、気を凝らせて水面を見つめた。

兵左衛門も盥にとりすがるようにして気力を集中させる。

水面が揺れ、忽ち紀州山中の戦闘の場面が映し出された。

佐助と才蔵が斬られていた。

かわしては斬られ、逃げては斬られた。

どちらを向いても柳生者とその剣があった。

どの木の蔭《かげ》にも、どの枝の上にもそれがいた。

だから動くたびに斬られた。

二人がまだ生きているのは、斬られているからだ。自ら進んで斬られている。そのために本来なら必殺の筈の剣が、手傷を与えるだけに留まっているのだ。練達の忍びならではの受けだった。

だがこんなことがいつまでも続くわけがない。

手傷は血を流し、気力も迅《はや》さも血と共に流れ去ってゆく。

佐助と才蔵は一瞬もとまらない。とまれば死ぬ。才蔵が脇腹を斬られた。斬らせたのではなく、斬られた。よろめいた。佐助がその才蔵を背負い、唯一《ゆいいつ》柳生者のいない地点に向って飛んだ。それは正しく飛翔《ひしょう》だった。そこには深い断崖がぽっかり口を開けていたからだ。二人は落ちていった。さすがの柳生者たちでさえ追うことの不可能な谷底に向って、飛翔していった……。

岩介がふーっと息をついた。

兵左衛門が盥にとりすがったまま首を垂れた。

二人とも、佐助たちが助かったことを知ったのである。

「これは誰だ？」

水面に宗矩と何事か言葉をかわしている修験者の姿が映っていた。兵左衛門がのろのろと身を起し、見つめた。

「はぐれ修験」

呟《つぶや》きに似ていた。

「手前の父の同類です」

修験者には特異な性格の者が多い。同じ仏法を学んで、衆生の済度など全く脳裏になく、己れと己れの道の完成だけを厳しく追求する。そのためには己れの身と己れの心を破壊しつくすことも、全く意に介しない。その一途《いちず》さが屢々《しばしば》身を誤らせることになる。修験者の伝説に多く天狗になったと書かれているのがそれである。つまりはぐれるのである。本来の仏法の道から大きく逸脱し、異端と化す。

兵左衛門の父が正にそれだった。

ひたむきな、我身をさいなむような修行により、或る種の力は確かに身につけていた。それは兵法にも通ずる呪禁の法だった。だが本来、仏法は人を殺すものではあるまい。人を活《い》かすものの筈である。兵左衛門の父はどこかでその本義からはずれてしまったのだ。

今、水に映っている修験者は、正に若き日の兵左衛門の父の姿だった。

「この男が佐助はんたちの接近を告げたんや」

断定するように岩介が云う。それ以外に考えようがなかった。今見た攻撃は明かに待伏せである。柳生に佐助たちの到来を事前に知る法がある筈がない。この修験者の予知の術に負うものであることは明白だった。

「はぐれ修験の大方は、かなりの術を身につけております」

兵左衛門が辛そうに云った。

「呪禁の法にもくわしいのと違うか」

水の中で、宗矩がしきりに修験者をかき口説いている。声は聞えないが、何を頼みこんでいるかはほぼ判った。

「呪詛返しですな」

兵左衛門にも読めた。

「相手も判らんのによう引き受けよるやろか」

「はぐれ修験に善悪はありません」

そもそも世の善悪とは何か。そんな通念を疑うところから修験者の修行は始るのである。そしてそんなものは遂に存在しないと云う境に到達する。己れの気分と好奇心で何でもやってのける。一種子供の如《ごと》き無垢《むく》にゆきつくのだ。

この修験者は竜光と云った。元々台密系の、つまり叡山を根拠とする天台宗系の山伏である。修行をはじめて三十年。四十六になる今日まで御朱印船を難破させるほどの呪詛を聞いたことがなかった。どんな相手か知りたかった。その好奇心が彼に『呪詛返し』の法を施行することを承知させたと云っていい。

竜光は山中に護摩壇《ごまだん》をきずき、『呪詛返し』を開始した。

竜光が行ったのは、いわゆる『不動明王生霊返し』の呪詛法である。それも『逆さま』の法だ。『逆さま』の法とは不動明王の絵像を逆さまに掛けて行うもので、呪詛力を倍加すると云われている。

この呪法をかなり正確に描写したと思われる中世の『説経』、『さんせう太夫《だゆう》』の調《ちょう》伏《ぶく》の場面を書いておく。国分寺の聖《ひじり》がさんせう太夫から逃げて来た厨子王《ずしおう》をかくまい、太夫を調伏するところである。これが『不動明王法』であり、しかも『逆さま』の法なのだ。

『お聖は、うがひにて身を清め、湯垢離《ゆごり》七度、水垢離七度、潮垢離七度、二十一度の垢離をとつて、護摩の壇をぞ飾られたり。矜羯羅制吒迦《こんがらせいたか》、倶利迦羅《くりから》不動明王の、剣を呑《の》うだる所をば、真逆様に掛けられたり。眼蔵《めんざう》よりも、紙を一帖《でふ》取り出《いだ》し、十二本の御幣切つて、護摩の壇に立てられたは、ただ誓文ではのうて、太夫を調伏するとぞ見えたりけり』

尚、人を呪うための調伏法では、壇は赤黒色の三角の壇、いわゆる火輪壇を設けたと云う。『こんがらせいたか』は不動明王の脇侍であり、『くりから不動明王』とは『倶利迦羅竜王』とも云い、竜に化身した不動明王が火炎中の宝剣に巻きつき、その先端を呑みこもうとする図で示されるものだ。その両像を逆さに掛けたわけだ。

佐助の家でも、兵左衛門が至急同じ三角の火輪壇を設け、岩介と共に『呪詛返し』の法に入った。

岩介は珍しいことに、かっかと怒っていた。相手も知らず、一片の事情も知らぬくせに、容易に『呪詛返し』の法を行おうとする『はぐれ修験』竜光が許せなかったのである。

勿論《もちろん》、竜光とて一応は宗矩に事情を訊《き》いている。それに対して宗矩は嘘で応じた。幕府転覆を狙う大坂の落人たちが呪詛をかけて来たと云ったのである。幕府を背景にしている点で、強力と云えば強力な理由だが、何の証拠もあるわけではない。柳生剣士団が幕府の配下だという確証すらないのだ。修験者なら見抜いて当然な真赤な嘘である。それを平然と鵜呑《うの》みにした竜光が許せなかった。

岩介の気力はその怒りのために増幅され、兵左衛門でさえ震えのとまらないほどの呪力を発揮した。

祈禱がはじまるや否《いな》や、岩介は喚《わめ》いたのである。

「天皇に対し奉《たてまつ》り不遜の凶刃を振わんとする者どもに味方し、天皇を呪詛しようと云うか！　已れそれでも修験か！　恥じて死ね！」

竜光は忽ち護摩壇から転げ落ち、失神した。

『呪詛返し』に破れた術者は、通常血へどを吐いて死ぬと云う。

だが竜光は死なながった。気絶しただけである。岩介は、

「恥じて死ね」

とは云ったが、自らの手で殺すことはしなかった。兵左衛門が亡父を思う切ない気持を察したからである。

竜光は宗矩に活を入れられて意識をとり戻すと、

「お主、嘘言を吐いたな。相手は禁裏ではないか」

責めるように云った。だが勢いがない。

「禁裏を呪詛する者は死ぬのが慣いだ。わしも永くはあるまい。馬鹿なことをした」

悄然《しょうぜん》と首を垂れた。

宗矩は狼狽《ろうばい》した。部下たちが聞いていたからだ。今まで敵の正体は誰にも告げていない。木村助九郎にさえ云っていなかった。

「我等の敵は禁裏でしたか」
助九郎ががっくり肩を落すようにして呟いた。よほどの衝撃を受けたらしく、顔色が紙のように白い。

宗矩はこの使命の失敗を悟った。

助九郎はすべての部下の気持を代弁している。いずれも大和に生を受けた者ばかりである。禁裏に対する畏怖の心が強い。彼等にとって、今までの不思議がすべて氷解したと云っていい。何故《なぜ》宗矩は江戸城内で脚を折ったか。何故御朱印船が難破したか。しかも何故一人の溺死《できし》者も出なかったか。その理由が判った。

すべて禁裏の警告だったのである。いかにも禁裏らしく、脚は折っても生命は奪わなかった。だがこの寛容はいつまで続くのだろう。将軍及び大御所に命を受けた以上、中途で任務を放棄することとは許されない。だから何人脚を折られようと、自分たちは京へ向う。京へ入れば禁裏は警告を無視されたとお思いになる筈である。その時、罰は脚を折ることではすむまい。死をもって酬《むく》いるしかなくなるだろう。大船さえ沈めたこの摩訶《まか》不思議な呪術で死を願われては、生き残るすべがあるとは到底思われない。

柳生者は闘うことさえ出来ずに、徒《いたず》らに死んでゆくばかりである。

宗矩はこんな思いの部下を率いて、どんな戦いも出来るわけがないことを承知している。本来なら今すぐにでも使命を放棄して、柳生の庄に戻るべきなのである。だがそれはそのまま柳生の潰滅《かいめつ》につながることを宗矩は知っている。秀忠の残忍酷薄さを宗矩ほど知悉《ちしつ》している男は、幕閣にさえいない。

たとえ形だけでも任務を続行するしかなかった。


傷ついた才蔵を背負ったまま、断崖《だんがい》を飛んだ佐助の身の上を追わねばならない。

さすがの佐助もこんな高い場所から飛んだことがなかった。下が岩場なら、いかに猿飛の異名をとった佐助でも、死は必定だった。才蔵という重荷があっては尚更《なおさら》である。

倖い下は樹林に覆《おお》われた急斜面だった。

樹林の中に入るや否や、佐助は枝を摑《つか》んだ。だが落下の加速は枝一本でとまるわけがない。枝は簡単に折れた。二本目の枝も保《も》たず、三本目も折れた時は、これで最期《さいご》かと思った。

三本目の枝を摑んだまま落下しかけた佐助の躰が、急にとまった。

背負われていた才蔵が別の枝を摑み、脚を佐助に絡《から》めてとめたのである。重傷を負ったとはいえ、さすがに才蔵だった。

一旦とまる、或いはとまりかかればしめたものだ。佐助は反動を利用して上の枝に飛び、ぴたりととまった。

才蔵も同じ枝に飛び移って来た。蒼白の顔でにっと笑った。

「阿呆《あほ》なことしよって、傷が拡《ひろ》がったやないか」

佐助は文句を云いながら、手早く止血をし、傷口に薬を振りかけると、針をとり出して器用に縫った。消毒は出来ない替りに化膿《かのう》どめの薬を飲ませた。

「登らんならん。でけるか」

下へ降りるわけにはゆかなかった。早晩柳生者たちが探しに来るからだ。

才蔵がまた微笑《わら》った。失血のためすき透るような笑いになっている。

「わしだって忍びのはしくれですよ」

「ほなゆくで」

なまじの慰めの言葉など何の役にも立たない。やる必要のあることはやる。それが忍びだった。

二人は樹を伝い、岩壁をよじ登って、元の高みまで登っていった。岩壁にかかる前に充分の休みをとり、携帯兵粮《ひょうろう》を摂《と》った。夜を待つためである。遮蔽《しゃへい》物のない岩登りを昼間するわけにはゆかない。

日が落ちると二人は縄で躰を結び合い、岩壁を登った。ほとんど佐助が才蔵を引きずり揚げたと云っていい。

佐助自身も手傷を負っていたし、疲労困憊の極にあったことを思えば、この作業は超人的と云えた。

夜明け前、空気がようやくはなだ色に変る頃、二人は岩壁を登り切り、元の戦いの場に立った。

柳生者たちの姿はとうにない。谷底の調べに全員が山を降りていったのである。二人は安心して眠った。

（下巻へつづく）

隆慶一郎著

吉原御免状

裏柳生の忍者群が狙う「神君御免状」の謎とは。色里に跳梁する闇の軍団に、青年剣士松永誠一郎の剣が舞う、大型剣豪作家初の長編。

隆慶一郎著

鬼麿斬人剣

名刀工だった亡き師が心ならずも世に遺した数打ちの駄刀を捜し出し、折り捨てる旅に出た巨軀の野人・鬼麿の必殺の斬人剣八番勝負。

隆慶一郎著

かくれさと苦《く》界《がい》行《こう》

徳川家康から与えられた「神君御免状」をめぐる争いに勝った松永誠一郎に、一度は敗れた裏柳生の総帥・柳生義仙の邪剣が再び迫る。

隆慶一郎著

一《いち》夢《む》庵《あん》風流記

戦国末期、天下の傾奇者《かぶきもの》として知られる男がいた！ 自由を愛する男の奔放苛烈な生き様を、合戦・決闘・色恋交えて描く時代長編。

隆慶一郎著

影武者徳川家康（上・中・下）

家康は関ヶ原で暗殺された！ 余儀なく家康として生きた男と権力に憑かれた秀忠の、風魔衆、裏柳生を交えた凄絶な暗闘が始まった。

隆慶一郎著

死ぬことと見つけたり（上・下）

武士道とは死ぬことと見つけたり——常住坐臥、死と隣合せに生きる葉隠武士たち。鍋島藩の威信をかけ、老中松平信綱の策謀に挑む！

隆慶一郎著

捨て童子・松平忠輝（上・中・下）

〈鬼子〉でありながら、人の世に生まれてしまった松平忠輝。時代の転換点に己を貫いて生きた疾風怒濤の生涯を描く傑作時代長編！

安部龍太郎著

血の日本史

時代の頂点で敗れ去った悲劇のヒーローたちを描く46編。千三百年にわたるわが国の歴史を俯瞰する新しい《日本通史》の試み！

安部龍太郎著

信長燃ゆ（上・下）

朝廷の禁忌に触れた信長に、前関白・近衛前久の陰謀が襲いかかる。本能寺の変に至る一年半を大胆な筆致に凝縮させた長編歴史小説。

安部龍太郎著

下天を謀る（上・下）

「その日を死に番と心得るべし」との覚悟で合戦を生き抜いた藤堂高虎。「戦国最強」の誉れ高い武将の人生を描いた本格歴史小説。

安部龍太郎著

冬を待つ城

天下統一の総仕上げとして奥州九戸城を囲んだ秀吉軍十五万。わずか三千の城兵は玉砕するのみか。奥州仕置きの謎に迫る歴史長編。

安部龍太郎著

迷宮の月

白村江の戦いから約四十年。国交回復のため遣唐使船に乗った粟田真人は藤原不比等から重大な密命を受けていた。渾身の歴史巨編。

司馬遼太郎著

梟の城

直木賞受賞

信長、秀吉……権力者たちの陰で、凄絶な死闘を展開する二人の忍者の生きざまを通して、かげろうの如き彼らの実像を活写した長編。

司馬遼太郎著

人斬り以蔵

幕末の混乱の中で、劣等感から命ぜられるままに人を斬る男の激情と苦悩を描く表題作ほか変革期に生きた人間像に焦点をあてた7編。

司馬遼太郎著

関ケ原

（上・中・下）

古今最大の戦闘となった天下分け目の決戦の過程を描いて、家康・三成の権謀の渦中で命運を賭した戦国諸雄の人間像を浮彫りにする。

司馬遼太郎著

国盗り物語

（一～四）

貧しい油売りから美濃国主になった斎藤道三、天才的な知略で天下統一を計った織田信長。新時代を拓く先鋒となった英雄たちの生涯。

司馬遼太郎著

新史太閤記

（上・下）

日本史上、最もたくみに人の心を捉えた〝人蕩し〟の天才、豊臣秀吉の生涯を、冷徹な史眼と新鮮な感覚で描く最も現代的な太閤記。

司馬遼太郎著

城塞

（上・中・下）

秀頼、淀殿を挑発して開戦を迫る家康。大坂冬ノ陣、夏ノ陣を最後に陥落してゆく巨城の運命に託して豊臣家滅亡の人間悲劇を描く。

司馬遼太郎著
果心居士の幻術
戦国時代の武将たちに利用され、やがて殺されていった忍者たちを描く表題作など、歴史に埋もれた興味深い人物や事件を発掘する。

司馬遼太郎著
項羽と劉邦（上・中・下）
秦の始皇帝没後の動乱中国で覇を争う項羽と劉邦。天下を制する〝人望〟とは何かを、史上最高の典型によってきわめつくした歴史大作。

司馬遼太郎著
風神の門（上・下）
猿飛佐助の影となって徳川に立向った忍者霧隠才蔵と真田十勇士たち。屈曲した情熱を秘めた忍者たちの人間味あふれる波瀾の生涯。

浅田次郎著
五郎治殿御始末
廃刀令、廃藩置県、仇討ち禁止――。江戸から明治へ、己の始末をつけ、時代の垣根を乗り越えて生きてゆく侍たち。感涙の全6編。

神田松之丞著
聞き手杉江松恋
絶滅危惧職、講談師を生きる
彼はなぜ、滅びかけの芸を志したのか――今、最もチケットの取れない講談師が大名跡を復活させるまでを、自ら語った革命的芸道論。

武内涼著
阿修羅草紙
大藪春彦賞受賞
最高の忍びタッグ誕生！　くノ一・すがると、伊賀忍者・音無が壮大な京の陰謀に挑む、一気読み必至の歴史エンターテインメント！

松嶋智左著

女副署長

全ての署員が容疑対象！ 所轄署内で警部補の刺殺体、副署長の捜査を阻む壁とは。元女性白バイ隊員の著者が警察官の矜持を描く！

松嶋智左著

女副署長 緊急配備

シングルマザーの警官、介護を抱える警官、定年間近の駐在員。凶悪事件を巡り、名もなき警官たちのそれぞれの「勲章」を熱く刻む。

松嶋智左著

女副署長 祭礼

スキャンダルの内偵、不審な転落死、捜査一課長の目、夏祭りの単独捜査。警察官の矜持を描く人気警察小説シリーズ、衝撃の完結。

磯部 涼著

ルポ川崎

ここは地獄か、夢の叶う街か？ 高齢化やヘイト問題など日本の未来の縮図とも言える都市の姿を活写した先鋭的ドキュメンタリー。

永井紗耶子著

大奥づとめ
―よろずおつとめ申し候―

女が働き出世する。それが私たちの職場です。文書係や衣装係など、大奥で仕事に励んだ〈奥女中ウーマン〉をはつらつと描く傑作。

永井紗耶子著

商う狼
―江戸商人 杉本茂十郎―
新田次郎文学賞受賞

金は、刀より強い。新しい「金の流れ」を作ってみせる――。古い秩序を壊し、江戸経済に繁栄を呼び戻した謎の経済人を描く！

仁志耕一郎著
花と茨
――七代目市川團十郎――
破天荒にしか生きられなかった役者の粋、歌舞伎の心。天才肌の七代目は大名跡の重責を担って生きた。初めて描く感動の時代小説。

門井慶喜著
地中の星
――東京初の地下鉄走る――
大隈重信や渋沢栄一を口説き、知識も経験もゼロから地下鉄を開業させた、実業家早川徳次の波瀾万丈の生涯。東京、ここから始まる。

松下隆一著
羅城門に啼く
京都文学賞受賞
荒廃した平安の都で生きる若者が得た初めての愛。だがそれは慟哭の始まりだった。地べたに生きる人々の絶望と再生を描く傑作。

井上靖著
敦（とんこう）煌
毎日芸術賞受賞
無数の宝典をその砂中に秘した辺境の要衝の町敦煌――西域に惹かれた一人の若者のあとを追いながら、中国の秘史を綴る歴史大作。

井上靖著
あすなろ物語
あすは檜になろうと念願しながら、永遠に檜にはなれない〝あすなろ〟の木に託して、幼年期から壮年までの感受性の劇を謳った長編。

井上靖著
風林火山
知略縦横の軍師として信玄に仕える山本勘助が、秘かに慕う信玄の側室由布姫。風林火山の旗のもと、川中島の合戦は目前に迫る……。

井上靖著

天平の甍

芸術選奨受賞

天平の昔、荒れ狂う大海を越えて唐に留学した五人の若い僧——鑑真来朝を中心に歴史の大きなうねりに巻きこまれる人間を描く名作。

井上靖著

しろばんば

野草の匂いと陽光のみなぎる、伊豆湯ヶ島の自然のなかで幼い魂はいかに成長していったか。著者自身の少年時代を描いた自伝小説。

井上靖著

楼（ろうらん）蘭

朔風吹き荒れ流砂舞う中国の辺境西域——その湖のほとりに忽然と消え去った一小国の運命を探る「楼蘭」等12編を収めた歴史小説。

井上靖著

額《ぬか》田《たの》女《おお》王《きみ》

天智、天武両帝の愛をうけ、〝紫草《むらさき》のにほへる妹〟とうたわれた万葉随一の才媛、額田女王の劇的な生涯を綴り、古代人の心を探る。

井上靖著

後白河院

武門・公卿の覇権争いが激化した平安末期に、権謀術数を駆使し政治を巧みに操り続けた後白河院。側近が語るその謎多き肖像とは。

井上靖著

孔子

野間文芸賞受賞

戦乱の春秋末期に生きた孔子の人間像を描く。現代にも通ずる「乱世を生きる知恵」を提示した著者最後の歴史長編。野間文芸賞受賞作。

松本清張著
佐渡流人行 傑作短編集㈣
逃れるすべのない絶海の孤島佐渡を描く「佐渡流人行」、下級役人の哀しい運命を辿る「甲府在番」など、歴史に材を取った力作11編。

松本清張著
張込み 傑作短編集㈤
平凡な主婦の秘められた過去を、殺人犯を張込み中の刑事の眼でとらえて、推理小説界に新風を吹きこんだ表題作など8編を収める。

松本清張著
渡された場面
四国と九州の二つの殺人事件が、小さな同人雑誌に発表された小説の一場面によって結びついた時、予期せぬ真相が……。推理長編。

有吉佐和子著
開幕ベルは華やかに
「二億用意しなければ女優を殺す」。大入りの帝劇に脅迫電話が。舞台裏の愛憎劇、そして事件の結末は――。絢爛豪華な傑作ミステリ。

有吉佐和子著
鬼怒川
鬼怒川のほとりにある絹の里・結城。戦争の傷跡を背負いながら、精一杯たくましく生きた貧農の娘・チヨの激動の生涯を描いた長編。

山本周五郎著
樅ノ木は残った
毎日出版文化賞受賞（上・中・下）
仙台藩主・伊達綱宗の逼塞。藩士四名の暗殺と幕府の罠――。伊達騒動で暗躍した原田甲斐の人間味溢れる肖像を描き出した歴史長編。

新潮文庫の新刊

結城真一郎著
救国ゲーム
〝奇跡〟の限界集落で発見された惨殺体。救国のテロリストによる劇場型犯罪の謎を暴け。最注目作家による本格ミステリ×サスペンス。

松田美智子著
飢餓俳優　菅原文太伝
誰も信じず、盟友と決別し、約束された成功を拒んだ男が生涯をかけて求めたものとは。昭和の名優菅原文太の内面に迫る傑作評伝。

結城光流著
守り刀のうた
邪気を祓う力を持つ少女・うたと、伯爵家の御曹司・麟之助《りんのすけ》のバディが、命がけで魑魅魍魎《ちみもうりょう》に挑む！　謎とロマンの妖《あやかし》ファンタジー。

筒井ともみ著
もういちど、あなたと食べたい
名脚本家が出会った数多くの俳優や監督たち。彼らとの忘れられない食事を、余情あふれる名文で振り返る美味しくも儚いエッセイ集。

玖《ジウ》月《ユエ》晞《シー》
泉京鹿訳
少年の君
優等生と不良少年。二人の孤独な魂が惹かれ合うなか、不穏な殺人事件が発生する。中国でベストセラーを記録した慟哭の純愛小説。

C・S・ルイス
小澤身和子訳
ナルニア国物語1
ライオンと魔女
四人きょうだいの末っ子ルーシーは、衣装だんすの奥から別世界ナルニアへと迷い込む。世界中の子どもが憧れた冒険が新訳で蘇る！

花《はな》と火《ひ》の帝《みかど》（上）

新潮文庫　り－2－13

令和六年十二月一日発行

著者　隆《りゅう》慶《けい》一《いち》郎《ろう》

発行者　佐藤隆信

発行所　株式会社 新潮社

郵便番号　一六二―八七一一
東京都新宿区矢来町七一
電話　編集部(〇三)三二六六―五四四〇
　　　読者係(〇三)三二六六―五一一一
https://www.shinchosha.co.jp

価格はカバーに表示してあります。

印刷・株式会社光邦　製本・株式会社大進堂

ISBN978-4-10-117423-5 C0193